PAR UN MATIN D'AUTOMNE

Robert Goddard est né en 1954 en Angleterre. Journaliste, enseignant puis proviseur pendant plusieurs années, il décide de se consacrer entièrement à l'écriture au milieu des années 1980. Longtemps souterraine, son œuvre vient d'être redécouverte en Angleterre et aux États-Unis, où elle connaît un succès sans précédent.

ROBERT GODDARD

Par un matin d'automne

TRADUIT DE L'ANGLAIS PAR MARIE-JOSÉ ASTRE-DÉMOULIN

SONATINE

Titre original :

IN PALE BATTALIONS
(Bantam Press)

IN MEMORIAM

Frederick John Goddard,
1er bataillon, régiment Hampshire.
Né à Kimpton, Hampshire,
le 18 août 1885.
Disparu, présumé mort au combat,
à Ypres, Belgique, le 27 avril 1915.

Son nom vivra toujours.

REMERCIEMENTS

Les vers cités à la première et à la dernière page de ce livre sont les premiers et derniers vers d'un sonnet de Charles Hamilton Sorley (1895-1915).

Les vers extraits du poème « Je ne vous faisais pas des signes de la main, je me noyais », de Stevie Smith (1902-1971), cités page 480, sont reproduits avec l'aimable autorisation de James MacGibbon.

Si des millions de morts sans bouche
Traversent vos rêves en bataillons blêmes,
Ne prononcez pas, comme tant d'autres, d'apaisantes
                                        [paroles
Dont vous prétendrez vous souvenir. C'est inutile.

Prologue

Aujourd'hui, en ce bout du monde, une page va être tournée sur un rêve, un secret va être dévoilé. Nous sommes à Thiepval ; seul l'épais brouillard d'un matin d'automne parvient à dissimuler l'imposante arche de brique du mémorial des disparus de la Somme, témoignage de notre conscience collective. C'est là que Leonora Galloway a amené sa fille pour entamer le récit de ce qu'elle a mis elle-même si longtemps à comprendre.

Pour M. Lefebvre, chauffeur de taxi à Amiens, il s'agit d'une course banale, un peu plus rémunératrice que d'autres. Une mère et sa fille, élégamment vêtues, ont interrompu leur voyage en train sur la ligne Calais-Paris ; dans un français hésitant et teinté d'accent anglais, elles lui ont demandé de parcourir les vingt-huit kilomètres de route droite qui mènent à Albert, puis de bifurquer vers les collines qui surplombent la vallée de l'Ancre, là où se dresse le *Mémorial britannique de Thiepval*[1]. Il y avait peu de risques qu'il refuse de les conduire, même si, pour lui, les souvenirs de ce conflit d'un autre âge ne présentaient aucun attrait. En ce qui le concerne,

---

1. En français dans le texte *(N.d.T.)*.

M. Lefebvre est doué d'une faculté d'oubli total du passé et il s'en satisfait. Il les a emmenées où elles le souhaitaient – le brouillard ne limitant en rien sa vitesse – et il les attend maintenant, assis dans son taxi, fumant une cigarette et regardant le compteur tourner au ralenti. De temps en temps, il laisse tomber sa cendre au pied des sycomores qui bordent le parking et il se demande combien de temps ses clientes vont passer en cet endroit sinistre.

Elles l'ont laissé depuis un bon moment pour remonter l'allée en direction du mémorial caché par la brume et les rangées de pins. On le devine, immense, disproportionné dans la modestie du paysage humide de rosée. Les deux visiteuses étendent des anoraks sur un banc face au mémorial et s'assoient ; ses lignes se dessinent de plus en plus distinctement tandis que le brouillard se dissipe et qu'un rayon de soleil perce la grisaille.

Leonora Galloway est une dame de soixante-dix ans, grande, fine, de bonne éducation ; ses cheveux blancs et sa minceur suggèrent qu'elle a été belle dans sa jeunesse ; sa grâce et sa prestance doivent plus au bon goût et au maintien qu'à une distinction naturelle. Une étonnante ressemblance avec la jeune femme âgée de trente-cinq ans, assise à son côté, atteste que celle-ci est sa fille ; même taille, même visage aux pommettes hautes. De ses cheveux raides, blond paille, qui flottent sur ses épaules, on devine qu'ils seront un jour aussi blancs et ordonnés que ceux de sa mère.

Pas aussi déterminée, peut-être, ni aussi énergique, mais plus patiente, plus douce, plus fiable. Le charme de Penelope réside dans une acceptation précoce des agréments de l'âge, celui de Leonora dans la résistance qu'elle y oppose.

Quelques mois plus tôt, le mari de Leonora est mort dans leur cottage du Somerset. Elle a affronté cette épreuve avec le courage qui la caractérise. Aujourd'hui, elle est en route pour Paris car elle pense que des vacances faciliteront son apprentissage de la solitude. Elle a choisi sans hésitation de se faire accompagner par Penelope. La jeune femme est habituée à l'indépendance et possède, contrairement à son frère marié et prospère, une qualité très appréciable ; une grande capacité de réflexion.

Du point de vue de Penelope, les arguments en faveur de cette escapade ne manquent pas. Sa mère a toujours réussi, au prix d'une surveillance constante, à éviter de parler d'elle-même et à ne laisser échapper de son passé que des récits évasifs. La curiosité de Penelope envers cette femme distante n'a cessé de grandir. D'instinct, elle pressent que ce voyage apportera des réponses à certaines questions jamais éclaircies. Déjà, l'escale à Amiens était inattendue. Ici, elle en est convaincue, commencent les explications.

— J'imagine que tu te demandes pourquoi nous sommes venues à Thiepval, dit Leonora.

— En effet. Mais je suis certaine que tu me l'expliqueras quand tu en auras envie.

Elle se souvient que son père, un homme patient et de bon conseil, lui a dit il y a longtemps : « Ta mère se confiera à toi lorsqu'elle l'aura décidé, et non au moment où toi, tu le voudrais. »

La brume s'est atténuée et les lignes du bâtiment de brique, symbole de deuil officiel, deviennent plus précises tandis que l'horizon vire du gris uniforme au vert et au bleu. Les visiteuses se sentent impressionnées, un peu écrasées par l'édifice immense et sans grâce malgré ses sculptures.

— Le soleil ne tardera pas à se montrer, dit Leonora. Nous allons pouvoir commencer à chercher son nom.

— Le nom de qui ?

— De mon père. C'est pour cela que nous sommes venues.

Elle se lève et traverse la vaste pelouse devant le mémorial ; ses pas laissent des empreintes sombres dans l'herbe saturée d'eau. Penelope la suit, patiente comme toujours. Pour elle, la Somme est associée à l'une des plus importantes batailles de la Première Guerre mondiale. Elle sait que des milliers d'hommes sont morts ici et que son grand-père était l'un d'eux. À l'approche du mémorial, elle s'aperçoit que les immenses piliers de brique soutenant l'arche sont couverts de plaques gravées. Voilà qui explique la taille de l'édifice ; les noms représentent les milliers de disparus de la Somme. Penelope lève la tête et découvre que soldats et officiers ont été classés par grade, comme à la guerre. Les listes s'étirent bien au-dessus du niveau des yeux. Elle en a le souffle coupé. Elle a lu des documents, bien sûr, mais personne ne lui avait dit... personne ne l'avait préparée à ces soixante-treize mille quatre cent douze morts sans sépulture.

Leonora traverse le socle dallé, parcourant des yeux les parois du monument, à la recherche du nom qui l'intéresse. Au pied de l'une des colonnes couvertes de plaques, elle s'immobilise. Penelope la rejoint et suit la direction de son regard. Près du sommet du pilier, les victimes du *Hampshire Light*

Infantry sont rassemblées selon la hiérarchie militaire. À leur tête, les capitaines Arnell, Bailey, Bland, Cade, Carrington, Cromie… et Hallows, le nom de jeune fille de Leonora. Il est bien là. Soudain, Penelope a l'impression qu'elles ont accompli un long chemin pour peu de chose.

— Pourquoi n'es-tu pas venue plus tôt, maman ? Des visites ont dû être organisées pour les familles. Nous aurions pu faire le voyage tous ensemble.

— Je n'y tenais pas.

— Pourquoi ?

— À cause de ce qu'on aurait trouvé ici.

— C'est-à-dire ?

— Viens voir.

Les deux femmes regagnent l'escalier par lequel elles sont montées au mémorial. À la base de chacun des deux gigantesques piliers qui flanquent les marches, une porte métallique perce le mur. Leonora pousse celle de gauche. À l'intérieur sont empilés plusieurs registres un peu écornés mais soigneusement conservés qui constituent les archives du mémorial. Elle en prend un, le feuillette, puis le montre à Penelope.

« L'honorable capitaine John Hallows, fils de Edward, Lord Powerstock, Meongate, Droxford, Hampshire. Disparu, présumé tué au combat, Mametz, le 30 avril 1916, vingt-neuf ans. »

L'origine aristocratique de la famille n'est pas une nouveauté pour Penelope. Le titre des Powerstock s'est éteint, elle le sait, en même temps que cet homme mort dans la Somme. Leonora a perdu sa mère alors qu'elle n'était âgée que de quelques jours et a été élevée par ses grands-parents. À la mort de ceux-ci, la propriété de Meongate n'est pas restée dans la famille. Ni l'argent ni le titre n'ont été transmis à Leonora ; celle-ci n'a jamais raconté à ses propres enfants la moindre anecdote concernant son enfance.

— Et alors ? demande Penelope après avoir consulté le registre avec perplexité.

— Allons, Penny ! Mon père a été tué le 30 avril 1916, mais je ne suis née que le 14 mars 1917. Tu comprends maintenant ?

— Ah ! dit Penelope avec un sourire. C'est donc cela. Ce genre de situation est assez courant en temps de guerre, il me semble ?

— Oui, bien sûr.

Leonora remet le livre en place et referme la porte.

— Mais l'histoire ne s'arrête pas là. J'ai toujours su que mon père n'était pas... mon père. Lady Powerstock n'a jamais perdu une occasion de me le rappeler et elle s'est débrouillée pour que Tony ne l'ignore pas non plus, crois-moi !

— Alors... où est le problème ?

— Ce n'est pas aussi simple que cela.

Leonora repasse sous l'arche, frôle le pilier sur lequel le nom de son père est inscrit. Des marches situées à l'arrière du mémorial mènent à un cimetière de soldats inconnus. À gauche, les tombes des Français signalées par des croix, à droite, celles des Britanniques surmontées de stèles lisses. La blancheur de la pierre reflète les rayons plus forts du soleil et la luminosité blesse les yeux. Au-delà des pins qui bordent le cimetière sur trois côtés, les vallées de l'Ancre et de la Somme se déroulent paresseusement, là où tant d'hommes ont autrefois trouvé la mort en de sanglantes batailles. Debout au sommet des marches, les deux femmes contemplent ce paysage paisible.

C'est Penelope qui rompt le silence.

— Je sais que je ne saurai jamais ce que l'on ressent lorsque l'on ne conserve aucun souvenir de ses parents, mais j'essaie de l'imaginer. Toi, jamais tu n'as parlé de ta propre enfance, même quand je te questionnais.

— Je voulais que Ronald et toi ayez ce sentiment de stabilité et de sécurité qui m'a tant manqué. J'ai tout tenté pour que mon enfance ne projette pas son ombre sur la vôtre. En refusant d'en parler, je pouvais prétendre qu'elle n'avait pas vraiment existé.

— Être une enfant illégitime te faisait donc tellement souffrir ?

— Mon illégitimité est un détail dans toute cette histoire, Penny. Aujourd'hui, plus que jamais. Lady Powerstock m'a fait endurer mille tourments à ce sujet, c'est vrai, mais elle disposait d'un moyen beaucoup plus efficace pour me soumettre à sa volonté.

Elles reviennent sur leurs pas. D'instinct, Penelope sait qu'elle ne doit pas brusquer sa mère. Elle-même n'a aucun souvenir de Lady Powerstock et, lorsque Leonora parle d'elle – chose rare –, c'est avec une certaine amertume. Pourtant, il semble qu'elle soit maintenant disposée à en dire plus. Quand elles se trouvent éloignées du mémorial, Leonora reprend :

— Voilà plus de cinquante ans que j'ai envie de venir ici, depuis que mon grand-père m'a appris que cet endroit existait et que le nom de mon père y figurait.

— Qu'est-ce qui t'en a empêchée ? La crainte d'y trouver confirmation qu'il n'était vraiment pas ton père ?

Leonora sourit.

— Peut-être…

— Tu n'es pas obligée de me répondre, mais as-tu fini par découvrir l'identité de ton vrai père ?

— Oui.

Les deux femmes reprennent l'allée dont le gravier crisse sous leurs pas et s'éloignent du mémorial. Cette fois, Penelope ne réussit pas à se contenir.

— Qui était mon grand-père, alors ?

— C'est cette réponse, entre autres, que j'ai prévu de t'apporter pendant ces vacances. Mais je dois te prévenir ; c'est une longue histoire.

— Il y a si longtemps que je rêve de l'entendre que je suis prête à t'écouter pendant des jours entiers.

— Et mes révélations t'apprendront autant de choses à mon sujet qu'au sujet de mon père.

— Sur ce point aussi, j'ai envie d'en savoir plus !

Elles arrivent au taxi et s'installent sur la banquette. M. Lefebvre démarre en direction d'Amiens. Il ne leur demande pas si elles ont apprécié leur visite, pas plus qu'il ne prend la peine d'écouter la plus âgée des passagères tandis qu'elle parle, dans un anglais aux sonorités graves et monotones.

— Nous n'avons jamais eu beaucoup de temps à passer ensemble, n'est-ce pas, Penny ? Je me demande parfois si j'ai été à la hauteur de ma tâche vis-à-vis de toi.

— Je n'ai manqué de rien.

— Sauf de cette chaleur dont tu étais privée parce que je ne pouvais pas me montrer telle que je le suis vraiment. Pour moi, la mort de Tony n'a pas seulement été douloureuse ; elle a signifié que désormais je ne pouvais plus prétendre que mon enfance n'existait pas. J'ai voulu croire que Ronald et toi seriez plus heureux en ne sachant rien de ce qui me concernait. Dans le cas de Ronald, je suis certaine d'avoir eu raison. Mais je voulais surtout effacer le passé, l'oublier. Aujourd'hui, le temps du souvenir est arrivé.

Une demi-heure plus tard, tandis que M. Lefebvre ralentit dans la circulation dense de la banlieue d'Amiens, Leonora parle toujours. Il a perçu le long monologue que l'autre passagère a écouté sans un mot depuis qu'ils ont quitté Thiepval, mais il n'accorde à ces paroles guère plus d'attention qu'au paresseux ruban de la Somme qui se déroule sous le pont routier. Il accélère, indifférent au passé, tandis que Penelope, qui y est plongée corps et âme, continue d'écouter. Car Leonora n'a pas fini. À la vérité, elle vient à peine de commencer.

Première partie

1

Les souvenirs d'enfance suivent une logique complexe qui leur est propre et échappe à toute règle. Impossible de les faire se conformer à la version que l'on voudrait leur imposer. Ainsi, je pourrais dire que la richesse qui entoura mon enfance remplaça aisément le sourire de ma mère, que la beauté de la demeure où Lord et Lady Powerstock m'hébergèrent me fit oublier que j'étais une orpheline... Si je le prétendais, chaque souvenir de mes jeunes années viendrait me contredire.

Meongate avait été, dans le passé, la maison bourdonnante de bruits et de rires de l'insouciante famille Hallows. Tout l'art du bien-être dans les pièces spacieuses et le parc paysager, tous les présents de la nature dans les collines douces du Hampshire et les pâturages de la vallée du Meon semblaient réunis pour former le cadre de vie idéal d'un petit enfant.

Pourtant, cela n'était pas suffisant. Tandis que je grandissais à Meongate, au début des années 1920, sa splendeur était depuis longtemps ternie. De nombreuses chambres avaient été condamnées, une partie de son parc mise en fermage. Et les gens gais que j'imaginais se promenant sur les pelouses aujourd'hui désertes ou dans les pièces désormais vides avaient disparu dans un passé hors de ma portée.

Je grandis en sachant que mes parents étaient morts tous les deux, mon père tué dans la Somme, ma mère emportée par une pneumonie quelques jours après ma naissance. On ne me le cachait pas. Au contraire, on me rappelait souvent ces tristes événements, sans perdre une occasion de me faire comprendre que j'étais responsable de l'ombre qui planait sur leur mémoire. Les raisons de ma culpabilité m'échappaient et j'ignorais si le silence qui régnait autour de la mort de mes parents était dû au chagrin ou à quelque chose de pire. Je n'avais qu'une triste certitude : je n'étais pas la bienvenue à Meongate, je n'y étais pas aimée.

Tout aurait pu être différent si mon grand-père n'avait pas été un homme grave, réservé et mélancolique. Aussi loin que je me souvienne, je le vois cloué à son fauteuil roulant, confiné dans ses appartements du rez-de-chaussée, privé par sa propre misanthropie autant que par les suites d'une crise cardiaque de toute tendresse et de toute chaleur humaine. Quand Nanny Hiles, la gouvernante, m'emmenait l'embrasser avant de me mettre au lit, j'aurais donné n'importe quoi pour échapper au contact froid de sa peau. Lorsque, jouant sur la pelouse, je levais la tête et le voyais en train de me regarder de sa fenêtre, j'avais envie de fuir pour me dérober à ses yeux inquisiteurs. Plus tard, j'eus parfois l'impression qu'il attendait que je sois en âge de le comprendre et qu'il espérait vivre jusque-là.

Lady Powerstock, de vingt ans sa cadette, n'était pas ma vraie grand-mère. La première épouse de mon grand-père était enterrée dans le cimetière du village et était devenue un autre de ces fantômes qui m'échappaient et ne pouvaient m'apporter aucune aide. Je l'imaginais comme l'antithèse de la femme qui lui succédait : gentille, aimante et généreuse, mais ces rêveries n'arrangeaient en rien mes affaires. Olivia, la femme que l'on me demandait d'appeler « grand-mère », avait été très belle dans sa jeunesse et conservait, à cinquante ans, un charme indéniable, une silhouette avantageuse et une élégance irréprochable. L'absence d'un lien véritable entre nous me paraissait constituer une raison suffisante à son manque d'affection pour moi. Ce que je ne parvenais pas à comprendre, c'est la raison pour laquelle elle en était venue à me haïr ; pourtant, c'était réel, sa haine ne faisait aucun doute. Elle ne prenait pas la peine de la masquer. Au contraire, elle la laissait planer sur tous nos échanges, menace non exprimée qui ne cessa de grandir jusqu'à devenir presque palpable et se transforma en l'aveu tacite qu'elle attendait… Elle attendait que la mort emporte son mari pour pouvoir abandonner toute retenue envers moi. Elle portait en elle le calcul et le vice, deux traits de caractère qui lui permirent d'attirer les hommes pendant toute sa vie. Sa propre dépravation semblait lui procurer un tel plaisir, une sensation si proche de la volupté que sa haine à mon égard en devenait presque naturelle, instinctive. Cependant, d'autres éléments motivaient son comportement. Elle nourrissait une rancœur liée au rôle – quel qu'il ait été – qu'elle avait joué dans le passé de cette maison, et je lui servais d'exutoire.

Mon seul ami, à cette époque, le seul allié disposé à me guider à travers les dangers cachés de Meongate, était Fergus, un majordome taciturne et peu démonstratif. Olivia le qualifiait de « sournois » car il manquait, à son égard, de la déférence attendue d'un domestique. Il était mon unique confident. Olivia inspirait à Sally, la morne servante, et à Nanny Hiles – à qui l'on aurait pu reprocher beaucoup de choses sauf un excès d'humour et de fantaisie – une peur proche de la panique. Fergus, lui, traitait sa maîtresse avec une désinvolture frôlant l'insolence, ce qui fit de lui mon allié immédiat. C'était un homme prudent et pessimiste qui, ayant peu attendu de l'existence, s'était évité bien des désillusions. Peut-être eut-il pitié d'une enfant solitaire dont il connaissait le fardeau. Il m'entraînait secrètement dans des promenades à travers la propriété jusqu'aux rives boisées du Meon où il allait pêcher lors de ses après-midi de congé. Parfois, nous partions pour Droxford en cabriolet ; il m'achetait une glace et m'asseyait sur le mur devant la sellerie de M. Wilsmer tandis qu'il discutait le prix d'une bride pour le cheval. Ces instants où je dégustais un sorbet tout en tapant des talons contre le muret qui longeait le magasin de M. Wilsmer me procuraient un peu de bonheur. Mais cela ne durait pas.

Ce fut Fergus qui, le premier, me montra le nom de mon père, perdu au milieu de ceux d'autres jeunes gens morts à la guerre, sur une plaque posée contre un mur, dans l'église du village. « Que leurs noms restent à jamais gravés dans nos mémoires », disait l'inscription. Or le nom de mon père était le seul élément auquel je puisse m'accrocher, tout autre souvenir semblant proscrit. Je passais des heures les yeux fixés sur les lettres, essayant de faire apparaître, à travers elles, des images d'un être de chair.

Cela m'était d'autant plus difficile que je n'avais vu de la guerre que des photographies, publiées dans de vieux numéros de l'*Illustrated London News*, représentant des silhouettes figées et sans expression. Comment faire revivre sa personnalité alors que je disposais de si peu d'indications ?

Quant à ma mère, il n'y avait d'elle aucune trace : ni tombe ni stèle. Si je le questionnais, Fergus usait de faux-fuyants. La tombe de ma mère, s'il en existait une, se trouvait loin d'ici. Où ? Il l'ignorait. Il y avait, je devais le comprendre, des limites à ce qu'il pouvait révéler. Je ne saurais dire si c'était lui qui me l'avait suggérée, mais l'idée me vint d'interroger Olivia. Je ne me rappelle pas quel âge j'avais à l'époque ; je l'avais suivie dans la bibliothèque où elle allait souvent regarder un tableau qui s'y trouvait accroché.

— Où est enterrée ma mère ? demandai-je à brûle-pourpoint, sachant qu'elle considérerait ma question comme une provocation.

Toute haine finissant par être réciproque, j'en étais venue à la haïr aussi. Je ne voyais pas alors quelle dangereuse ennemie elle représentait.

Elle ne répondit pas. Elle se détourna de ce grand, haut et sombre tableau et me donna une gifle si violente que je chancelai. Je restai là, immobile, la main posée sur ma joue enflammée, trop abasourdie pour pleurer. Elle se dressa devant moi, ses yeux lançant des flammes, et dit :

— Si tu me poses à nouveau cette question, si tu parles encore une fois de ta mère, je te le ferai regretter.

Le mystère de ma mère, par conséquent, devint ma principale obsession. La mort de mon père, après tout, était d'une rassurante simplicité. Chaque mois de novembre, le village organisait un défilé pour commémorer l'armistice et rappeler le sacrifice du capitaine John Hallows et de ses compagnons. Bien que je ne fusse pas autorisée à me mêler aux petites filles qui défilaient, j'avais le droit de les regarder. Je rêvais alors que j'étais l'une de ces enfants qui, comme moi, avaient perdu leur père et qui, contrairement à moi, iraient retrouver leur mère à la fin du défilé.

Quelquefois, il me semblait voir des images de ma mère. C'était impossible, bien sûr, si ce que l'on m'avait dit était vrai, mais Olivia avait réussi à me faire douter de tout ce que je ne pouvais pas vérifier personnellement. De plus, un souvenir un peu flou, le tout premier que j'aie enregistré, venait soutenir la thèse en laquelle je voulais tant croire.

J'étais debout sur le quai de la gare de Droxford. C'était une belle journée d'été : je sentais la chaleur du sol à travers mes semelles. Un train était arrêté devant moi, de grosses volutes de fumée s'élevaient tandis que le conducteur de la locomotive faisait monter la vapeur. Lorsque le train s'ébranla, l'homme qui se tenait près de moi se baissa pour me prendre dans ses bras. Il était robuste, avec des cheveux blancs, une grosse voix et un chapeau de paille dont le bord me frôlait la tête tandis qu'il levait la main en signe d'au revoir. J'agitais aussi la main vers une femme qui se trouvait à bord du train et qui se penchait par la vitre baissée en souriant à travers ses larmes. Elle était vêtue de bleu et tenait un mouchoir blanc. Puis le train l'emmenait. Alors, je me mettais à pleurer et le vieillard me serrait contre lui ; les boutons de laiton de sa veste étaient froids contre mon visage.

Je relatai un jour ce souvenir à Fergus, au retour d'une cueillette de champignons. Je lui demandai qui était le vieil homme.

— Ça ressemble à ce bon vieux M. Gladwin, répondit-il. Le père de la première Lady Powerstock. Il vivait ici… jusqu'à ce qu'*elle* le mette dehors.

Fergus disait toujours « elle » en parlant d'Olivia.

— Pourquoi a-t-elle fait cela ?

— Elle avait ses raisons.

— Quand est-il parti ?

— L'été 1920, alors que vous aviez trois ans. Il est retourné dans le Yorkshire, à ce que l'on prétend. C'était un sacré phénomène, M. Gladwin.

— Qui était la jolie dame, Fergus ?

— Je n'en sais rien.

— Était-elle… ma mère ?

Il s'arrêta et me scruta avec un froncement de sourcils.

— Non, elle n'était pas votre mère, déclara-t-il avec une lenteur délibérée. Votre mère est morte quelques jours après votre naissance. Vous le savez. Quelle que soit la force avec laquelle vous le désirez, vous ne parviendrez pas à vous souvenir d'elle.

— Alors, qui était la jolie dame, Fergus ?

Son froncement de sourcils devint plus sévère.

— Je vous l'ai dit, je l'ignore. M. Gladwin savait se taire quand il le voulait. Maintenant, faites attention au paquet que vous portez ; n'oubliez pas qu'il contient votre déjeuner… et le mien !

Si la dame n'était pas ma mère, qui était-elle ? Quel lien y avait-il entre elle et le vieux M. Gladwin, mon arrière-grand-père ? Je ne trouvais pas de réponse à ces questions mais conservais l'espoir que ma mère n'était pas morte et qu'elle avait simplement été... mise à l'écart, comme M. Gladwin.

J'allais moi aussi bientôt être mise à l'écart. Destination : une école privée du nord du pays de Galles. C'est ainsi que je fus inscrite dans la section primaire du célèbre collège Howell's. Certaines élèves trouvaient cette institution austère et trop stricte mais je m'y sentis bien dès le premier jour. Aucun secret venu du passé, aucune ombre ne planait au-dessus. C'étaient les vacances que je redoutais : les moments où il me fallait retourner à Meongate, retrouver Olivia et son sourire menaçant, mon grand-père, toujours plus fragile et renfermé, Fergus, de moins en moins chaleureux avec la jeune personne suffisante qu'il croyait me voir devenir.

En pension depuis l'âge de huit ans, je ne connaissais personne à Droxford, ni parmi les enfants ni parmi les adultes. C'est la raison pour laquelle je n'avais pas entendu parler du meurtre commis à Meongate, ce fragment du mystère entourant l'histoire de notre famille.

Il me semble que c'est le fils Cribbins qui m'en parla le premier. Il venait effectuer des travaux de jardinage dans la propriété pendant l'été et il était l'un des rares enfants du village à qui j'aie adressé la parole. Par un après-midi chaud et orageux, Cook m'envoya porter un verre de citronnade au jeune garçon qui coupait des ronces dans le verger. Nous bavardâmes. Il me demanda à quoi ressemblait l'intérieur de la maison.

— Vous n'y êtes jamais entré ? dis-je, avec un peu de hauteur, vestige du collège Howell's.

— Jamais de la vie je ne mettrai les pieds là-dedans ! s'exclama-t-il. Mon père m'a tout raconté.

— Raconté quoi ?

— Le meurtre.

— Quel meurtre ?

— Vous n'êtes pas au courant, mademoiselle ? Il y a eu un meurtre à Meongate, il y a des années ! C'est mon père qui me l'a dit.

— Oh ! bien sûr, répondis-je, bien sûr que je suis au courant.

Pour rien au monde je n'aurais voulu qu'il s'aperçoive que l'on m'avait caché cette histoire.

Je ne voyais qu'une seule personne auprès de qui me renseigner : Fergus. Je le trouvai en train d'astiquer l'argenterie à l'office.

— Un meurtre, dites-vous ? C'est possible qu'il y en ait eu un, possible que non. Qu'est-ce que Cribbins peut en savoir ?

— Arrêtez de vous moquer de moi, Fergus.

Il posa les couteaux qu'il frottait et s'approcha de mon oreille.

— Je ne me moque pas de vous mais *elle* m'écorcherait vif si elle m'entendait en parler. C'est un sujet à proscrire, murmura-t-il.

Il se doutait que je ne désarmerais pas aussi facilement. Le lendemain, je le suivis au bord de la rivière, là où il aimait pêcher et où personne ne surprendrait notre conversation.

— Alors ? Ici, vous pouvez me parler…

— Vous parler de quoi ?

— Du meurtre.

Il tira sur sa ligne et grommela :

— Ils ne mordent pas, aujourd'hui.

— Fergus !

— Quelque chose me dit que je n'aurai pas la paix avant d'avoir satisfait votre curiosité ! Ça s'est passé pendant la guerre. Quelqu'un a tiré sur un invité de Lord Powerstock alors qu'il se trouvait dans sa chambre.

— Dans quelle chambre ?

— Rassurez-vous. Pas la vôtre, mais l'une de celles qui sont aujourd'hui condamnées.

— Qui était-ce ?

— Je vous l'ai dit : un invité. J'ai oublié son nom.

— Qui l'a tué ?

— On ne l'a jamais su.

— Vous voulez dire que l'on n'a pas trouvé le meurtrier ?

— Non, pas à ce jour.

— Fascinant !

— Ce n'est pas le mot qui convient.

— Oh ! Fergus ! Vous êtes un vrai bonnet de nuit !

Il sourit.

— Prenez garde. N'en parlez jamais devant *elle*. Vous vous en mordriez les doigts.

— L'homme qui a été tué était l'un de ses amis ?

Fergus eut un ricanement.

— *Elle* n'a pas d'amis. Vous devriez le savoir. Maintenant, sauvez-vous avant d'avoir fait fuir tous les poissons.

Je tentai à plusieurs reprises d'aborder le sujet avec Fergus mais je n'obtins rien de plus. Je n'osai pas questionner quelqu'un d'autre. Cook et Sally avaient été recrutés précisément à cause de leur absence d'intérêt pour les commérages. Et cette discrétion excusait, aux yeux d'Olivia, leurs autres défauts. Ils ne m'aideraient pas, j'en étais certaine.

En outre, jamais je n'aurais avoué que je savais si peu de chose de l'histoire de ma famille. Je ne disposais que de quelques indices et de fragments d'une mémoire lointaine pour avancer.

Je devais être un vrai fléau pour Fergus avec mes embarrassantes questions. Dans quelle pièce le meurtre avait-il été commis ? Quelle était la chambre de mes parents ? Pourquoi n'y avait-il aucun portrait d'eux ? Où ma mère était-elle enterrée ? À quoi ressemblait-elle ? Pourquoi M. Gladwin avait-il été mis à la porte ? Qui était la jolie dame ? Il se grattait l'arête du nez, disait qu'il ne se souvenait pas ou ne pouvait pas me répondre, puis détournait son attention en confectionnant avec de la ficelle et des allumettes l'un de ces invraisemblables casse-tête dont il avait le secret.

Pourtant, les bribes d'informations qu'il me confiait lui auraient coûté sa place si Olivia l'avait su. Au retour de ses escapades à Londres – qui devenaient de plus en plus fréquentes –, elle commençait par m'ignorer, puis me soumettait à un pénible interrogatoire. Qu'avais-je fait ? À qui avais-je parlé ? Quels livres avais-je lus ? Quand je fus un peu plus grande, il lui arriva de me demander mon avis à propos d'une nouvelle robe ou d'un bijou qui venait enrichir sa panoplie. Si je commettais l'erreur de l'admirer, elle s'exclamait :

— Il est beau parce qu'il est bien porté. Sur toi, il perdrait tout son éclat !

Olivia manifestait pour l'art un intérêt inversement proportionnel à celui qu'elle accordait à sa propre apparence, à l'exception de la passion qu'elle nourrissait pour un tableau accroché dans la bibliothèque. Elle se rendait souvent dans cette pièce et, comme elle ne lisait que des magazines de mode, elle ne pouvait être attirée que par le tableau qui s'y trouvait. C'était une œuvre tourmentée et empreinte d'une certaine perversion. Il représentait un homme en cotte de mailles entrant dans une chambre de château et découvrant une femme nue qui l'attendait, allongée en travers d'un lit. Je ne pouvais pas m'empêcher de trembler quand je regardais cette scène.

La raison du malaise que m'inspirait cette toile m'apparut clairement le jour où, Olivia étant sortie et Sally ayant sa journée de congé, je me glissai jusqu'à la chambre d'Olivia, pour le plaisir de la braver en pénétrant sur son territoire.

Je me rappelle que les rideaux de velours bleu étaient tirés pour empêcher le soleil d'entrer mais qu'ils ondulaient dans un courant d'air venu de la fenêtre entrouverte. Leur mouvement lourd faisait danser des formes sur le lit et sur la coiffeuse où s'alignaient flacons de parfum, pots de crème, brosses en écaille et miroirs en argent ; tout un attirail destiné à préserver son apparence. Comme j'aurais aimé alors me trouver dans la chambre de ma mère, bercée par la certitude qu'elle ne tarderait pas à rentrer, parmi ses fards et ses peignes, plutôt que dans celle de cette femme que je détestais ! Mais cela n'était qu'un rêve. Olivia était l'unique maîtresse de Meongate et j'étais son ennemie. Je remarquai la poussière et les traces de poudre que Sally avait laissées sur le miroir et je souris tristement.

Quand je me détournai de la coiffeuse, mon attention fut attirée par un tableau suspendu sur le mur d'en face. Je retins mon souffle. Il s'agissait probablement d'une copie de celui qui se trouvait dans la bibliothèque. Mais non. Quand je l'eus examiné de plus près, je vis que, bien que le lieu et les personnages fussent les mêmes, la scène s'organisait de façon différente. L'homme se trouvait maintenant allongé sur le lit ; sa bouche était posée sur l'un des seins de la femme et, d'une main, il caressait l'autre. La femme regardait légèrement de côté et son visage... J'eus un sursaut. Le visage était celui d'Olivia, plus jeune, quand sa beauté pouvait se passer des artifices dont elle usait à présent. Sur le tableau, elle était nue, et je n'avais jamais vu son corps ainsi exposé, mais je connaissais bien son expression : mélange très caractéristique d'ennui et de haine.

Je restai pétrifiée plusieurs minutes, essayant de percer le sens de ce que je voyais, aussi dégoûtée que fascinée par tant d'indécence : les membres noués, mêlés, la bouche de l'homme pressée contre le sein offert de la femme... Plus que tout, j'étais frappée par l'indifférence méprisante qui se lisait sur ce visage que j'étais certaine de reconnaître.

Pendant des jours, je gardai présente à l'esprit cette image d'Olivia. Quand elle s'asseyait en face de moi à dîner, adressant, entre deux bouchées de nourriture, des remarques d'une sincérité douteuse à Lord Powerstock, j'imaginais ses formes nues et conquises. Quand elle levait la tête pour me gratifier d'un coup d'œil désapprobateur, je voyais le regard cynique de la femme du tableau. Et lorsque je retournai voir la toile de la bibliothèque, elle m'apparut sous un jour nouveau.

Qui était l'artiste ? me demandai-je. Pourquoi avait-il choisi Olivia pour modèle ? Impossible de poser des questions à Fergus à ce sujet. La liste de mes interrogations sans réponses s'allongea encore.

Ma curiosité trouva bientôt une nouvelle cible. Je n'accordais aucun intérêt à la petite tour hexagonale qui surmontait l'aile de la maison, accessible par un escalier en colimaçon dont la porte était toujours verrouillée. Or, un jour, Fergus laissa entendre que mon père avait autrefois transformé cet endroit en observatoire et que son télescope se trouvait encore là-haut. Je décidai aussitôt de visiter les lieux et harcelai Fergus pour qu'il me donne la clé. Il finit par se laisser convaincre, à condition que je n'en souffle mot à personne. Je le lui promis : ce serait notre secret.

L'observatoire s'avéra décevant. Il ne contenait que quelques meubles poussiéreux et un vieux télescope de cuivre sur pied. Mais ce qu'il me permit, en revanche, présenta le plus grand intérêt. En effet, il m'offrit l'occasion de m'échapper de Meongate. Quand j'eus appris à m'en servir et à régler la mise au point, je pus observer les écureuils grimper aux arbres, les lapins sauter dans l'enclos, suivre un berger et son troupeau le long des collines ou, à la tombée de la nuit, voyager interminablement dans un ciel rempli d'étoiles. Bien à l'abri dans ma cachette, j'imaginais mon père étudiant les constellations lointaines ; était-ce lui qui avait oublié une boîte d'allumettes à demi pleine sur l'étagère ? Parfois, je pleurais doucement quand le doute et la tristesse m'accablaient. J'aurais tant aimé le découvrir dans l'objectif, tenant ma mère par la main et se promenant dans le parc de cette maison qui était la sienne.

Mes espoirs et mes rêves étaient tout ce dont je disposais pour faire vivre mes parents. J'avais raconté à mes amies de pensionnat qu'une médaille militaire avait été décernée à mon père à titre posthume et que ma mère était morte de chagrin. Je la décrivais comme la femme la plus belle qui ait jamais existé. Elles me croyaient. Quelquefois, j'y croyais moi-même. À Howell's, je pouvais raconter ce que je voulais. Il n'y avait qu'à Meongate qu'il était impossible d'échapper à la réalité.

2

La première fois que j'entendis parler de Thiepval fut un jour que je n'oublierai jamais. C'était un samedi du mois d'août 1932 ; une chaleur étouffante d'orage avait empli l'air comme une lourde menace qui se resserrait autour de Meongate au fil des heures. Olivia devait donner une réception ce soir-là. Cela s'était produit plusieurs fois au cours de l'été. L'invité d'honneur et principal danseur d'Olivia était Sidney Payne, un riche constructeur de Portsmouth.

J'avais alors quinze ans et j'étais assez timorée et ombrageuse pour voir d'un mauvais œil cette intrusion, dans mon univers, de la gaieté. Le jour de mon retour de Howell's pour les vacances d'été, j'avais été présentée à M. Payne : un homme au visage bouffi, aux cheveux noirs luisants de brillantine et à la fine moustache. Je le détestai dès le premier instant, non seulement à cause de sa vulgarité, de la sueur qui suintait de sa peau et de ses petits yeux porcins, mais aussi parce que je compris qu'Olivia voyait en lui son bâton de vieillesse. Un personnage fortuné et peu difficile avec qui traverser ses années de déclin. Ce n'était pas, comme Payne le pensait, en son honneur qu'étaient données ces soirées qui attiraient tant d'étrangers peu raffinés, mais en celui d'Olivia, qui assurait son avenir.

Ce samedi après-midi, je rendis visite à mon grand-père. Cela n'était pas dans mes habitudes mais les préparatifs de la fête perturbaient l'organisation de la maison et les appartements retirés de Lord Powerstock m'offraient un refuge idéal. Je pris pour prétexte le fait que je l'avais peu vu depuis mon retour de Howell's. Lui, de son côté, parut vraiment heureux de me voir. Il était assis près de la fenêtre dans son fauteuil roulant, le teint terreux, les genoux enveloppés dans une couverture malgré la chaleur étouffante. Son regard errait sur les pages d'un magazine qu'il feuilletait de son unique main valide.

— Bonjour, grand-père. Que lisez-vous ? demandai-je.

Il leva le magazine afin de me montrer le titre. C'était l'*Illustrated London News*. Je m'agenouillai près de lui et vis alors qu'il avait ouvert la revue à la première page. J'y découvris une photo du prince de Galles en uniforme militaire, inspectant une garde d'honneur en compagnie d'un homme en redingote, d'allure étrangère.

— Qui est l'homme à côté du prince de Galles ? demandai-je.

— C'est le président de la République française. Ils passent en revue des soldats français à Thiepval. Sais-tu où se trouve Thiepval, Leonora ?

— Quelque part en France ?

— Ce lieu a été le centre des combats dans la Somme. Le prince de Galles s'y est rendu pour inaugurer un monument élevé à la mémoire des disparus.

Mes yeux se posèrent sur deux photos. Celle du haut, prise du ciel, montrait une vaste construction en brique faite d'arches, de piliers et de blocs dominant des champs pelés. L'esplanade, devant, était envahie par des spectateurs et des véhicules. L'image du bas avait été prise au niveau du sol, par quelqu'un qui se trouvait dans la foule. De là, la forme fine et élancée de l'arche centrale était visible. À son faîte flottaient les drapeaux britannique et français, en dessous se trouvaient alignés des soldats au garde-à-vous. Au premier plan se massait la foule. Quelques personnes se tenaient un peu à l'écart, à la recherche de meilleurs angles pour prendre des photos ; d'autres se serraient sous des parapluies.

— Qu'est-ce que cela signifie, grand-père, un monument à la mémoire des disparus ?

— C'est un édifice dont le but est de rendre hommage aux hommes morts dans la bataille de la Somme et qui n'ont pas de tombe identifiée. Tous leurs noms sont inscrits là-dessus.

— Mais pourquoi est-il si grand ?

— Parce qu'il y a beaucoup de noms. Regarde, le chiffre est inscrit ici.

Je parcourus la légende. Le terrible chiffre y était mentionné : soixante-treize mille quatre cent douze hommes sans tombe.

— Ton père est l'un d'eux, Leonora. Son nom figure là. Un jour, peut-être, je t'emmènerai le voir.

C'était une suggestion plutôt absurde, compte tenu de son état de santé. Mais le fait qu'il ait prononcé le nom de mon père, ce qui arrivait si rarement en ma présence, représentait un immense progrès. J'y puisai l'audace de poser d'autres questions.

— Est-ce que cela signifie que mon père n'a pas de tombe ?

Son visage se crispa et il serra les dents.

40

— Oui, je le crains.

— Et ma mère ? A-t-elle une tombe ?

Il se détendit un peu.

— Oh, oui ! bien sûr ! Qu'est-ce qui te fait demander cela ?

— Où est-elle ?

Il tourna la tête et regarda vers la fenêtre.

— Elle est... loin d'ici.

— Vous ne voulez pas me dire où ?

— Peut-être, quand tu seras plus âgée.

— Dans combien de temps ?

Il posa à nouveau les yeux sur moi.

— Quand je te sentirai prête.

Il ne s'agissait pas simplement de la tombe de ma mère. Nous savions tous deux que ce qu'il me promettait pour une date indéterminée était une réponse à toutes mes questions, une explication à laquelle lui, au moins, considérait que j'avais droit.

— Je suis fatigué, maintenant, Leonora. Laisse-moi dormir.

Il me permit d'emmener l'*Illustrated London News*. Je montai dans ma chambre pour dévorer chaque mot de l'article, scruter chaque silhouette sur les photos. Tu as vu le mémorial maintenant, Penelope, et moi aussi. À cette époque, je ne pouvais que tenter de l'imaginer et me bercer de l'illusion qu'un jour, mon grand-père tiendrait parole et m'y emmènerait. Je lus et relus les extraits du discours du prince de Galles jusqu'à ce qu'ils soient gravés dans ma mémoire. Même à ce jour, je me rappelle les mots exacts :

« Ces myriades de noms ne doivent pas former un simple Registre de la Mort. Ils doivent constituer le premier chapitre d'un nouveau Livre de la Vie, le fondement et le guide d'une civilisation meilleure à l'intérieur de laquelle la guerre sera bannie. »

Belles paroles pour soixante-treize mille quatre cent douze hommes non identifiés, sans tombe, avec parmi eux mon père.

Au crépuscule, la maison s'emplit de monde, de rires et d'éclats de conversations. Des accords de jazz saturaient le phonographe. Des portes de voitures claquaient, de nouveaux invités arrivaient. Quelque part retentissait la voix brutale de Payne, voilée par l'alcool. C'en était trop. Aussitôt que la lumière eut quitté le ciel, je cherchai refuge dans l'observatoire, sachant que, là-haut, j'échapperais au bruit ; que, là-haut, on ne me trouverait pas.

Je me serais contentée de scruter les étoiles filantes en attendant que la soirée prenne fin si quelqu'un n'avait allumé la lumière dans l'une des chambres en bout du bâtiment principal. Je fus surprise d'apercevoir Olivia debout dans une pièce aux rideaux ouverts, car ce n'était pas sa chambre et la soirée n'était pas finie. Poussée par la curiosité et ravie d'avoir un avantage sur elle, je pointai le télescope dans sa direction.

Elle leva la tête et passa une main sur sa gorge, comme quelqu'un qui souffre de la chaleur. Puis elle ouvrit la fenêtre et inspira plusieurs fois. Elle portait une robe de soie moulante, bordée de dentelle, qui flattait sa silhouette.

Elle se détourna et, à ce moment, un homme traversa la pièce pour aller vers elle. Sidney Payne. Il la prit par la taille et l'embrassa sur la bouche, déformant son visage sous la pression de ses lèvres. Elle rejeta la tête en arrière, dans un rire. Il laissa glisser sa main droite sur ses hanches, descendit vers les cuisses tout en posant de petits baisers à la naissance de la poitrine, à la lisière du décolleté. Une répugnante avidité se lisait sur son visage. Sur celui d'Olivia, maintenant que Payne ne la regardait plus, il y avait quelque chose de pire encore, l'expression de la femme du tableau : haine et ennui. À petits pas mal assurés, le couple se déplaça à travers la pièce, toujours enlacé, pour rejoindre le lit, sans doute. Ils disparurent de ma vue.

Je n'aurais pas pu cesser de regarder s'ils ne s'étaient pas dérobés et je fus soulagée qu'ils se soient éloignés. Seule dans l'observatoire, je me mis à pleurer, non de ce que j'avais vu, mais de ce que cela signifiait. Olivia venait de me donner un avant-goût du futur ; c'est à cela que ressemblerait la vie à Meongate une fois que la maison serait son domaine. J'aurais pu l'imaginer ; maintenant, je savais…

Mes craintes prirent forme plus tôt que je m'y étais attendue. Un après-midi de novembre, cette même année, on vint me chercher sur le terrain de hockey, à Howell's, pour m'annoncer que j'étais convoquée dans le bureau de la directrice. Cette dernière étant revêche et autoritaire, la gentillesse avec laquelle elle m'accueillit me parut suspecte. Mon grand-père venait d'avoir une attaque qui lui avait été fatale et je devais rentrer chez moi tout de suite.

Très tôt, le lendemain, la responsable de mon dortoir me conduisit à Wrexham et me fit monter dans l'express de Londres. Elle était sans doute déconcertée par mon absence d'accablement, mais je n'y pouvais rien. Mon grand-père ne m'avait pas donné assez de lui-même pour que je souffre de sa perte. Cependant, ma froideur faisait partie d'une attitude calculée. J'étais déterminée à m'enfermer dans une carapace pour affronter les changements qui allaient survenir et ne pas offrir à Olivia la satisfaction de me voir trembler à la perspective de remettre mon avenir entre ses mains.

J'avais bien fait de m'endurcir car, à Meongate, je trouvai Sidney Payne déjà installé. Fergus était certain que la présence perpétuelle de Payne dans la maison avait précipité la mort de son maître. Nous étions liés par une même haine envers un intrus qui représentait une menace pour l'un comme pour l'autre. Pourtant, nous étions impuissants. Le titre des Powerstock était mort avec mon grand-père et toute noblesse, au sens propre comme au sens figuré, quitta Meongate en même temps que le cortège funèbre.

Après l'enterrement, M. Mayhew, le notaire de famille, revint avec nous à la maison pour la lecture du testament. C'était un homme doucereux et peu loquace. Il refusa le sherry qui lui fut proposé et lut le document à un rythme rapide, neutre, devant Olivia et moi. Elle semblait peu concernée et se déplaçait avec nonchalance dans la pièce. Moi, j'étais très attentive, impatiente d'apprendre quelles dispositions mon grand-père avait prises pour moi. J'avais déjà tenu le raisonnement selon lequel, quoi qu'il m'ait laissé, ces biens seraient mis en curatelle jusqu'à ma majorité. Il me faudrait donc attendre six ans avant d'être indépendante. Ce serait déplaisant, je le savais, mais pas insurmontable.

Lorsque Mayhew parvint à la fin des formules préalables, Olivia avança lentement derrière sa chaise.

« Je lègue l'ensemble de mes biens immobiliers et personnels, après paiement de mes dettes, de mes funérailles et des frais de succession, à mon épouse Olivia, et je la nomme unique exécutrice testamentaire. »

C'était tout ; je n'étais pas mentionnée. Aucune disposition n'avait été prévue pour son unique descendante.

« Enfin, je révoque tous les précédents testaments que j'aurais pu faire avant ce jour, huit mai mille neuf cent dix-sept. Signé : Powerstock. »

Je restai muette. Comment avait-il pu déshériter sa petite-fille ? Il avait rédigé le testament quand j'avais deux mois. Mayhew commença à rassembler ses documents. Je parvins à dire :

— Je ne comprends pas…

— Qu'est-ce que vous ne comprenez pas, jeune demoiselle ? questionna Mayhew.

— Vous n'avez pas mentionné mon nom.

— Il n'apparaît pas dans le document.

— Mais… Je suis sa petite-fille.

Olivia s'arrêta de marcher et regarda dans ma direction. Elle se trouvait près de la fenêtre et, la lumière arrivant derrière elle, je ne parvenais pas à déchiffrer son expression.

— Edward m'a fait confiance pour subvenir à tes besoins, Leonora.

Je ne pouvais rien ajouter en sa présence. Je quittai la pièce. J'allai dans le jardin et marchai un peu pour essayer d'ordonner mes pensées. J'étais la seule personne unie par un lien de sang à Lord Powerstock, le seul membre restant de sa famille, pourtant… rien ! Meongate, ma demeure, maison de ma famille, de mes ancêtres, ne m'appartenait plus, ne *leur* appartenait plus. Je levai la tête vers la fenêtre de laquelle il m'avait si souvent regardée dans le vain espoir de comprendre pourquoi il avait agi ainsi. Était-ce cela qu'il m'aurait expliqué s'il avait vécu ? Je ne le saurais jamais.

Je vis Mayhew qui montait dans sa voiture. Je courus vers lui, une main levée pour attirer son attention.

— Monsieur Mayhew !

— Oui, mademoiselle ?

Son expression n'était guère encourageante.

— Pouvez-vous me dire... Pourquoi mon grand-père ne m'a-t-il pas mentionnée dans son testament ?

— Je ne le peux pas.

— Mais il y a une erreur.

— J'étais présent lors de la rédaction du document. Les intentions de Lord Powerstock ne faisaient aucun doute.

— N'ai-je aucun recours juridique ?

Il réfléchit un moment avant de répondre.

— Vous avez la possibilité de contester le testament. Toutefois, en votre qualité de mineur, vous ne pourrez agir que par l'intermédiaire de votre tutrice : Lady Powerstock.

Nous étions revenus à la case départ. Mayhew démarra, me laissant seule à la merci d'Olivia. Les droits qui étaient les miens, c'est elle qui en disposait. Lord Powerstock lui avait légué l'avenir et, à moi... rien du tout.

Ce que cet avenir me réservait, il ne me fallut pas longtemps pour le savoir. Quand je retournai à Meongate, un mois plus tard, au moment des vacances de Noël, une fête battait son plein. J'avais franchi seule et à pied la distance qui séparait la gare de la propriété, par un après-midi de décembre glacial pour trouver la maison ruisselante de lumière, de bruits, de rires et de musique. Les lustres qui scintillaient derrière toutes les fenêtres narguaient la pénombre. Fergus m'accueillit par une mise en garde : je devais être prête à affronter le pire. Olivia avait donné des instructions pour que je rejoigne ses invités dès mon arrivée.

Une douzaine de personnes étaient réunies dans le salon. Des bûches empilées dans l'âtre crépitaient, un disque de jazz tournait sur le phonographe, des vapeurs de gin et la fumée des cigarettes empuantissaient l'air, Sidney Payne, tout rouge, riait bruyamment à une plaisanterie qu'il venait de faire. Je reconnus quelques-uns de ses associés, déjà venus à Meongate auparavant : des hommes aux accents vulgaires qui buvaient beaucoup et exhibaient des femmes de vingt ans leurs cadettes, gloussant dans leurs bras et roulant des yeux exorbités ; les autres m'étaient inconnus. Pas un seul ne me vit entrer.

Sauf Olivia.

Vêtue d'une robe de soie pourpre, elle était étendue sur une *chaise longue*[1], un long fume-cigarette à la bouche. Elle se leva avec un sourire pernicieux.

— Bienvenue, Leonora, dit-elle d'une voix forte, qui interrompit les conversations autour d'elle. Tu arrives juste à temps pour porter un toast. Sidney, une petite coupe de champagne pour Leonora !

Payne s'avança et me tendit un verre tout en soufflant la fumée de son cigare. Je ne le regardai pas. Mes yeux restaient fixés sur le visage d'Olivia où se lisaient le triomphe et la jubilation.

— Sidney et moi avons annoncé nos fiançailles. J'aimerais que tu boives à notre bonheur, dit-elle.

---

1. En français dans le texte *(N.d.T.)*.

— Je ferai désormais partie de la famille, déclara Payne dans un semi-brouillard.

Je bus ou, plus exactement, je trempai mes lèvres dans le verre et demandai la permission de me retirer mais Olivia insista pour que je reste. Aussi, toujours vêtue de mon uniforme de collégienne, je m'assis sur une chaise au dossier droit, tins ma coupe de champagne entre mes mains sans la boire et restai immobile pendant toute la soirée à écouter et regarder ce qui se passait.

Un couple dansait le charleston au milieu de la pièce, un autre s'embrassait passionnément sur un canapé. Les voix devenaient plus fortes, les visages plus rouges, les rires plus hystériques. Des verres étaient renversés, des cigarettes écrasées sur la moquette. Ma vue commençait à se brouiller, mes oreilles à bourdonner. Et, pendant tout ce temps, Olivia resta au même endroit, buvant peu et riant encore moins, observant la façon dont je réagissais face à cette étrange victoire qui semblait lui procurer si peu de joie. Car le but de cette réception n'était pas uniquement l'annonce de ses fiançailles, c'était une déclaration de guerre.

Vers la fin, Payne était parfaitement ivre. Je le vis pousser l'une des filles contre un mur et lui murmurer quelque chose qui la fit rire. Il releva le bas de sa robe et glissa un billet de cinq livres dans son bas. Elle rit à nouveau.

Je vis qu'Olivia avait suivi la scène. Quand ses yeux revinrent à moi, elle avait l'expression de la femme peinte sur le tableau, dont je me souvenais bien. Elle quitta son fauteuil, marcha dans ma direction et me prit la coupe des mains.

— Tu peux te retirer, maintenant, dit-elle.

À Pâques, ils étaient mariés. Payne prit pour témoin le fils qu'il avait eu de sa première femme. On ne me demanda pas de rentrer à la maison pour assister à la cérémonie, qui eut lieu à la mairie de Portsmouth et fut suivie, me dirait Fergus plus tard, par une fête à Meongate qui dura tout le week-end.

Avec tout l'égocentrisme d'une jeune fille de seize ans, j'étais persuadée qu'Olivia faisait ce répugnant mariage simplement pour me donner une preuve supplémentaire de sa haine. À présent, je doute d'avoir joué le moindre rôle dans son choix. Les goûts de luxe d'Olivia s'accommodaient mal de la façon déplorable dont Lord Powerstock avait géré sa fortune ; un mariage d'intérêt était essentiel si elle voulait continuer à vivre selon ses désirs. Payne, malgré ses nombreux et indiscutables défauts, avait gagné assez d'argent avec le boum immobilier de l'après-guerre pour qu'elle ait la certitude de conserver le train de vie auquel elle était habituée. C'est ce qu'elle avait dû calculer.

La véritable conséquence de leur mariage dépassa largement toute prévision. Si Payne, son détestable fils et leur cercle d'intimes firent de moi une étrangère dans ma propre maison, j'avais un allié en Fergus et un refuge à Howell's pendant les périodes scolaires. Aussi, quand Angela Bowden, une camarade de classe dont le père possédait plusieurs agences immobilières sur la côte Sud, m'annonça que Payne était impliqué dans un scandale immobilier, je n'y attachai pas grande importance. Elle me montra des coupures de journaux qui parlaient d'affaissement de terrain sous des maisons récemment construites par Payne à Portsdown et ma première réaction fut l'amusement. Puis je lus que l'on soupçonnait des fonctionnaires de l'Équipement d'avoir touché des pots-de-vin et des conseillers municipaux de s'être laissé corrompre et ne compris pas la portée de cette nouvelle. Je me disais que tout ce qui était susceptible de salir le nom de Payne était une bonne chose pour moi.

La signification de ces événements ne m'apparut clairement que lorsque je rentrai à Meongate en décembre 1933, un an après les fiançailles d'Olivia, où elle avait, pensait-elle, assuré sa prospérité à vie. Je fis à pied le chemin depuis la gare, me demandant quelle ambiance j'allais trouver. J'envisageai en tremblant mille hypothèses, toutes aussi effrayantes les unes que les autres, mais pas un instant je ne me doutai de ce qui m'attendait.

Il n'y avait pas d'échos de fête cette fois. Pas de lustres allumés, pas de feu dansant dans la cheminée. Il n'y avait même pas Fergus pour m'accueillir. J'entrai dans le salon où une lampe brillait et trouvai Payne endormi sur un fauteuil, ronflant et exhalant des vapeurs de whisky. Je laissai tomber mon sac par terre sans provoquer de réaction.

Intriguée, je sonnai pour appeler un domestique. Après plusieurs minutes, Sally apparut, l'air plus morose et plus pincé que jamais.

— Où est Fergus ? demandai-je.

— Parti, mademoiselle. Madame ne vous l'a pas dit ?

— Non. Où est-elle ?

— Dans le bureau, je pense.

Je la trouvai assise à la table de travail de mon grand-père. Elle paraissait fatiguée et vieillie depuis mon dernier séjour. En guise de bienvenue, elle m'enveloppa d'un regard glacial.

— Sally me dit que Fergus est parti, dis-je.

— Fergus a été congédié.

— Pourquoi ?

— À trop se mêler de ce qui ne le regardait pas, il a fini par récolter ce qu'il méritait.

— Mais il est au service de la famille depuis…

— Depuis trop longtemps. Bien trop longtemps. Les temps changent ici, Leonora. Le départ de Fergus n'en est qu'un exemple.

Elle se leva et alla vers la fenêtre. Je remarquai alors que son prodigieux sang-froid l'avait abandonnée. Elle était en colère et, pour une fois, je n'en étais pas la cause.

— Mon mari est en faillite.

— Quoi ?

— Je pensais que tu en avais entendu parler.

— C'est à cause des maisons de Portsdown ?

— Je vois que tu es au courant. Eh oui ! les maisons de Portsdown ! Il semblerait que la prospérité de Sidney Payne ait eu des bases aussi fragiles que ses constructions. Il est ruiné, en butte à des poursuites judiciaires. Mon souci est d'éviter d'être ruinée avec lui.

Elle se tourna vers moi et ajouta :

— Tu te trompes si tu penses que tu n'es pas concernée !

— Je ne vois pas…

— Tu ne retourneras pas à Howell's après Noël. Ce collège coûte trop cher. Je viens d'écrire à la directrice.

— Vous ne pouvez pas…

— Si, Leonora, je le peux. En ma qualité de tutrice, je fais ce que je veux. Dans les circonstances

51

actuelles, je considère que ton éducation représente un luxe injustifié.

— Mais, que vais-je devenir ?

— Fergus parti, il y a beaucoup de travail ici. Tu aideras Sally.

Reléguée au rang de servante dans ma propre maison : voilà le sort que me réservait Olivia ! Je sortis en courant et me dirigeai vers le bord de la rivière, où Fergus allait souvent pêcher. Les arbres étaient sinistres et dénudés, du givre se formait déjà sur le sol. Je posai mon imperméable sur une souche, m'y assis et restai là à sangloter sur le gâchis qu'Olivia voulait faire de ma vie. Pas de Fergus à qui me confier, pas d'amies de classe à retrouver, aucune issue de secours. Je finis par sécher mes larmes, décidée à ne pas manifester de faiblesse ; Olivia ne devait pas deviner qu'elle remportait une victoire. J'attendrais mon heure et finirais bien par lui échapper.

Au cours des mois qui suivirent, la vie à Meongate sembla suspendue aux incertitudes financières qui engendraient un lourd climat. Payne buvait à longueur de journée et attendait un procès qui risquait d'ajouter la corruption aux méfaits qui lui étaient reprochés. Olivia passait des heures en consultation avec Mayhew et, pendant ce temps au moins, me laissait en paix. Notre unique visiteur était le fils de Payne, Walter, un homme terne d'une trentaine d'années qui, avec un peu plus de confiance en lui, aurait été l'exacte réplique de son père. Je les évitais tous et me réfugiais dans mes pensées. Je m'aventurais quelquefois jusqu'à Droxford. Là, au hasard de conversations, j'appris que Fergus travaillait comme garçon d'ascenseur dans le grand magasin de Portsmouth (la postière l'y avait vu) et que Payne serait jugé en avril (il ne faisait aucun doute qu'il serait reconnu coupable).

Le 14 mars 1934, j'eus dix-sept ans. À Meongate, l'événement fut ignoré de tout le monde. Olivia était partie à Winchester voir Mayhew. Confinée à l'intérieur de la maison pour cause de pluie, j'entrai dans la bibliothèque en quête d'un livre. Au cours de cet hiver, j'avais fureté dans ces rayonnages plus souvent que jamais auparavant. Cet après-midi-là, je fis une découverte. En prenant un roman de Walter Scott, je remarquai un livre glissé derrière les autres, au fond de l'étagère. Il avait pour titre : *Aide aux pauvres de Portsea : délibérations du Comité du diocèse.* Je l'ouvris, persuadée qu'il s'agissait d'un ouvrage sans intérêt. Un chapitre s'intitulait : « La pauvreté au milieu de la richesse. » Le nom de son auteur était Miriam Hallows, Lady Powerstock. Il y avait une dédicace : « En mémoire d'une femme remarquable qui est morte comme elle a vécu, sans accorder de place à la complaisance. » L'article avait été écrit par ma grand-mère, la première épouse de Lord Powerstock, la femme à laquelle Olivia avait succédé. Moi qui m'étais si souvent penchée sur sa tombe, dans le cimetière du village, en rêvant qu'elle me parlait, voilà que je me trouvais face à son témoignage.

Je refermai le livre et l'emportai dans ma chambre.

Je m'étais assise sur le lit, sur le point d'entamer ma lecture quand Payne poussa ma porte, ivre comme toujours. Il avait le visage congestionné, les cheveux en bataille, le col déboutonné et ses lèvres gonflées avaient du mal à former les mots. Les vapeurs de whisky que dégageait son haleine me parvenaient à l'autre bout de la pièce.

— Olivia m'a dit que c'était ton… anniversaire.

Il essaya de sourire, mais ne parvint à émettre qu'un ricanement.

— C'est exact.

— Tu grandis vite.

Il approcha en zigzaguant.

Je fermai le livre et posai mes pieds au sol. Il se laissa tomber sur le bord du lit qui craqua sous son poids.

— Oh ! oui, tu as bien grandi !

Il passa une main sur son visage, comme pour s'éclaircir la vue.

— Tu deviens une jolie jeune fille.

Je lissai ma jupe qui s'était relevée sur mes jambes, espérant qu'il partirait si je ne disais rien.

— Et c'est ton anniversaire. On devrait… on devrait organiser une fête.

— Ça n'a pas d'importance.

— Oh ! mais si !

Il se pencha vers moi et enveloppa de sa paume moite ma main gauche posée sur mes genoux. La chaleur de son haleine viciée frôlait ma joue.

— J'aimerais bien t'offrir… une petite compensation. Que dirais-tu d'un baiser d'anniversaire ?

Je me tournai vers lui pour refuser mais il ne m'en laissa pas le temps. Il plaqua ses lèvres mouillées contre les miennes et me poussa en arrière. Son menton mal rasé me piquait le visage, sa main droite cherchait mes seins. J'essayai de crier, mais sa bouche posée sur la mienne et le poids de son corps m'en empêchèrent.

Ma main trouva le livre. Dans un geste de désespoir, je le saisis et, de toutes mes forces, le lançai contre la tempe de mon agresseur. Le choc fut plus violent que prévu. Payne me lâcha, glissa et s'écroula à côté du lit ; il resta un moment à secouer la tête, tentant de retrouver ses esprits. Puis il s'écria avec rage :

— Espèce de chienne ! Traîtresse !... Sale chienne !

Il se remit debout en titubant, m'attrapa par les épaules et me jeta sur le lit, face en avant.

Pendant un moment, j'eus le souffle coupé. Puis je compris ce qui se passait. Il avait relevé ma jupe au-dessus de ma taille et se dressait au-dessus de moi, haletant.

— Sale chienne ! rugit-il encore. Tu t'amuses à me faire miroiter tes charmes et à me regarder de haut ! Je vais t'apprendre...

J'essayai de me retourner, mais il me força à baisser de nouveau la tête. De l'autre main, il descendit ma culotte. J'étais trop choquée pour résister. Quand le premier coup cingla mes fesses nues, je sus qu'il me frappait avec sa ceinture. Le matelas s'enfonça sous la force du coup. La première vague de douleur vint un moment plus tard. Alors, je criai.

Je ne sais plus très bien ce qui se passa ensuite. Il me frappa deux ou trois fois. Puis, une autre voix couvrit la sienne, celle d'Olivia. Payne partit vers la porte en titubant, jetant sa ceinture à travers la pièce. La porte claqua derrière lui. Je me mis à genoux sur le lit, heureuse pour une fois de voir Olivia. Mais, sur son visage, il n'y avait pas la moindre pitié.

— Espèce de petite garce ! Qu'as-tu fait ? s'écria-t-elle.

— R... rien, bégayai-je. Il a fait irruption ici et...

— Et tu t'es empressée de baisser ta culotte. Telle mère, telle fille !

— Quoi ?...

Je ne comprenais pas. La douleur m'empêchait de réfléchir, les larmes m'aveuglaient.

— Ce genre de petit exercice lui plaisait bien, à elle aussi. C'est ainsi que tu as été conçue. Alors, à quoi aurait-on pu s'attendre de ta part ?

— Non ! Vous ne comprenez donc pas ? Il m'a attaquée.

— Avec une ceinture ! (Sa bouche se plissa de mépris.) Ce sont les pratiques que ta mère si pure aimait. C'est ainsi qu'elle se distrayait et qu'elle séduisait mes amis en l'absence de son mari.

— C'est faux !

— Comment pourrais-tu le savoir ? Tu ne croyais tout de même pas que tu étais vraiment la petite-fille de Lord Powerstock ?

— Bien sûr que si !

— On ne t'a donc pas appris à compter à Howell's ? Renseigne-toi sur la date du décès de celui que tu prends pour ton père et tu verras...

Elle s'interrompit. On avait frappé à la porte et la voix de Sally montait, paniquée.

— Madame, il y a eu un accident. C'est monsieur Payne.

Olivia ouvrit aussitôt.

— Que s'est-il passé ?

— Il est étendu dans le hall. Il a dû tomber dans les escaliers. Il ne bouge plus.

— Restez avec Leonora.

Olivia disparut en courant.

Sally hésita, puis elle entra et referma derrière elle. Pendant quelques minutes, elle ne dit rien, se contenta de me dévisager tandis que je remettais de l'ordre dans ma tenue. Je me levai en chancelant et allai m'asseoir devant la coiffeuse pour me tamponner le visage avec un mouchoir. J'essayai désespérément d'arrêter de pleurer, de trembler et de sangloter. Mais ce fut peine perdue.

— Eh bien !... grommela enfin Sally. La maîtresse vous a surpris au mauvais moment, hein ? Il est possible que M. Payne soit tombé parce qu'il était ivre ; à moins que ce ne soit parce qu'il était contrarié d'avoir été découvert dans une position... gênante.

Je ne me retournai pas. En temps normal, elle ne m'adressait pas la parole et me lançait des coups d'œil hostiles. Maintenant qu'elle tenait une occasion de distiller son fiel, elle ne la laisserait pas passer !

— Peut-être que vous nous avez rendu service à tous, souffla-t-elle dans mon dos.

Tout à coup, dans le miroir, je vis qu'elle était debout juste derrière moi.

— Vous m'avez toujours prise pour une idiote, n'est-ce pas, mademoiselle ? Mais c'est Fergus qu'elle a renvoyé et moi, j'ai gardé ma place. Parce que je lui obéis. Alors, soyez sûre que je ne parlerai de cette histoire à personne.

Je scrutais, fascinée, le visage dur de la servante, quand Olivia revint.

— Laissez-nous ! ordonna-t-elle.

Sally obéit aussitôt.

Je baissai les yeux pour éviter le regard d'Olivia. Dans la bataille, un de mes bas avait filé et un gros trou couronnait mon genou droit. Je le fixai et me donnai pour objectif de ne plus lever les yeux. Olivia devait avoir ramassé la ceinture de Payne, car j'entendais la boucle cliqueter tandis qu'elle marchait lentement autour de la pièce. Le bruit cessa quand elle s'arrêta près du lit.

— Que fait ce livre ici ?

— Je l'ai pris dans la bibliothèque.

— Il y a du sang sur la tranche. C'est le sang de qui ?

Je restai muette. Olivia releva mon menton d'un geste sec et me força à la regarder.

— Tu l'as frappé, n'est-ce pas ? C'est son sang ?

— Oui.

— Alors, sache qu'il est mort. Sidney Payne est mort.

Elle parlait de lui de façon impersonnelle, comme s'ils n'avaient jamais été mariés.

— Ce n'est pas ma faute !

J'espérais qu'elle lirait la supplique dans mes yeux, mais elle n'y vit qu'un signe de faiblesse dont elle pouvait tirer parti.

— La police posera des quantités de questions, il y aura une enquête. Pourtant, j'accepte de te tenir en dehors de toute l'affaire, de ne rien dire de ce qui s'est passé dans cette chambre, à une condition : à partir de maintenant, tu fais tout ce que je te dis. Je te garderai ici et je tairai ton secret à cette condition. C'est compris ?

— Oui.

— Sinon, je me verrai dans l'obligation de révéler la vérité à propos de ta mère. Je raconterai qu'elle cédait à tous les hommes et que je ne saurais même pas dire lequel d'entre eux t'a engendrée. J'expliquerai que tu as hérité de ses perversions et que tu as joué un rôle dans la mort de mon mari. Veux-tu que tout soit étalé au grand jour ?

— Non.

— Alors, tu as bien compris ?

— Oui.

— Parfait. Ne te lave pas la figure avant l'arrivée du médecin. Quelques larmes l'impressionneront sûrement, dit-elle en se levant.

Elle retourna vers le lit, prit le livre et déclara :

— Je le garde, pour le cas où l'on en aurait besoin.

En arrivant à la porte, elle s'arrêta et me toisa une fois encore.

— Au fait, bon anniversaire, Leonora !

J'eus toute la nuit, seule dans ma chambre, pour réfléchir à ce qui s'était passé. Quelques minutes avaient suffi pour que Sidney Payne meure et que s'écroulent tous les rêves que j'avais élaborés autour de mes parents. Je n'étais pas la fille de mon père ? Voilà qui expliquait pourquoi on ne parlait jamais de ma mère, pourquoi elle était morte loin de Meongate et en disgrâce, pourquoi mon grand-père m'avait déshéritée. Cette révélation expliquait tout et, en même temps, rien.

Même au plus profond du désespoir, même sous l'emprise du choc, je savais qu'Olivia avait fait apparaître les événements sous l'aspect le plus sombre, afin de me retenir à Meongate. Je n'avais rien fait de mal, mais ne doutais pas de sa capacité à prétendre le contraire. Que m'arriverait-il si l'on me croyait responsable de la mort de Payne ? L'asile de fous ? À moins que... je lui obéisse en toute chose. Nous avions bien involontairement fait son jeu, Payne et moi. Le scandaleux procès n'aurait pas lieu. Et je ne disposais d'aucun moyen de lui résister puisqu'elle pouvait me dénoncer comme meurtrière. Un livre taché de sang que je n'avais pas lu, une mère que je ne pouvais ni accuser ni défendre, un père auquel je ne pouvais plus prétendre... La victoire d'Olivia était complète.

Le lendemain matin, Sally m'informa qu'Olivia voulait me voir. Je la trouvai en train de faire les cent pas dans son bureau.

— Je pense qu'il vaut mieux que nous nous comprenions bien, toutes les deux, dit-elle.

Je m'assis avec résignation sur la chaise qu'elle me désignait.

— Tu n'as aucun droit dans cette maison ; cependant, je t'autorise à y demeurer. Bien entendu, si tu essayais d'en partir, je me verrais contrainte d'informer les autorités du rôle que tu as joué dans la mort de mon mari. Je ne conserverai le silence qu'en échange d'une totale soumission de ta part. Est-ce clair ?

— Oui.

— Bien. (Elle s'approcha et se plaça derrière moi.) Au cas où tu te mettrais en tête l'idée absurde que je t'ai menti à propos de tes parents, tu seras intéressée par le document qui se trouve devant toi sur le bureau. Lis-le.

Je pris une petite enveloppe brune fripée et en sortis un télégramme daté du 4 mai 1916 et adressé à Lord Powerstock :

« LE MINISTÈRE DE LA GUERRE A LE REGRET DE VOUS INFORMER QUE VOTRE FILS LE CAPITAINE JOHN HALLOWS EST PORTÉ DISPARU. PRÉSUMÉ MORT LE 30 AVRIL. »

Ainsi, Olivia avait raison. Il était mort plus de dix mois avant ma naissance. Il n'était pas mon père.

Peut-être pensait-elle que j'allais l'implorer de me dire qui était mon vrai père, mais je la connaissais assez pour deviner que, même si elle le savait, elle ne le révélerait pas. Je remis le télégramme sur la table et sortis lentement, m'accrochant au peu de dignité qui me restait.

L'enquête concernant la mort de Payne conclut à une chute accidentelle dans l'escalier ayant provoqué une hémorragie cérébrale aggravée par un fort taux d'alcoolémie. Personne ne le regrettait, Olivia moins que quiconque. Même Walter parut indifférent au décès de son père. Il prononça des platitudes et se bourra de sandwichs quand il revint à la maison, après les funérailles. Olivia lui fit comprendre que ses visites à Meongate n'étaient plus souhaitées. Elle avait même pris des dispositions pour que Payne soit incinéré – pratique rare à cette époque –, comme si elle avait voulu s'assurer qu'il ne resterait rien de lui, pas même une tombe.

Je traversai cette période dans un état de profond engourdissement. Les événements récents et leurs implications sur ma vie me plongeaient dans une sorte de torpeur. J'avais perdu les parents dont j'avais tant rêvé et l'on ne m'offrait en échange que de sombres révélations. Incapable d'affronter un tel passé, je le reléguai dans un coin de ma mémoire, avec le souvenir de mon dix-septième anniversaire et toutes les autres questions auxquelles j'avais autrefois cherché, en vain, une réponse.

Angela Bowden m'écrivit de Howell's pour me dire que son père lui avait appris la mort de Payne et qu'elle était désolée que j'aie dû quitter l'école si soudainement. Elle me demandait de lui rendre visite pendant les vacances de Pâques. Je ne répondis pas à sa lettre. Non seulement Olivia m'aurait interdit ce séjour, mais je ne tenais pas à voir mon amie. Le monde m'avait agressée, humiliée. Je me retirais du monde. À Meongate, je devins presque une domestique. J'avais échangé une position à laquelle je ne pouvais plus prétendre contre le rôle imposé par Olivia : timide, solitaire, secrète et, surtout, obéissante à chacun de ses ordres.

Écrasée par le poids des menaces qu'elle faisait planer sur moi, pas une fois je ne me posai la question ni, encore moins, ne l'interrogeai sur la raison pour laquelle elle me gardait captive. La haine qu'elle me vouait aurait laissé penser qu'elle cherchait plutôt à se débarrasser de moi. Mais non. Quelque chose la poussait, presque malgré elle, à me retenir à Meongate, sous son emprise. Sa domination sur moi reposait sur des motifs qui dépassaient largement ce que je savais alors. Les raisons de son comportement étaient profondément ancrées dans les mystères de cette maison.

Meongate finit par constituer les limites de notre univers. Ne voyant personne et n'allant nulle part, nous pouvions toutes deux prétendre, pour des raisons différentes, que Sidney Payne n'avait jamais existé. Plus tard, bien après que la vague des ragots sur le sujet se fut tarie dans le village, nos défenses restèrent en place. L'isolement était devenu un état de fait.

3

Sept ans seulement après le discours du prince de Galles à Thiepval, la Seconde Guerre mondiale vint contredire son courageux message de paix. Cet événement constitua un prélude au changement qui allait s'opérer dans la vie cloîtrée que nous menions à Meongate ; pourtant, dans un premier temps, la guerre nous affecta peu.

Olivia reçut plusieurs lettres officielles concernant l'hébergement éventuel de populations évacuées mais, après qu'elle eut écrit à « quelqu'un qui se souviendrait d'elle », les demandes cessèrent. Sally partit travailler dans une fabrique de munitions à Portsmouth. Olivia ne la remplaça pas. Lorsqu'elle apprit qu'en ma qualité de femme jeune, célibataire et valide, je risquais d'être affectée à un travail lié à l'effort de guerre, elle persuada son médecin de rédiger un certificat attestant que son état de santé nécessitait ma présence et mes soins permanents. Cette thèse n'était pas très difficile à soutenir car sans Sally, j'avais beaucoup à faire et Olivia quittait rarement la maison. Non pas qu'elle fût malade, mais l'altération de sa beauté, due à son âge, que rien ne parvenait plus à dissimuler, lui était insupportable. Sa vanité la poussait à mener une vie de recluse et elle m'entraînait dans son isolement. La guerre ne passa pas près de nous sans nous frôler : elle accentua notre solitude.

Tout changea en 1944, dans les mois qui précédèrent le jour J. Autour de Droxford, les chemins étaient bordés par des dizaines de tanks et de camions camouflés. Des projecteurs étaient installés sur les pentes des collines. Des soldats campaient dans les champs. Meongate ne pourrait être épargnée plus longtemps.

Par un beau matin ensoleillé, vers la fin avril, alors que je traversais le verger, j'aperçus un étranger dans la propriété. Je le remarquai de loin : grand, anguleux, portant l'uniforme. Un officier, à en juger par son képi. Il était appuyé contre un pommier et fumait une cigarette en examinant la maison, au-delà d'une haie de rhododendrons. Il me tournait le dos et ne m'entendit pas approcher. Aussi, quand je fus à une dizaine de mètres de lui, je cassai une brindille sur un arbre. Il se détourna vivement.

— Que diable ?... Oh ! (Il sourit.) Bonjour !

De prime abord, il me sembla assez vieux. Beau, avec son sourire éclatant et les fils gris dans sa moustache bien taillée. Aux trois galons de ses épaulettes, je déduisis qu'il avait le grade de capitaine ; il ne m'apparut alors que comme un officier anonyme. L'impression que je lui fis avec mon vieux manteau sans forme, mes chaussures de marche et mon bouquet de primevères, je n'ose l'imaginer.

— Qu'est-ce qui vous amène, capitaine ? questionnai-je.

— Vous vivez ici, mademoiselle ?

— Oui.

— Alors, permettez-moi de m'expliquer. Mon nom est Galloway.

Il me tendit la main et je la serrai sèchement.

— Mon bataillon arrivera dans ce secteur ce soir. Je procède à une reconnaissance des lieux afin de déterminer l'emplacement de notre campement.

— Je suis Leonora Hallows. Cette maison appartient à ma grand-mère. Elle n'aime guère les visiteurs, dis-je aussi froidement que je pus.

— Nous pourrions nous installer plus loin, par là, de façon à vous gêner le moins possible.

— Même ainsi, je crains...

— En fait, mademoiselle Hallows (il sourit de nouveau), nous pouvons parfaitement nous passer du consentement des propriétaires. Bien entendu, nous préférons ne pas être importuns, mais...

— Je vois. Quand votre bataillon arrivera-t-il ?

— En fin d'après-midi. Nous nous ferons aussi discrets que possible.

— Je préviendrai ma grand-mère.

— Je vous en serai reconnaissant.

Il regarda à nouveau en direction de la maison.

— Belle demeure.

— Je suis ravie qu'elle vous plaise.

— J'imagine qu'elle abrite une longue histoire familiale.

— Ma famille vit ici depuis plus d'un siècle.

— J'ai vu le nom d'Hallows sur le monument aux morts du village. Votre père ?

Je le scrutai avec méfiance. Une telle remarque supposait qu'il n'était pas venu uniquement pour procéder à une reconnaissance du terrain.

— C'est exact.

— Est-ce pour cela que vous n'avez guère envie d'apporter votre assistance à l'armée ? demanda-t-il en me fixant droit dans les yeux.

Je ripostai sans cacher mon mécontentement :

— Qui a dit que je n'en avais pas envie ?

— Je vous demande pardon. Je n'aurais pas dû vous poser cette question. Vos raisons ne me regardent pas.

— En effet. Maintenant, si vous voulez bien m'excuser, je dois rentrer. Je suis sûre que vous retrouverez seul la sortie.

— Bien entendu.

Je me dirigeai vers la maison, marchant vite et sans me retourner, afin qu'il sache qu'il m'avait offensée. Je ne voulais pas lui laisser deviner combien notre rencontre m'avait troublée. Il était le premier inconnu à qui j'adressais la parole depuis des années. Courtois, beau et bien élevé, il m'aurait attirée même si je n'avais pas aussi souvent rêvé qu'un homme exactement à son image viendrait un jour mettre fin à ma solitude.

Je transmis la nouvelle à Olivia pendant le petit déjeuner.

— Pas le choix, hein ? grommela-t-elle. Eh bien, qu'ils viennent ! Mais qu'ils ne s'attendent pas à être reçus à bras ouverts. Assure-toi qu'ils le comprennent bien. Je ne veux pas les voir. Aucun d'entre eux.

— Voilà qui me paraît assez difficile.

— Non. Tu veilleras à ce qu'ils conservent leurs distances.

— Très bien.

— Non pas que cela ait de l'importance. Dans quelques semaines, ils seront tous partis et la plupart d'entre eux trouveront la mort au bout du voyage.

Les mots d'Olivia me revinrent en mémoire un peu plus tard tandis que, depuis le seuil, je regardais le convoi de camions bâchés passer devant la maison et s'éloigner dans le parc. Le fracas sporadique des bombardements aériens sur Portsmouth avait été, jusque-là, notre seul contact avec la guerre. Maintenant, les courageux soldats traversaient notre propriété vers un dernier refuge avant... Une jeep s'arrêta devant moi et le capitaine Galloway en sortit. Il me salua dans les règles de l'art.

— Pas de problèmes, j'espère, mademoiselle Hallows ?

— Pas pour l'instant, capitaine.

— N'hésitez pas à venir me voir si quelque chose vous dérange.

— Je n'y manquerai pas.

Il n'y eut aucun problème ; il s'en assura en me consultant à propos du moindre détail. Où les tentes devaient-elles être plantées ? Comment éviter d'abîmer les pelouses ? Le bruit dérangerait-il Lady Powerstock ? Tous les prétextes étaient bons pour bavarder quelques minutes tout en marchant. Il était poli, méticuleux et charmant, aussi intéressé lorsqu'il m'écoutait parler des fleurs qui poussaient autour de leur camp que passionné lorsqu'il imaginait ce qu'il ferait quand la guerre serait finie. Peu à peu, ma réserve fondit. Je venais de lier ma première amitié depuis que j'avais quitté l'école.

Un matin, alors que je me rendais à pied à Droxford, il s'arrêta à ma hauteur et me proposa de monter dans sa jeep. Il me confia qu'elle avait été sa première impression en découvrant Meongate.

— Je suis un vrai Londonien. Je suis né et j'ai été élevé dans la capitale ; néanmoins, le genre de vie que l'on doit mener dans un manoir m'a toujours fait rêver. J'aurais dû aller frapper à votre porte quand je suis arrivé, mais je n'ai pas pu m'empêcher de faire un tour dans le parc. Vous avez beaucoup de chance d'avoir une telle maison.

— Elle est isolée, froide et sinistre.

— Ce n'est pas l'impression qu'elle donne. Quand vous m'avez surpris dans le verger, je me demandais à quoi vous pouviez ressembler. Je ne m'attendais pas à vous rencontrer aussi rapidement.

— Pourquoi vous posiez-vous une telle question ?

Il sourit.

— Eh bien, j'avais pris la liberté de me renseigner un peu au village. On m'a dit que vous et votre grand-mère étiez plutôt… sauvages.

— Quoi d'autre ?

— Que votre père était mort au cours de la précédente guerre.

— Quoi encore ?

— Oh ! j'ai oublié.

— Je ne vous crois pas.

— Vous avez raison. On m'a dit également que vous étiez inabordables et que vous vous montreriez aussi peu coopératives que possible.

— Les faits vous en ont apporté la preuve.

— Seulement au début.

Nous étions arrivés au village. Il arrêta la voiture et je descendis. Poussée par l'irrésistible envie de me présenter sous le jour le plus noir possible, j'ajoutai :

— Tout ce que vous avez entendu à mon sujet est vrai.

— Maintenant, c'est moi qui ne vous crois pas.

Pourquoi ne croyait-il pas des ragots que je confirmais moi-même ? Plus tard, il m'avouerait qu'à l'instant où j'étais apparue dans le verger, tandis qu'il rêvait de Meongate et de sa jeune occupante, mon mystère et moi étions gravés dans son esprit à jamais. Et, ainsi qu'il nous est difficile de concevoir ce qui, en nous-même, fascine un étranger, il m'était impossible, après tant de solitude à Meongate, d'imaginer que je rencontrais l'affection et, peut-être, l'amour, de façon aussi soudaine. Cette nuit-là, je me contemplai dans le miroir de ma chambre et songeai : « Non ! cela ne peut pas être vrai. Je ne représente pour lui qu'une distraction pendant les quelques semaines qu'il doit passer ici. Je me fais des illusions. »

Pourtant, nous passions de plus en plus de temps ensemble et nous nous rencontrions de plus en plus souvent… Comme le hasard faisait bien les choses ! Il me croisait près de la rivière alors que je faisais une promenade avant le petit déjeuner ou me dépassait en jeep et me faisait monter à son côté. Il me parla de sa famille, de son enfance, de son travail avant la guerre, de ses ambitions. De moi, je ne dis rien et il ne me questionna guère, comme s'il avait su que je n'étais pas prête à parler. Ce qu'il ne pouvait pas deviner, c'était ma terreur à l'idée que, tôt ou tard, Olivia lui révélerait des secrets qu'il ne pourrait pas accepter ; qu'elle ne laissait éclore notre amitié que pour y mettre fin avec un plaisir mauvais.

Une autre échéance était en vue : la date imminente du débarquement sur les côtes françaises. Bientôt, le bataillon de Tony partirait et mes espoirs passeraient, avec lui, de l'autre côté de la Manche. Au début de juin, alors que nous pique-niquions sur les pentes ensoleillées de Winchester Hill et que nous regardions dans la vallée en direction de Meongate, il évoqua notre inévitable séparation.

— C'est pour bientôt : mardi, pour être précis, dit-il.

— Vous parlez de votre départ ?

— Oui.

Cela paraissait incroyable dans ce paysage, avec les prés verdoyants, le pique-nique étalé sur une nappe à carreaux, le chant des alouettes et le voile brumeux que la chaleur avait fait monter jusqu'à nous.

— Je pourrais être fusillé pour vous avoir fait une telle révélation.

— Alors, pourquoi m'en parler ?

— Parce que je ne veux pas m'enfuir comme un voleur, en pleine nuit. Je voudrais ne pas partir.

— Nous savions que ce moment viendrait.

— Les hommes s'impatientent, ils ont hâte que tout soit fini. Mais j'aimerais que l'attente ici dure tout l'été.

— Moi aussi.

— Vraiment ?

— Oui. Vous m'avez rendue heureuse au-delà de tout ce que j'aurais pu imaginer. Et maintenant, il faut se dire adieu.

— Pas adieu, mais au revoir. J'ai l'intention de revenir.

— Vous n'avez rien à promettre...

— Je suis sérieux. Je reviendrai et je vous demanderai de m'épouser.

— Comment ?

— Vous m'avez entendu.

Je vivais ces instants, si souvent rêvés dans la crainte de ne pas les voir se réaliser : le bonheur simple de l'amour. Cette joie dont j'avais un avant-goût depuis quelques semaines, il me proposait de la partager dans un avenir dont je me croyais à jamais exclue. Cet espoir tout proche, je savais qu'Olivia pouvait encore le détruire.

— Pourquoi pleurez-vous ?

— Parce que cet avenir que vous me promettez et que je désire tant ne deviendra jamais une réalité.

— Pourquoi ?

— Il y a tant de choses que vous ne savez pas à mon sujet.

— Rien de ce que je pourrais apprendre ne me fera changer d'avis.

— Vraiment, vous le croyez ?

— Non, Leonora, rien. Tout ce que je vous demande est de me faire confiance, d'attendre mon retour et de me dire oui quand je reviendrai.

Je lui accordai ma confiance, expérience pour moi encore plus inédite que l'amour. Deux jours plus tard, le mardi 6 juin 1944, quand les villageois de Droxford se réveillèrent, les camions qui avaient bloqué les chemins et les soldats qui avaient campé dans les champs avaient disparu. Depuis le moment où je les avais entendus descendre l'allée de Meongate, juste avant minuit, j'étais restée éveillée, assise dans ma chambre, essayant de m'habituer à l'assourdissant silence qui avait suivi le départ de Tony. Six semaines plus tôt, je n'aurais pas pu imaginer de changement à la vie de recluse qu'Olivia m'obligeait à mener. D'ailleurs, mon existence n'avait pas changé

– en dehors de l'espoir et de la confiance que j'avais placés en Tony.

— Alors, il est parti ! déclara Olivia pendant le petit déjeuner.

— Que voulez-vous dire par « il est parti » ? Ils sont tous partis, répliquai-je.

— Tu sais très bien ce que je veux dire, coupa-t-elle avec véhémence. Tu ne pensais tout de même pas que tes roucoulades avec le valeureux capitaine m'échappaient ?

Ainsi, elle savait tout. Je reposai ma tasse sur la soucoupe d'un geste mesuré et restai muette.

— Que t'a-t-il dit ? Qu'il reviendrait te chercher ? Il ne le fera pas. Tu peux en être certaine. Que ce soit au profit d'une balle allemande ou d'une prostituée française, le résultat sera le même. Tu l'as perdu.

Ses mots me firent mal mais ils n'ébranlèrent pas ma conviction. Je refusai de lui laisser voir à quel point je voulais croire en lui et continuai de me taire.

— Même s'il revenait, ce ne serait pas pour très longtemps, parce que alors il apprendrait certaines choses te concernant. Tu vois, dans tous les cas, il est perdu pour toi.

Malgré moi, j'eus besoin de crier mon espérance :

— Comment savez-vous que je ne lui ai pas déjà dit la vérité ?

Elle alla à la fenêtre, puis se tourna vers moi, un sourire sibyllin aux lèvres. Je soutins son regard avec toute l'assurance dont j'étais capable. Nous ne parlâmes ni l'une ni l'autre. Les mots étaient inutiles. Entre elle et moi, le silence avait toujours été le point d'orgue de nos affrontements les plus pénibles, témoignant de son mépris pour moi et de ma défiance envers elle.

Au cours des mois qui suivirent, les lettres de Tony, qui arrivaient de façon irrégulière en poste restante au village, devinrent mes biens les plus précieux ; je les chérissais et les protégeais, les lisais et les relisais jusqu'à ce qu'elles menacent de s'effriter, les sortais de leur cachette et m'imprégnais de leurs mots chaque fois que je perdais courage. Elles m'affirmaient ce dont Olivia parvenait parfois à me faire douter : il m'aimait et, un jour, il viendrait me chercher.

Ses lettres ne mentionnaient pas le danger qu'il courait. Je n'avais que les journaux pour me guider et la carte que M. Wilsmer affichait dans sa vitrine pour suivre les progrès du débarquement. Le sellier devait se demander pourquoi je scrutais si souvent et si longuement les épingles de couleur qu'il y plantait et il ne pouvait deviner que je cherchais quelle épingle représentait le régiment de Tony.

Tandis que le temps passait et que la guerre poursuivait son cours, mon angoisse diminuait. D'une façon plus ou moins consciente, je ne souhaitais pas que Tony revînt ; car l'espoir que j'entretenais en son absence était préférable au moment où il apprendrait la vérité à mon sujet. La monotonie des jours à Meongate me paraissait pourtant plus supportable, maintenant que j'avais une chance de m'en libérer.

Le printemps arriva mais, cette fois, le verger ne fut pas envahi par des cohortes de soldats et par leur campement. La guerre en Europe avait pris fin. Le danger était passé mais l'attente continuait. Puis, au début de juin, un télégramme : « SUIS DE

RETOUR. ARRIVERAI GARE DROXFORD DEMAIN MIDI. AVEC TOUT MON AMOUR. TONY. »

Il serait auprès de moi dans moins de deux heures ! Je trouvai la force de ne pas laisser paraître devant Olivia la confusion qui m'agitait. Je quittai la maison un panier à la main, sous prétexte d'une course à faire. Sur le quai de la gare, bien trop en avance pour le train de Tony, je sus que c'était le jour le plus important de ma vie. J'avais vingt-huit ans ; vingt-cinq années avaient passé, figées au même endroit. Je leur dis adieu pour accueillir un futur auquel je n'osais pas croire.

Brusquement, Tony fut là, sautant sur le quai avant que la locomotive n'ait cessé de tressauter. Une silhouette mince, presque banale, en costume peu seyant. Tout d'abord, je doutai que ce fût lui. Puis, il jeta sa cigarette par terre avec le même geste que le premier jour, dans le verger, et il me sourit.

J'aurais dû le prendre dans mes bras, l'embrasser. Au lieu de cela, nous nous arrêtâmes à quelques pas l'un de l'autre et nous regardâmes, incrédules :

— Je suis revenu, dit-il enfin.

— Vous avez maigri.

— Je ne tarderai pas à me refaire une santé.

— Je m'attendais à vous voir en uniforme.

— J'ai dormi chez ma sœur hier soir. Cette tenue est un cadeau du gouvernement…

— C'est très…

— Chic ?

Alors nous nous mîmes à rire et, l'instant suivant, je me retrouvai dans ses bras. Et c'était vrai : il était revenu me chercher.

Nous ne prîmes pas le chemin de Meongate mais marchâmes lentement vers Droxford, main dans la main sous le soleil de midi. Cette promenade aurait dû être idyllique mais l'anxiété, si longtemps refoulée, me tenaillait. Mon humeur sombre n'échappa pas à Tony.

— La promesse de l'année dernière tient-elle toujours ? demanda-t-il.

— Vous savez bien que oui.

— Alors, pourquoi êtes-vous si pensive ?

— Je vous ai prévenu, il y a beaucoup de choses que vous ignorez à mon sujet. Maintenant, il va falloir que vous les appreniez. Elles pourraient vous faire changer d'avis.

— Quelles choses ?

— D'une part, le capitaine Hallows dont vous avez vu le nom sur le monument aux morts n'est pas mon père. C'était quelqu'un d'autre. Je ne sais pas qui.

— Vous n'avez donc pas lu mes lettres ?

— Bien sûr que si.

— Alors, comment pouvez-vous croire qu'une telle révélation serait susceptible de m'affecter ? Je vous aime, Leonora.

Je m'arrêtai et baissai la tête. Mon illégitimité n'était qu'un détail comparée aux graves secrets que j'avais à lui confier.

— Il y a autre chose. Un dénommé Payne…

— J'ai entendu parler de lui. Dès la première nuit que j'ai passée à l'auberge du White Horse, une bonne langue s'est empressée de me parler de Payne. Cette histoire n'a aucune importance.

— Vous ne comprenez pas !

— J'ai l'intention de vous épouser, Leonora. Invitez une armée de fantômes à la cérémonie si vous le désirez. Cela ne changera rien à mes projets.

— Ma grand-mère…

— Un dragon, je sais. Mais vous avez plus de vingt et un ans. Son consentement n'est pas indispensable.

— Là n'est pas la question.

Il me saisit par les épaules.

— Écoutez, je vais de ce pas l'informer que je vous épouse, quoi qu'elle dise ou fasse.

— Mais…

— Non ! Ma décision est prise. Allez m'attendre au White Horse. Je n'en ai pas pour longtemps.

Avant que je n'aie pu protester, il s'était éloigné à travers champs.

— Tony, attendez ! criai-je.

Mais il ne s'arrêta pas.

Je restai là où je me trouvais pendant quelques minutes, après qu'il eut disparu. J'aurais pu courir derrière lui, l'obliger à écouter ma version des faits, mais je ne le fis pas. J'avais passé un an à ressasser la façon dont je lui présenterais la situation, et voilà que je n'avais pas su saisir ma chance. J'avais laissé la voie libre à Olivia.

Je regagnai lentement le village et m'installai au White Horse. Je commandai une boisson au gingembre et m'assis près de la fenêtre. Je bus à petites gorgées, regardant l'activité de la rue. Je n'avais connu pire attente. Notre amour avait survécu à une année de séparation, survivrait-il à quelques mots bien choisis d'Olivia ?

Je me perdis dans ma rêverie. Soudain, plus tôt que je ne m'y étais attendue, il se dressa à côté de moi. Il tenait un verre levé devant lui, comme pour proposer un toast. Il souriait.

— La question est : quelle est votre réponse ? Je me suis procuré une licence spéciale à Londres. Nous pouvons nous y marier demain. Ma sœur sera ravie de vous héberger. Elle a hâte de vous rencontrer.

— Mais… que s'est-il passé avec Olivia ?

— Je doute qu'elle souhaite assister à la cérémonie.

Il s'assit et fit tinter son verre contre le mien.

— Alors, votre réponse ?

— Que vous a-t-elle raconté à propos de Payne ?

— Rien. Je lui ai dit que j'avais l'intention de vous épouser et elle a répondu : « Faites ce que bon vous semble. » Ce ne sont pas exactement des vœux de bonheur, mais je m'en contente largement.

— Elle ne vous a rien confié d'autre ?

— Pas un mot de plus. Alors, c'est d'accord pour demain ?

Je ne parvenais pas à comprendre ce qui se passait. Olivia ne lui avait rien révélé, rien. Je lui avais offert une chance de me détruire et elle ne l'avait pas saisie. Cela n'avait pas de sens, mais le visage souriant de Tony, en face de moi, était la réalité.

— Leonora ?

— Oui, Tony, oui. La réponse est oui. Je souhaite de tout cœur que notre avenir commence demain.

Aujourd'hui encore, il m'est difficile de croire à l'ampleur de la transformation qui s'opéra dans les jours suivants, à la rapidité avec laquelle tout s'enchaîna. Rosemary, la sœur de Tony, m'accueillit sous son toit et dans sa famille avec une cordialité que je n'avais jamais rencontrée auparavant. Elle insista pour que le mariage soit repoussé de quelques jours afin d'avoir le temps d'organiser une petite réception et m'entraîna dans un magasin acheter une robe. On aurait dit qu'elle avait prévu le mariage de son frère depuis plus longtemps que lui et elle avait mis de côté des tickets de rationnement dans ce but.

Grâce à Rosemary, ma nouvelle vie commença dans le ravissement et une délicieuse insouciance. Et les changements ne s'arrêtèrent pas là. Le témoin de Tony, Jimmy Dare, l'un de ses compagnons d'armes, lui offrit en cadeau de mariage un emploi de technicien dans la manufacture de vêtements de son père, à Wells. Moins d'une semaine plus tard, nous cherchions une maison dans cette région. Lorsque je revis Olivia, nous avions acheté la maison d'Ash Lane, dans laquelle tu es née.

Nous revînmes à Meongate prendre mes affaires. Ma vie s'était tant enrichie, en quelques jours, que je ne pouvais croire qu'elle s'était si longtemps limitée aux murs de cette maison. Je me sentis étrangère en ces lieux. Miss Buss, une infirmière qu'Olivia avait engagée, nous fit un accueil glacial.

Lorsque nous eûmes chargé la voiture, j'allai faire mes adieux à Olivia. Je la trouvai qui se reposait dans la véranda, des lunettes noires sur le nez, apparemment indifférente à notre visite.

— Je m'en vais, dis-je.

Elle ne répondit pas.

— Je voulais juste vous dire que je vous suis... reconnaissante.

Elle retira ses lunettes et me regarda d'un air étrange.

— De quoi es-tu reconnaissante ?

— Vous auriez pu essayer de me retenir. Essayer de faire croire à Tony...

— Lui faire croire quoi ?

— Je vous suis reconnaissante de ne pas l'avoir fait, c'est tout.

— Tu n'as aucune raison de l'être.

Elle remit ses lunettes sur son nez, cachant derrière ses verres sombres tout sentiment susceptible d'expliquer cet acte de charité qui lui ressemblait si peu. J'étais partagée entre la reconnaissance et la méfiance et ne pouvais choisir.

— Miss Buss semble très efficace. Pas de réponse. Bon, eh bien… au revoir.

Silence. Cet instant marquait la fin de ma servitude, mais je n'étais pas autorisée à m'en réjouir. Je quittai lentement la véranda et me trouvai libérée du pouvoir qu'elle avait exercé sur moi ; pourtant, mon soulagement était terni par le doute. J'étais libre sans savoir pourquoi.

Plus tard, je pensai qu'Olivia n'avait peut-être pas été aussi charitable que je le supposais. En ne disant rien, elle avait forgé un secret entre Tony et moi. Avait-elle compris dès le début que ses révélations ne suffiraient pas à empêcher notre mariage ? À moins qu'elle n'ait imaginé qu'un secret entre nous deviendrait, au fil du temps, de plus en plus pesant. J'avais été très près de tout avouer à Tony. Grâce à Olivia (ou à cause d'elle), je n'avais pas eu à le faire. Plus jamais je n'y serais aussi disposée.

4

La naissance de Ronald en 1948 scella notre amour en donnant à Tony le fils qu'il désirait tant. Le père de Jimmy Dare lui offrit de devenir son associé. Pour ma part, je fus plus marquée par ta naissance en 1952 ; tu étais une fille et je pourrais t'offrir la tendresse de la mère dont j'avais tant manqué. C'est à ce moment-là que je gommai mon passé, en niai l'existence. Dans le monde que Tony m'avait construit, c'était non seulement souhaitable, mais indispensable.

Olivia resta à Meongate. Je ne lui rendis pas visite, pas plus qu'elle ne vint me voir. De temps à autre, Tony allait vérifier si tout était en ordre dans la maison. Nous n'avions pas d'autre contact et je ne m'en plaignais pas.

En juin 1953, Miss Buss nous prévint que la santé d'Olivia déclinait. Un mois plus tard, elle nous informa qu'il ne lui restait plus que quelques jours à vivre. Elle jugea préférable que Tony se rende seul à Meongate ; selon elle, ma présence risquait de contrarier la malade. Ravie qu'une dernière rencontre me soit épargnée, je me gardai de protester. C'est donc Tony qui se trouvait au chevet d'Olivia quand elle mourut. J'étais chez moi, m'occupant de Ronald et de toi.

Pendant l'absence de Tony, je songeai à ce que la mort d'Olivia signifierait : une rupture définitive avec le passé, la preuve que celui-ci n'existait plus. J'avais réussi à oublier les brimades subies pendant mon enfance et à renoncer à l'espoir de percer les nombreux secrets de Meongate. Je m'étais construit une nouvelle vie, dont Ronald et toi étiez l'incarnation ; ce qui me rappelait ma précédente existence était superflu.

En ce qui concerne Meongate, je regrette aujourd'hui de ne pas avoir gardé quelques reliques familiales, des souvenirs de mes parents, des témoignages du passé, mais, à l'époque, mon seul sentiment était le soulagement à l'idée de tirer enfin un trait sur ces tristes années. Je ne serais même pas allée aux funérailles d'Olivia si Tony n'avait pas insisté. Il croyait que j'hériterais de la maison et voulait que nous soyons sur place pour en organiser la vente.

Le vieux Mayhew, pourtant à la retraite, se déplaça pour agir en qualité d'exécuteur testamentaire d'Olivia. Elle avait demandé à être incinérée, comme son troisième mari, dont le fils était le seul autre assistant de l'inhumation. Je n'avais pas vu Walter Payne depuis dix-neuf ans et je fus étonnée de constater à quel point il était devenu le portrait de son père. J'en ressentis une terrible impression de malaise. Malgré ses efforts pour se montrer charmant, je ne pus dissimuler la répulsion qu'il m'inspirait.

Ensuite, Tony et moi allâmes à Meongate où nous arrivâmes avant Mayhew et Payne. Je m'étais préparée à cette dernière visite de la maison – car je m'étais promis de ne plus jamais en franchir le seuil. Ma main tremblait quand j'ouvris la porte. Dans le hall s'alignaient des caisses et des malles pleines de tous les objets susceptibles d'être emballés. Miss Buss surgit d'un couloir et nous salua avec froideur.

— Que signifie ce déménagement ? demanda Tony.

— Je me conforme aux instructions de M. Mayhew. Il m'a demandé de tout préparer pour un enlèvement imminent.

— Cette hâte me paraît tout à fait indécente.

— Je n'ai pas à juger des ordres que l'on me donne.

– Monsieur et madame Galloway. (Mayhew venait d'entrer derrière nous.) J'espérais arriver ici le premier afin de vous recevoir moi-même. Vous désirez un peu de thé ? Vous nous le servirez au salon, Miss Buss, s'il vous plaît. Passons à côté, nous y serons mieux.

Je suivis le vieux notaire, rendue muette par la résonance que Meongate avait encore en moi, assaillie par les souvenirs. Dans mon esprit se bousculaient les images d'une occasion semblable, vieille d'une vingtaine d'années : le jour où j'avais appris que Lord Powerstock me déshéritait. Tony, pour sa part, ne se laissait pas impressionner et parla à ma place.

— Miss Buss prétend que vous lui avez demandé de tout emballer.

— C'est exact.

— De quel droit ?

Nous étions au salon. Bien qu'il fût à la retraite, Mayhew avait conservé, sur ses lèvres fines, une sorte de rictus professionnel.

— M. Payne est malheureusement dans l'incapacité de se joindre à nous. Par conséquent, je pense que nous pouvons nous dispenser d'une lecture formelle du testament, annonça le vieux notaire.

La colère de Tony montait.

— Cela vous ennuierait-il de répondre à ma question ? s'écria-t-il avec humeur.

— Je ne faisais que transmettre les instructions de M. Payne, monsieur Galloway. Il est coexécuteur et unique bénéficiaire.

— Quoi ?

— Lady Powerstock a légué la totalité de ses biens à M. Walter Payne, son beau-fils et plus proche parent. Le legs comprend cette demeure et son contenu, l'essentiel du capital étant soit épuisé, soit réservé. J'ajouterai que l'étendue des terres a été considérablement réduite par des ventes de parcelles aux fermiers des environs.

Assise sur le canapé, je laissais mon regard errer sur les meubles de la pièce restée intacte pour notre visite. Je me rappelais le feu qui brûlait dans l'âtre pendant la soirée de fiançailles d'Olivia. J'avais l'impression d'entendre encore les accords assourdissants du jazz et de retrouver le goût du champagne que j'avais été forcée de boire.

— Êtes-vous en train de me dire, déclarait Tony, que mon épouse, la petite-fille de Lady Powerstock…

— Les termes du testament font référence à des doutes concernant la filiation de votre femme, monsieur Galloway. C'est pourquoi je jugeais préférable de nous en épargner la lecture.

Les yeux me brûlaient à nouveau, comme au cours de cette lointaine nuit où, dans l'atmosphère saturée par la fumée de cigarettes, j'étais confrontée à Olivia, qui me scrutait, qui scrutait son futur mari... Je me levai, décidée à tourner le dos à Meongate et ses maléfices.

— Je vous remercie de votre tact, monsieur Mayhew.

Tony me regarda avec étonnement.

— Leonora ! s'exclama-t-il.

— Je n'ai pas l'intention de contester le testament, Tony. Walter peut tout prendre, c'est très bien ainsi. A-t-il annoncé ce qu'il comptait faire de la maison, monsieur Mayhew ?

— Le contenu sera vendu aux enchères. Quant aux bâtiments eux-mêmes, je crois que M. Payne a l'intention de les rénover et de les moderniser. Il souhaite ouvrir un *country club* et aménager un terrain de golf dans le parc.

— Je suis certaine que ce projet rencontrera un immense succès.

— Encore une petite chose, madame, si vous le permettez...

Mayhew s'éclaircit la voix.

— À la vérité, M. Payne n'est pas le seul bénéficiaire. Une clause mineure a été prévue à votre égard.

— Pourquoi ne pas l'avoir dit plus tôt ? s'écria Tony.

— Je vous demande pardon, mais ce n'est vraiment pas grand-chose. Vous ne vous sentez pas bien, madame Galloway ?

Mayhew m'avait vue frissonner et il me dévisageait de ses yeux perçants.

— Il fait un peu froid ici, c'est tout.

Je remontai le col de mon manteau ; pourtant, ce geste n'était pas destiné à me protéger du froid. Je tremblais en imaginant ce qu'Olivia avait pu me léguer. Pour la première fois depuis des années, je pensai au livre taché de sang qu'elle m'avait retiré la nuit de la mort de Payne. L'avait-elle détruit ainsi que je l'espérais ? Et que savait Mayhew ? Quelles confidences Olivia lui avait-elle faites au cours de leurs longues années de collaboration ? L'expression impénétrable du notaire ne permettait pas de deviner ses sentiments.

Le silence s'installa ; on aurait dit que Mayhew cherchait à savoir si je réunirais assez de force pour lui demander quel cadeau Olivia m'avait réservé. Malgré mes efforts, je fus incapable de formuler la question. Tony vint à mon secours.

— En voilà assez ! Dites-nous de quoi il s'agit.

— Lady Powerstock souhaitait que Mme Galloway soit en possession d'objets lui rappelant sa tutrice. C'est pourquoi elle lui a légué... deux tableaux.

— Des tableaux ? m'écriai-je, plus soulagée que surprise.

— Oui, les voici.

Mayhew désigna un paquet rectangulaire enveloppé d'un drap, appuyé contre le mur.

— Je ne pense pas qu'ils aient une grande valeur. Ils ont été peints par le premier mari de Lady Powerstock, un certain Bartholomew. Son œuvre ne paraît pas très en vogue à l'heure actuelle.

Tony traversa le salon, ôta le drap et souleva les deux toiles pour les examiner. Je n'avais pas besoin de les regarder pour savoir de quels tableaux il s'agissait, pour me rappeler l'endroit où ils avaient été accrochés et me représenter ce qu'ils figuraient.

— Ces œuvres étaient-elles typiques du travail de Bartholomew ? demanda Tony.

— Je ne saurais l'affirmer, n'étant pas connaisseur, répondit Mayhew.

— Je n'en veux pas, dis-je. Vendez-les aux enchères avec le reste.

— Vous êtes sûre ?…

— Certaine.

Olivia avait bien dû savoir que je ne les garderais pas. Son geste d'adieu constituait une dernière provocation répugnante, détestable.

Tony remit le drap en place et se tourna vers moi.

— Attends, ma chérie. Ne sois pas si…

— Ma décision est prise.

Quelque chose dans mon expression lui indiqua que rien ne me ferait changer d'avis. Il reprit d'un ton ferme :

— Parfait. Eh bien, monsieur Mayhew, vous avez entendu. Ils partent aux enchères.

Tout était fini. La boucle était bouclée. Pendant le trajet vers Wells en voiture, Tony laissa libre cours à un ressentiment que, selon lui, j'aurais dû partager. Il en voulait à Payne de devenir le propriétaire exclusif de Meongate, lui qui n'y avait jamais vécu, alors que moi, qui étais née dans cette maison, je ne recevais, pour tout héritage, que deux horribles tableaux sans valeur. Cela m'était indifférent. Je n'avais pas de rancœur envers Payne. Meongate venait de m'imposer une ultime épreuve et j'aurais donné n'importe quoi pour avoir la certitude que les liens étaient coupés à tout jamais entre moi et cette demeure.

Trois mois passèrent, au cours desquels je me débarrassai de l'anxiété provoquée par la clause testamentaire d'Olivia. Cela ne me fut pas difficile. Je fus absorbée par une multitude d'activités. En effet, le couronnement de la reine avait été fixé au 2 juin et je participais à l'organisation d'une kermesse destinée à célébrer l'événement. J'avais à confectionner une énorme quantité de gâteaux et, quand arriva le dimanche qui précédait la fête, j'avais pris un retard fou. Remarquant ma préoccupation, Tony me fit une offre magnanime :

— Veux-tu que j'emmène les petits à Stoberry Park pour l'après-midi ? Pendant notre absence, tu pourras avancer plus vite.

C'est ainsi que je me retrouvai seule, ce qui arrivait rarement, avec Tony, deux enfants et Mme Jeffries, qui venait un jour sur deux. C'était le mois de mai. Le temps était doux et gris, sans un souffle de vent. Par la fenêtre de la cuisine, le jardin paraissait humide et dolent. Je songeai à Tony qui courait après un ballon dans le parc alors qu'il aurait préféré se reposer dans un fauteuil, un journal à la main. Je souris à cette pensée et plongeai les mains dans mon saladier.

Environ une demi-heure plus tard, on frappa à la porte de derrière. Un homme à la peau hâlée et à l'aspect négligé s'excusa de s'être aventuré dans le jardin, mais il n'avait pas obtenu de réponse à l'entrée principale. D'abord, je le pris pour un représentant en encyclopédies ou en machines à coudre. Je lui dis que j'étais occupée.

Il annonça : « C'est au sujet de votre père. »

Je l'examinai et ne vis en lui qu'un inconnu d'apparence commune. Toutefois, ses mots avaient suffi à ressusciter le passé. Des dizaines d'images se bousculèrent dans mon esprit tandis que je soutenais son regard fixe et implorant. Tant d'années à espérer une bribe d'information à propos de mon père disparu... Or, maintenant que j'avais appris à vivre dans le présent, que j'avais renoncé à un rêve impossible, arrivaient des renseignements qui auraient été autrefois si précieux ! Sans l'avoir cherché, j'allais entendre parler de mon père.

— Que voulez-vous dire ? demandai-je. Mon père est mort il y a des années.

Sa réponse ressembla à une formule lue sur un registre officiel :

— « L'honorable capitaine John Hallows. Disparu, présumé mort au combat, Mametz, 30 avril 1916. »

— Qui êtes-vous ?

— Mon nom est Willis. Je suis un vieil ami de votre père. J'ai vu, dans la presse, un avis de décès annonçant la mort de Lady Powerstock. C'est cela qui m'a incité à vous rechercher.

— Je n'ai pas fait passer d'avis de décès.

— Non, c'est un certain M. Payne qui s'en est chargé. Il m'a communiqué votre adresse.

— Que voulez-vous ?

— Je souhaiterais que vous m'accordiez quelques minutes, si ce n'est pas trop vous demander.

— Je vous l'ai dit, je suis très occupée.

— Même pour quelques petites minutes ?

Il n'y avait ni menace ni insistance particulière dans son ton. Il donnait plutôt l'impression de s'excuser d'être là. Je sentais monter en moi des forces contradictoires : prudence et curiosité. L'équilibre nouveau de ma vie me rendait réticente à reprendre la quête de mon enfance, à courir derrière des vérités refusées depuis si longtemps. Je restai silencieuse tandis qu'une voix me disait : Olivia est morte, ton père aussi, Meongate est perdue et tu es libre. Ferme la porte à ce visiteur du passé ! Et une autre voix, pernicieuse, me soufflait : tu tiens peut-être une chance unique de connaître la vérité ; écoute son histoire.

— Entrez, monsieur Willis.

Il me suivit dans le salon, refusa le thé que je lui offris et regarda autour de lui bizarrement avant de s'asseoir.

— Mon mari ne tardera pas à rentrer. Il a emmené les enfants au parc, annonçai-je.

— Vous avez des enfants ?

— Un garçon et une fille.

Il hocha la tête.

— Je serai parti avant leur retour, dit-il comme pour s'en convaincre.

Il embrassa à nouveau la pièce du regard. Cette fois, ses yeux s'attardèrent sur notre photo de mariage. Il la contempla quelques instants.

— Votre mariage, madame Galloway ?

— Oui.

— Je ne vois pas Lady Powerstock dans le groupe.

— Elle n'y a pas assisté. Ainsi, vous connaissiez ma grand-mère ?

— Oui.

— Et mon père ?

— Je servais sous ses ordres à l'armée. Par son intermédiaire, j'ai rencontré votre mère et séjourné à Meongate où j'ai fait la connaissance de Lord et Lady Powerstock.

Il était très déroutant d'entendre cet étranger mentionner si naturellement les noms des gens et des lieux de mes plus lointains souvenirs.

— Je n'ai pas eu de contact avec votre famille depuis 1916, poursuivit-il.

— Pourquoi aujourd'hui, alors ?

— Parce que, maintenant que Lady Powerstock est morte, je me sens libre de vous révéler des faits qui vous concernent : la vérité à propos de vos parents, de vos grands-parents, de Meongate et ce qui s'y est passé il y a trente-sept ans. Par-dessus tout, la vérité à propos de votre père.

Qui était la jolie dame, Fergus ? Où est la tombe de ma mère ? Quel meurtre ? Les réponses risquaient de m'emporter avec la force d'une avalanche. Et une fois le processus enclenché, rien ne l'arrêterait. Voilà ce que me proposait ce visiteur à la voix douce.

— Quelle est cette vérité, monsieur Willis ? Qu'êtes-vous venu me dire ?

— C'est une longue histoire. Mais il faut que vous l'entendiez : vous en avez le droit. Accepteriez-vous de me consacrer une heure ou deux... prochainement ?

— Pourquoi pas tout de suite ?

— Parce que votre mari ne tardera pas à rentrer, vous l'avez dit vous-même. Si je dois tout vous raconter, nous ne devons pas être interrompus.

— Vous avez mal choisi votre moment.

— Je n'ai rien choisi du tout. Le destin l'a voulu ainsi. Je suis descendu à l'hôtel du Red Lion, dans High Street. Pouvons-nous nous y rencontrer ?

— Je suis très occupée ces jours-ci à cause du couronnement...

— Je peux rester jusqu'à mercredi.

Même s'il mettait une limite à sa disponibilité, je savais que je le reverrais. Je ne pouvais échapper à ce qu'il avait à me dire.

— Mercredi, alors. Mais pas au Red Lion, je connais le propriétaire. Rejoignons-nous au Bishop's Eye. À dix heures, mercredi matin.

Il accepta et, après son départ, ce fut comme si cette rencontre n'aurait pas lieu. Il ne viendrait pas, ou moi je n'irais pas. Pour une raison inconnue, le rendez-vous ne serait pas. Quand Tony rentra du parc avec vous deux, épuisés et réclamant du thé, je me dis que j'avais rêvé la visite de Willis, produit d'une imagination qui ne désespérait pas de connaître un jour la vérité.

Pourtant, je savais qu'il n'en était rien. Prétendre que je ne rencontrerais pas Willis n'était qu'un prétexte pour ne pas en parler à Tony ; non par crainte qu'il m'interdise de le rencontrer, mais par peur de ma propre réaction. Pendant des années, j'avais désiré percer le secret de mon enfance, puis, au terme d'un long combat, j'y avais renoncé. Et voilà que la clé de l'énigme m'était aujourd'hui offerte au moment où j'avais cessé de la chercher… Je ne lèverais le voile sur le mystère qu'en entourant ma démarche de la plus grande discrétion.

Je ne vis pas passer la journée du couronnement et ne repris contact avec la réalité qu'à dix heures le lendemain matin. J'avais demandé à Mme Jeffries de venir à la maison toute la journée, afin d'être libre. Je descendis Milton Lane sous le soleil d'un jour ordinaire de juin. Sur la place du marché, des ouvriers enlevaient les drapeaux de la veille et les camelots repliaient leurs étalages. Dans l'ombre de la tourelle du Bishop's Eye, Willis m'attendait.

— Je suis heureux que vous soyez là, dit-il.

Il paraissait plus maigre et plus sombre encore, dans l'air transparent du matin.

— Vous craigniez que je ne vienne pas ?

— Non, je savais que vous seriez au rendez-vous.

Nous marchâmes jusqu'au Bishop's Palace et suivîmes le chemin de ronde.

— Pour commencer, je précise que je ne me suis pas toujours appelé Willis. Mon vrai nom est Franklin. Il ne vous suggère rien. La raison pour laquelle je ne l'utilise plus se trouve au cœur de mon histoire. Et ce que je suis sur le point de vous dire, je ne l'ai jamais révélé à quiconque avant vous et ne le confierai jamais plus par la suite.

Nous fîmes le tour des douves, puis montâmes jusqu'à Tor Hill et descendîmes vers la cathédrale. Nous avons marché et parlé des heures. Son histoire était longue, mais je l'écoutai sans lassitude, indifférente à la fatigue qui s'abattait sur moi. Il avait ouvert les portes d'un passé dont je n'avais jamais eu la clé et j'étais prête à le suivre, quel que fût l'endroit où il m'entraînerait.

Deuxième partie

1

Que vous dire à propos de votre père ? Allons-nous tenter de sonder ensemble les secrets de son âme ? Hélas, nous n'y parviendrions pas. Je me contenterai de vous relater ce que je sais de lui.

Ce que je sais, bien entendu, est différent de ce que d'autres personnes diraient. Mon point de vue reflète *ma* vision avec tout ce que cela comporte de subjectif ; mon souvenir est celui du moment où j'ai fait route avec le meilleur homme que j'aie connu.

Nous étions tous deux officiers quand nous nous sommes rencontrés, pendant la Grande Guerre ; à une époque et en un lieu où toutes les valeurs, hormis l'amitié, étaient bafouées, piétinées dans la boue et le sang ; dans un monde où tout espoir était banni, hormis celui que des hommes tels que votre père insufflaient à des hommes comme moi.

Car je n'avais rien d'exceptionnel. Pas plus aujourd'hui qu'alors, je ne prétends à la perspicacité ou à la sagesse. À mes yeux, la guerre était une grande aventure à ne pas manquer. Vous imaginez que l'on ait pu penser pareille sottise, comme je le faisais en 1914 ? J'étais fou... Mais quel jeune homme de vingt-deux ans ne l'est pas ? La folie méritait-elle une telle sanction ? Je ne le crois pas.

Quand la guerre éclata, je venais de rentrer d'Oxford et je passais l'été dans le Berkshire, chez mon oncle, un expert-comptable ennuyeux et prospère qui finançait mes études depuis que mon père m'avait abandonné et que ma mère avait été victime d'une maladie nerveuse. J'en voulais à mon oncle de sa générosité et il s'accommodait mal de ma légèreté. Je me souviens que, chaque semaine, poussé par un triste sens du devoir, il m'emmenait voir ma mère à l'asile de Reading. Son état empirait. J'avais de moins en moins envie de lui rendre visite.

Une bourse d'études pour Oxford m'était apparue comme une libération, un souffle d'air frais. Je fus grisé par la grandiloquence de l'université où j'étudiais. Je suppose qu'à vingt ans on ne peut rêver conditions plus favorables. Mais Dieu sait que j'ai payé tout cela au prix fort. La facture a été lourde pour tout le monde.

Ma mère mourut pendant mon second trimestre à Oxford et, à mon retour, rien, excepté ma dépendance financière, ne m'attachait plus à mon oncle. Lorsque la guerre fut déclarée, au début d'août, je la considérai comme un don du Ciel. Je me souviens d'être allé en ville célébrer l'événement – eh oui ! – avec des camarades d'université. J'avais reçu une formation d'officier à Oxford, aussi avais-je bon espoir d'obtenir confirmation de mon grade. Un ami de mon oncle étant colonel en retraite du *Hampshire Light Infantry*, ce fut mon lieu d'affectation. Mon oncle, ravi de me voir partir, s'empressa de me recommander.

Les formalités de départ s'avérèrent compliquées et longues. Ce n'est qu'à l'automne que je fus nommé lieutenant et je dus ensuite suivre une formation de six mois à Aldershot. Je craignais parfois que la guerre ne prenne fin avant mon arrivée. Incroyable, n'est-ce pas ? Comment pouvais-je être aussi naïf ? Rien ne pressait. Il n'y avait pas de danger que le conflit se termine si vite ! Ma solde d'officier me permit de passer le temps de multiples façons et les tromperies des journaux m'insufflèrent toute la confiance dont j'avais besoin avant le grand départ.

Je reçus ma feuille de route juste après Pâques 1915. J'avais passé le week-end à Londres et, lorsque je rentrai au mess des officiers d'Aldershot, mon nom figurait sur la liste du prochain contingent en partance pour la France. Mes collègues me félicitèrent et je jubilais à l'idée de passer enfin à l'action. J'embarquai sur un bateau de transport de troupes à Southampton. La plupart des soldats étaient confrontés à des adieux déchirants. Je n'eus qu'à répondre au signe poli de ma cousine Anthea. Peut-être cela m'aida-t-il à partir le cœur léger.

Le Havre, une grande ville bourdonnante, pleine de soldats et de mouvement, fut mon premier contact avec la France. La plupart des hommes allèrent directement sur le front, mais les lieutenants reçurent pour consigne de se rendre au dépôt divisionnaire de Rouen et d'attendre les ordres. Nous y passâmes deux semaines à nous morfondre et à guetter les rumeurs qui nous parvenaient. L'un de nos bataillons était en difficulté à Ypres. On parlait d'une arme nouvelle utilisée par les Allemands, sous le nom étrange de gaz toxiques. Nous avions du mal à nous représenter ce dont il s'agissait. Puis, je fus chargé d'escorter un train de transport de troupes. Ma mission consistait à retourner au Havre pour accueillir un bateau hôpital. Je m'attendais à voir des soldats blessés par balles, mais restai sans voix devant les dizaines d'hommes dépourvus de toute lésion apparente ; leur toux et leur teint jaunâtre, transparent, m'emplirent de terreur. J'entrevis ce qu'était la guerre.

Vers la mi-mai, un autre contingent d'hommes de notre régiment arriva d'Angleterre. On me confia une section et on me donna l'ordre de rejoindre le 3e bataillon à Béthune, ville située à vingt-quatre heures de train. L'ennui et d'interminables parties de cartes furent le lot du voyage ; la guerre était vraiment au bout de la route et j'avais déjà une idée de ce à quoi elle ressemblait.

Dans un premier temps, pourtant, Béthune ne fut qu'une nouvelle escale. C'était une petite ville agréable, à une dizaine de kilomètres du front. Pour la première fois, nous entendions les canons et voyions les éclairs des tirs d'obus la nuit. Nous dûmes attendre notre compagnie qui battait en retraite à Ypres. Je fus logé chez un charcutier près de la gare et je vis, jour après jour, nuit après nuit, les trains militaires charger et décharger des soldats. Des files d'hommes se croisaient. Les uns avaient le teint frais, le regard vif et piaffaient d'impatience face à l'inconnu ; les autres avançaient silencieusement et baissaient leur visage terreux vers le sol, silhouettes sombres que mon appréhension rendait plus sinistres encore. Pourquoi étais-je là ? Vers quoi étais-je inexorablement poussé ? Je l'ignorais. J'arpentais les rues de Béthune en attendant de rencontrer mon destin.

Le quartier général du bataillon avait été installé à la sortie de la ville, dans une maison haute aux volets verts. J'y fus convoqué à la fin de mai pour rencontrer le commandant de ma compagnie, arrivé la veille. C'était votre père : l'honorable capitaine John Hallows. Je m'étais préparé à affronter un militaire d'un certain âge, aux traits durs, ressemblant au colonel Romney, terreur de ses officiers. Mais l'homme que je trouvai debout devant une fenêtre, fumant une cigarette, semblait inquiet, préoccupé et pourtant étrangement calme. Guère plus âgé que moi – cinq ans, en fait –, il avait environ ma taille mais une carrure plus large et il portait une moustache. Il me rendit mon salut, puis me serra la main.

— Quelle était la situation à Ypres, mon capitaine ? demandai-je.

— Je ne peux pas vous répondre, Franklin. Je ne veux pas vous influencer. Chacun doit faire ses propres découvertes. Vous ferez les vôtres.

— J'ai hâte d'aller au front.

C'était le genre de réflexion stupide que je me croyais obligé de faire.

— Vraiment ? Eh bien… (Son regard se porta à nouveau vers la fenêtre.) Je suppose que j'ai ressenti la même chose autrefois.

— Êtes-vous là depuis le début de la guerre, mon capitaine ?

Il sourit.

— Non. Depuis le mois de février.

Cette révélation me sidéra. Trois mois avaient suffi à fabriquer cet homme usé, fatigué !

Mes propres découvertes, je les fis bien assez tôt. La compagnie passa deux semaines dans un campement près de Béthune, puis remonta le canal de La Bassée pour prendre position dans un secteur de tranchées près de Givenchy. À ce moment-là, je commençais à mieux connaître Hallows. J'avais tout d'abord pensé qu'il était officier de carrière mais il m'avait vite détrompé. « Un simple amateur, comme vous. » J'appris qu'il avait été affecté au commandement de la compagnie en mars, quand le précédent capitaine avait été tué par un tireur d'élite. Hallows avait été chargé de conduire les hommes vers les lignes avancées de l'ennemi, autour d'Ypres, et c'était un miracle que certains d'entre eux aient échappé aux émanations des gaz utilisés par les Allemands pour la première fois le 22 avril. De ces événements, il parlait avec pudeur.

— Ce qui se passe ici ne ressemble pas à ce que vous attendiez – encore moins à ce que vous avez lu dans les journaux en Angleterre, disait-il simplement.

Déjà, je ne doutais pas qu'il eût raison.

Les tranchées du secteur de La Bassée furent notre résidence cet été-là. Il est étrange de qualifier un endroit aussi horrible et dangereux de « résidence », n'est-ce pas ? Mais il l'était devenu. Le labyrinthe de lignes creuses, de tranchées couvertes, de boyaux et de sapes constituait notre foyer et, pour y accéder, depuis Béthune, il fallait traverser une zone faite de routes détruites et de villages en ruine. Jamais je n'avais vu un paysage aussi dévasté par l'homme et en fus horrifié, mais ce spectacle était déjà, pour beaucoup de mes camarades, d'une effrayante banalité. La vie militaire n'encourage guère la contemplation. L'esprit se concentre sur la survie. Du moins pour un temps. Il était inévitable que, même dans un cadre aussi lugubre, des désirs de gloire personnelle se forment dans la tête d'un

jeune officier. Les hommes de ma section ne manifestant pas un enthousiasme débordant, je fis
preuve d'un excès de zèle. Au cours des nuits d'été
passées près de La Bassée, je multipliai les reconnaissances et les patrouilles, ce qui me valut une
réputation de courage. Les hostilités étaient peu
virulentes, à cette époque, et je n'étais pas conscient
des risques encourus.

Hallows m'inspirait une certaine méfiance. Sa
discrétion et son fatalisme ne correspondaient pas à
l'idée que je me faisais d'un officier. Il était toujours
reconnaissant des renseignements que je lui rap-
portais, mais il semblait indifférent à mes actions
audacieuses et me déconseillait certaines équipées
nocturnes. Je lui proposai un jour un plan insensé
de raid derrière les lignes allemandes à leur point le
plus rapproché : mon idée était d'envenimer un peu
une situation qui me paraissait trop calme. Il repoussa
l'idée gentiment, mais fermement. « N'oubliez pas,
Franklin, expliqua-t-il, que nous sommes responsables
de nos hommes et que leur vie est précieuse, même si
cette guerre suggère le contraire. »

Je mettais sa prudence au compte d'une certaine
lâcheté et en concevais un certain mépris. Ce n'était
pas en restant les bras croisés que nous réussirions
l'offensive que nous souhaitions tous. Hallows, lui,
avait compris qu'une offensive était une cause perdue d'avance et que seuls les militaires du quartier
général entretenaient encore cette illusion. À ses
yeux, l'essentiel était de préserver les hommes. Et il
ne mettrait leur vie en danger que sur l'insistance de
ses supérieurs. Ceux-ci ne tardèrent d'ailleurs pas à
se manifester.

Au début de septembre, des rumeurs d'une offensive franco-britannique de grande envergure circulèrent dans notre secteur ; l'optimisme régnait quant au résultat des opérations. La victoire semblait soudain à portée de main : nouveaux contingents d'hommes, stocks d'obus renouvelés, et une occasion de gazer à notre tour les Allemands. La victoire était, bien sûr, une monstrueuse illusion. Et, de façon tout à fait perverse, les lourdes pertes enregistrées dans nos rangs entretenaient ce rêve. Les soldats rompus au combat et qui avaient compris la leçon ne survivaient pas assez longtemps pour mettre en garde les nouvelles recrues insouciantes et pleines d'espoir...

Nos préparatifs furent impressionnants. Tous les jours, de nouveaux fûts de gaz arrivaient dans les têtes de tranchées. À chaque instant, les rumeurs se transformaient en faits. Le 21 septembre commença un bombardement intensif des lignes allemandes. On disait qu'il resterait peu d'hommes en vie pour nous résister quand nous passerions à l'attaque. En réalité, le seul but atteint par notre artillerie fut d'annoncer notre attaque ! Et les Allemands ne négligèrent pas cet avertissement. Le 23 septembre, Hallows revint du QG du bataillon avec des ordres. Il réunit les commandants de section dans une tranchée couverte, distribua des cartes et lut le plan de l'attaque, qui devait commencer à l'aube du 25 septembre par un gazage de l'ennemi. Nos objectifs étaient incroyablement détaillés ; leur précision même m'inspirait confiance. Jusqu'au moment où Hallows remit les choses à leur juste place.

— Voilà donc vos ordres, messieurs. Franchement, je dois vous prévenir que nos chances de réussite sont négligeables. L'ennemi nous attend. De plus, j'ai consulté les responsables des détachements chargés du gazage et ils ne sont absolument pas certains de parvenir à un bon résultat. La direction du vent, au matin du 25, sera déterminante, mais comment être sûr qu'elle sera la même tout le long du front ? J'ai posé cette question il y a quelques heures au colonel Romney. Je n'ai pas obtenu de réponse. Puisse Dieu nous venir en aide à tous !

L'aube du 25 septembre se leva, grise et humide. Il n'y avait pas le moindre souffle d'air et cela entraîna quelques commentaires. Moi, qui avais reproché à Hallows son défaitisme, je me rappelais ses mots. Depuis, les livres d'histoire m'ont appris, sur la bataille de Loos, plus de choses que je n'en savais à l'époque et ont prouvé que Hallows avait raison. J'ai su, par la suite, que le responsable de l'ouverture des robinets de gaz avait refusé de passer à l'action dans notre secteur, à cause de l'absence de vent et qu'il avait fallu que le général Gough intervienne en personne pour lui donner l'ordre de s'exécuter. Ce que j'observais alors était un affrontement terrible, à l'échec inéluctable. Des dizaines de blessés au visage jaunâtre étaient évacués sur des civières, intoxiqués par nos propres gaz. Ceux qui échappaient aux émanations nocives étaient abattus par les Allemands. Quand ma section avança pour participer à la seconde vague d'assaut, nous découvrîmes, en première ligne, une scène de fin du monde : des corps allongés, empilés, des poches de gaz flottant dans l'air, des canons allemands toujours en train de tirer, des silhouettes gesticulant, des cris perçants montant des trous d'obus. Ce jour-là, à cet endroit précis, l'aventure patriotique prit fin pour moi. J'assistais à un scandaleux carnage, une hécatombe provoquée par la science militaire, et je ne voulais pas participer à ce massacre.

Pourtant, j'avais été si bien conditionné par la discipline que j'aurais sans hésiter – ou, plus exactement, malgré mes hésitations – emmené ma section dans l'air empoisonné vers un sacrifice inutile si Hallows ne m'avait pas donné l'ordre contraire. Il me rejoignit dans la tranchée ; sur son visage se lisait la colère que lui inspiraient les généraux qui commandaient de loin.

— Il n'y aura pas de seconde vague d'assaut, Franklin. Défendez vos positions mais n'avancez pas.

— Vos ordres ont-ils été modifiés, mon capitaine ?

— Non, mais je n'enverrai pas un homme de plus là-dedans. (Il désigna d'un geste le *no man's land*.) J'ai fait demander des instructions précises à Romney. En attendant sa réponse, nous ne bougeons pas.

Lorsque Hallows s'éloigna, un sergent, qui avait entendu notre conversation, me murmura : « Sans lui, on faisait le grand saut, mon lieutenant. » Il avait raison, Hallows nous avait sauvé la vie. L'ordre de différer toute nouvelle attaque arriva. Nous portâmes secours aux blessés, puis ce fut l'attente.

Une attente qui dura dix jours. Avec le recul, je suis surpris d'avoir résisté, pendant une aussi longue période, sans véritable abri, sur cette infâme terre de massacre. Des bombardements sporadiques se poursuivaient. Nous finîmes par réussir quelques opérations de gazage, mais les assauts qui leur étaient consécutifs étaient aussitôt repoussés, avec de lourdes pertes dans nos rangs. Notre compagnie fut laissée sur une position défensive. On aurait dit que les autorités militaires, connaissant l'état d'esprit de Hallows, jugeaient préférable de ne pas le brusquer. La nuit, il prenait la tête des équipes de secours chargées de ramener les blessés. Le jour, il nous réconfortait. C'était un homme différent de celui dont l'abattement et le cynisme m'avaient, au départ, inspiré de la méfiance, ou bien, ma vision de lui avait changé. C'était le John Hallows qui deviendrait mon ami.

Je me rappelle m'être trouvé debout à son côté à un carrefour de communication entre des tranchées, juste après une déconsignation, en fin d'alerte, un matin – le 1er octobre, pour être précis. Nous regardions en direction des lignes allemandes, au-delà de la bande de terre ravagée par les trous d'obus où tant d'hommes avaient trouvé la mort. Je demandai, sans réellement attendre une réponse :

— Pourquoi sommes-nous là ?

— Vous n'avez pas entendu ce que chantent les hommes, Franklin ? répondit-il. « Nous sommes là parce que nous sommes là parce que nous sommes là [1]. »

— Mais ce n'est pas suffisant.

— Pour eux, il faut que ce le soit. Pour vous et moi, les raisons sont assez différentes. Devoir, honneur, *noblesse oblige* [2]. Quels que soient les motifs

---

1. Chanson populaire parmi les soldats anglais pendant la Première Guerre mondiale *(N.d.T.)*.

2. En français dans le texte *(N.d.T.)*.

qui nous ont poussés à venir, ils ne tiennent plus face à cette boucherie, vous ne croyez pas ?

Je secouai la tête en signe d'assentiment.

— C'est vrai. Mais il n'existe aucun moyen d'en sortir.

— Aucun. Nous sommes pris au piège de la folie destructrice d'une nation en guerre. (Il rit.) Excusez-moi, je ne me serais jamais cru capable de prononcer de telles paroles. Comme vous, je pensais que mon devoir était de m'engager. Je ne comprenais pas… Et maintenant, il est trop tard.

Nous eûmes beaucoup de conversations dans les jours qui suivirent, comme si les mots avaient été un antidote à ce que nous subissions. Hallows était heureux d'avoir trouvé un compagnon cultivé à qui se confier et je peux vous affirmer que son amitié me faisait plaisir. Il me parla de sa maison dans le Hampshire, de son père, Lord Powerstock, qui serait outré par sa vision de la guerre, et de sa jeune épouse qui, elle, ne le serait pas. Il ne me cacha pas ce qu'il pensait de la façon dont cette guerre était menée, sa révolte face à tant de laideur. Il me parla, en somme, de lui-même.

Vers la mi-octobre, notre bataillon quitta le front pour un cantonnement de repos près d'Abbeville. C'était à trois jours de marche, mais nous étions contents de laisser – pour quelque temps, du moins – la guerre derrière nous. Nous fûmes installés à Chancy et nous pûmes, enfin, nous détendre. Dans ce sympathique village, Hallows et moi eurent de nombreux débats philosophiques autour d'une carafe de vin dans le confortable *estaminet*[1] de M. Chausson,

---

1. En français dans le texte *(N.d.T.)*.

ou en promenade, dans la forêt de Crécy, où d'autres Anglais s'étaient battus par le passé et avaient gagné une célèbre bataille. Hallows m'expliqua que, dans l'église de son village, dans le Hampshire, se trouvait le tombeau du chevalier qui s'était battu à Crécy plusieurs siècles auparavant.

— Je suis allé le voir la veille du jour où je me suis enrôlé, dit-il. En qualité de fils de châtelain, j'avais l'obligation morale de m'engager rapidement et je l'ai fait volontiers, mais, auparavant, je suis allé voir le chevalier de Plantagenêt pour obtenir une sorte de… bénédiction. Je me demandais ce qu'il avait ressenti. Je me le demande encore. Croyez-vous qu'il s'interroge parfois, lui aussi, pour savoir ce que j'éprouve ?

— J'en doute.

— Non ? Vous avez peut-être raison, mais le passé est plus proche qu'on ne le croit dans un endroit comme celui-ci. Près d'Ypres, l'un de nos réseaux de tranchées ne se trouvait qu'à une trentaine de mètres des lignes ennemies et, chaque jour, nous pouvions voir les Allemands se déplacer dans leurs tranchées : des silhouettes grises, furtives, pas si différentes de celles des loups en hiver que le chevalier de Crécy avait appris à redouter.

Des loups en hiver : étranges pensées pour des hommes comme nous. J'appréciais la hauteur de vue d'Hallows, je lui en étais reconnaissant. Quelles que soient les atrocités dont la guerre était responsable, il faut lui reconnaître un mérite : celui d'avoir fait de nous des hommes meilleurs. Il renonça à son snobisme de propriétaire terrien, et moi à mes ergotages de jeune prétentieux. En France, nous apprîmes à reconnaître les valeurs essentielles, à remettre en question les notions qui nous avaient été inculquées.

Des loups en hiver : image appropriée, puisque l'hiver approchait à grands pas. À la fin de novembre, nous étions de retour au front. Dans un secteur différent, au-delà d'Albert, et qui ressemblait fort au précédent. La guerre des tranchées était toujours aussi terrible, mais elle n'était plus une nouveauté. Je me réhabituai à la vie dans ces tranchées froides et sinistres, avec des replis occasionnels vers le relatif confort d'une ferme avoisinante ; je me réhabituai, en quelque sorte, à la guerre. Non pas que la situation se fût améliorée. Tireurs embusqués et raids nocturnes continuaient à faire leur lot de victimes. Hallows m'avait enseigné la prudence, mais la prudence ne suffisait pas. La mort nous guettait, la mort nous entourait.

Juste avant Noël, Hallows rentra chez lui en permission. Je l'accompagnai à la gare, où il prit un train pour Le Havre. Je savais combien il me manquerait ; il était devenu pour moi un guide, une présence, un ami. Et les amitiés forgées pendant une guerre sont solides. Je ne fus pas le seul à souffrir de son départ. La compagnie en était venue à s'appuyer sur lui. En son absence, les hommes devinrent nerveux, comme si, par sa présence, il leur assurait la sécurité. À cette époque, je traversais une nouvelle phase d'adaptation à la guerre. Le choc initial s'était estompé et j'avais admis qu'il était possible que des hommes et des nations s'affrontent de cette atroce façon. Maintenant, ma tolérance s'effritait elle aussi. Je me trouvais en France depuis neuf mois, une période assez longue pour comprendre que ce qui s'y passait n'était ni patriotique ni même nécessaire, mais simplement criminel.

Quand Hallows revint, je vis que lui aussi avait changé. Il ne souffrait pas simplement de l'habituelle dépression qui suit un retour de permission. Pendant son séjour dans sa famille, un événement s'était produit, qui l'avait profondément affecté. Des camarades m'avaient dit combien, en Angleterre, la vision que les gens avaient de la guerre était fausse. Hallows s'y était préparé, il était déterminé à ne pas insister sur ce qui se passait ici parce que, relatée devant un bon feu en Angleterre, la vérité aurait paru incroyable. Sa contrariété prenait sa source ailleurs. Où ? Il ne le disait pas – même à moi. Mais ce Noël passé chez lui le laissait soucieux. Et rien ne rend plus imprudent que d'avoir la tête ailleurs quand on se bat.

La ferme d'Hernu, à la fin de février : un jour banal, bien que chaud pour la saison. J'en ai gardé un souvenir net, précis, lumineux. Les hommes se reposaient dans les granges et dans les champs. Le caporal Quinlan jetait des bouts de bois au chien du vieil Hernu, qui les rapportait inlassablement. Hallows était assis sur une chaise en rotin, sous un soleil pâle, fumant une cigarette et lisant une carte de la Saint-Valentin récemment envoyée par sa femme. Deux coqs picoraient des graines à ses pieds. Des coups de canon claquaient dans le lointain sans perturber le calme de cet après-midi. Je m'accoudai sur les brancards d'un char à foin et engageai une conversation avec mon ami.

— Comment va votre femme ? demandai-je.

Il leva les yeux.

— Très bien.

— Vous devez lui manquer.

— Elle me manque aussi. Vous avez de la chance d'être célibataire, Tom. À des moments comme ceux-ci, c'est préférable. Je me demande souvent ce que deviendrait Leonora si je me faisais tuer ici. Peut-être devrais-je dire « quand je me ferai tuer ici ».

— Eh ! Voulez-vous vous taire !

J'avais répondu avec légèreté, mais il avait transgressé une règle tacite du bataillon, qui était de ne parler de la mort que si l'on ne pouvait pas faire autrement et, dans tous les cas, de ne jamais parler de la sienne. On attribuait à ces paroles un pouvoir prophétique.

Il esquissa un sourire plein d'amertume.

— Je suis navré. Mais, parfois, j'ai l'impression que cette guerre ne finira jamais.

Je ne dis rien. Il m'était arrivé de ressentir la même chose.

— L'engagement des Américains ferait peut-être pencher la balance du bon côté. Vous pensez qu'ils se décideront ? reprit Hallows.

Je haussai les épaules.

— Le *Lusitania*[1] n'ayant pas suffi, je ne vois pas ce qui pourrait les faire réagir !

— Les Américains sont des gens… étranges. Un peuple sans histoire, sans… obligation.

Je ne voyais pas où il voulait en venir, et il sembla remarquer ma perplexité.

---

1. Le *Lusitania* était un paquebot britannique. Il fut coulé par les Allemands en 1915, alors qu'il transportait de nombreux Américains *(N.d.T.)*.

— Pardon, murmura-t-il. (Je ne l'avais jamais entendu s'excuser autant.) Nous recevions un invité américain à Meongate à Noël. Il m'a donné une petite idée de la position de son pays.

Il s'absorba un moment dans ses pensées. Après quelques secondes, il me regarda intensément et déclara :

— Une grande offensive est prévue pour ce printemps, Tom. J'en suis certain. Dans le cas où… où je ne… m'en sortirais pas, accepteriez-vous d'aller voir ma famille et d'expliquer à ma femme ce qui s'est passé ?

— Bien sûr. Mais des propos aussi pessimistes sont-ils indispensables par une aussi belle journée ?

— Le beau temps est trompeur. Ne vous y fiez pas ! Le printemps est encore loin.

Il avait raison. L'hiver revint sur la Picardie et nous regagnâmes des tranchées gelées. En avril, une permission d'un mois me fut accordée. J'allai dire au revoir à Hallows dans la tranchée-abri de la compagnie, un matin où il neigeait un peu. Il abandonna le poêle récalcitrant qu'il essayait de faire fonctionner et descendit avec moi vers Albert. Il parlait d'un ton enjoué, mais je sentais qu'il était toujours la proie de cette humeur sombre dont la cause m'échappait.

— Prenez soin de vous, dis-je en lui serrant la main.

— Bon voyage ! répondit-il. Rapportez-moi un œuf de Pâques… et le printemps !

— Je ferai de mon mieux.

L'instant d'après, il était parti en direction des tranchées.

Mon séjour en Angleterre ne me procura pas le plaisir que j'en attendais. Le voyage en train jusqu'au Havre et la traversée vers Southampton furent les moments les plus agréables de ma permission car ils représentaient la liberté, même temporaire. Les semaines que je passai en Angleterre furent une dure épreuve. Je n'avais plus l'impression d'être chez moi, de comprendre ce qui s'y passait. La guerre dont parlaient les journaux n'avait rien de commun avec celle à laquelle j'avais participé : personne ne souhaitait entendre la vérité. Je me disputai avec mon oncle, errai dans les collines de Lambourn Downs et écrivis à Hallows pour lui rapporter mes impressions. À Londres, je me sentis encore plus mal à l'aise. J'avais hâte d'arriver au terme de ma permission même si je savais que, dès que je serais de retour en France, je le regretterais. La guerre avait fait de moi un déraciné.

En mai 1916, soit un peu plus d'un an après que j'y eus posé le pied pour la première fois, j'étais à nouveau au Havre. Bercé par le cliquetis régulier du train, j'accomplis un autre long voyage à travers la Normandie détrempée par les pluies, vers un destin qui m'attendait patiemment. J'avais hâte de retrouver Hallows à qui j'avais vraiment rapporté un œuf de Pâques.

Le bataillon avait été cantonné dans le village de Louvencourt. Je me rendis au poste de commandement, installé dans un grenier à blé désaffecté, et me présentai au colonel Romney.

— Bienvenue, Franklin, dit-il avec raideur. Vous allez rejoindre la compagnie C, bien entendu. Vous avez un nouveau commandant.

— Mais... et le capitaine Hallows ?

— Il s'est fait tuer. Vous ne le saviez pas ?

Je ne répondis pas. Je saluai maladroitement et sortis. Hallows était mort et je l'ignorais. Pour Romney, cette mort était banale et anonyme. Un nom à ajouter à la longue liste de victimes. J'avais dans mon sac un cadeau absurde, un œuf de Pâques dont il ne connaîtrait jamais le goût.

Les circonstances de la mort de mon ami me furent révélées un peu plus tard, par le sergent-major. La compagnie devait quitter le secteur de Mametz le 1er mai. La nuit précédente, Hallows était sorti avec le sergent Box vérifier l'état des fils barbelés qu'il souhaitait laisser en bon état pour nos successeurs du *Surrey Regiment*. Aucun des deux hommes n'était revenu. Des coups de feu avaient claqué dans le *no man's land*, suivis de deux éclairs lumineux. Ils étaient tombés sur une patrouille allemande. Les Allemands ayant cru qu'une attaque se préparait, il n'avait pas été possible de porter secours aux deux soldats. Ils n'avaient pas donné signe de vie dans les heures qui avaient suivi et, le lendemain, le bataillon avait dû se retirer. Deux jours plus tard, la nouvelle les attendait à Louvencourt : une patrouille du Surrey avait trouvé un corps à demi submergé dans un cratère d'obus plein d'eau. Ils n'avaient pas réussi à sortir le cadavre, mais ils avaient récupéré son portefeuille. C'était celui d'Hallows. Ils l'avaient remis au sergent-major qui l'avait encore en sa possession, taché de sang.

— Les hommes ont eu du mal à encaisser cette disparition, mon lieutenant, beaucoup de mal, dit le sergent.

Pas autant que moi, j'en étais certain. Sous un ciel de printemps, nous accomplissions un terrible périple vers la mort. Que celle-ci survienne soudain, sans qu'on la voie arriver, ou qu'elle nous emporte insidieusement, pendant la nuit, ou encore qu'elle fasse partie d'un massacre organisé, semblait sans importance. Le nouveau commandant de la compagnie, le capitaine Lake, transféré du 1er bataillon, parlait de l'offensive avec un optimisme démesuré. Il avait peu de temps à me consacrer et j'en avais encore moins à lui offrir. J'écrivis une longue lettre à la veuve de Hallows et, avant de m'acheminer vers notre secteur de tranchées, près des rives de l'Ancre, je m'assurai que ma missive était bien partie. Cette formalité accomplie, je me demandai si je tiendrais la promesse faite à Hallows de rendre visite à sa famille ; j'en doutais fort.

Le mois de juin me parut interminable. Nous procédâmes à un bombardement intensif des lignes allemandes dans le but d'affaiblir l'ennemi. Je considérais ce projet avec tout le scepticisme d'un vétéran de Loos. L'attaque fut fixée au 29 juin, puis repoussée pour cause de mauvais temps. Les instructions que Lake nous donnait ne comportaient pas les mises en garde que Hallows aurait faites. En outre, notre nouveau capitaine envisageait la prise de la colline située à l'est de Thiepval comme un détail dans la stratégie de la grande offensive. Nous, qui savions combien cette colline était bien défendue, ne doutions pas de courir à la catastrophe.

L'aube du 1er juillet laissa présager une chaleur écrasante. Lake donna le signal du départ à sept heures trente. Les hommes reçurent l'ordre de traverser le *no man's land* sans s'arrêter pour marcher droit sur les lignes ennemies, supposées désertes à la suite de nos bombardements. Ces évaluations étaient fausses et les Allemands nous attendaient de pied ferme. Ils arrosèrent à la mitrailleuse les rangs serrés des soldats qui avançaient lentement vers eux. Autour de Thiepval, les terrains en pente compliquaient notre avancée. Je fus blessé avant d'avoir accompli dix mètres. Devant moi, je vis tomber Lake. Chaque fois que je levais les yeux, des dizaines d'hommes étaient à leur tour fauchés par les balles. Surpris d'être encore en vie, je regagnai notre tranchée en rampant. On pourrait dire que j'eus de la chance ; de la chance d'être blessé aussi vite et de m'en tirer avec une épaule fracassée… Cependant, le mot « chance » est difficilement applicable à quiconque s'est battu dans la Somme ce jour-là. Le malheur, l'horreur étaient partout. Depuis la mort d'Hallows, je n'accordais plus une grande importance au fait de vivre ou de mourir. Peut-être est-ce pour cette raison que j'ai survécu.

Une semaine plus tard, je me reposais dans un lit d'hôpital, à Londres. C'était l'été 1916. Et c'est à ce moment-là, je pense, que débute vraiment mon récit.

2

Ma blessure ne fut pas trop grave. Vers la mi-août, on me transféra de l'hôpital vers une pension de famille d'Eastbourne réquisitionnée pour loger les officiers convalescents. Nous étions de singuliers pensionnaires ; heureux de retrouver la santé, peu pressés de retourner en France. La situation avait dégénéré dans la Somme – comment aurait-il pu en être autrement ? La liste quotidienne des soldats tombés au champ d'honneur ressemblait à une pétition contre les généraux inhumains. Je me promenais au bord de la mer, croisais de vieilles dames et de jeunes soldats dans des fauteuils roulants, et il me semblait entendre le son des canons, de l'autre côté de la Manche. Dans cette charmante station balnéaire, on avait peine à imaginer l'horrible combat qui se menait à quelques kilomètres de là, en France.

Ma cousine Anthea me rendit visite. Quels étaient mes projets ? Passer quelque temps dans le Berkshire ? L'idée de parler de la Somme avec mon oncle me faisait frémir. Pourtant, il fallait que je décide vite ; mon épaule se remettait bien et j'allais être rendu à la vie civile.

Le salut m'arriva par le biais d'une lettre inattendue émanant d'une association bénévole d'aide aux soldats blessés. Sa présidente, la comtesse de Kilsyth, organisait l'hébergement, dans les propriétés de ses amis, des officiers ayant besoin de se reposer. (Elle ne s'adressait qu'aux jeunes gens de bonne famille !) Je lus la lettre assis dans une chaise longue, sur le balcon de la pension, et cette offre me soulagea d'un grand poids. Mon soulagement se transforma en surprise quand je découvris, en pièce jointe, un mot émanant de la famille qui se proposait de me recevoir. L'en-tête du riche papier à lettres indiquait : *Meongate, Droxford, Hampshire.* Le message avait été rédigé par Lord Powerstock en personne : « Mon fils m'a si souvent parlé de vous que j'ai prié Lady Kilsyth de vous diriger vers notre demeure. » Finalement, j'allais tenir ma promesse.

J'arrivai à la gare de Droxford en fin de matinée, par une agréable journée d'été indien. Aucun autre passager ne descendit sur le quai couvert d'un gravier soigneusement ratissé, tandis que le conducteur du train attendait que soient chargés des cageots de cresson. Je me dirigeai vers le hall de la gare, dans un état de semi-hébétude. Derrière moi, un sifflement retentit et le train s'ébranla. Un employé qui cumulait les fonctions de porteur et de contrôleur me rattrapa et prit mon billet, avec un sourire assorti d'un commentaire sur le temps. Puis, je me retrouvai seul devant la gare, me demandant ce que je devais faire. On m'avait dit que quelqu'un viendrait me chercher, mais je ne voyais personne. Le train s'éloigna en lâchant des jets de vapeur et le silence s'installa. Il faisait chaud. Un essaim de moucherons tournoyait. Quelque part, une colombe roucoulait.

Venant de l'allée, j'entendis un tintement grêle accompagné d'un bruit sourd de sabots martelant le sol. Un petit cheval tirant un cabriolet entra dans la cour de la gare à bonne allure. L'attelage s'arrêta près de moi ; le cheval rua, soulevant une poussière qui m'aurait rappelé un nuage de gaz toxique s'il ne s'était pas dissipé aussi vite. Je regardai le cocher, un solide vieillard au buste large qui portait une redingote d'un bleu passé. Un chapeau de paille projetait une ombre sur son visage barré d'une moustache blanche.

Il me salua avec cordialité.

— Bonjour, jeune homme. Vous êtes sans doute le célèbre lieutenant Franklin.

— Célèbre, c'est beaucoup dire…

— Allons, pas de fausse modestie. Je suis trop vieux pour ces fadaises. Ne suis-je pas venu vous chercher en personne plutôt que de confier ce soin à un serviteur ? Montez donc !

L'humour que l'on devinait derrière ses yeux vifs était communicatif. Il n'était pas le genre de personne auquel je m'étais attendu.

Je grimpai à côté de lui après avoir jeté mon sac à l'arrière du cabriolet.

— Excusez-moi, mais… êtes-vous Lord Power-stock ?

— Oh ! Dieu du ciel, non !

Il laissa échapper un gros rire, puis claqua ses rênes pour encourager son cheval à faire demi-tour.

— Que pensez-vous des clochettes de Lucy ?

Il désigna d'un geste le garrot du cheval. Des grelots en argent étaient attachés au harnais et tintinnabulaient gaiement. C'était ce son, incongru dans le paysage du Hampshire, qui avait attiré mon attention quand l'attelage s'était approché.

— Charmant, dis-je, un peu désorienté.

Il rit à nouveau.

— Ce sont des clochettes de troïka. Elles viennent de Russie. Cadeau personnel du tsar.

— Vraiment ?

— Non, pas vraiment. Mais elles viennent bien de Russie. J'y ai fait du négoce à une certaine époque.

Il me regarda, cligna des paupières et ajouta :

— Quand j'avais votre âge… il y a bien long-temps.

Il se tut et conduisit sans parler pendant un moment. Puis il s'exclama, comme s'il venait de se rappeler quelque chose :

— Lord Powerstock ? Elle est bien bonne ! Non, je ne suis qu'un membre de la famille assez… encombrant – et ce n'est pas ma corpulence qui viendra démontrer le contraire ! Charter Gladwin est mon nom. Vieille relique de l'histoire familiale…

— J'ai rarement vu une relique mener aussi bien un cheval, monsieur.

Il émit à nouveau un rire pétillant comme un vin mousseux.

— Je vous félicite de manifester du respect envers vos aînés, jeune homme. C'est un excellent principe, même si je ne l'ai pas appliqué moi-même. Après tout, qui d'autre par ici se souvient encore du cou-ronnement de la reine Victoria ?

— Personne, j'imagine.

— Exactement ! Mais vous avez sûrement envie de savoir quel rapport il y a entre moi et le jeune John – le capitaine Hallows. Eh bien, je suis son grand-père maternel. Ma fille et lui ont tous les deux disparu. Il ne reste plus que moi aujourd'hui. Comique, n'est-ce pas ?

— Ce n'est pas le mot…

— Vous avez raison. Cela n'a rien de comique. C'est même sacrément triste. J'aimais bien John. C'était un bon petit gars. Vous vous faites descendre comme des quilles là-bas, je me trompe ?

— Malheureusement non.

— Mauvais équipement plus mauvais commandement égalent des vies gâchées inutilement.

— Vous êtes bien informé…

— Pas du tout. C'était déjà comme cela pendant la guerre de Crimée. Je me doutais bien que la situation actuelle n'était pas différente.

Il rit et cette fois, malgré moi, je ris avec lui.

Le chemin montait maintenant entre deux rangées de haies, s'éloignant de la ligne de chemin de fer et nous emmenant vers une colline. Nous laissâmes derrière nous les terres grasses et humides des bords du Meon et montâmes à travers des pâturages à moutons parsemés de petits bois.

— Nous apercevrons bientôt la maison, annonça le vieil homme. Je tâcherai de bien me tenir quand nous y arriverons. Il vous faudra faire de même.

— Je m'en voudrais d'offusquer quelqu'un…

— Je vous préviens que l'humeur est plutôt maussade depuis la mort de John. Non pas que je prétende qu'il faille l'oublier, mais ça fait quatre mois qu'il a disparu maintenant. Edward – Lord Powerstock – semble incapable de se ressaisir. Quant à Leonora…

Il se tut et fit claquer sa langue de contrariété.

— Il n'est pas étonnant qu'elle ait du mal à surmonter le choc, dis-je.

Gladwin marmonna quelques paroles incompréhensibles en fixant la route. De l'autre côté de la colline, nous passâmes sous une arche formée par les branches de châtaigniers. À notre gauche s'étirait un haut mur de brique, effrité par endroits. Du cabriolet, je vis apparaître, à travers le feuillage dense, une imposante bâtisse dressée au milieu d'un parc. Quelques minutes plus tard, nous franchîmes un portail en fer forgé par une allée sinueuse qui montait en pente douce. Des formes étranges, projetées par des jeux d'ombre, dansaient sur le sol. Nous sortîmes enfin du couvert et traversâmes le parc de la demeure.

— Bienvenue à Meongate ! murmura Gladwin. J'espère que cette propriété vous plaira autant qu'à moi. Pour être honnête, je vous avouerai que c'est la raison pour laquelle j'ai autorisé ma fille à se marier dans cette famille.

Il était aisé de le comprendre. Meongate s'élevait avec grâce au milieu de ses terres. Bien proportionnée sans être grandiose, la demeure de pierre et de brique était composée de deux bâtiments en L. L'allée passait devant la façade principale puis tournait derrière l'aile perpendiculaire. L'angle abritait un jardin d'agrément. Au milieu de l'aile, une tourelle vitrée, surmontée d'une girouette, s'élevait presque aussi haut que les fins conduits de cheminées. Les rayons du soleil jouaient sur la figurine dorée, chauffaient les briques de la maison et se reflétaient sur les fenêtres entourées de lierre. Toutes les rassurantes vertus de l'Angleterre rurale paraissaient rassemblées en cette demeure, ennoblies par les éléments minéraux et végétaux. C'est là que, ignorant de ce qui m'attendait, je m'apprêtais à entrer, à la place de Hallows.

Gladwin fit arrêter le cheval devant la porte ; il descendit lourdement de l'attelage qui ploya sous son poids. Un homme apparut sous le porche pour prendre mes bagages. Gladwin sortit sa montre de gousset et rugit avec bonhomie :

— L'aller-retour en un peu plus d'une demi-heure ! Pas mal, hein, Fergus ?

— Vous la poussez trop, grommela Fergus avant d'entrer dans la maison avec mon sac.

— Vous êtes prudent comme une vieille femme, explosa Gladwin.

Il me décocha un coup d'œil tandis que je descendais à mon tour du cabriolet. Lorsque Fergus réapparut, Gladwin reprit, moqueur :

— Lucy aime bien se défouler de temps en temps – ça ne vous ferait pas de mal de suivre son exemple !

Cette fois, Fergus se contenta de répliquer par un grognement et emmena la jument. Nous nous tournâmes vers la maison, où une femme était apparue sur le seuil.

— Inclinez-vous, me dit Gladwin du coin des lèvres, c'est Mme la comtesse.

— La comtesse ?

— La seconde Lady Powerstock. Un pot de peinture avec lequel Lord Powerstock a cru égayer ses derniers jours.

Comme en tout, Gladwin exagérait. Cette femme était d'une grande beauté, de type méditerranéen, ayant à peine dépassé la trentaine. Élégante, cheveux sombres relevés en chignon autour d'un visage classique aux pommettes hautes, robe de soie qui moulait une silhouette parfaite. La froideur de son sourire aurait-elle dû me mettre en garde ?... Peut-être. À cet instant, je ne m'y attardai pas.

— Lieutenant Franklin, je suis enchantée de faire votre connaissance, dit-elle en tendant la main d'une manière telle que je ne pus que m'incliner en la prenant.

Tandis que je lui adressais quelque formule de politesse, elle toisa Gladwin et déclara d'un ton plus dur :

— J'avais cru comprendre que Fergus irait chercher M. Franklin.

Le vieil homme ne répondit pas directement. Il marmonna quelques mots et s'adressa à moi.

— Je n'entre pas tout de suite, Franklin. Une ou deux choses à faire. Olivia s'occupera de vous. À tout à l'heure.

Il s'éloigna d'un pas lourd, les mains passées avec désinvolture dans les revers de sa redingote et la tête rejetée en arrière, dans une attitude de défi.

Lady Powerstock me précéda dans le hall qui paraissait sombre. D'imposantes boiseries entouraient une vaste cheminée de style *decorated*[1]. Un large escalier à double révolution menait à un palier circulaire où le soleil éclaboussait de lumière les tapis aux motifs complexes et les tapisseries orientales accrochées aux murs, exotiques dans ce décor à l'immuabilité marquée par le lent tic-tac d'une pendule.

— Je fais porter votre sac dans votre chambre, lieutenant, déclara Lady Powerstock. Si vous n'êtes

---

1. Le *decorated style* est un style typiquement anglais qui s'insère dans la période gothique mais qui est très différent de ce que l'on trouvait en France à cette époque *(N.d.T)*.

pas trop fatigué, je suis sûre que mon mari aimerait vous rencontrer tout de suite.

— Je suis impatient de lui être présenté.

— Alors, venez avec moi, je vous prie. Il doit être dans son bureau.

Nous suivîmes le couloir qui allait du hall principal vers l'aile. Je tentai d'amorcer une conversation banale.

— Votre maison paraît être à des millions de kilomètres de la guerre, dis-je.

Elle sourit.

— Vous n'êtes pas le premier à formuler cette remarque.

— Non ?

— Grâce à Lizzie Kilsyth, nous avons hébergé de nombreux jeunes officiers et tous partagent votre sentiment. Nos deux hôtes actuels – que vous verrez tout à l'heure – ne font pas exception à la règle.

— Je suis convaincu qu'ils vous sont tous aussi reconnaissants que moi de votre hospitalité.

— C'est possible. Dans votre cas, c'est nous qui vous remercions d'avoir accepté notre invitation.

Nous étions arrivés à un coude du couloir. Elle s'arrêta devant la porte qui nous faisait face et frappa.

— Mon mari avait hâte de vous rencontrer, reprit-elle.

Puis, elle sourit et ajouta :

— Moi aussi.

Elle ouvrit et j'entrai dans un bureau dont les murs lambrissés étaient couverts de livres. La pièce se trouvait dans l'angle du L formé par la maison, ses hautes fenêtres donnaient d'un côté sur le parc et de l'autre sur une pelouse, en contrebas. Face à une fenêtre était installée une table de travail que Lord Powerstock était en train de contourner pour venir me saluer.

C'était un homme grand, aux cheveux blancs et au dos un peu voûté. Son visage ridé exprimait une dignité muée, au fil des ans, en gravité. La guerre avait emporté, en même temps que son fils, nombre de ses certitudes. La fin de l'époque victorienne l'avait laissé perdu dans un monde qu'il ne comprenait plus et où son chagrin exprimait difficilement son accablement, sa profonde solitude.

— Mon cher garçon, je ne saurais vous dire à quel point vous êtes le bienvenu. (Sa main tremblait légèrement quand je la serrai.) Êtes-vous en bonne voie de guérison ?

— Je vais mieux, merci.

Il jeta un coup d'œil en direction de son épouse mais, déjà, la porte se refermait derrière elle. Nous étions seuls dans cette pièce où je devinais qu'il passait le plus clair de son temps.

— J'en suis ravi. Mon fils parlait souvent de vous.

— John parlait souvent de vous aussi, monsieur. Sa maison et sa famille lui manquaient beaucoup.

Lord Powerstock hocha la tête et se dirigea vers un petit meuble où des verres et des flacons étaient disposés sur un plateau d'argent.

— Désirez-vous boire quelque chose ? J'ai un whisky tout à fait exceptionnel, si vous êtes amateur.

— J'avoue l'être devenu, ces derniers temps.

Il me versa une copieuse rasade, puis se servit plus raisonnablement.

— Vous aurez du mal à trouver aujourd'hui un aussi bon alcool.

— Alors, si vous n'y voyez pas d'objection, monsieur, buvons à une paix honorable.

Je l'avais voulue « honorable » par égard pour lui. Il but et, après une courte réflexion, demanda :

— Est-ce l'armée qui parle, Franklin ?

— Je ne puis exprimer que mon avis personnel.

— John disait fréquemment la même chose.

— Ce qui se passe est atroce et ce n'est pas moi qui prétendrai le contraire.

— Je serais déçu que vous le fassiez. Depuis que nous sommes inscrits à la Kilsyth Foundation, nous avons hébergé une bonne vingtaine d'officiers. La plupart sont de braves garçons à qui l'on a trop demandé. (Il se dirigea vers l'une des fenêtres et je le suivis.) Comme ce pauvre Cheriton, par exemple.

Il désigna une frêle silhouette qui arpentait une allée : un jeune homme mince, fumant une cigarette avec des mouvements saccadés, qui en disaient long sur l'état de ses nerfs.

— Le problème, monsieur, est que si la guerre se poursuit encore longtemps, aucun de nous ne pourra plus donner autant qu'il lui est demandé.

— Est-ce ce qui s'est passé pour mon fils ?

— Non. John était capable d'affronter n'importe quelle situation. Il insufflait de la force aux autres – moi y compris. Ses hommes le considéraient comme un talisman. Et ils avaient raison : la chance les a quittés lorsqu'il est mort.

Powerstock hocha la tête.

— C'est déjà quelque chose. La façon dont une mort s'est produite peut procurer... un peu de réconfort. C'est tout ce qui nous reste.

126

Il tendit une main hésitante vers un cadre posé sur le bureau, une photo de mariage de l'époque victorienne qu'il poussa vers moi.

— La mère de John ? demandai-je.

— Oui. Au moins, cette épreuve lui aura été épargnée...

Il parlait de plus en plus lentement, comme s'il accomplissait un retour dans le passé et ne trouvait que ruines sur son passage.

— Pauvre Miriam !... Quel gâchis ! Et maintenant, notre fils...

Puis il sembla se rappeler où il se trouvait et reprit d'une voix différente :

— Son père vit encore avec nous.

— Oui. Il est venu me chercher à la gare.

— Cela ne m'étonne pas. (Cette pensée le fit presque sourire.) Ce bon vieux Charter. Un peu grincheux, non ?

— Je ne trouve pas.

— Ah ? Vous avez peut-être raison.

À nouveau, il s'exprimait par des phrases lentes, distraites.

— Mon père désapprouvait cette union. Les Gladwin étaient des commerçants... Ce qui ne m'a pas empêché d'aller à Whitby parler à Charter... Il disait que du sang de marin coulait dans ses veines, à cause de tous les bateaux sur lesquels il avait navigué. Tous les bateaux...

Il marqua une pause et rejeta la tête en arrière.

— Excusez-moi. Charter ne vous épargnera pas le récit de ses péripéties. J'imagine que vous commencez à avoir faim. (Il pressa le bouton d'une sonnette près de la cheminée.) Je ne me joindrai pas à vous. Je n'ai guère d'appétit en ce moment. Mais nous nous reverrons plus tard… pour parler de mon fils.

— Je ne demande pas mieux.

— C'est tout ce que je peux faire maintenant… parler de lui.

Une femme de chambre apparut et me conduisit à ma chambre. C'était une pièce spacieuse, avec vue sur le parc. Un bouquet de chrysanthèmes fraîchement cueillis était disposé dans un vase. Le lit à baldaquin tendu de draps amidonnés disparaissait sous une montagne d'oreillers. Dans la salle de bains attenante, des serviettes de toilette étaient suspendues à des tuyaux chauffants, près d'une profonde baignoire aux pieds en pattes de lion. Tout ce confort était mis à ma disposition afin que j'oublie – si j'y parvenais un jour – un bivouac gelé dans les Flandres, une tranchée après la bataille avec ses odeurs de chair brûlée, de vomissures et de gaz. Je me penchai sur les chrysanthèmes, les humai et m'emplis du rassurant parfum de Meongate en été… Oui, j'étais à des milliers de kilomètres de la guerre, en sécurité, comme Hallows ne pourrait plus jamais l'être. Pensait-il à cet endroit, rêvait-il de ce parc au moment où il avait traversé le *no man's land* ravagé par les trous d'obus avec le fidèle sergent Box, cette dernière nuit d'avril ? Ses pensées erraient-elles en ce lieu et sa vigilance avait-elle décliné à un moment décisif, fatidique ? Nul ne pouvait le dire. Le passé s'évanouit et je descendis au rez-de-chaussée.

L'organisation du déjeuner me parut surprenante. Dans la salle à manger, une petite table avait été dressée pour quatre près d'une baie vitrée ouvrant sur les haies d'ifs bien taillés et sur les parterres de roses. Là m'attendaient le lieutenant Cheriton, toujours nerveux, et l'autre officier résidant à Meongate, le major Thorley, de l'*Ordonance Corps*. Aucun habitant de la maison ne se joignit à nous. Nous fîmes donc connaissance seuls et nous servîmes nous-mêmes sur la console.

Thorley ne me plut guère : je le trouvai trop prompt à se lier, bavard, condescendant et enclin à critiquer un foyer qui le recevait généreusement.

— Des gens bizarres, Franklin, dit-il, la bouche pleine de poulet froid. Le vieux Lord Powerstock promène une tête de six pieds de long ; quant à sa femme, elle me coule des yeux si doux que je finis par me demander si ses invitations à « faire comme chez moi » ne comportent pas de délicieux sous-entendus. Vous voyez ce que je veux dire ?

Je prétendis que non, mais cette réponse ne découragea pas mon interlocuteur qui poursuivit :

— Il y a également un vieil oncle original et une belle-fille que l'on ne voit jamais. Remarquez, on ne se plaint pas ! L'auberge est plus engageante que nos baraquements militaires, hein ?

Il finit par se retirer et quitta la pièce avec un boitement prononcé ; je restai seul avec Cheriton au teint blafard, bien moins loquace et s'enfermant dans le mutisme dès qu'il était question des raisons de son séjour à Meongate. Le mal dont il souffrait était pourtant évident, à en croire son discours haché et les tremblements de son visage. Je m'appliquai à éviter un sujet douloureux pour lui et il devint difficile d'engager une conversation.

— Le major va-t-il rester longtemps parmi nous ? demandai-je.

Face à cette question qui ne cachait guère mes sentiments, Cheriton parvint à m'adresser un sourire crispé.

— Oh ! Je vois… Il est un peu… arrogant, n'est-ce pas ?

— C'est le moins que l'on puisse dire.

— Écoutez… Ne m'en veuillez pas de vous poser cette question, mais Thorley prétend que vous n'êtes pas un étranger dans cette maison.

— Notre bon major parle à tort et à travers. J'ai servi en France sous les ordres du fils de Lord Powerstock, c'est tout.

Nous étions revenus en terrain glissant.

— Ah !… bon, bredouilla Cheriton.

Il ne fit aucun commentaire sur la mort d'Hallows.

— Dites-moi, comment Thorley a-t-il obtenu ce renseignement ? demandai-je.

— Oh… par Mompesson, je pense.

— Mompesson ?

— Un Américain de passage en Angleterre pour affaires… Un ami de Lady Powerstock… Il vient souvent à Meongate.

Je me rappelai ma conversation avec Hallows, à la ferme d'Hernu, six mois plus tôt : il avait alors parlé d'un Américain reçu à Meongate. Il s'agissait d'un hôte habituel qui savait plus de choses à mon sujet que moi du sien.

Il était un point sur lequel je partageais l'avis de Thorley : où était Leonora ? Elle était la seule personne que j'avais envie de rencontrer à Meongate, et je ne l'avais même pas aperçue. Je m'en sentais vaguement offensé. Je lui avais écrit après la mort d'Hallows et elle m'avait répondu, brièvement mais gentiment. J'étais vexé qu'elle ne prenne pas la peine de venir me saluer.

Mais je n'eus pas à attendre longtemps. Après avoir fait une sieste dans ma chambre – habitude de convalescent –, j'allai me promener dans la propriété. Je remarquai çà et là des signes de relâche dans l'entretien du parc, des détails, tels qu'une haie broussailleuse, qui prouvaient une restriction du train de vie.

L'après-midi était chaud. Thorley donnait, sans grande conviction, des coups de maillet dans une balle sur le terrain de croquet et m'aurait appelé si je lui en avais laissé le loisir. Pour lui échapper, je m'empressai de couper par le jardin d'agrément, où un angelot couvert de vert-de-gris, perché sur une fontaine asséchée, témoignait aussi d'une certaine austérité, et je pénétrai dans la véranda.

C'est là que je la découvris. L'enchevêtrement des plantes grimpantes et des clématites partait à l'assaut des verrières, le reflet des lys et des hortensias colorait le sol carrelé, des géraniums roses aux âcres exhalaisons étaient alignés sur le rebord des fenêtres baignées de soleil et un chat somnolait au milieu des cactus... Je découvris Leonora Hallows, en train de prendre le thé, digne et triste.

Elle portait une jupe bleue, un chemisier au col fermé par un ruban noir et un chapeau à larges bords. Ses cheveux étaient blonds, son visage aussi lisse et délicat que la porcelaine posée sur son plateau. Elle leva ses yeux bleus d'une étonnante sérénité et me reconnut aussitôt.

— Bonjour, monsieur Franklin. Mon mari m'avait annoncé votre visite.

Cette formule me déconcerta ; l'on aurait cru qu'elle venait de parler à Hallows. Avec quelques phrases polies, je m'inclinai en lui tendant la main. Elle la prit et la pressa légèrement, remerciement tacite pour l'amitié que j'avais partagée avec son mari.

Elle me demanda de m'asseoir auprès d'elle et me servit du thé.

— Que voulez-vous dire, par « mon mari m'avait annoncé votre visite » ?

— Dans la dernière lettre qu'il m'a écrite, John précisait qu'au cas où il lui arriverait quelque chose, son ami, le lieutenant Franklin, viendrait à Meongate.

Je rougis.

— Je dois vous avouer que, sans la lettre de Lord Powerstock, je n'aurais pas tenu parole.

Elle sourit.

— Peu importe. Les hasards de l'existence bousculent souvent nos intentions. Quelque tardive ou fortuite qu'elle soit, votre présence ici me fait plus plaisir que je ne saurais l'exprimer.

— Je suis heureux d'être venu, madame Hallows, et désolé d'être amené par une aussi triste raison. Votre mari était un homme remarquable.

— Oui. (Elle détourna un peu son regard.) Je l'ai toujours pensé.

— Par-dessus tout, un ami exceptionnel. Je suis fier de l'avoir connu. Tout ce que je vous ai dit dans ma lettre était vrai.

— Merci, murmura-t-elle.

Puis, elle changea de sujet, comme si cette conversation était trop douloureuse pour s'y attarder.

— Que pensez-vous de la vie à Meongate ? demanda-t-elle.

— Tout y est si… paisible, c'est merveilleux.

— Paisible ? Nous donnons cette impression ? Vous n'avez pas été frappé par le fait que nous formons une étrange communauté ?

— Pas du tout.

— Avez-vous remarqué que, des quatre personnes qui vivent sous ce toit, aucune n'est liée à l'autre par un lien de sang ? N'est-ce pas… curieux ?

— Heu… si.

— Excusez-moi, je ne voulais pas vous mettre dans l'embarras. Je sais que Lord Powerstock souffre de voir s'éteindre son nom, sa lignée. Il se demande ce qu'il adviendra de nous. Il craint de nous avoir porté malheur.

— Quelle idée !

— Les Powerstock ont toujours réussi dans toutes leurs entreprises sauf depuis quelques années. Le premier mariage de mon beau-père n'avait pas l'approbation de sa famille. Sa femme lui a donné un fils, bien sûr, mais elle n'a pas vécu assez longtemps pour le voir grandir.

— Comment est-elle morte ?

— C'est l'un des rares sujets que Charter refuse d'aborder. D'après ce que John m'a raconté, sa mère participait activement à une organisation d'aide aux déshérités. Elle consacrait une grande partie de son temps à des familles qu'elle avait prises en charge dans les bas quartiers de Portsea, et c'est là qu'elle a contracté la variole. Elle est morte il y a plus de dix ans. Mais, parfois, il me semble que mon beau-père porte encore son deuil.

— Pourtant, son second mariage…

133

Le coup d'œil que me lança Leonora était si éloquent que je m'interrompis net.

— Et voilà que le malheur reprend. John et moi n'étions mariés que depuis trois mois quand la guerre a éclaté. Depuis, Lord Powerstock a perdu son fils.

— Bien sûr, c'est une épreuve très pénible...

— Mais les choses s'amélioreront-elles ?

— Nous devons le croire.

— Nous ne pouvons croire que ce qui a une chance d'être vrai, murmura-t-elle.

Elle se tut un instant, puis, avec un sourire forcé, ajouta :

— Pardonnez-moi, je ne devrais pas mettre des pensées aussi noires dans la tête d'un soldat.

— Une de plus, une de moins...

— Tiens, lieutenant Franklin, vous êtes là !

Lady Powerstock se matérialisa derrière nous comme par enchantement. Au moment où d'autres cherchaient la fraîcheur et l'ombre, elle paraissait à son aise dans la chaleur de la serre.

— Je vois que vous avez fait connaissance avec Leonora. Avez-vous bavardé ?

Leonora répondit à ma place.

— Nous avons parlé de la guerre, Olivia – et de ses effets sur cette maison.

— Vous avez sans doute constaté, lieutenant, que cette maison est un peu négligée. Nous manquons de personnel, voyez-vous. La guerre a la priorité.

— Naturellement, je ne...

— J'espère que vous n'avez pas fatigué Leonora. Le médecin lui a conseillé beaucoup de repos... compte tenu des événements.

Je compris l'allusion et me levai.

— Bien sûr. Je n'imposerai pas ma présence plus longtemps. Vous voudrez bien m'excuser, madame Hallows.

Lady Powerstock me suivit à l'intérieur de la maison.

— Merci d'être aussi compréhensif, dit-elle à voix basse tandis que nous traversions la salle à manger. Leonora a très mal réagi quand elle a appris la mort de John. Le médecin a dû lui prescrire des sédatifs et des somnifères. Elle se fatigue encore très facilement et son humeur peut varier d'un instant à l'autre, sans raison apparente. Je suis sûre que vous comprenez…

— Bien entendu.

À la vérité, je ne comprenais rien du tout. Leonora ne me paraissait ni effondrée ni hystérique et la lettre qu'elle m'avait envoyée au front avait reflété un équilibre aussi parfait que celui que je venais de constater. Je devais éviter les questions afin de ne pas me trouver mêlé à quelque brouille familiale (même si, comme l'avait fait remarquer Leonora, les habitants de cette maison ne formaient en rien une famille).

Ma santé s'améliora plus vite dans le cadre charmant de Meongate que parmi les invalides et les vieillards d'Eastbourne. Pourtant, tandis que je m'installais dans une routine confortable, bien que parfois étrange, je commençai à pressentir qu'un mystère planait sur Meongate.

Les habitants de la maison menaient des vies qui ne se croisaient que rarement. Lord Powerstock ne sortait jamais de son bureau, où il m'invitait à le rejoindre pour parler de son fils. Je lui racontais les prouesses de John dans ses fonctions de commandant. Ces conversations lui procuraient un peu de réconfort. Il laissa échapper quelques confidences à propos de sa propre vie, me raconta la mort tragique de sa première épouse. De son second mariage, il ne dit rien. Peut-être pensait-il que les faits parlaient d'eux-mêmes et il avait raison : pas d'enfant, une différence d'âge de vingt ans, une superbe épouse tournée vers... des centres d'intérêt que je ne souhaitais pas explorer.

Leonora avait vu juste. Powerstock était un homme en deuil, pas seulement de son fils mais de sa vie entière. Pourquoi, si elle s'en rendait compte, Leonora faisait-elle si peu d'efforts pour le réconforter ? Les raisons de son attitude m'échappaient et j'avais l'arrogance de lui reprocher son indifférence. Elle suivait, avec détachement, le cours de sa vie, sans fuir ni rechercher ma compagnie. Je relus la lettre qu'elle m'avait écrite en France pour me remercier de mes condoléances ; elle disait alors que parler avec des amis de son mari lui procurerait un immense réconfort. Il me paraissait curieux qu'à présent elle ne cherche pas à me voir plus souvent. J'en vins à penser qu'elle ne m'appréciait pas.

Thorley et Cheriton poursuivaient, quant à eux, leur chemin. Des chemins bien divergents ! Celui de Thorley le menait régulièrement à l'auberge du White Horse, à Droxford, où j'étais invité à le rejoindre, mais je l'évitais. Celui de Cheriton — qu'un petit verre d'alcool aurait réconforté — se limitait aux couloirs de Meongate ; sa silhouette frêle et inquiétante sursautait dès qu'une porte claquait et, à chacun de ses pas, il foulait les vestiges d'une dignité perdue. Je ne me sentais d'affinité avec aucun. Thorley n'était qu'un moulin à paroles sans intérêt, et j'étais impuissant à résoudre les problèmes de Cheriton, car des rêves de mort et de boue m'obsédaient, qui ne s'évanouissaient pas toujours au matin.

Grâce à ses récits, Charter Gladwin apportait la seule note de gaieté au milieu de tant de tristesse. Il racontait son enfance à Whitby, relatait des anecdotes sur de vieux pêcheurs qui se souvenaient du capitaine Cook, parlait de la cour qu'il avait faite à des princesses de la Russie blanche, de ses noces avec la fille du maire de Scarborough dont il avait eu la plus belle enfant de tout le North Riding, dans le Yorkshire. Mais Charter Gladwin était, comme il disait, un survivant d'un autre monde, et il n'avait aucun rôle à jouer dans celui-ci. Du moins, c'était ce que je croyais.

Le dîner était la seule occasion de réunir tous les résidents de Meongate. Nous, officiers, portions l'uniforme et nous installions autour d'une table présidée par Lord Powerstock. Le vieil aristocrate respectait à la lettre une étiquette toujours en vigueur dans la noblesse terrienne. Leonora se joignait à nous. Elle était généralement vêtue de robes simples et se laissait volontiers éclipser par une Lady Powerstock qui dominait la conversation et paradait dans des tenues affriolantes, typiques de l'époque édouardienne. Parfois, des invitées étaient présentes ; certaines suivaient l'exemple de la maîtresse de maison et, bien que mal renseignées, émettaient des avis péremptoires à propos de l'évolution de la guerre. D'autres, dont les maris se trouvaient sur le champ de bataille, parlaient moins et écoutaient mieux. J'attendais un visiteur du nom de Mompesson, mais rien ne vint.

Par un jour de septembre doux et pluvieux, j'entrai dans la bibliothèque à la recherche d'un livre facile à lire. Ainsi que j'aurais dû m'en douter, les ouvrages ne s'adressaient pas à un lecteur paresseux : tant de reliures de cuir anonymes manquaient d'attrait. De qui cette pièce avait-elle été le lieu de prédilection ? Si Lord Powerstock avait, par le passé, fréquenté cet endroit, il ne le faisait plus. Le petit secrétaire, près de la fenêtre à meneaux, était vide et les livres restaient abandonnés sur les rayonnages.

L'élément le plus étrange de la pièce était une grande peinture à l'huile représentant une scène d'époque médiévale, dans un style préraphaélite, empreint de sensualité. La scène était baignée de lumière blanche et ce qu'elle décrivait était saisissant, voire troublant. La chambre d'un château médiéval aux murs de pierre, rideaux tirés. Allongée sur le lit, une femme nue aux formes harmonieuses regarde avec inquiétude, par-dessus son épaule, en direction d'une porte en train de s'ouvrir. Sur le seuil, un homme en cotte de mailles défait le ceinturon de son épée. Le regard dont il enveloppe la femme ne laisse aucun doute sur ses intentions.

C'était un tableau déplaisant, à cause de son côté voyeur et également du fait de son emplacement dans la bibliothèque, où la culture semblait servir d'alibi à une scène aussi explicite. Je n'étais pas au bout de mes découvertes. Tandis que je fixais le visage de la femme, zébré par la réverbération de la lumière, j'eus l'impression, l'espace d'un instant, que je la connaissais. Il ne pouvait s'agir que d'une seule personne – plus jeune et très éloignée de sa condition actuelle – ... Olivia, Lady Powerstock, telle que je ne l'avais jamais imaginée.

Le lendemain soir, après le dîner, les dames se retirèrent et Cheriton accepta à contrecœur une partie de billard avec Thorley qui, bien qu'il jouât en dépit du bon sens, gagnait à chaque fois. Fait exceptionnel, Lord Powerstock s'attarda au salon et s'installa près du feu, un verre de cognac à la main ; il avait besoin de la chaleur des flammes, malgré la douceur de la nuit. Gladwin s'était assis entre nous et tirait sur un cigare qui constituait, depuis quelques instants, son sujet de conversation.

— Ils doivent mélanger de la rhubarbe au tabac pour arriver à un goût aussi épouvantable ! Les meilleurs cigares que j'aie jamais fumés m'avaient été offerts par le comte de Nogrovny à Saint-Pétersbourg, pour sceller une transaction concernant des peaux de zibeline. Il avait une fille... Une merveille ! Je me suis battu en duel pour elle... À moins que ce ne soit pour les fourrures... Je ne sais plus très bien. L'hiver 1861, le fleuve était complètement gelé...

Le vieillard ne remonta pas plus loin dans ses souvenirs car il fut emporté par le sommeil. Lord Powerstock sourit avec indulgence et je saisis l'opportunité pour poser une question qui me préoccupait depuis longtemps.

— Votre fils m'a parlé d'un invité du nom de Mompesson. Vais-je le rencontrer ?

Lord Powerstock se rembrunit.

— Mompesson ? Oh oui ! Un ami de ma femme.

Il avala une gorgée de son excellent cognac avec une moue de déplaisir.

— À la vérité, Lady Powerstock a de nombreux admirateurs. Elle était célèbre avant notre mariage.

— Vraiment ?

Pour une fois, il sortit un peu de sa réserve.

— Oui, une femme superbe, comme vous l'avez remarqué.

— Tout à fait.

— Dans sa jeunesse, elle a posé pour les artistes les plus réputés, à Londres et à Paris.

Ainsi, j'avais vu juste. Je risquai une question :

— Le tableau dans la bibliothèque, est-ce…

— Quel tableau ? (Il paraissait contrarié.) Je ne saurais vous répondre. Je ne vais jamais dans cette pièce. Quant à Mompesson, oui, vous le rencontrerez. Il est attendu pour le week-end… m'a dit mon épouse.

Je crus alors avoir compris. Un mari vieillissant trompé par une femme plus jeune que lui. Quoi de plus banal ? Peut-être était-ce la raison pour laquelle Hallows était soucieux, à son retour de permission, à Noël. Si seulement l'histoire s'était arrêtée là… Mais le mystère de Meongate était vraiment d'un tout autre ordre.

Je me réveillai de bonne heure le lendemain, après l'une de ces nuits trop fréquentes où des camarades morts et désarticulés venaient me visiter. Une promenade dans la propriété, avant le petit déjeuner, était mon antidote habituel. Comme il était particulièrement tôt et qu'il faisait très beau, je m'aventurai un peu plus loin.

Septembre avait rafraîchi l'aube de ses brumes, mais un soleil timide baignait d'une teinte mordorée les pelouses couvertes de rosée. Je descendis l'allée de Meongate et respirai l'air pur d'une journée qui s'annonçait belle. Je suivis d'un bon pas le chemin menant à Droxford et ne croisai personne. Quand j'arrivai à proximité du village, je coupai à travers bois pour descendre vers la rivière. Je traversai un pont étroit et débouchai sur le sentier boueux qui menait à l'église. J'étais venu le dimanche précédent avec Lord et Lady Powerstock assister au service religieux et je revenais accomplir une démarche que je n'avais pas eu le temps de faire à ce moment-là. Effrayés par ma présence, des moutons qui paissaient entre les tombes s'éparpillèrent, et une corneille s'envola d'un toit en croassant ; ils étaient les seuls signes de vie.

Je pénétrai dans l'église. Le soleil qui s'infiltrait dans la nef sombre captait dans ses rayons d'incessants tourbillons de poussière et asséchait l'humidité de la nuit. Je me faufilai entre les bancs et les piliers, passant en revue stèles et plaques, jusqu'au moment où, dans une petite chapelle située derrière le chœur, je découvris ce que je cherchais : une pierre tombale en forme de baldaquin, recouverte d'une peinture qui pelait par endroits, surmontée de l'effigie usée d'un chevalier en armure. L'inscription avait pâli avec le temps et je me penchai pour la déchiffrer. Elle était rédigée en latin et la plupart des mots m'échappaient, mais un nom et une date étaient clairement lisibles : « WILLIAM DE BRINON, CHEVALIER DE DROXENFORD (1307-1359) » ; Crécy était également mentionné dans l'épitaphe. C'était bien la tombe dont Hallows m'avait parlé.

Tandis que je me redressais, un cri de peur retentit dans le chœur. Je regardai dans cette direction et vis, près d'un paravent de bois sculpté, Leonora, une main posée sur la bouche.

— Oh !... Oh ! mon Dieu, souffla-t-elle. (Elle se ressaisit un peu.) Monsieur Franklin, vous m'avez fait peur.

— Je suis désolé. Je lisais simplement cette inscription.

— Bien sûr. C'est que... Oh ! je ne sais pas.

Je la rejoignis dans le chœur.

— Vous ne vous attendiez pas à rencontrer quelqu'un ici, à cette heure ? À vrai dire, moi non plus.

— Je me réfugie souvent dans cette église, à l'aube, afin d'y trouver un peu de solitude.

— Je suis navré de mon intrusion.

— Pas du tout. Vous avez autant le droit que moi d'entrer en ce lieu. C'est plutôt que cette tombe est associée à...

— À John.

— Ah ! Vous êtes au courant ?

Elle me fixa et recula légèrement. Elle se trouvait sous un portique de lumière distillée par les rayons du soleil. À ce moment, avec sa cape grise et son chapeau de feutre, je découvris combien elle était belle. Que n'aurais-je donné alors pour être Hallows, et avoir le droit de la libérer de sa solitude !

— John m'a parlé de cet endroit, alors que nous étions cantonnés près de Crécy, dis-je.

— Ah ! je vois.

— Désirez-vous que je vous laisse seule ?

— Non, non. En fait, nous pourrions rentrer à Meongate ensemble.

J'acceptai avec empressement. Nous reprîmes le chemin par lequel j'étais venu et qui descendait vers la rivière avant de remonter dans les bois. Leonora paraissait disposée à parler.

— Je regrette que nous nous soyons aussi peu vus depuis votre arrivée, dit-elle.

— Lady Powerstock m'a expliqué que vous aviez besoin de repos.

Elle eut un rire sans joie.

— Je ne doute pas de la capacité d'Olivia à vous avoir raconté ce qui l'arrangeait. Je parierais que tous les officiers qui séjournent à Meongate ont droit au même discours : la fatigue, les sédatifs pour éviter l'hystérie... Je me trompe ?

— Heu !...

— Puisque vous étiez l'ami de mon mari, monsieur Franklin, sachez que sa belle-mère est une incorrigible menteuse.

— Je vois.

— Vous en êtes sûr ?

— Étant donné que, comme vous le faisiez si justement remarquer, j'étais l'ami de votre mari, pourquoi ne m'appelleriez-vous pas Tom... ainsi qu'il le faisait lui-même ?

— Parfait... Tom. Les différends qui existent au sein de la famille de John semblent vous mettre mal à l'aise.

— Non, mais...

— Vous ne savez pas qui croire. (Elle rit, s'arrêta et s'appuya contre un arbre.) Je comprends votre problème.

— En ma qualité d'invité, je ne suis pas autorisé à juger de ce qui se passe dans le foyer qui m'héberge. Quant à déterminer en qui placer ma confiance, je n'ai aucune hésitation.

— Merci, murmura Leonora.

— John vous aimait, je le sais.

Elle baissa les yeux, gênée. Je m'en voulus de ma maladresse.

— Je suis désolé, je n'aurais pas dû...

— Ce n'est rien. (Au prix d'un effort, elle me dédia un pâle sourire.) Malgré ce que prétend Olivia, je suis capable de me dominer. Je pense à John en permanence. Quand vous êtes apparu dans l'église, j'ai cru... l'espace d'une seconde...

— Que c'était lui ?

— Oui. C'est absurde.

— Non. Votre réaction est naturelle. Si je peux vous venir en aide, je...

— Vous ne le pouvez pas.

Tout à coup, son visage se ferma. Elle se remit en route d'un pas rapide et je la suivis. Pour la première fois, je pensai qu'il existait peut-être un moyen d'alléger le chagrin de Leonora et le mien en même temps, un moyen de remonter la pente ensemble. Pour la première fois, la guerre m'ouvrait une perspective incertaine, lointaine... Une perspective de bonheur.

3

Mompesson arriva ce soir-là. J'étais dans ma chambre quand j'entendis le vrombissement d'une puissante voiture de sport. Je me penchai à la fenêtre et vis le véhicule s'arrêter dans une gerbe de graviers. Un homme grand et solidement bâti en descendit et jeta son sac à Fergus. Il avait un physique avantageux, portait une casquette à carreaux et un manteau de voyage sombre. Quelqu'un l'attendait à l'entrée : Lady Powerstock.

— Ralph, quel plaisir de vous voir !

— Comment va mon Olivia ?

Il se pencha pour baiser la main de son hôtesse en lui murmurant quelques mots qui lui arrachèrent un rire de gorge.

Je fus présenté à Mompesson avant le dîner. Vêtu d'un smoking, il sirotait un scotch-soda dans le salon avec Thorley et Lord Powerstock. Quand j'entrai, il se leva et me serra la main.

— Vous êtes Franklin, n'est-ce pas ? Ralph Mompesson. Enchanté de faire votre connaissance.

— Je vous ai entendu arriver tout à l'heure, monsieur Mompesson.

145

— Appelez-moi Ralph, je vous en prie. Ma voiture est un peu bruyante, je l'admets. Il paraît que cela effraye les paysans !

Il rit un peu trop fort et Thorley l'imita sans nécessité. Cet Américain accueilli à bras ouverts, au sourire éclatant et aux cheveux noirs gominés, ne m'inspirait aucune sympathie.

— D'où venez-vous ? demandai-je.

— De Londres. À moins que vous ne fassiez référence à mes origines, auquel cas ma réponse est : de la Nouvelle-Orléans. Comme vous l'aurez deviné, je ne participe en aucune façon à la guerre en Europe.

— Vous avez de la chance.

— C'est vrai.

Il se pencha vers moi et ajouta :

— J'ai été très affecté par ce qui est arrivé à John. Je l'aimais bien.

— Moi aussi.

Si Mompesson avait eu de l'amitié pour Hallows, je doutais que ce sentiment eût été réciproque. J'aurais pu mettre son côté séducteur au compte de sa citoyenneté américaine et considérer ma réaction de rejet comme un préjugé dénué de fondement, mais quelque chose sonnait faux dans ses remarques. La lueur furtive qui brillait dans ses yeux faisait pressentir que son charme n'était qu'une façade. Instinctivement, je ne lui fis pas confiance.

Au cours du dîner, ma première impression s'accentua. Olivia avait pris place à côté de Mompesson et riait à ses plaisanteries avec une indécence choquante. Elle portait plus de bijoux que d'habitude et une robe au décolleté vertigineux. En outre, elle buvait avec un enthousiasme inconvenant. Si Lord Powerstock remarqua ce manège, son visage impénétrable n'en laissa rien paraître. Thorley, pour sa part, faisait preuve d'une exubérance encore plus débridée qu'à l'accoutumée, tandis que Cheriton se retranchait derrière le sombre écran de ses pensées. Leonora parla peu ; elle répondait aux remarques de Mompesson avec politesse. Gladwin n'assistait pas au repas. Sous prétexte d'un rendez-vous avec un voisin pour une partie d'échecs, il s'était échappé. Aussi, pour dérider l'atmosphère, l'assistance s'en remettait à Mompesson, et il ne manquait pas d'esprit – même si l'humour raffiné lui faisait défaut ! Le mépris que lui inspirait la guerre ne tarda pas à s'afficher.

— Un zeppelin a lâché une bombe à deux pas de la Bourse la semaine dernière. À part cela, nous, les neutres, n'avons pas été trop malmenés, soupira-t-il.

— Pendant combien de temps encore les États-Unis resteront-ils neutres ? demandai-je, sachant qu'Hallows avait posé cette même question.

— Indéfiniment, je l'espère.

— Vous allez nous laisser nous débrouiller seuls, alors ? questionna Thorley, trop ivre pour s'offusquer de la remarque de l'Américain.

— Certainement ! Les gagnants dans une guerre sont ceux qui n'y ont pas participé.

Je lui demandai de préciser sa pensée.

— Je suis un homme d'affaires, lieutenant, et la guerre est une très bonne affaire. Bien entendu, je comprends que vous, messieurs, n'ayez pu choisir de vous tenir à l'écart mais, en ce qui me concerne, une fois m'a suffi. J'ai servi à Cuba, en 1898, sous les ordres de Roosevelt, et j'ai appris tout ce que j'avais besoin de savoir à propos de la guerre. La gloire pour les généraux et la mort pour ceux qui les suivent loyalement ! Jouer au petit soldat ne rapporte strictement rien.

Le silence s'installa. Nous étions gênés, moins par la franchise de Mompesson que par la pertinence de sa remarque. Nous pouvions difficilement répliquer, faisant encore semblant de croire au devoir patriotique. Je n'avais plus d'illusions sur le sujet, mais c'était la seule notion susceptible d'apporter quelque réconfort à la famille d'Hallows et je n'avais pas le cœur de la piétiner. Je me demandais pour quelle raison ils aimaient Mompesson. Pourquoi l'invitaient-ils ? Recherchaient-ils en lui un homme d'esprit, connaissant les bonnes manières, capable de distraire Lady Powerstock et d'égayer les dîners ? Cette explication ne pouvait suffire.

Une occasion supplémentaire de découvrir la personnalité de Mompesson me fut offerte après le dîner, alors que je buvais un cognac et fumais un cigare en sa compagnie. Cheriton et Lord Powerstock s'étaient retirés ; Thorley s'était endormi et ronflait dans un coin. Mompesson conservait toute sa vivacité et se déplaçait dans le salon sans la déférence qu'aurait dû montrer un invité.

— Quelle tristesse de penser que cette maison a perdu son héritier ! dis-je.

— Cette situation n'est pas particulière à Meongate, elle est universelle, répliqua l'Américain. Toute cette guerre signe, pour l'Europe, la perte de droits qu'elle croyait acquis depuis toujours.

— Vous croyez ?

— Bien sûr. Nous nous acheminons, mon cher, vers la fin d'une ère, l'agonie de l'Europe en tant que centre de la civilisation occidentale.

— Et vous pensez que c'est votre pays qui prendra le relais ?

— En partie, oui. Nous récupérerons le rôle joué par la Grande-Bretagne. Et nous le tiendrons mieux parce que nous sommes une nation plus jeune, plus dynamique. Nous ne sommes pas empêtrés dans notre passé.

— C'est un point de vue intéressant.

Il sourit.

— Il faut être britannique pour prendre aussi bien une telle remarque. Pour ce qui est de cette maison, elle survivra, même si, pour ce faire, elle doit passer aux mains d'un autre propriétaire.

Il sourit à nouveau et se tut, me laissant réfléchir au sens réel de ses paroles.

J'étais assis au même endroit, bien après que Mompesson fut parti se coucher et que Thorley se fut traîné en direction de sa chambre, quand Gladwin rentra, un peu avant minuit, claquant fortement la porte d'entrée derrière lui.

— Pas encore couché, jeune Franklin ? s'exclamat-il en se dirigeant à grands pas vers la cheminée pour se réchauffer.

— Je ne tarderai plus. Je réfléchissais à ma première rencontre avec M. Mompesson.

— Alors, ça y est, il est là !

Il poussa un grognement et n'ajouta rien.

— Comment s'est passée votre partie d'échecs ? demandai-je.

— Pas terminée. Je me demande si je vivrai assez longtemps pour en voir la fin.

Il jeta un coup d'œil vers le feu qui déclinait et marmonna :

— Vous auriez dû l'entretenir pour moi.

— Désolé. La nuit est froide ?

— Froide et belle. Ciel dégagé. C'était pendant des nuits comme celle-ci que John montait à son observatoire pour scruter les étoiles. Personne ne va plus là-haut maintenant. Je n'y suis pas retourné depuis le passage de la comète, en 1910.

— Vous parlez de la tour, sur le toit de l'aile ?

— Oui. Vous ne saviez pas que John était féru d'astronomie ?

— Je ne me souviens pas qu'il l'ait mentionné.

Gladwin poussa un nouveau grognement et s'assombrit. Le souvenir d'Hallows en astronome passionné sembla le déprimer. Il se dirigea vers la porte d'un pas lourd.

— Je vais me coucher. Bonne nuit.

Je montai un peu plus tard. La maison était silencieuse, plongée dans l'obscurité. En regardant par la fenêtre de ma chambre, je constatai que, comme Gladwin l'avait indiqué, la nuit était belle, d'un noir velouté, constellée de milliers d'étoiles. Je n'avais pas sommeil : les prophéties de Mompesson m'avaient rendu nerveux. Inspiré par la beauté de la nuit et par les révélations de Gladwin, je décidai de visiter l'observatoire de Hallows.

Les chambres d'invités se situaient au premier étage du bâtiment principal et celles des membres de la famille dans l'aile de la maison. L'escalier menant à l'observatoire partait de là, aussi eus-je l'impression de pénétrer en territoire interdit lorsque je traversai les couloirs sombres sur la pointe des pieds. La maisonnée semblait endormie et je ne voulais déranger personne. Je finis par repérer l'escalier en colimaçon et commençai à le gravir.

Mon périple s'avéra inutile. Au sommet des marches, la porte qui menait à l'observatoire était verrouillée. Ce qui n'était guère surprenant, compte tenu des circonstances. Je réprimai mon agacement et rebroussai chemin.

Au pied des marches, je vis une ombre furtive se déplacer dans la pénombre. Je m'arrêtai, surpris, puis jetai un coup d'œil prudent dans le couloir. Il me sembla apercevoir Mompesson, qui s'éloignait à pas feutrés. Il ne m'avait pas vu. Au bout du corridor, un rai de lumière filtrant sous une porte marquait sa destination. Je l'épiais toujours quand il y parvint.

Il tourna la poignée de la porte et celle-ci s'ouvrit sur une chambre au mobilier cossu, baignée d'une lumière tamisée. Mompesson était attendu. Lady Powerstock se leva de sa chaise, devant sa coiffeuse, et se tourna vers lui. Elle portait un déshabillé de soie rose. Ses longs cheveux tombaient en boucles brunes sur ses épaules. Elle dit quelque chose et Mompesson répondit, mais je ne distinguai pas leurs paroles. Mompesson relâcha la porte qui se ferma légèrement. Je ne vis plus, dans l'entrebâillement, que Lady Powerstock qui reculait. Elle dénoua la ceinture de son déshabillé et, d'un mouvement d'épaule, le fit glisser le long de son dos. Le tissu s'accrocha un moment à ses hanches puis tomba par terre, révélant sa nudité. Chaque courbe sensuelle de son corps s'offrait à Mompesson. À ce moment-là, la porte termina sa course. Il y eut un cliquetis de serrure et je me retrouvai seul dans l'obscurité avec, dans la tête, l'image de ce corps entr'aperçu.

En regagnant ma chambre sur la pointe des pieds, j'étais assailli de sentiments effrayants. J'aurais dû être scandalisé, au nom de mon défunt ami, outré de voir son père bafoué. Au lieu de cela, je me sentais emporté par un ressentiment égoïste. Au nom de quoi cet Américain était-il autorisé à pénétrer dans un foyer touché par la guerre pour batifoler avec la maîtresse de maison ? Pourquoi ceux d'entre nous qui avaient enduré tourments et brimades devaient-ils se contenter d'un rôle de spectateurs tandis qu'un arrogant personnage entrait, se servait et repartait ? C'en était trop. Même le sommeil, quand il vint enfin, tardif et hachuré, n'atténua pas ma colère, pas plus qu'il ne me libéra d'un désir inavoué, qui pointait derrière ma rancœur.

Le sommeil était arrivé avec l'aube et la matinée était déjà largement entamée quand je m'éveillai, dérangé par le martèlement des sabots d'un cheval dans l'allée. Je me levai, m'étirai et me dirigeai vers la fenêtre.

Je m'attendais à découvrir Fergus partant avec Lucy, mais je vis avec surprise deux équipages inconnus. L'un était un cheval de chasse à courre de haute taille, monté par Mompesson. L'Américain avait fière allure avec son chapeau haut de forme et son long manteau. Sur le second, plus petit et plus docile, se trouvait Leonora, vêtue d'une jupe cavalière, d'une pèlerine noire et d'une écharpe grise nouée autour de son chapeau. L'observance de son deuil se devinait à son attitude réservée et à sa tenue sobre, mais pourquoi allait-elle en promenade à cheval avec Mompesson ? Ce que j'avais appris d'elle depuis mon arrivée à Meongate m'aurait incité à penser qu'elle refuserait une telle invitation. Pourtant, ils étaient là, traversant ensemble le parc. Je songeai à ce que j'avais vu la nuit précédente, et l'idée que la veuve d'Hallows sympathisât avec un homme qui bafouait son beau-père et méprisait la cause pour laquelle son mari était mort me parut très bizarre.

Je pris un bain, m'habillai et descendis au rez-de-chaussée. Une étrange luminosité accentuait l'impression d'engourdissement de la maison. Ce calme suggérait l'attente plutôt que le repos. C'était l'ambiance qui avait régné cette nuit de printemps où Hallows avait trouvé la mort. Le sergent Box avait-il conseillé au jeune capitaine de se méfier ? S'il avait pris cette peine, il n'avait pas provoqué chez lui plus de prudence que celle dont je faisais preuve tandis que je m'enfonçais à l'intérieur du labyrinthe... en suivant le mauvais fil.

Des tintements de porcelaine et un fumet de café s'échappaient du salon. Je découvris Lady Powerstock en train de bavarder avec Cheriton (ce qui me surprit), devant un très ancien service posé sur un plateau d'argent. Elle semblait dans une forme éblouissante et dégageait – cette constatation me fit presque peur – une vitalité étonnante pour son âge. Elle parvint même à tirer de Cheriton un éclat de rire nerveux. Lorsque j'entrai, elle me scruta intensément, comme si... Je me maudis d'avoir laissé transparaître une certaine gêne et me ressaisis. J'acceptai son invitation à me joindre à eux.

— Ralph a emmené Leonora faire une promenade à cheval, dit-elle en remplissant ma tasse de café.

— Je les ai vus partir, répondis-je.

— Je suis persuadé que cela fera le plus grand bien à Leonora, déclara Cheriton.

— Tout à fait, répondit Olivia avec un sourire.

Je l'examinai : une hôtesse charmante, attentive, conversant poliment avec ses jeunes invités autour d'un petit déjeuner, et je me demandai, l'espace d'un instant, si je ne m'étais pas trompé, si je n'avais pas mal interprété les faits de la nuit précédente... Mais ce que j'avais vu ne pouvait être interprété de plusieurs façons.

Désireux de la mettre à l'épreuve, je déclarai :

— Manifestement, M. Mompesson a peu de respect pour l'effort de guerre.

— Ce n'est pas sa guerre.

— Ni la vôtre ?

Ses sourcils se froncèrent un peu mais sa voix resta ferme.

— Nous, les femmes, agissons dans la mesure de nos moyens.

— Ce n'est pas ce que je voulais dire.

— Ah non ? Si vous nous donniez votre opinion, David ?

Je ne les savais pas intimes au point de s'appeler par leur prénom. Et, à en juger par la rougeur qui lui monta aux joues, Cheriton l'ignorait également.

— Je... je ne sais pas, bégaya-t-il.

Olivia eut un sourire où se mêlaient triomphe et dédain. Cheriton se leva d'un mouvement brusque et bredouilla encore :

— À la vérité, je crois que j'ai besoin de prendre l'air, moi aussi. Lady Powerstock, Franklin, si vous voulez bien m'excuser...

Une fois qu'il fut parti, Olivia remplit à nouveau nos tasses et laissa volontairement s'instaurer un silence destiné à me faire croire qu'elle allait changer de sujet. Ce n'était qu'une manœuvre de sa part car elle reprit bientôt :

— Ralph nous a beaucoup aidés dans cette triste épreuve.

— Vraiment ?

— J'ai l'impression que vous ne l'aimez pas.

— Je n'irai pas jusque-là. Comment John s'entendait-il avec lui ?

— Je ne sais pas exactement. John n'étalait guère ses sentiments. Peut-être l'avez-vous connu sous un jour moins réservé ?

— C'est possible.

La robe d'Olivia bruissa dans le silence tandis qu'elle reposait sa tasse sur le plateau.

— Lord Powerstock m'a rapporté que vous aviez admiré le tableau accroché dans la bibliothèque.

— Il est tout à fait… remarquable.

— Il a été peint par mon premier mari.

— Ah ? Je ne savais pas que vous aviez déjà été mariée.

Tout le monde, dans cette maison, semblait avoir un passé chargé.

— Mon premier époux est mort jeune. Il y a longtemps.

Elle sourit, marqua une pause et ajouta :

— Je ne vois pas pourquoi vous auriez été informé de cela.

Pas plus que je ne voyais pour quelle raison je ne l'avais pas été. Pourtant, c'était ainsi…

— Cette guerre a tragiquement banalisé la mort prématurée, soupira Olivia.

— En effet.

Avec l'aveu de son veuvage, Olivia m'avait désarmé. Difficile, désormais, de considérer que le modèle du tableau se trouvait dans une posture déshonorante.

— Quel gâchis ! Alors que la vie peut offrir tant de plaisirs ! ajouta Olivia.

J'avais hâte de changer de sujet. Je déclarai :

— Ce sont des hommes comme Cheriton qui font le plus pitié.

— Nous essayons de faire tout ce qui est en notre pouvoir pour nos officiers – tant qu'ils sont là.

« Tant qu'ils sont là… » Mon séjour à Meongate me procurait de moins en moins de plaisir, et je trouvais difficilement le repos. J'avais l'impression d'être un spectateur face à un jeu qu'il ne comprend pas ; je n'étais pas sûr de savoir quels étaient les joueurs ; quant aux règles, elles semblaient n'avoir été instaurées que pour mieux être transgressées. Ce week-end, d'apparence si paisible, tableau idyllique de la vie à la campagne, me mettait les nerfs à vif tant il recelait de tensions souterraines. Mompesson était omniprésent et ses fanfaronnades m'horripilaient. Il y eut des invités à dîner le samedi ; ils rirent aux plaisanteries de l'Américain et participèrent à deux parties acharnées de bridge. Leonora consentit – de bonne grâce – à être la partenaire de Mompesson et je me contentai du rôle d'observateur frustré, contraint d'écouter quelqu'un me raconter que, dans ses lettres, son fils décrivait une situation calme en Mésopotamie. J'aurais été incapable de pousser plus loin les limites de la politesse.

Le dimanche fut une journée chaude et sans nuages. Mompesson avait apporté la gaieté à Meongate et rares étaient ceux qui ne se laissaient pas emporter par la frivolité ambiante. Muré dans mon humeur exécrable, je refusai de participer à la partie de croquet qui fut organisée l'après-midi et partis faire une promenade à pied. Je me dirigeai vers la pommeraie située tout au bout de la propriété, à la limite du parc et des terres en fermage. J'y découvris Charter repu, endormi au soleil.

— Ah, Franklin ! s'exclama-t-il en ôtant son chapeau de paille.

— Navré de vous avoir dérangé.

— Ce n'est pas grave. Vous non plus n'aimez pas faire le clown sur un terrain de croquet ?

— Pas vraiment.

Je retournai une caisse qui avait été utilisée pour ramasser quelques pommes et m'assis dessus.

— Il serait plus exact de dire que la compagnie de Mompesson ne m'enthousiasme guère, précisai-je.

Charter laissa exploser son gros rire.

— Comprenez, Franklin, que dans un monde composé de vieilles carnes comme moi et de soldats blessés comme vous, il est inévitable qu'un Mompesson fasse tourner la tête des dames.

— Que diriez-vous si je vous avouais que ses familiarités avec Lady Powerstock me répugnent ?

— J'abonderais dans votre sens, mais mon avis n'est pas neutre. Olivia et moi sommes les pires ennemis de la terre.

— Elle m'a confié hier qu'elle avait déjà été mariée.

— Vous ne le saviez pas ?

— Non. Qui était son premier mari ?

— Un artiste, ou prétendu tel. Un certain Bartholomew. Vous n'avez sans doute jamais entendu parler de lui. Il est mort trois ans avant qu'Edward ne rencontre Olivia. Aucune autre explication ne nous a été fournie.

Une petite lueur brillait dans les yeux du vieil homme.

— Vous semblez en savoir plus...

— C'est vrai. J'ai pris mes renseignements quand j'ai compris qu'Edward avait l'intention de l'épouser. Ce que j'ai découvert n'a pas modifié sa décision. Il était déjà bien trop accroché.

— Et qu'avez-vous découvert ?

— M. Bartholomew est mort noyé. Il est tombé à la mer alors qu'il traversait la Manche sur un ferry, en octobre 1903. Vous ne trouvez pas cela curieux ? Accident ? Suicide ? Mystère. Quand on a une Olivia pour femme, tout est possible.

— Vous ne l'aimez vraiment pas, n'est-ce pas ?

— Non, jeune homme, je ne l'aime pas. En partie parce qu'elle n'arrive pas à la cheville de ma Miriam. Mais aussi pour d'autres raisons... Et je pense que vous les connaissez.

— Vous considérez qu'elle n'est pas une épouse digne de Lord Powerstock ?

Il grommela :

— Si elle était ma femme, je saurais faire valser des crétins comme ce Mompesson.

— Ah oui ?

— Mais elle n'est pas ma femme, alors, qu'ils se débrouillent ! Leurs histoires ne me regardent pas.

Moi non plus, à bien y réfléchir. J'abandonnai Gladwin à sa sieste dans l'atmosphère douceâtre du verger et, l'âme en peine, je repris le chemin de la maison. La seule solution était de braver le terrain de croquet ; aussi, je coupai à travers le bosquet de rhododendrons pour rejoindre les autres invités.

Je marchais depuis quelques minutes le long du sentier quand je vis deux silhouettes arriver face à moi : Mompesson et Leonora, absorbés par une conversation. J'aurais pu les héler, mais quelque chose m'en empêcha. Je sortis du chemin et me dissimulai derrière un massif de rhododendrons.

— Je suis sûr que vous vous rendez compte, disait Mompesson, que vous n'avez pas le choix.

Son ton était courtois mais ferme.

Leonora, froide et sur la défensive :

— Vous croyez ?

— Quand une jeune Anglaise de bonne famille doit choisir entre un énorme scandale et un petit désagrément, je sais de quel côté penchera sa décision.

Ils s'arrêtèrent à moins de dix mètres de moi. Leonora se tourna pour faire face à Mompesson.

— Je ne comprends pas...

— Oh ! si. Vous comprenez parfaitement. Seulement, vous avez du mal à croire que ce soit possible.

— Il m'est en effet difficile d'imaginer que quelqu'un puisse être aussi... vil.

Elle parlait d'une manière presque neutre.

— Vous avez une semaine pour vous habituer à cette idée. Je rentre à Londres demain. Je reviendrai vendredi. J'ai l'intention de voir notre marché... honoré à ce moment-là.

— Comment osez-vous parler de marché ?

— Parce que c'est exactement de cela qu'il s'agit pour moi. Certes, je n'achète pas du neuf, mais pour une occasion, je fais une bonne affaire.

À ces mots, Leonora perdit son sang-froid. Sa mâchoire se crispa ; elle leva la main pour frapper Mompesson. Mais elle interrompit son geste. Pendant quelques instants, elle scruta l'Américain et je compris alors la raison de son hésitation : Mompesson souriait en attendant qu'elle lui donnât cette gifle par laquelle elle aurait admis sa défaite.

Leonora le priva de cette satisfaction. Elle laissa retomber sa main, regarda au loin, puis parla à nouveau :

— Si John était ici...

— Mais il n'y est pas, ma chère ! C'est pourquoi vous m'attendrez vendredi prochain.

Il toucha son panama et partit à grandes enjambées. Leonora le regarda s'éloigner, avança de quelques pas et baissa la tête. Il me sembla l'entendre sangloter. Je mourais d'envie de sortir de ma cachette pour la consoler ; la prudence me retint. Quand on écoute aux portes, on ne s'en vante pas... Leonora mit fin à mon dilemme. Elle soupira et s'éloigna lentement.

Afin d'éviter d'assister au départ de Mompesson le lendemain et aussi pour me soulager de mon angoisse, je partis de bonne heure faire une promenade. Je croisai le facteur qui montait à vélo. Je lui demandai s'il avait quelque chose pour moi et, après avoir passé en revue le paquet de courrier destiné à Meongate, il me tendit une lettre. Je reconnus aussitôt l'enveloppe de l'armée et l'ouvris. Recevoir des nouvelles du front me procura un étrange réconfort.

Le message n'avait cependant rien de réjouissant. La lettre émanait de Warren, le sergent de mon ancienne section, qui avait promis de m'envoyer des nouvelles.

> « *Nos hommes sont tombés comme des mouches ces derniers temps, mon lieutenant, et je dois vous dire que les officiers n'ont pas connu un meilleur sort. Aucun des lieutenants que vous connaissiez n'est encore parmi nous, et la plupart d'entre eux ne reviendront jamais plus… si vous voyez ce que je veux dire. Pour être franc, mon lieutenant, j'ai l'impression que tout a changé depuis que le capitaine Hallows nous a quittés. Cela a été un bien triste jour… »*

Je mis la lettre dans ma poche. Pauvre Warren, pauvres soldats qui, depuis la mort de Hallows, avaient perdu l'enthousiasme, la foi qu'il leur avait insufflée ! Pauvres garçons qui guettaient le grondement des canons, essuyaient des pluies d'obus, loin de la douceur de cette terre qui constituait pour moi un refuge – à défaut de m'apporter la paix. Je marchai lentement, voyant autour de moi non pas les collines et les champs verdoyants du Hampshire, mais les ornières et les monticules noirs d'une terre désolée. Et je me sentais étranger dans chacun de ces décors.

Le klaxon d'une voiture interrompit ma rêverie. Je me détournai avec un sursaut et découvris Mompesson. Il avait avancé l'heure de son départ et s'était approché de moi en roue libre afin que je ne puisse pas m'éclipser.

Il souriait.

— Bonjour, Franklin. Je vous dépose quelque part ?

— J'allais au village.

161

— Montez.

— Je préfère marcher.

— J'aimerais bien vous dire un mot avant de partir. Vous ferez le trajet de retour à pied.

Ma curiosité fut plus forte que la répugnance qu'il m'inspirait : je m'installai à son côté.

— Vous partez de bonne heure ! dis-je.

Il sourit de nouveau tandis que nous franchissions les grilles, au bas de l'allée.

— Oui. Désolé de vous avoir fait peur.

— Ce n'est pas grave. J'étais perdu dans mes pensées.

— J'imagine qu'un militaire ne manque pas de sujets de méditation.

— En effet.

Il me jeta un regard rapide.

— Vous m'en voulez de ne pas participer à cette guerre, n'est-ce pas ?

— Je ne…

Il leva une main gantée.

— Épargnez-moi les formules de politesse, je vous prie ! Votre réaction est compréhensible. Peut-être penserais-je la même chose si j'étais à votre place. Difficile d'accepter un étranger riche, libre et peu concerné par les balles des Boches. Seulement, est-ce ma faute ?

— Bien sûr que non.

Nous étions arrivés à un croisement où le chemin menant à Droxford bifurquait à gauche. Au lieu de le prendre, Mompesson tourna à droite et s'engagea dans un sentier qui montait vers les collines.

— Vous vous trompez de route ! m'écriai-je.

— Je veux vous montrer quelque chose.

— Quoi donc ?

162

— Je sais pourquoi vous ne m'appréciez pas. Plus que la neutralité des États-Unis dans cette guerre, vous me reprochez mon comportement à Meongate. Vous n'aimez guère la popularité dont je jouis dans cette famille et vous détestez ma façon de m'y conduire comme si j'étais chez moi.

— Je ne vois pas ce que vous voulez dire.

— Oh ! si. Vous le voyez très bien. Vous pensez que je marche sur les plates-bandes de Hallows. Exact ?

Me refusant à lui donner raison, je répliquai avec fougue :

— Pas du tout, voyons !

Mompesson braqua son volant, grimpa sur le talus et freina brutalement. Au-delà d'une haie, un champ descendait en pente abrupte et nous avions une vue dégagée sur le sommet frangé d'ifs d'Old Winchester Hill. Le moteur de la voiture se tut et le silence retomba.

— Pourquoi m'avez-vous amené ici ? demandai-je.

— Afin que nous parlions d'homme à homme. Hallows m'a expliqué un jour que, sur cette colline, se dressait autrefois un fort, construit il y a des centaines d'années. Les traces de ses fondations sont encore visibles. Hallows aimait bien ce genre de choses. Cela ne lui a rien valu.

— Que voulez-vous dire ?

— Le problème de votre pays, Franklin, c'est qu'il est enfoncé jusqu'au cou dans son passé, cerné par lui. Cette colline, la maison que nous venons de quitter, tout le rappelle ! C'est pour cette raison que vous participez à cette guerre insensée et que Hallows est mort. Et c'est pour cette raison que Meongate sombrera... à moins d'être sauvée rapidement. Heureusement, je suis l'homme de la situation.

— Vous ?

— Pourquoi pas ? Contrairement à vous, Britanniques, j'ai compris qu'il faut vivre avec son temps. La leçon a été dure pour ma famille. Les Mompesson possédaient des terres en Louisiane depuis très longtemps. La guerre de Sécession a tout emporté. Mon père a été ruiné, mais j'ai tiré les leçons de ses erreurs. Dans la vie, on n'obtient rien sans se battre.

— Et vous comptez vous battre pour obtenir quoi ?

— J'ai l'intention d'épouser Leonora.

Il crut que mon expression reflétait l'incrédulité.

— Si je vous fais cette confidence, dit-il, c'est parce que vous étiez l'ami de son mari et que je ne voudrais pas que vous interprétiez mal la situation. Je représente un bon choix pour elle. Et pour Meongate.

C'était donc cela. Olivia n'était qu'un passe-temps agréable, et Leonora la vraie cible. Mompesson avait compris que la jeune femme m'intéressait également. Si je n'avais pas surpris sa conversation de la veille avec Leonora, j'aurais été stupéfié par les révélations de l'Américain, mais leur dialogue prenait maintenant une nuance inquiétante. Il supposait que l'Américain disposait d'un moyen de pression sur Leonora, qu'il avait le pouvoir de la contraindre à obéir. Sinon, j'en étais certain, il ne m'aurait jamais annoncé ses projets. Cette promenade en voiture était destinée à me mettre en garde.

— Et qu'en pense Leonora ? demandai-je en m'efforçant de ne laisser transparaître aucune émotion.

— Je ne lui ai pas encore demandé son avis. Pas directement. Mais quand je le ferai, elle acceptera. N'en doutez pas, mon cher.

Je le scrutai ; son visage était celui d'un homme que le doute n'effleure jamais.

— Je vous remercie de votre franchise, déclarai-je.

— Je vous en prie. Je voulais vous épargner le ridicule, répondit-il avec un sourire.

D'un mouvement brusque, je sortis de la voiture.

— Merci pour la promenade. Je rentrerai à pied.

Il fallait que je m'éloigne vite, avant d'en avoir trop dit. Je redescendis le chemin d'un pas rapide, sans regarder derrière moi. Quelques minutes plus tard, j'entendis la voiture démarrer et partir dans la direction opposée, pour rejoindre la route de Londres.

Hallows avait-il pressenti que Mompesson essayerait d'usurper sa place ? Cette crainte avait-elle été à l'origine de notre discussion, à la ferme d'Hernu ? Cela n'était pas impossible. Peut-être avait-il espéré que j'interviendrais, par respect pour sa mémoire. Étais-je à la hauteur de la tâche ? Contrairement à Mompesson, je traînais avec moi un encombrant boulet : le doute. Mompesson aurait dit que, là aussi, on reconnaissait mon esprit britannique. Et il aurait eu raison.

4

Plus tard, ce même matin, j'allai voir Lord Powerstock dans son bureau. Il était en train de lire le *Times* avec concentration, le dos tourné à la fenêtre et au monde. Il parut très content de me voir, m'offrit un whisky et regretta de m'avoir consacré si peu de temps depuis mon arrivée.

– M. Mompesson a été le centre d'attention général ces derniers jours, dis-je d'un ton lourd de sous-entendus.

Ce commentaire n'entraîna aucune réaction.

— Encourageants rapports dans le *Times* à propos de la situation en France. Les avez-vous lus ? demanda-t-il.

— Non, monsieur.

— Des armes secrètes ont été mises au point. On les appelle « chars d'assaut » ; elles semblent très efficaces.

M'étant battu en France, je n'accordais aux journaux qu'un crédit très limité.

— Je crains qu'elles n'arrivent trop tard pour la plupart de mes camarades, dis-je.

Lord Powerstock posa le journal.

— Pour mon fils, par exemple.

— Savez-vous que John m'avait demandé de venir ici, au cas où il mourrait ? Le sort de Leonora le préoccupait beaucoup.

— C'est bien naturel.

— Et quel sera-t-il ?

— Nous continuerons à prendre soin d'elle.

— Elle n'a pas de famille ?

— Ses parents vivent en Inde ; son père est fonctionnaire au Pendjab. Mais elle ne veut pas y retourner. Nous souhaitons qu'elle reste avec nous.

— Elle désirera peut-être se remarier.

Cette éventualité ne l'avait jamais effleuré.

— C'est une possibilité, en effet... Je l'ai fait moi-même.

Je sus alors que Mompesson ne l'avait pas encore informé de ses projets.

— À ce propos, je vous demande pardon de vous avoir mal compris quand vous m'avez parlé des liens de Lady Powerstock avec le monde de l'art.

— Hum ?...

— J'ignorais qu'elle avait été l'épouse du peintre Bartholomew.

— Vous avez entendu parler de lui ?

— Un peu.

— Peu de gens le connaissent.

À la suite de cette remarque, il laissa s'installer le silence : façon polie de me faire comprendre qu'il ne ferait pas de plus amples commentaires sur ce M. Bartholomew, mort par noyade.

Plus j'avançais dans mes découvertes, plus la situation me paraissait complexe. Ce qui se passa le lendemain aurait dû me faire comprendre que je n'étais pas le seul à m'égarer dans les intrigues de Meongate.

L'aube me tira du sommeil. Le chant des oiseaux, dans le parc, confirmait que j'étais en sécurité, que la guerre était loin.

Je me levai et enfilai une robe de chambre. Mon sentiment de sécurité fut balayé par un cri déchirant, s'élevant de la chambre contiguë à la mienne. Trois coups résonnèrent contre la paroi, accompagnés d'autres sons étouffés. Je me précipitai vers la chambre de Cheriton. Le silence était revenu. Je frappai contre le mur.

— Cheriton, ça va ?

Pas de réponse.

— Cheriton !

Toujours pas de réponse. Pour quelqu'un de moins tourmenté que Cheriton, je ne me serais pas autant inquiété ; je n'étais pas le seul à faire de mauvais rêves. Mais s'agissait-il d'un mauvais rêve ? Je frappai à nouveau et entrai.

Cheriton était assis sur son lit et se tenait la tête entre les mains. Il leva les yeux vers moi avec l'expression d'un homme brisé.

— Franklin ! Que se passe-t-il ? bredouilla-t-il, reprenant un peu ses esprits.

— J'allais vous poser la même question. J'ai entendu un cri. Vous n'avez pas répondu quand j'ai frappé.

— Désolé. Un cauchemar, sans doute. Vous savez ce que c'est...

— Oui. Nous en faisons tous.

— Ah bon ? (Ma réponse parut le rassurer.) Rêvez-vous parfois que vous êtes en France ?

— Souvent. Sauf quand je m'y trouve. Car alors, je rêve de l'Angleterre.

Il frissonna.

— Je suis convoqué à la fin du mois devant une commission médicale qui décidera de mon aptitude à repartir.

— Et quelle est votre opinion ?

Il me fixa droit dans les yeux.

— Je ne peux pas prévoir le diagnostic, Franklin. Ce que je sais, c'est que je ne peux pas y retourner. L'idée m'est insupportable.

— Nous avons tous cette impression. Ce ne sera pas si terrible une fois que nous y serons.

Il prit une cigarette. L'allumette tremblait dans sa main. Il aspira quelques bouffées. Devant son désarroi, je renchéris :

— Essayez de profiter de votre séjour ici tant que vous en avez la possibilité !

Il fronça les sourcils.

— Profiter de mon séjour ici ? Dieu du Ciel ! Parfois je me dis que je serais aussi bien au front.

— Je ne comprends pas...

Il sembla regretter d'avoir trop parlé.

— Oh ! ce n'est rien... Excusez-moi. Je ne sais plus où j'en suis. Ce cauchemar m'a perturbé. Navré de vous avoir dérangé. Je crois qu'un bain m'aidera à retrouver mes esprits.

— Dans ce cas, je vous laisse.

Je me dirigeai vers la porte.

— Franklin ! (Je me détournai.) Je vous serais reconnaissant de ne parler de cet incident à personne. Surtout pas aux Powerstock. Je ne voudrais pas qu'ils pensent qu'ils hébergent un fou.

— Ils ne penseraient pas une chose pareille.

— Dans le doute, je préfère...

— Je ne dirai rien. Vous avez ma parole.

— Merci.

Je fermai la porte, me demandant ce que Cheriton avait vu dans son cauchemar : la guerre, avec son lot d'horreurs ? Ou quelque chose de plus proche de cette maison et tout aussi terrible ?

En général, les après-midi où il faisait beau, Leonora prenait le thé dans la véranda, en compagnie de son chat, de ses livres et de ses pensées. Je ne voyais pas de meilleure occasion de lui parler en tête à tête ; aussi, je tentai ma chance.

J'entrai, presque en m'excusant, par la porte du jardin.

— Puis-je me joindre à vous un moment ?

Elle posa son livre.

— Bien sûr ! Désirez-vous une tasse de thé ?

— Non, merci.

Je m'assis face à elle.

— Qu'est-ce qui me vaut le plaisir de votre visite ? demanda-t-elle.

— Nous ne nous sommes pas beaucoup vus pendant le week-end.

— J'ai été là tout le temps.

Je forçai un sourire.

— Je crains d'avoir été éclipsé par votre visiteur américain.

— Pas le moins du monde !

— Promenades à cheval, croquet, bridge... Voilà qui a dû vous changer les idées.

L'expression de Leonora se ferma.

— Dois-je en conclure que vous désapprouvez la présence de M. Mompesson ?

170

— Pas exactement. Mais permettez-moi de vous demander si John approuvait cette présence ?

Une rougeur monta à ses joues.

— Je ne pense pas que John verrait une objection à ce que je me divertisse.

— Bien sûr que non ! Cependant, à en juger par certaines remarques, le comportement de Mompesson inquiétait votre mari. Il me l'avait clairement laissé entendre à son retour de permission, à Noël dernier.

Elle fronça les sourcils sans que je parvienne à déterminer si elle manifestait ainsi sa surprise ou son irritation.

— Je l'ignorais, dit-elle.

— À moins qu'il n'ait été préoccupé par les relations de Mompesson avec Lady Powerstock.

— Que voulez-vous dire ?

— Vous savez comme moi ce qui se passe entre eux…

— Assez ! (L'ordre avait claqué.) Je ne m'attendais pas à vous voir colporter ce genre de ragots, monsieur Franklin, et je n'ai pas l'intention d'en écouter plus.

— Vous avez dit vous-même que…

— Le sujet est clos.

Je ne parvenais pas à comprendre pourquoi elle prenait soudain la défense d'Olivia.

— Pardonnez-moi, déclarai-je. Je ne voulais pas vous blesser. Je me suis mal exprimé. Mon seul désir est de vous faire savoir que si vous connaissez des… difficultés passagères… ou si vous subissez des pressions, quelles qu'elles soient, je suis prêt à vous aider.

— Je n'ai besoin de rien.

— John considérait qu'il était de mon devoir de vous apporter mon soutien.

— Alors, pour lui, faisons comme si cette conversation n'avait pas existé. Prenez un peu de thé. Parlons d'autre chose, de n'importe quoi, du moment que ce n'est ni de la guerre ni de M. Mompesson.

Je me surpris à accepter plutôt que de partir en claquant la porte. Il est vrai que rien ne m'autorisait à juger ses fréquentations. Maintenant qu'Hallows était mort, elle était libre. Mon amitié avec son mari ne me conférait aucun droit particulier. Je devais me contenter de ce que je pouvais espérer de mieux : une conversation anodine avec une jolie femme. Nous parlâmes de nos familles respectives et oubliâmes pour un instant Meongate et ses problèmes – imaginaires ou non.

Ces mises en scène sonnaient faux. J'avais l'impression que Leonora m'appréciait et me faisait confiance. Elle avait été la première personne à attirer mon attention sur l'étrangeté de la vie à Meongate, sans me cacher son aversion pour Olivia. Alors, pourquoi sa réaction outragée quand je lui avais parlé des relations qui unissaient Olivia à Mompesson ? Si elle en savait autant que moi, ou plus, à ce sujet, pourquoi acceptait-elle la compagnie d'un tel homme ? Le sens de ces subtilités m'échappait. Leonora n'était pas disposée à me fournir d'éclaircissement. Mompesson reviendrait à la fin de la semaine et lui proposerait un mariage qu'elle devrait, en toute logique, refuser sans hésiter. Pourtant, je savais que, pour une raison mystérieuse, les choses ne se passeraient pas ainsi.

Je ressentais le besoin impérieux de m'éloigner de Meongate, d'échapper à son atmosphère étouffante. Le lendemain, je pris à Droxford le premier train partant vers le sud. Arrivé sur la côte, je montai dans un ferry pour traverser le port de Portsmouth.

Cette ville me rapprochait de la guerre qui m'attendait et qu'il me faudrait bientôt retrouver : les grands navires de guerre amarrés dans le port et les marins massés sur les quais étaient là pour la rappeler. Je tournai le dos aux docks et m'éloignai vers le sud, pour rejoindre la plage de Southsea, où j'avais passé les seules vacances dont j'aie conservé le souvenir, avec mon père. Je marchai longtemps, tout en contemplant les eaux du Solent. Je jetai des galets sur la grève déserte pour assouplir mon épaule et oubliai, pour un moment, Meongate et ses problèmes. Après tout, quelles raisons avais-je de m'y intéresser ?

Bien plus que je ne le croyais ; je n'allais pas tarder à le découvrir. Je repris la direction du port et me frayai un chemin le long du Hard, vers le ferry. Je ne m'attendais pas à y rencontrer quelqu'un de connaissance. Quelle ne fut pas ma surprise en découvrant, devant l'entrée de Harbour Station, une jeune femme bousculée par la foule, mince et élégante dans une tenue grise et consultant un horaire de tramway : Leonora.

Je traversai la rue et lui touchai l'épaule. Elle se retourna d'un bond et me regarda avec une expression effarée. À sa surprise se mêla aussitôt une sorte d'inexplicable soulagement.

— Tom ! Que faites-vous ici ?

Son sourire était hésitant.

— Je reviens de Southsea où je suis allé respirer l'air marin, dis-je.

— La promenade a-t-elle été agréable ?

— Très… rafraîchissante. Qu'est-ce qui vous amène ici ?

— Des courses, bien sûr. J'adore les grands magasins de Southsea. Meongate paraît parfois si coupée du reste du monde…

Son expression était si crispée qu'il était aisé d'y deviner le mensonge.

— Je ne suis pas pressé de rentrer. Puis-je vous accompagner dans les boutiques ?

Je contrariais ses plans, je le lisais sur son visage. Mais, n'étant pas en mesure de refuser, elle accepta ma proposition avec toute la bonne grâce qu'elle put montrer.

Je passai l'après-midi dans un état proche de l'extase, dû au plaisir grandissant que me procurait la compagnie de Leonora. La guerre s'étant chargée de me faire vieillir prématurément, j'avais acquis une maturité suffisante pour comprendre que mes sentiments ne pouvaient pas être mis au compte d'une passade. Prétendre que je me bornais à remplir mes obligations envers la veuve d'un camarade disparu aurait été un mensonge. La vérité était limpide : j'étais en train de tomber amoureux.

Ce que Leonora ressentait était pour moi un mystère. Même si cet après-midi fut très différent de ce qu'elle avait prévu, elle ne donna pas un instant l'impression que ma compagnie lui pesait. Tandis que nous buvions un café à la chicorée et grignotions des muffins trop secs dans un petit salon de thé, il me sembla ne l'avoir jamais vue aussi détendue ; s'être éloignée de Meongate et des angoisses qui s'y rattachaient l'avait libérée, pour un instant, de son fardeau.

De la nature de ce fardeau, je n'avais pas la moindre idée. Je ne mentionnai pas le nom de Mompesson pendant le retour vers Droxford. Pourtant, l'Américain était présent en permanence dans mon esprit, car, plus mon affection pour Leonora grandissait, plus je redoutais mon audacieux rival. Ni le charme de notre conversation ni l'emballement de mes rêves fous n'effaçaient ma terrible conviction que mon amour ne ferait pas le poids face au pouvoir détenu par Mompesson. Il reviendrait à la fin de la semaine et je n'avais pas encore trouvé le moyen de l'empêcher de nuire.

Le jeudi, je répondis à la lettre de Warren et descendis à pied à la poste. Tandis que je réglais l'affranchissement, je jetai un coup d'œil aux cabines téléphoniques. Je vis Thorley reposer un combiné et se tourner vers moi.

— Dieu du ciel ! Franklin ! s'exclama-t-il.

— Bonjour, major !

Je le regardai avec étonnement : le téléphone de Meongate était gracieusement mis à notre disposition.

Thorley s'empourpra.

— Je préfère ne pas abuser de l'appareil du vieux Powerstock. Il doit avoir des notes astronomiques, vous ne croyez pas ?

— Cette délicatesse vous honore.

Je n'étais pas convaincu. Thorley n'était pas du genre à ménager ses hôtes.

— Puis-je marcher avec vous jusqu'à Meongate ? demanda-t-il.

J'acceptai, n'ayant pas de raison de refuser sa compagnie. Je glissai ma lettre dans la boîte et nous prîmes ensemble le chemin qui passait devant l'église. Thorley avait surmonté son embarras passager.

— Je ne vous ai pas beaucoup vu ces derniers temps, Franklin.

— Pourtant, je ne me suis pas absenté. Mais il est vrai que notre visiteur américain a bouleversé les habitudes de la maison.

— Drôle d'oiseau, hein ?

— Je me garderai bien de vous demander à quel type de volatile vous pensez !

Thorley rit un peu trop fort.

— Elle est bien bonne ! J'ai dans l'idée que vous n'aimez guère cet individu.

— Croyez-vous ?

— Je ne le porte pas dans mon cœur, moi non plus, grommela Thorley.

— Vraiment ? Pourtant, vous semblez vous entendre fort bien tous les deux.

— Oh ! vous savez, il est toujours préférable de caresser ce genre de personnage dans le sens du poil.

— Si vous le dites !...

Il se tut pendant que nous traversions un pont au-dessus d'un affluent du Meon, puis reprit :

— Je saute du coq à l'âne, Franklin, mais j'aimerais bien vous demander un petit service, d'homme à homme.

— Je vous écoute.

— Eh bien, je suis un peu à court de liquidités... temporairement, bien entendu. La situation s'améliorera lorsque je recevrai ma solde, mais...

Cette requête m'amusait : monsieur Je-Sais-Tout empruntant de l'argent à un petit sous-lieutenant ! Je fis la réponse qu'il espérait :

— Combien ?

— Disons... Trente livres ?

Je le regardai, interloqué.

— Je suis navré, major. J'aimerais vous aider, mais je suis loin de posséder une telle somme.

Il eut un sourire gêné.

— Désolé. J'aurais dû y penser avant.

— Si je peux vous prêter une partie de ce montant...

— Non, cela ne me servirait à rien, mon vieux. Il me faut l'intégralité ou rien. Merci de votre offre. N'y pensons plus.

Il rejeta les épaules en arrière et allongea le pas, essayant de retrouver un peu de dignité.

Vendredi 22 septembre. Un vent d'équinoxe avait secoué la maison pendant toute la nuit et rien ne permettait d'affirmer que sa force diminuerait au cours de la journée. Les ormes majestueux se balançaient avec de déchirants soupirs dans le parc. Des nuages noirs, frangés de blanc, s'amoncelaient dans le ciel et les feuilles commençaient à tourbillonner au-dessus des champs. Depuis ma fenêtre, je songeai que Warren et ses compagnons, qui bivouaquaient sous la pluie glaciale des Flandres, m'envieraient d'assister, dans des conditions aussi confortables, aux turbulences qui ébranlaient Meongate. Je m'assurai que le loquet de la fenêtre était bien fermé et descendis.

La seule personne attablée dans la salle à manger était le vieux Charter. Il contemplait le spectacle d'une violente averse tout en engloutissant une généreuse ration de pilaf de poisson. Je me servis sur la desserte et le rejoignis.

— Bonjour, Franklin, grommela-t-il, la bouche pleine.

— Bonjour ! Sale temps, n'est-ce pas ?

— Ça ne durera pas. Si, toutefois, ce sont des conditions climatiques extérieures que vous parlez...

— Bien sûr. De quoi d'autre pourrait-il s'agir ?

— L'expression que vous avez employée correspondrait assez bien à l'ambiance qui règne dans la maison, non ?

— J'ai cru comprendre que M. Mompesson arriverait ce soir.

— Quelle plaie, celui-là ! grogna le vieil homme.

— Pourtant, il va falloir vous habituer à sa présence permanente. Il ne cache pas ses aspirations à devenir un membre de la famille à part entière.

Charter me scruta d'un œil sombre.

— De quoi parlez-vous ?

J'avais envie d'évaluer l'étendue de ce que Charter savait, même si, d'après ses réactions, je devinais qu'il jouait le même jeu avec moi.

— Il m'a appris qu'il espère épouser Leonora.

Son rire me prit par surprise : un déferlement profond, sonore, interminable, qui le renversa contre le dossier de sa chaise. Cependant, après cette apparente manifestation de bonne humeur, il ne resta aucune trace d'amusement sur son visage.

— Il faut reconnaître que ce Mompesson ne manque pas d'air. Il n'a pas grand-chose d'autre, certes, mais du toupet, il en a à revendre. Cela me rappelle que... Oh ! non, rien.

— Vous ne paraissez pas particulièrement étonné par cette nouvelle.

— Je suis trop vieux pour m'étonner de quoi que ce soit. En revanche, je connais quelqu'un qui va tomber des nues !

178

— Pour autant que je sache, Mompesson n'a pas encore fait sa demande officielle, ni même parlé à Lord Powerstock.

— Il n'est pas le genre d'homme à s'embarrasser de convenances.

— Gardons-nous de tirer des conclusions hâtives tant qu'il ne s'est pas déclaré.

— Je m'en garderai, jeune homme, je m'en garderai. (Il m'adressa un clin d'œil.) Je crois que je vais reprendre cette fameuse partie d'échecs avec le vieux Jepson, ce soir. Ainsi, le petit sourire narquois de Mompesson me sera épargné. Excusez-moi, voulez-vous, j'ai à faire… Tiens, il a cessé de pleuvoir. (Il se leva et jeta un regard dans le jardin.) On dirait bien qu'un arc-en-ciel se dessine… Non, il a disparu.

Il sourit et sortit de son pas pesant.

Je restai un moment assis, à écouter le vent frapper les carreaux. Je bus mon café à petites gorgées en me demandant, avec un vague malaise, pourquoi j'avais parlé à Charter ; je ne parvenais pas à prendre de la distance vis-à-vis des membres de cette famille. Je devais admettre que, si je m'accrochais à ce foyer, ce n'était pas pour honorer la promesse faite à Hallows mais pour des raisons personnelles. Quelque chose ne tournait pas rond, soit chez eux, soit chez moi, et il me fallait comprendre ce que c'était.

Ce qui m'attirait dans la bibliothèque, je ne saurais le dire. J'aurais aimé savoir qui avait fréquenté et aimé ce sanctuaire, aujourd'hui délaissé. Pas Lord Powerstock, il l'avait dit lui-même. Alors… son fils ? Mon intuition m'affirmait que non. Je passai en revue les rayons poussiéreux sans trouver de réponse à ma question. Jusqu'au moment où je remarquai un volume moins poussiéreux que les autres ; sur la tranche en carton, un titre rébarbatif : *Aide aux pauvres de Portsea : délibérations du Comité du diocèse.* Parmi les chapitres, religieux, médicaux, ou à caractère social, l'un s'intitulait « La pauvreté au milieu de la richesse » et était signé Miriam Hallows, Lady Powerstock. Une note d'introduction annonçait que l'ouvrage avait été publié « en mémoire d'une femme remarquable qui est morte comme elle a vécu, sans accorder de place à la complaisance ».

— Les livres de mon mari vous intéressent ?

Cette voix suave derrière moi me fit croire à la présence d'un fantôme... Mais c'était Olivia. Je remis le livre en place sur l'étagère et me tournai vers elle.

— Je jetais un coup d'œil dans les rayonnages.

Elle me sourit.

— Bien sûr.

Seul un discret froncement de sourcils suggéra qu'elle savait ce que j'avais découvert.

— D'après ce que m'a rapporté Edward, c'est l'art qui vous attire dans cette pièce, ajouta-t-elle.

Je me dirigeai vers le tableau accroché au mur.

— Cette toile est très belle. Elle a été peinte par votre premier mari, m'avez-vous dit ?

— Absolument. (Elle me rejoignit dans un froissement de soie.) Il serait aujourd'hui très connu – s'il avait vécu.

— Ce tableau a été sa dernière œuvre ?

— Pas vraiment. Il existe une sorte de second volet... Inachevé, malheureusement.

— Un second volet ?

180

— Oui, une suite, si vous préférez. Les deux tableaux réunis racontent une histoire. Un troisième était prévu.

— Dommage qu'ils n'aient pas été terminés !

— Le second l'était presque. Vous pouvez le voir si vous le désirez.

Je scrutai cette femme convenable, avec sa robe fermée jusqu'au cou, ses cheveux relevés et son air guindé, en me demandant si la scène nocturne dont j'avais été témoin était bien réelle. Il suffisait de jeter un coup d'œil au modèle nu peint sur le tableau pour comprendre que je ne m'étais pas trompé.

— J'accepte volontiers votre proposition, si cela ne vous cause pas de dérangement, dis-je.

— Mais non, pas du tout. Ce tableau est accroché dans ma chambre.

Je rêvais ! Non, cela ne pouvait pas être aussi simple. Elle m'invitait à aller contempler une œuvre d'art – mais je savais qu'il n'en était rien. Tout à coup, le soleil illumina le mur à côté de nous. La silhouette de femme, sur le tableau, fut inondée de lumière, mais Lady Powerstock ne parut pas le remarquer. Elle eut un sourire angélique qui exprimait une secrète satisfaction.

— Disons... après le thé ? reprit-elle.

Je ne pouvais refuser sans dévoiler mes soupçons. De plus, une autre raison, inadmissible pour moi-même, me poussait à accepter.

— Vous savez où se trouve ma chambre, lieutenant ?

— Euh... oui.

Elle sourit à nouveau.

— Parfait, à tout à l'heure.

Elle recula, comme pour partir, mais s'arrêta près de l'étagère où elle m'avait vu lors de son entrée ; elle prit le livre que j'avais trouvé.

— Vous avez lu le chapitre écrit par la première femme de mon mari ?

Il m'était difficile de prétendre que non.

— J'étais en train de le parcourir quand vous êtes arrivée.

— C'est ce que je pensais. Navrant, n'est-ce pas ?

— Oh ! oui, tout à fait. Mais c'est une chance que Lord Powerstock et vous ayez pu réunir vos solitudes.

Elle reposa l'ouvrage sur l'étagère.

— Ce n'est pas ce que je voulais dire. Je trouve navrant que le Comité du diocèse ait cautionné ces affabulations.

— Des affabulations ? Pourtant, Miriam Hallows a travaillé parmi les pauvres, n'est-ce pas ?

— Il est indéniable qu'elle se rendait régulièrement à Portsea.

Tout en parlant, Olivia s'était dirigée vers la porte. Elle l'ouvrit, s'arrêta sur le seuil et lança :

— Quant à savoir pourquoi elle y allait aussi souvent... c'est une autre histoire !

La lumière du soleil pâlit et la pièce se refroidit. Au-dehors, le vent souleva un paquet de feuilles mortes et l'emporta dans un tourbillon.

Je décidai de me priver de déjeuner au profit d'une longue promenade, pour m'éclaircir les idées. Le temps était à l'accalmie, humide et sans vent ; des nuages noirs et menaçants s'amoncelaient au-dessus des collines, à l'est.

Au retour, je passai par le village. L'esprit encore absorbé par le livre trouvé dans la bibliothèque et par les remarques méprisantes d'Olivia, je bifurquai vers le cimetière et me promenai lentement parmi les tombes. Dans l'ombre d'un monument funéraire entouré d'une barrière, sur lequel étaient gravés les noms des trois lords Powerstock précédents, se nichait une pierre tombale plus petite et plus récente portant l'inscription suivante :

« À LA MÉMOIRE DE MIRIAM ABIGAIL HALLOWS, LADY POWERSTOCK, ÉPOUSE, MÈRE ET FILLE REGRETTÉE, RAPPELÉE PRÉMATURÉMENT PAR LE SEIGNEUR LE 30 MARS 1905, À L'ÂGE DE TRENTE-HUIT ANS – L'AMOUR QUE NOUS LUI PORTONS RESTERA À JAMAIS DANS NOS CŒURS. »

Hallows ne m'avait jamais parlé d'elle. Combien de fois, alors qu'il était jeune homme, s'était-il recueilli devant cette tombe, en se demandant ce qui serait arrivé si elle avait vécu ? Je me dirigeai vers l'étroit portillon qui ouvrait sur le sentier menant à Meongate.

Une silhouette apparut à la porte sud de l'église. Leonora, digne et majestueuse dans une robe écossaise et une cape noire, me souriait tristement.

— Nous sommes destinés à nous rencontrer ici, me dit-elle.

Je soulevai mon chapeau.

— Seulement, cette fois, c'est moi qui suis surpris. Vous permettez que je vous raccompagne à Meongate ?

— Avec plaisir.

Nous nous engageâmes à travers champs.

— Vous examiniez le caveau de famille ?

— Je l'ai remarqué en passant. La tombe de la mère de John est très émouvante.

— Je crois que tout le monde a trouvé injuste la façon dont elle est morte.

— J'imagine qu'il est toujours risqué de travailler dans des quartiers miséreux. Vous connaissez Portsea ?

— Non, pas du tout.

— Pourtant, nous n'en étions pas loin, mercredi dernier.

— C'est vrai.

Nous traversâmes la rivière et remontâmes à travers bois en suivant la ligne de chemin de fer avant de bifurquer vers Meongate. Alors que nous en étions encore à près de deux kilomètres, nous fûmes surpris par une forte averse et trouvâmes refuge dans un hangar en bordure du chemin. Nous nous assîmes sur des balles de foin, face à l'écran de pluie qui tombait sur les champs.

Je tenais enfin une occasion – aussi désirée que redoutée – de parler à Leonora, de lui offrir un moyen d'échapper à cette demande en mariage de Mompesson qu'elle semblait ne pas pouvoir refuser. Je craignais qu'elle ne considère ma proposition comme une insulte vis-à-vis de son deuil récent, mais les mots qu'elle avait prononcés près de la haie de rhododendrons (et qui me revenaient si souvent à l'esprit) m'avaient convaincu qu'elle serait bientôt perdue pour moi à tout jamais, à moins qu'elle ne comprenne la profondeur de mes sentiments.

Pour gagner du temps, je marmonnai une banalité :

— Je ne pense pas qu'il pleuvra bien longtemps.

— Parfois, dit-elle doucement, il me semble qu'il ne cessera jamais de pleuvoir.

Je la scrutai.

— Vous souffrez tellement ?

Elle détourna son regard.

— Plus que je ne saurais l'exprimer.

— Si cela peut vous réconforter, sachez que John me manque aussi. Quant aux hommes qu'il a commandés, ils pensent sans cesse à lui, eux aussi. L'un de nos officiers me l'a écrit récemment.

Elle leva vers moi des yeux pleins de larmes qu'elle ne laissa pas couler.

— Ce que j'endure dépasse tout ce qu'il est possible d'imaginer.

— J'aimerais comprendre.

— Je sais. Seulement, c'est impossible.

— Pourquoi ? Je ne crois pas me montrer présomptueux en affirmant que John n'aurait pas voulu que vous portiez son deuil trop longtemps. Il ne souhaiterait pas que vous... renonciez à la vie.

— Je sais.

— Cette guerre ne durera pas éternellement. Quand elle prendra fin, il faudra reconstruire nos existences. Peut-être devrions-nous commencer à y penser dès maintenant. Peut-être pourrions-nous le faire... ensemble ?

Ce n'était pas les paroles que j'avais prévu de prononcer, mais Leonora ne s'offusqua pas de ma maladresse. Elle répondit avec une tristesse qui semblait prendre sa source ailleurs que dans son malheur récent :

— Vous étiez l'ami de mon mari, Tom, et, par conséquent, vous êtes le mien. N'attendez rien d'autre de moi.

— De telles choses prennent du temps. Je ne tente pas d'usurper la place de John, je n'y parviendrais pas – personne n'y parviendrait. Toutefois, je suis

185

convaincu que, grâce à une aide mutuelle, nous reprendrions goût à la vie. Si vous êtes un jour disposée à envisager un remariage, je serais honoré…

Elle se redressa, marcha lentement vers l'un des piliers qui soutenaient le toit du hangar et l'entoura d'un bras. Elle fixa son regard au mien, poussée par le besoin d'ancrer ses pensées autant que son corps.

— Vous êtes un homme bon, Tom. Trop bon pour ce qui se passe ici. Je ne pourrai jamais vous épouser. Je vous en prie, comprenez-le.

Je me levai à mon tour.

— Mais, c'est précisément cela que je ne comprends pas. Je ne vois pas quel mal il y a à ce qu'une jeune veuve…

— Je suis enceinte.

Elle avait prononcé ces mots d'un ton doux mais déterminé. Mon discours, mes pensées s'immobilisèrent.

— Comment ?

— Je suis enceinte depuis trois mois. Trois mois alors que mon mari est mort depuis plus de quatre.

J'étais incapable de parler.

— J'aurais préféré ne rien vous dire. J'espérais que vous quitteriez Meongate avant que mon état ne devienne impossible à cacher.

Ma colère monta brusquement.

— C'est Mompesson le responsable, n'est-ce pas ?

— Je vous ai dit tout ce qu'à mon sens, vous étiez en droit de savoir. Je n'ai rien à ajouter.

— Il m'a informé de son intention de vous épouser. Et maintenant, je sais que vous accepterez, puisque vous portez son enfant.

L'espace d'un instant, elle parut choquée par mes paroles, mais elle se ressaisit rapidement. Elle inspira profondément et déclara en me fixant droit dans les yeux :

— Le sujet est clos. Maintenant, si vous voulez bien m'excuser, vous comprendrez que je préfère rentrer seule à Meongate.

Il ne pleuvait plus. Elle partit lentement en direction de Meongate. Je ne la suivis pas mais, avant que la colère ait cédé le pas à l'amertume, je criai :

— Je suis heureux que John ne soit pas là pour voir ce Mompesson séduire sa belle-mère d'abord, et sa femme ensuite.

Leonora ne se retourna pas. Elle continua d'avancer d'un pas régulier et finit par disparaître.

J'allumai une cigarette, appuyé contre le pilier auquel elle s'était tenue. Je n'avais pas envie de la rattraper. Je me sentais insulté, humilié. Ce n'était pas sa faute si j'avais investi tant d'espoir dans mes rêves ; Leonora n'avait pas désiré me ridiculiser. Mais à ce moment-là, je la rendais responsable de tous mes maux. J'en oubliais les nombreux éléments qui venaient contredire la thèse d'une liaison entre elle et Mompesson. Je ne pensais qu'à l'ami qu'elle avait bafoué, qu'à l'avenir qui m'était maintenant interdit.

Lorsque j'eus fini ma cigarette et que je l'eus écrasée contre le pilier, j'étais déterminé à me désintéresser de Leonora et de tous les occupants de Meongate qui me fascinaient autant qu'ils me dégoûtaient. Il ne me restait pas d'autre façon de préserver quelque vestige de dignité, pas d'autre moyen de respecter la mémoire d'Hallows. Je refoulai de mon mieux mon amertume et pris le chemin du retour.

Je montai dans ma chambre, soulagé de ne croiser personne. Je m'allongeai et restai longtemps les yeux rivés sur les rideaux fleuris qui encadraient un ciel bleu délavé. Je sombrai finalement dans un sommeil troublé.

Quelque chose rampait vers mon lit. J'entendais le frottement lent et laborieux d'un corps sur le tapis. Dans un élan de panique, il me sembla qu'il s'agissait d'Hallows, aveugle et couvert de sang, qui se traînait dans le *no man's land*, comme cette nuit où il n'était pas revenu...

— Hallows ?

Je prononçai son nom en sursautant et ouvris les yeux. Il n'y avait rien sur le tapis, sauf... une enveloppe blanche, près de la porte.

Je la ramassai, l'ouvris ; une clé tomba d'une feuille de papier.

« Tom, ceci est la clé de l'observatoire. Si vous souhaitez comprendre ce qui se passe dans cette maison, montez là-haut à sept heures ce soir. L. »

Je glissai la clé dans ma poche et, sans réfléchir, brûlai la lettre dans la cheminée. J'avais cru que Leonora ne me donnerait plus signe de vie mais, puisqu'elle me contactait, ma détermination à me désintéresser de son sort fondait comme neige au soleil. En moi se rallumait le fragile espoir que rien n'était encore perdu : je ferais ce qu'elle demandait.

Je regardai le réveil ; il était cinq heures moins le quart. Je me rappelai alors mon rendez-vous avec Olivia. Pourquoi ne pas y aller ? Il me permettrait de découvrir le fameux tableau de M. Bartholomew et d'informer Olivia de mon départ.

Je me rafraîchis, me changeai et me dirigeai vers l'aile de la maison. Le silence régnait toujours. Je passai devant l'escalier menant à l'observatoire et arrivai face à la porte que Mompesson avait poussée moins d'une semaine plus tôt. Je frappai.

— Entrez !

C'était la voix d'Olivia, étouffée par la distance.

Je pénétrai dans une sorte de boudoir.

— Lady Powerstock ? appelai-je.

— C'est vous, lieutenant ?

Sa voix provenait d'une pièce attenante, dont la porte était grande ouverte.

— Oui. Vous m'aviez dit de passer voir le tableau.

— Bien sûr. Il se trouve sur le mur, face à la fenêtre. Je vous rejoins tout de suite.

L'œuvre que je découvris était complémentaire de celle de la bibliothèque. Son lourd cadre doré se fondait dans les motifs compliqués de la tapisserie couleur de bronze. Je m'approchai.

Olivia avait décrit ce tableau comme une « suite » au premier et elle avait eu raison. Même chambre, même château mythique, même atmosphère malsaine, même scène... mais poussée un peu plus loin. Ce qui n'avait été que suggéré était maintenant clair : la femme était allongée sur le dos, un genou relevé pour préserver ce qui lui restait de pudeur. L'homme en cotte de mailles s'était agenouillé près du lit et était penché sur elle, la tête inclinée vers son sein gauche qu'il allait embrasser. Elle avait saisi la main de l'homme et l'appliquait sur son autre sein. De ce tableau émanait un érotisme troublant, parce que la femme, au lieu d'être tournée vers son amant, regardait au loin d'un air supérieur, comme si elle n'avait été que spectatrice, observatrice d'un jeu amoureux. Était-ce Olivia ? Je scrutai le visage de plus près et compris que toute certitude était impossible ; c'était en cela, tout autant que dans le coup de pinceau, que résidait le triomphe du peintre.

— Qu'en pensez-vous ?

Je me détournai et découvris Olivia debout sur le seuil de la pièce et me regardant, aussi intéressée par ma réaction que moi par le tableau. Elle portait un peignoir de soie vert pâle fermé par une ceinture négligemment nouée, ses cheveux souples sur ses épaules ; je ne l'avais vue ainsi coiffée qu'une seule fois auparavant…

— Je viens de sortir de mon bain. J'avais oublié que vous deviez passer.

Le mensonge transparaissait aussi clairement de ses paroles que ses formes à travers les plis de son déshabillé illuminé à contre-jour.

— Je suis navré de vous déranger.

— Pas du tout. Vous aimez ce tableau ?

Que répondre ? Tant d'indécence me rendait muet, exerçait sur moi une attraction inavouable.

— Votre mari devait être un homme remarquable.

— Oui, mais tourmenté. Très tourmenté, surtout vers la fin, comme ces tableaux le laissent deviner.

Elle se tourna. Son déshabillé tournoya autour de ses hanches et s'entrouvrit un instant sur sa cuisse nue. Notre conversation était une comédie orchestrée, un prélude bienséant à un acte dont j'avais du mal à croire qu'il allait se produire – et qu'elle prenait soin de ne pas précipiter.

— J'ai appris que M. Bartholomew s'était noyé.

— Il ne pouvait pas connaître une autre fin.

— Que voulez-vous dire ?

— Pendant toute sa vie, Philip a été un être à la dérive.

Elle se rapprocha de moi et fixa le tableau avec une attention si soutenue que je la devinais feinte. Une odeur entêtante flottait dans l'air, maintenant qu'elle était près de moi ; les effluves de son parfum se mêlaient aux senteurs de son corps chaud. Je ne regardais plus le tableau mais son profil parfait, sa nuque longue, son port gracieux, les rondeurs de sa gorge qui palpitait sous le déshabillé. Je l'observais comme elle l'avait prévu et sentis monter en moi un désir impérieux.

— Vous n'avez pas posé la question que la plupart des gens posent, dit-elle.

— Laquelle ?

— Suis-je la femme du tableau ?

— L'êtes-vous ?

— À votre avis, lieutenant ?

— Je ne sais pas.

— Elle est belle, n'est-ce pas ? Cruelle aussi. Est-ce ainsi que mon mari me voyait ? Est-ce ainsi que vous me voyez ?

Je la scrutai avec un long sourire.

— Ce n'est pas impossible.

— Vous me décevez. Je vous aurais cru plus catégorique, répliqua-t-elle avec un petit claquement de langue moqueur.

Elle rejeta la tête en arrière et marcha vers la fenêtre. La soie de son peignoir dansait autour de son corps avec un agréable crissement. Tout à coup, je sentis que mon esprit ne m'obéissait plus et que ma volonté fléchissait.

Olivia s'arrêta entre la fenêtre et la porte de la chambre et se tourna vers moi.

— Que savez-vous de moi, lieutenant ?

Je saisis au vol cette chance de me ressaisir.

— Plus que vous ne l'imaginez, madame.

Elle sourit.

— J'en doute. Vous voyez en moi l'épouse délurée d'un mari vieillissant, se jetant effrontément à la tête de tous les jeunes gens qui franchissent le seuil de sa porte. C'est cela ?

— C'est vous qui le dites.

— Mais vous n'avez pas hésité à divulguer vos opinions à qui voulait les entendre : mon mari, Leonora, ce vieux sénile de Charter. Pourquoi ne pas assumer vos déclarations maintenant ?

— À quoi faites-vous allusion ?

— Allons, allons ! Admettez-le ! Vous avez été conquis par les airs de sainte-nitouche de Leonora, séduit par l'aura qui entoure la mémoire de la mère de John. Toute la comédie de l'honneur familial tel que nous le pratiquons ici...

— Parce que c'est une comédie ?

— Qu'en pensez-vous ? Le souvenir de cette femme est si omniprésent qu'il me semble parfois entendre son fantôme traîner ses chaînes dans cette maison. Aussitôt que quelqu'un prononce son nom, j'en suis malade. Or, à quoi se résument ses œuvres ? Ce que vous appelez impudeur chez moi se dissimulait sous l'hypocrisie chez elle !

Sa gorge se soulevait de colère à l'énoncé des injustices dont elle était la victime. Mais savait-elle à quel point elle avait raison ? Savait-elle la vérité à propos de Leonora ? Je n'osais pas le lui demander. Le seul moyen de faire taire ma culpabilité était de porter à mon tour une accusation.

— Je sais tout à propos de vous et de Mompesson, Lady Powerstock. Si dépravation il y a dans cette maison, c'est dans cette chambre qu'il faut la chercher.

— Est-ce pour cette raison que vous vous y trouvez ? répliqua-t-elle avec un rire.

Dans un accès de rage, je traversai la pièce dans sa direction.

— Je suis ici sur votre invitation.

— Non, vous êtes ici parce que vous n'êtes qu'un vulgaire voyeur, un petit colporteur de ragots.

— Alors, pourquoi m'avoir demandé de venir ?

— Pour voir si vous êtes vraiment un homme.

Elle se tenait entre moi et la lumière, entre moi et la raison. Avant d'avoir compris ce que je faisais, j'avais avancé d'un pas vers elle et levé la main pour la frapper. Mais, face au défi que je lus dans son regard, mon geste resta en suspens. Mon bras descendit sur son épaule, là où le déshabillé de soie suivait la courbe du cou. Il était trop tard pour reculer. Je glissai ma main à l'intérieur du déshabillé et la posai sur un sein plein et rond. La pointe se raidit sous mes doigts. Olivia sourit et défit sa ceinture. Le déshabillé s'ouvrit : elle était nue. Je vis ma propre main posée sur son sein gauche ; l'horreur que m'inspira cette image ne fut pas assez forte pour me faire renoncer à cette chair offerte. Olivia s'en rendit compte également et je sus que cela lui procurait plus de plaisir que mes caresses ne le feraient jamais.

— Peut-être vous ai-je sous-estimé, après tout. Peut-être êtes-vous vraiment un homme, dit-elle doucement.

— Vous n'allez pas tarder à en avoir la certitude, répondis-je d'une voix rauque.

Je dénudai ses épaules. Le déshabillé glissa lentement sur ses reins et le tissu souple tomba en cascade. Elle était nue devant moi. Ses formes sensuelles et le velouté de sa peau m'emmenaient au-delà du point ultime où j'aurais pu encore hésiter.

— Suivez-moi.

Elle avait prononcé ces mots lentement. Seul son sourire trahissait le plaisir qu'elle prenait à me donner un ordre. Elle se détourna et poussa la porte de la pièce attenante. Les draps du lit étaient ouverts, prêts à nous accueillir, comme j'aurais dû m'en douter. Je m'attardai peu à ce détail. Mon esprit et mes sens étaient tout entiers concentrés sur une seule image, un seul but. Olivia Powerstock avait mis mes désirs à nu en même temps que sa propre chair et elle s'éloignait à pas lents vers le lit où, immanquablement, j'irais la rejoindre.

Elle parvint au lit, posa un genou sur le bord du matelas et me regarda. Sur son visage, je reconnus l'expression de la femme du tableau de Bartholomew. Je compris alors qu'il ne suffit pas d'avoir conscience de sa bassesse pour éviter de succomber, pour empêcher les mains de se tendre vers des jambes galbées, des hanches offertes, une poitrine bien dessinée...

Lorsque je franchis le seuil de la chambre pour aller vers Olivia, une psyché me renvoya le reflet de la pièce derrière moi. Un mouvement furtif retint mon attention ; une forme bizarre avait traversé le miroir. Je me figeai pendant une fraction de seconde. La porte du couloir, que j'étais certain d'avoir fermée, était ouverte. Dans son encadrement se découpait la silhouette nette de Hallows qui me regardait d'un air sinistre. Ce ne fut qu'une vision fugitive, un bref éclair. Pourtant, l'honorable capitaine John Hallows, mon défunt ami, mon hôte disparu pour toujours, se dressait dans mon dos, posant sur moi un regard sans expression mais qui semblait tout voir.

Je poussai un cri et me détournai. Il n'y avait rien. Rien ni personne. La porte était fermée... ou en train de se refermer. La poignée ne bougeait-elle pas légèrement ? Je ne savais plus. J'avais rêvé de la guerre assez souvent pour savoir quels tours l'imagination peut jouer. Pourtant, j'avais eu l'effarante certitude, l'espace d'un instant, que mon ami m'examinait et qu'il était le témoin de ce que j'avais moi-même peur d'admettre.

Je me précipitai dans l'entrée et ouvris à la volée. Pas de trace, pas de bruit dans le couloir. Je refermai la porte et m'appuyai au chambranle ; mon cœur battait et la sueur coulait de mon front. Cette vision m'avait fait comprendre une chose : dans cette maison, qui avait été autrefois la sienne, j'étais, avant tout, l'ami de Hallows. M'impliquer plus avant dans les pièges et les traquenards de ce lieu de perversion revenait à trahir mon ami et à m'avilir.

— Que vous arrive-t-il ?

Olivia sortit de sa chambre, le visage sévère, la voix dure, nouant d'un geste agacé la ceinture du peignoir qu'elle avait enfilé à la hâte.

— Je ne peux pas...

Je me tus. La colère d'Olivia se mua en mépris. Elle crut à une défaillance de ma part. Je bredouillai encore :

— Il faut que je... que je parte.

Je voulais fuir. Je me dérobai à son regard accusateur, ouvris la porte et courus dans le couloir.

Je descendis au salon en quête d'un remontant. Je me versai une copieuse rasade de scotch, qui ne me procura aucun bien. Pas plus qu'une promenade dans le jardin. Des nuages sombres s'amoncelaient dans le ciel, signe qu'une nouvelle tempête se déchaînerait encore cette nuit. Quand je vis Cheriton surgir à l'autre bout du parc et se diriger vers moi, je décidai de regagner la maison.

J'entrai par la véranda, espérant ainsi ne croiser personne, mais, lorsque je passai devant la salle de billard, Thorley m'interpella.

— Une petite partie, Franklin ?

Il frappait les boules sans grande conviction.

— Désolé, mais je me sens incapable de tenir en place plus de deux minutes.

— Je connais bien ce genre d'état, dit-il avec une sorte de gloussement.

Il manqua un coup et ajouta :

— Trop bien.

— Vraiment ?

— Oh ! oui.

Il se pencha sur la table, puis se redressa brusquement.

— Écoutez ! s'exclama-t-il.

Je tendis l'oreille. Par les hautes fenêtres aux volets clos nous parvenait un bruit lointain de moteur. Je sus aussitôt que c'était Mompesson.

Thorley rangea la queue de billard dans le support accroché au mur.

— Voici notre ami américain. Je prends le large sans perdre une seconde.

Il s'arrêta en arrivant à ma hauteur.

— Je ne pense pas que vous… Non, rien.

Il sortit rapidement.

Je suivis son exemple et m'éclipsai par l'escalier de derrière. Je n'avais aucune envie de rencontrer Mompesson. Déjà, j'entendais une porte claquer quelque part et la voix de Lady Powerstock roucoulait un « bonjour ! » charmeur. Moins d'une heure plus tôt, elle était... Mais je repoussai cette pensée. À quoi bon ? Elle m'avait amputé d'une partie du respect de moi-même, pas encore de la totalité de mon honneur.

Je restai enfermé dans ma chambre, me demandant si je devais faire ce que demandait Leonora dans sa lettre ou s'il était préférable que je quitte tout de suite cette maison et ses secrets. Ce débat était vain : je savais depuis le début que je ne partirais pas de Meongate avant d'avoir découvert une partie de la vérité. Quand la pendule sonna sept coups, la clé était dans ma main.

Je me dirigeai vers l'aile de la maison. Je savais qu'à cette heure Olivia était en train de prendre l'apéritif au salon en compagnie de Mompesson ; la voie était libre. J'ignorais ce que j'allais trouver dans l'observatoire et, avec sagesse, me gardais de toute supposition. Au fond de moi, en dépit de toute logique, j'espérais que Leonora aurait laissé là quelque chose qui prouvât son innocence et même, d'une façon absurde, la mienne.

Je montai en silence, arrivai au palier et glissai la clé dans la serrure. Les gonds grincèrent et la porte s'ouvrit lentement. Elle n'était pas verrouillée.

Trois marches descendaient vers l'observatoire proprement dit : une pièce hexagonale aux fenêtres élevées, surmontée d'un toit de cuivre qui supportait la girouette. Au centre, près d'un tabouret, trônait un élégant télescope en laiton. Un placard, une petite table et un fauteuil défoncé constituaient un mobilier disparate. Des bouts de crayons et des croquis épars accentuaient l'impression d'abandon de ce local où régnait une odeur de renfermé. L'intérêt de ce lieu ne résidait pas dans son contenu mais plutôt dans le panorama qu'il surplombait. Sa situation exceptionnelle en faisait une sorte de tour de guet face aux champs et aux collines avec, au premier plan, le jardin et le parc. À l'ouest, le soleil couchant était masqué par les nuages. Plus près, entre les cheminées, on dominait les fenêtres situées à l'arrière de la maison. Dans le jardin, en contrebas, j'apercevais Cheriton qui errait dans les allées, entre les massifs de roses, foulant sous ses pieds les premières feuilles mortes. Une bourrasque de vent frappa les vitres de l'observatoire. Cette tour devait être un endroit idéal pour étudier les étoiles. Mais, pendant la journée, il était avant tout un lieu de surveillance de Meongate. Je pensai que c'était pour cette raison que Leonora m'y avait convoqué à cette heure.

Je réfléchis aux termes de sa lettre : « Si vous souhaitez comprendre ce qui se passe dans cette maison… » Quelle révélation un observatoire abandonné était-il susceptible de m'apporter ? Cette phrase n'avait aucun sens.

J'examinai le télescope et constatai que l'objectif n'était pas recouvert d'un cache. Encore plus bizarre : il n'était pas dirigé vers le ciel mais sur la maison elle-même. Je voulus le changer de position et constatai qu'il avait été verrouillé sur un angle précis.

Je me penchai et collai mon œil dans le viseur. La netteté avait été réglée sur l'une des fenêtres situées à l'étage supérieur du bâtiment principal. J'en fus intrigué.

La cible était la chambre de Mompesson. Vêtu d'un peignoir sombre, l'Américain, debout près de la fenêtre, se trouvait exactement dans mon objectif. Il fumait une cigarette en contemplant le jardin ; image banale d'un homme qui se détend après son bain. Leonora ne m'avait pas convoqué pour cela !

Mon désarroi fut de courte durée. Mompesson pivota tout à coup et s'adressa à une personne que je ne voyais pas, soit parce qu'elle se trouvait dans un coin de la pièce, soit parce qu'elle venait de frapper à la porte. Puis il se tourna de nouveau dans ma direction et écrasa sa cigarette dans un cendrier posé sur le rebord de la fenêtre : le geste était un peu théâtral, symbolique, comme s'il avait été accompli pour le bénéfice de quelqu'un d'autre.

Puis, Mompesson s'appuya contre l'encadrement de la fenêtre. Je voyais ses lèvres remuer, mais je n'apercevais toujours pas son interlocuteur. À nouveau, je me demandai pourquoi le télescope avait été dirigé sur la fenêtre de Mompesson. Si le but recherché était de m'apporter une preuve de l'infidélité de Lady Powerstock, je perdais mon temps. En outre, Mompesson risquait à tout moment de rejoindre son visiteur ou sa visiteuse dans une partie de la chambre échappant à ma surveillance. Et je me retrouverais alors face à une fenêtre vide.

Confirmant mes craintes, Mompesson s'éloigna vers le centre de la pièce. Mais quelqu'un avança à sa rencontre avant qu'il ne soit allé trop loin. Il ne s'agissait pas de Lady Powerstock mais de Leonora, vêtue d'une robe du soir noire. Voilà qui expliquait pourquoi elle avait indiqué avec précision l'heure à laquelle je devais me rendre à l'observatoire. Mompesson lui prit le bras comme pour l'emmener, mais elle resta où elle était et leva les yeux vers moi. Elle ne me voyait pas, mais elle savait que j'étais là. Et le message que m'adressait son visage était limpide : « Maintenant, vous avez votre réponse. »

Mompesson lui secoua le bras et lui fit mal, à en croire son expression de douleur. Pourtant, elle ne se rebella pas. Il prononça quelques mots et elle répondit sans se tourner vers lui. Son regard était toujours rivé vers la fenêtre, vers moi.

Mompesson se rapprocha et posa ses mains sur ses épaules, sans douceur. À nouveau, il y eut un dialogue. Puis, avec nonchalance, il commença à défaire les boutons qui fermaient sa robe dans le dos. Quand il eut fini, il fit glisser le vêtement sur les épaules de la jeune femme. Leonora demeura figée et immobile tandis que sa robe tombait autour de ses pieds. Ses yeux étaient braqués dans ma direction.

La scène qui suivit m'effraya par son caractère inéluctable, par la façon dont elle m'impliquait, moi, simple observateur, jusqu'à me transformer en un véritable participant. Sachant que Leonora connaissait ma présence, devinant qu'entre elle et Mompesson il n'y avait rien d'autre qu'une obligation charnelle et – surtout – parce que je ne tentais pas d'intervenir, j'étais aussi écœuré par ma propre inertie que par ce dont j'étais le témoin.

Leonora restait debout, les yeux levés vers moi, sans ciller, tandis que Mompesson la déshabillait, ôtant chaque vêtement avec une lenteur délibérée. Quand il eut fini, Leonora se retrouva nue devant lui, et devant moi. Si son corps était maintenant entièrement révélé, son âme, par contre, conservait tout son mystère car elle n'avait ni consenti ni résisté. Chez une femme aussi mince, la rondeur de la poitrine et le renflement du ventre étaient révélateurs et, d'une certaine manière, ils renforçaient le caractère obscène de cet échange.

Je ne parvenais pas à m'empêcher de regarder. Non seulement la scène à laquelle j'assistais était horrible et consternante, mais quelque chose de pire venait s'y greffer. Dans l'expression de Leonora, je lisais une lueur accusatrice qu'il m'était impossible de réfuter : il me fallait admettre qu'une partie de moi-même se délectait de ce spectacle.

Puis, Mompesson sortit de mon champ de vision et, pour la première fois, Leonora me libéra de son regard. Elle contourna ses vêtements abandonnés et me présenta son dos pour aller dans la direction où Mompesson était parti. À cet instant, l'Américain réapparut et marcha lentement vers elle, un sourire aux lèvres. Dans sa main gauche, il tenait une lanière de cuir servant à l'affûtage des rasoirs. Leonora fut parcourue d'un frisson.

Il y eut un bruit derrière moi. Je reculai d'un bond pour m'éloigner du télescope et me retournai. Mais il n'y avait personne. La porte était toujours fermée : j'étais seul avec mon sentiment de culpabilité, ma crainte d'être, à force d'espionner, plus que jamais impliqué dans la perversion et la paranoïa des habitants de cette maison. Je me penchai à nouveau vers le télescope, me demandant ce que j'y verrais. Je fermai les yeux et serrai les poings, décidé à ne pas céder à la tentation. Derrière mes paupières closes était gravée l'image de Mompesson agitant la lanière de cuir devant le corps tremblant de Leonora. Ma détermination s'évanouit. Je devais savoir. Je collai mon œil au viseur.

Ils avaient disparu. L'objectif n'embrassait plus que l'encadrement vide de la fenêtre. Mompesson et Leonora étaient hors de ma vue. Seul un petit tas de vêtements épars sur le sol prouvait que je n'avais pas rêvé. Je poursuivis mon observation avec une inquiétude grandissante mais ils ne réapparurent pas. Leonora avait-elle cherché à me punir en me faisant assister à ce répugnant prélude et en me privant de sa conclusion ?

Cette pensée m'était insupportable. Je gravis d'une enjambée les trois marches menant à la porte que j'ouvris avec violence et je descendis l'escalier en courant. Une fois de plus, je ne voyais pas d'autre solution que la fuite.

Je n'allai pas loin. Au pied de l'escalier, alors que je m'engageais dans le couloir, je rencontrai Lady Powerstock. Vêtue d'une robe décolletée et parée d'un collier qui renvoyait des éclats aussi froids que son sourire, elle présentait toutes les apparences – ô combien trompeuses ! – d'une dignité surannée.

— C'est une manie, chez vous, de partir en courant, lieutenant Franklin !

J'avais perdu tout sens de la prudence et ressentais un impérieux besoin de défouler mon agressivité.

— C'est une attitude naturelle quand on veut échapper aux perversions de cette maison !

— Se réfugier dans le moralisme est bien commode pour dissimuler certaines faiblesses personnelles !

— Je ne vous comprends pas. Ni les uns ni les autres. Quelle satisfaction deux femmes trouvent-

elles à partager le même homme ? Au nom du Ciel !
Le faites-vous venir ici pour remplir des fonctions
d'étalon ?

Elle parut intriguée.

— De quoi parlez-vous ?

— Vous êtes tombée trop bas pour que ces pratiques vous gênent. Mais pourquoi entraîner Leonora sur la même pente que vous ?

— Leonora ?

— Vous n'allez pas prétendre que vous l'ignorez !

Un éclair passa dans les yeux d'Olivia.

— Que j'ignore quoi ?

— Ne vous fatiguez pas ! Je partirai demain
matin. Ce sera pour moi un grand soulagement.

— Personne n'essayera de vous retenir, croyez-le
bien, lieutenant.

Je m'éloignai d'un pas ferme, veillant à garder une
démarche assurée. Quand j'eus tourné au coin du
couloir, je fus soulagé de ne plus sentir les yeux de
Lady Powerstock posés sur moi. Je ne désirais plus
que m'éloigner d'elle et de sa maison. Je croyais que
mon départ suffirait à couper tout lien...

Je laissai derrière moi les lumières de la demeure
et descendis l'allée tandis que l'obscurité s'installait.
Je dépassai d'un pas rapide les ormes secoués par le
vent, ravi d'être dehors dans l'air froid, sous la pluie
fine qui lavait une partie de mon humiliation.

Seuls les soupirs du vent dans les branches et le
cri lointain d'une chouette brisaient le silence. Bientôt, je ne vis plus les lumières de Meongate. Je me
sentis en sécurité pour un moment.

Quand j'atteignis Droxford (que j'avais rejoint en
faisant le grand tour par la route), il faisait nuit

noire. L'auberge du White Horse, avec ses lanternes suspendues aux fenêtres et les éclats de voix qui résonnaient à l'intérieur, m'offrit son refuge.

Je reçus un accueil chaleureux, commandai un bock de bière et m'installai, un peu à l'écart, avec l'intention de boire jusqu'à l'oubli. Je fus hélé par un consommateur assis près du feu : Thorley. Il se dirigea vers moi en chancelant. Il avait déjà abusé de l'alcool.

— Vous aussi, vous avez été dépassé ? demanda-t-il d'une voix traînante.

— Dépassé par quoi ?

— Allons, l'ami ! Par quel moyen vous tient-il ?

— Je ne comprends pas...

Thorley leva son verre et avala une gorgée de whisky.

— Ce sale Yankee de Mompesson a la mainmise sur vous aussi !

Il parlait trop fort. Un vieux paysan, assis près du bar, tira sur sa pipe en nous lançant un regard désapprobateur.

— Si vous êtes ici, c'est pour éviter de vous trouver sur son chemin, non ? reprit Thorley.

Je me penchai vers lui par-dessus la table.

— Parlez moins fort, major. Vous êtes ivre.

— Bien sûr que je suis ivre. Parfaitement ivre. Et j'ai l'intention de continuer à boire. Je ne vois rien de mieux à faire ! Dire que je pensais que Meongate serait un petit coin pénard ! Cela a été vrai jusqu'au moment où ce Mompesson a débarqué, avec un sourire mielleux, et qu'il m'a fait jouer... J'ai parié des sommes qui dépassaient largement mes moyens. J'ai signé des reconnaissances de dettes et, maintenant, il veut que je les honore.

— Navré...

— Pas autant que moi !

— Qu'allez-vous faire ?

— J'avance mon passage devant la commission médicale. Au moins, si je retourne au combat, je serai hors de sa portée.

— N'est-ce pas une mesure extrême ?

— J'y suis contraint. Vous comprenez maintenant pourquoi j'ai essayé de vous emprunter de l'argent.

— Désolé de n'avoir pas pu vous aider.

— Peu importe. Il se tut et reprit après un instant : Et vous, de quelle manière vous tient-il ?

— Il n'a aucune emprise sur moi. Je ne l'aime pas, c'est tout.

— Ça vous regarde, après tout...

C'était bien mon avis. Sobre comme je l'étais alors ou ivre comme je le devins ensuite, je me gardai bien de raconter à Thorley ce que je me refusais à admettre moi-même : que les Powerstock m'avaient humilié comme ils avaient peut-être humilié John. Désormais, mon seul désir était de couper tout contact avec eux. En attendant, partager une beuverie avec Thorley me faisait du bien. Il était pris dans un engrenage dont il n'était pas entièrement responsable : on avait tiré parti de ses faiblesses. Je n'étais pas meilleur que lui, moi qui l'avais trouvé si déplaisant au premier abord. Nous séjournions tous deux à Meongate à cause d'une guerre que nous n'avions pas le pouvoir d'arrêter et qui, maintenant, nous apparaissait presque comme un refuge. Quelquefois, le monde semble terriblement injuste. Si nous étions nés vingt ans plus tôt – ou plus tard –, nos nerfs n'auraient pas été mis à l'épreuve ni nos vies en danger. Quand les hommes n'ont plus le choix, ils doivent obéir, mais ceux qui sont incapables de s'endurcir sont condamnés dès le départ.

Ainsi, unis dans la fausse camaraderie qui rapproche deux compagnons de beuverie, passant de l'attendrissement sur nous-mêmes à un souverain mépris pour nos problèmes et ceux du monde entier, Thorley et moi partageâmes quelques heures de délire. Nos jérémiades et nos bredouillements nous firent oublier les vérités sur lesquelles nous préférions fermer les yeux. Finalement, Thorley s'endormit sur le banc et je continuai à boire en solitaire. Bientôt, le patron de l'auberge nous demanderait de partir et il faudrait que j'aide Thorley à rentrer jusqu'à Meongate.

Les choses ne se passèrent pas ainsi. Je regardai la pendule accrochée au-dessus du bar vers dix heures. J'examinai alors Thorley ; il était plongé dans un sommeil si profond que j'avais peu de chance de le réveiller. Ce qui arriva ensuite, dans quel ordre, à quelle heure, je ne saurais le dire exactement. Même aujourd'hui, je suis incapable de faire la part entre le rêve et la réalité. Un ivrogne est un piètre témoin. À supposer que l'on puisse accorder quelque crédit à mes souvenirs, les voici :

Je décidai de retourner à Meongate seul, avant que l'on ne m'oblige à emmener Thorley avec moi. Je sortis par-derrière, dans la cour de l'auberge. Des chevaux hennissaient dans l'étable. L'air froid de la nuit n'éclaircit pas mes idées. Mes jambes ne me portaient plus et le monde dansait devant mes yeux. Je titubai vers un coin de la cour et vomis. Je me sentis un peu mieux. Je me dirigeai tant bien que mal vers le portail lorsqu'une forme sombre surgit de l'étable et avança vers moi. J'essayai de hâter le pas afin de l'éviter.

Je ne parvins pas à rejoindre Meongate cette nuit-là. Il est vrai que mes chances étaient minces. J'aurais dû rester à l'auberge et y prendre une chambre. Au lieu de cela, le sommeil me surprit en chemin et les rêves m'emportèrent avec une force irrésistible.

Je fus éveillé par une goutte de pluie glaciale qui roulait sur ma joue. J'étais allongé sur un tas de foin, la tête et les membres douloureux, dans l'aube grise. J'avais passé la nuit dans une grange à moitié vide, et la pluie qui balayait les champs m'avait réveillé en s'infiltrant par le toit disjoint.

Je me mis debout péniblement. La grange se trouvait dans un pré clôturé. Un portillon ouvrait sur un chemin. Je n'étais pas loin de Meongate ; cependant, je n'avais pas le souvenir de m'en être autant rapproché. J'adressai une prière de remerciement au dieu des ivrognes et me remis en route. La nuit avait été pénible, mais l'idée qu'il me suffisait de réunir mes affaires pour échapper à l'emprise de Meongate me rassérénait. À une heure aussi matinale, me disais-je, personne ne serait levé et nul ne me verrait arriver ou repartir. Cette pensée me donna des ailes.

5

Le calme était loin de régner à Meongate. Une camionnette et une voiture couverte étaient garées devant la maison. Je remarquai des armoiries sur le côté de la camionnette ainsi qu'une inscription maculée de boue : « POLICE DU HAMPSHIRE ». Puis je reconnus, posté à l'entrée principale, sur sa bicyclette, l'officier de police du village ; un homme sympathique, d'un certain âge, que j'avais croisé plusieurs fois au cours de mon séjour. Il me reconnut également.

— Vous êtes monsieur Franklin, n'est-ce pas ?

— Oui. Qu'est-ce qui vous amène à Meongate à cette heure matinale ?

— L'inspecteur sera content de vous voir. Suivez-moi, monsieur, je vous prie.

— Que se passe-t-il ? demandai-je en le suivant dans le hall.

— Vous ne tarderez pas à le découvrir.

Nous entrâmes dans la salle à manger, où se tenaient un autre policier et un sergent survolté, mais aucun habitant de Meongate. Penché sur une table qui avait été tirée au milieu de la pièce, un homme en civil, que je ne connaissais pas, avait les deux mains plongées dans un sac de toile ouvert devant lui. Son visage ressemblait à un gros jambon, encadré de cheveux gris frisés. Il portait des lunettes cerclées d'or, un costume défraîchi et un imperméable miteux. Ses mains fouillaient dans le sac et il marmonnait des paroles incompréhensibles tout en soufflant comme un asthmatique.

— Monsieur Franklin est arrivé, inspecteur, annonça le policier.

L'homme leva les yeux et me scruta par-dessus ses lunettes. Puis, sans se presser, il repoussa le sac sur le côté.

— Entrez, monsieur Franklin, dit-il. Asseyez-vous.

— J'aimerais bien savoir ce qui se passe.

— C'est le souhait de tout le monde ici. Prenez un siège, je vous prie.

À contrecœur, je me dirigeai vers la chaise que l'autre policier apportait.

— Qui êtes-vous ? questionnai-je.

— Inspecteur de police Shapland. Nous sommes ici pour enquêter sur un meurtre. C'est pourquoi je souhaitais que vous vous asseyiez, pour le cas où la nouvelle vous causerait un choc.

Je le fixai avec stupeur.

— Qui a été tué ?

Le policier examina ses ongles.

— Un Américain : Ralph Eugene Mompesson. Plus ou moins homme d'affaires.

Il sortit un objet du sac et le brandit : un passeport américain.

— Né à La Nouvelle-Orléans le 5 mai 1879. (Il posa le passeport sur la table.) Mort à Droxford le 22 septembre 1916. Accomplir une aussi longue route pour se faire assassiner... Curieux, n'est-ce pas ?

J'étais si interloqué que je ne parvins qu'à ânonner bêtement :

— Curieux ?

— Vous ne trouvez pas ? Voilà un homme qui est né dans le Sud profond : une terre de passions et de violence. Or c'est lorsqu'il échoue dans le paisible village de Droxford qu'il se récolte une balle en pleine tête.

— Mon Dieu !

— Du travail de professionnel, si je puis m'exprimer ainsi. Exécuté avec ce que l'on pourrait appeler une précision militaire.

— Vous n'impliquez pas… ?

Shapland sourit avec bonhomie.

— Vous étiez mon principal suspect, monsieur Franklin – jusqu'à votre retour. Où avez-vous passé la nuit ?

— J'ai un peu abusé de l'alcool à l'auberge du White Horse, hier soir. J'ai dormi dans une grange.

— Hum !… Vous n'avez pas l'air de mentir. Avez-vous vu le major Thorley ?

— Il était avec moi à l'auberge. Mais nous sommes partis chacun de notre côté.

— Une autre grange, sans doute.

Il se tourna vers le policier qui m'avait fait entrer et lui lança :

— Bannister, allez vérifier à l'auberge du White Horse.

J'entendis l'homme s'éloigner.

— Où sont les autres habitants de Meongate ? questionnai-je.

— Vous les verrez quand j'en aurai fini avec vous. Aimiez-vous M. Mompesson ?

— Non, pas vraiment. Mais…

— Ce n'était pas une question piège. Simple curiosité. Que faisait-il ici ? Lord Powerstock a expliqué pourquoi il héberge plusieurs jeunes officiers mais pas pourquoi il recevait un homme d'affaires américain – à supposer que l'activité de M. Mompesson ait bien été celle-là.

— M. Mompesson était un ami de la famille.

— Cette fois, c'était bien une question piège ! Je voulais voir si vous admettiez qu'il était le... l'ami de Lady Powerstock.

— Vous avez du toupet !

Il leva une main.

— Excusez-moi, monsieur Franklin. Voyez-vous, je n'ai pas demandé à m'occuper de cette affaire ; toutefois, maintenant qu'elle m'a été confiée, je n'ai pas l'intention de prendre des gants. Comme vous, je fais mon devoir, au nom du roi et dans l'intérêt du pays. Quand j'ai pris ma retraite, il y a trois ans, j'ai mis un point final à mes activités pour m'occuper de mon jardin. J'ai été rappelé à cause de la guerre. Quelle terrible ironie !

— Que voulez-vous dire ?

— La guerre fait des centaines de morts. Des milliers de balles sont tirées chaque jour. Or nous enquêtons sur les circonstances de la mort d'un homme tué par une malheureuse balle ; seulement, dans ce cas précis, nous parlons de meurtre. C'est bien cela, n'est-ce pas, un meurtre ?

— Je...

Il se leva brusquement.

— Venez avec moi et je vous montrerai où cela s'est passé ; vous pourrez alors me dire ce que vous en pensez.

Je le suivis docilement. Pour un homme aussi corpulent, Shapland se déplaçait avec une aisance surprenante. Il me précéda dans le hall et s'engagea dans l'escalier. La maison était étrangement silencieuse. Shapland gravit les marches sans cesser de parler. Sa jovialité et son apparente insouciance avaient quelque chose de choquant.

— Tué dans sa chambre, mais pas dans son sommeil. Triste sort, vous ne croyez pas ?

— Quand cela est-il arrivé, inspecteur ?

— La nuit dernière, aux alentours de vingt-trois heures. Il était monté dans sa chambre après dîner. C'est là qu'on l'a trouvé.

Nous nous dirigions vers la chambre de Mompesson. Je commençais à prendre conscience de ce qui s'était passé. La veille encore, j'épiais cette chambre depuis l'observatoire. Qu'est-ce qui nous attendait entre ces murs maintenant ?...

Un autre agent de police montait la garde devant la porte ouverte de la chambre de Mompesson. Shapland entra et me fit signe de le suivre.

— On l'a trouvé ici, près de la coiffeuse.

Il désigna une tache sombre sur le tapis et un tracé grossier à la craie indiquant la position du corps ; les motifs du tapis atténuaient un peu l'horreur de cette image.

— Par qui a-t-il été découvert ?

— Une version veut que ce soit par Lady Powerstock et sa femme de chambre.

— Ensemble ?

— Peu probable, n'est-ce pas ? Lady Powerstock aurait entendu un drôle de bruit alors qu'elle était sur le point de se coucher. Elle ne saurait affirmer s'il s'agissait d'un coup de feu. Pensant que cela venait de cette pièce, elle aurait appelé sa femme de chambre et elles seraient allées ensemble voir ce qui s'était passé.

— D'après vous, elle ne dit pas la vérité ?

— J'en suis convaincu. À mon avis, elle est venue dans cette pièce parce qu'elle avait rendez-vous avec Mompesson ; l'ayant trouvé mort, elle a couru chercher sa femme de chambre. Cette dernière ayant peur de perdre son emploi si elle contredit sa maîtresse, c'est pourquoi je n'ai pas poussé trop loin son interrogatoire. Mais vous savez aussi bien que moi que j'ai raison.

— Qu'est-ce qui vous fait penser que je suis au courant de quelque chose ?

— Lady Powerstock s'est empressée de vous accuser, vous, plutôt qu'un inconnu qui se serait introduit dans la maison pendant la nuit. J'en ai déduit qu'elle devait avoir des raisons de ne pas vous porter dans son cœur. Reste à savoir si vous auriez eu le sang-froid nécessaire pour revenir ce matin en sachant ce qui vous attendait.

— Je n'avais aucune idée de ce qui s'était passé !

Shapland ne tint pas compte de ma remarque. Il se pencha sur le tracé à la craie par terre et rajusta ses lunettes.

— Nous n'apprendrons rien de plus ici. L'autopsie révélera quel était le calibre du revolver. Au fait, possédez-vous une autre arme que celle que nous avons trouvée dans votre chambre ?

— Vous avez...

— Celle-ci n'avait pas été utilisée. C'est un bon point en votre faveur.

— Je n'ai pas besoin de bon point en ma faveur...

— Oh ! si. Vous en avez besoin. Lady Powerstock déclare vous avoir vu sortir de l'observatoire un peu après dix-neuf heures, hier soir. Vous l'admettez ?

Je réfléchis rapidement.

— Non.

— Le télescope était braqué sur cette fenêtre. Quelqu'un épiait Mompesson, une personne qui aurait pu le tuer ensuite. Êtes-vous en mesure de prouver que vous n'êtes pas monté là-haut ?

— Bien sûr que non.

Shapland se rapprocha de moi. Je le vis alors tel qu'il était vraiment : un vieil homme fatigué, contraint de faire ce travail ; comme moi, un rescapé de la guerre. Mais dans ses yeux brillait l'expression de celui qui connaît trop bien les faiblesses de la nature humaine pour se laisser duper.

— Monsieur Franklin, d'après vous, qui a tué Mompesson ?

— Je n'en sais rien.

— Mais vous ne le pleurerez pas, n'est-ce pas ?

— Non.

Il se détourna avec un soupir.

— J'ai l'impression que personne, dans cette maison, ne le regrettera. C'est ce qui me trouble le plus. Un invité reçu à bras ouverts et détesté par tout le monde…

— Vous exagérez.

— Pas du tout. Lady Powerstock n'échappe pas à la règle. Comme si…

Il se tut en voyant le sergent entrer.

— Bannister a téléphoné du White Horse, inspecteur. Il semblerait que le major y ait pris une chambre et qu'il y ait passé la nuit. Il en est parti il

214

y a une heure, avant le petit déjeuner. Il a annoncé qu'il se rendait à Londres.

— Par quel moyen ?

— Il ne l'a pas précisé. Mais je ne vois pas d'autre possibilité que le train. Il lui faudra changer à Alton.

Shapland consulta sa montre de gousset.

— Alors, téléphonez à la gare d'Alton. Nous devons tenter de l'intercepter.

Le sergent sortit rapidement. Le visage de Shapland s'éclaira :

— Monsieur Thorley serait-il notre coupable, monsieur Franklin ? questionna-t-il avec un sourire.

— Je ne crois pas.

— Nous avons trouvé plusieurs chèques sans provision et des reconnaissances de dettes dans les affaires de Mompesson. La plupart de ces documents portent la signature de Thorley.

— Ce n'est pas une raison pour...

— Nous verrons. Je n'ai plus besoin de vous pour l'instant. Mais ne vous éloignez pas de cette maison sans me prévenir.

— J'avais l'intention de partir aujourd'hui.

— Vraiment ? Eh bien, je crains fort qu'il ne vous faille modifier vos projets.

— Bien, dis-je en me dirigeant vers la porte.

— Au fait, monsieur Franklin. Vous m'avez déclaré tout à l'heure que vous et Thorley aviez quitté le White Horse séparément. Or il s'avère que Thorley y a passé la nuit.

— Il est exact que, quand je suis parti, il était encore là-bas, mais j'ai supposé que...

— Tut, tut ! Les suppositions sont dangereuses. Tâchez de les éviter à l'avenir. À tout à l'heure.

Je pris un air dégagé en passant devant l'agent de

police posté à la porte et m'appliquai à ne pas laisser transparaître l'agacement que Shapland avait provoqué chez moi. Mais l'inspecteur n'était pas le seul responsable de ma nervosité. Mompesson était mort, toute sa superbe avait été emportée par un simple coup de feu. Qui donc avait tiré ? Thorley ? J'avais du mal à le croire et il me semblait que Shapland était sceptique lui aussi. Il fallait que je parle à Leonora en me montrant, plus que jamais, prudent.

Au salon, je trouvai Charter somnolant près du feu, indifférent à la présence des policiers et à l'enquête. Au bruit de mon pas, il souleva les paupières.

— Tiens, bonjour, jeune Franklin ! dit-il avec un raclement de gorge. Je vous croyais évaporé dans la nature.

Je m'assis en face de lui.

— J'ai un peu forcé sur l'alcool hier soir et je n'ai pas réussi à rentrer jusqu'ici.

— J'étais sûr que ça devait être quelque chose dans ce genre-là. L'inspecteur prenait votre absence pour un aveu de culpabilité. Vous êtes au courant de ce qui est arrivé à Mompesson ?

— Oui, et vous ne paraissez pas particulièrement ému.

— Le seul commentaire que j'aie envie de faire c'est : bon débarras ! Toutefois, je n'irais pas le crier dans l'oreille de la police.

— Que feriez-vous si vous appreniez que c'est moi le coupable ?

— Je vous serrerais la main.

— Mais ce n'est pas moi.

— Peu importe. Quelqu'un l'a fait, c'est tout ce qui compte. Tiens, j'ai battu Jepson aux échecs.

— Charter, un homme a été assassiné. C'est une affaire sérieuse.

— Je laisse le soin aux autres de s'en occuper.

— Et où sont-ils justement, les autres ?

— Ils se terrent dans leur trou.

Je me levai, allai vers la fenêtre et demandai encore :

— Savez-vous où est Leonora ?

— Sortie prendre l'air, je crois.

— Si vous voulez bien m'excuser, il faut que je lui parle.

Charter avait replongé dans le sommeil avant même que je n'aie atteint la porte.

Je traversai la véranda et aperçus Leonora de l'autre côté de la pelouse. Tête baissée, elle marchait le long du chemin bordé d'érables, entre le jardin et le parc. Elle me vit et s'arrêta.

Son visage exprimait non pas le chagrin comme on aurait pu le croire, mais un retrait en elle-même, un refus pour ceux qui ne comprenaient pas – et dont je faisais partie.

Quand elle parla, sa voix avait la douceur de la bruine qui nous enveloppait.

— Pourquoi êtes-vous revenu ?

— Je venais chercher mes affaires.

— Je ne pensais pas que vous réagiriez si… violemment.

— À quoi ?

Elle baissa les paupières.

— À… à ce que vous avez probablement vu.

— Leonora, je suis allé à l'observatoire à l'heure que vous m'aviez indiquée. Vous savez à quel spectacle j'ai assisté. Ensuite, j'ai quitté la maison et,

aussi stupide que cela puisse paraître, je me suis eni-
vré. Je suis revenu ce matin. C'est tout.

— Je croyais...

— Que j'avais tué Mompesson ?

Elle me regarda droit dans les yeux et, cessant de
parler à demi-mot, s'écria :

— Je ne voulais pas provoquer sa mort. Je souhaitais montrer à quelqu'un qu'il fallait le faire cesser !

Ses paroles contredisaient la thèse que j'avais
échafaudée.

— Vous voulez dire que vous n'aviez aucun sentiment pour lui ? bredouillai-je.

Elle parut ébahie.

— Bien sûr que non ! N'était-ce pas évident ?
Qu'avez-vous vu... depuis l'observatoire ?

— J'en ai vu bien assez. Mais rien qui puisse
m'amener à tuer un homme. J'ai assisté à suffisamment d'atrocités pour ne pas avoir envie d'ajouter
au carnage... Quand Shapland m'a appris la nouvelle, j'ai imaginé que c'était vous la coupable, que
vous aviez été contrainte d'agir de la sorte. Personne n'aurait pu vous blâmer.

— Vous avez cru... C'est ridicule.

— Pas vraiment.

Je plongeai mon regard dans le sien et l'empêchai
de détourner les yeux. Je repris avec gravité :

— Je vous imaginais tenaillée par le remords de
lui avoir cédé, dégoûtée par ce qu'il vous forçait à
faire. Si vous l'aviez tué, le respect que je vous porte
n'en aurait pas été entamé.

— Mais je ne l'ai pas fait, dit-elle sans chercher à
se dérober à mon regard.

— Alors... vous étiez disposée à l'épouser ?

— Non, je ne l'aurais jamais épousé.

— Pourtant, vous attendez un enfant de lui ?

— Non. Vous ne manquez pas de raisons de supposer qu'il était le père de mon enfant, mais c'est faux. Je suis enceinte, mais pas de Ralph Mompesson.

— Dans ce cas, pourquoi...

— J'étais convaincue que quelqu'un l'avait tué pour m'aider. Et je pensais que vous l'aviez fait... pour John.

— Cela n'aurait pas été seulement pour lui.

Elle baissa les paupières.

— Si vous n'avez pas tué Ralph, les données ne sont plus les mêmes. Votre innocence m'intrigue plus qu'elle ne me rassure. Excusez-moi, j'ai besoin d'être seule pour réfléchir.

Elle se tourna pour partir, mais s'arrêta quand je lui touchai le coude.

— Je ne comprends rien à ce qui se passe ici, Leonora. Il me semblait avoir votre affection, or vous donniez la préférence à Mompesson. Maintenant, vous affirmez que vous ne l'auriez jamais épousé et qu'il n'était pas le père de votre enfant. Par conséquent, il détenait un pouvoir sur vous. Lequel ? Menaçait-il d'informer tout le monde de votre grossesse ?

— Je ne pourrai pas cacher mon état éternellement.

— Alors, quoi d'autre ?

Je sentis, à ce moment-là, que Leonora avait un très fort désir de me confier la vérité mais qu'une impérieuse nécessité l'empêchait de parler.

— Jugez-moi comme bon vous semble, Tom. Je ne peux répondre à aucune de vos questions, même si j'en meurs d'envie. Oui, Ralph me menaçait. Non, je n'avais pour lui aucun sentiment, à part la peur et la haine. Je ne désirais pas sa mort mais je ne le pleurerai pas. Si seulement il m'était possible de vous dire ce qu'il manigançait. C'était... monstrueux. (Sa voix se brisa.) Si vous l'aviez tué, j'aurais considéré que je vous devais la vérité. Puisque vous ne l'avez pas fait, il m'est impossible de tout vous raconter, je ne l'ose pas.

Elle s'éloigna d'un pas rapide vers les massifs de rhododendrons et je ne la suivis pas.

Je retournai vers la maison. Moi aussi, j'avais besoin d'être seul pour réfléchir. Je passai discrètement devant le policier qui gardait la porte de Mompesson et m'enfermai dans ma chambre, assailli par un flot de pensées.

Après avoir pris un bain et m'être rasé, je me sentis un peu moins abattu, bien que guère plus avancé. Je m'assis près de la fenêtre et fumai une cigarette en pensant à Hallows. Je vis arriver une dépanneuse que l'officier de police guida vers la voiture de Mompesson : peu à peu, toute trace du passage de l'Américain s'effaçait. Seule nous tourmentait encore la façon dont sa mort s'était produite.

Un coup fut frappé à ma porte. J'allai répondre, car, dans les circonstances actuelles, refuser de coopérer paraîtrait suspect. Mais ce n'était pas la police.

Lady Powerstock me gratifiait d'un sourire dont l'hypocrisie n'était en rien entamée par les événements de la nuit. Ses yeux étaient graves, sa voix sérieuse ; sa robe d'un bleu profond apportait une note de volupté à son apparence. Rien ne suggérait qu'elle ait été choquée, ni attristée, par la mort de son amant.

— Lieutenant Franklin, quel plaisir de vous savoir de retour !

Le policier de garde devant la porte de Mompesson étant à portée d'oreille, je ne pouvais lui répondre comme j'en aurais eu envie – et la façon dont elle souriait impliquait qu'elle le savait.

— Je n'avais pas l'intention de disparaître. Je ne me doutais pas de ce qui s'était passé ici, dis-je simplement.

— Nous avons tous été stupéfaits.

Je décidai de la prendre à son propre jeu.

— Je me suis laissé dire que votre femme de chambre était avec vous quand vous avez découvert le corps.

Le sourire se pinça.

— En effet. Et vous, lieutenant, où étiez-vous... à ce moment-là ?

Je baissai le ton.

— Pas sous ce toit, comme vous le savez. Je n'ai pas tué Mompesson.

— Je suis convaincue que vous n'êtes pas le coupable, en effet. Il faut être un homme – un vrai ! – pour accomplir un tel acte. Et je suis bien placée pour savoir que certaines... capacités vous font défaut !

— Croyez-vous ?

— Votre problème est que la police, elle, n'en sait rien.

— Lady Powerstock, que désirez-vous exactement ?

— Rien que vous puissiez me donner, lieutenant. Je suis simplement venue vous prévenir que mon mari souhaiterait vous voir. J'ignore pourquoi. Il est dans son bureau.

— Merci. J'y vais tout de suite.

Je refermai la porte avant qu'elle n'ait pu en dire plus.

Rien d'étonnant à ce que Shapland soit déconcerté par Meongate et l'ambiance qui y régnait ! Tout y était pour le moins étrange. Ainsi, le calme qui planait sur la maison, alors qu'un meurtre avait été commis... Mais le calme, comme l'inspecteur semblait le soupçonner, n'était qu'une façade, aussi bien dans mon cas que dans celui des autres.

Cheriton, que je croisai quand je descendis, plus pâle que jamais, sa main tremblant sur la rampe, s'arrêta à mi-étage, et m'attira dans l'angle du mur, sous une grande peinture représentant un ancêtre de Lord Powerstock.

— Franklin ! Dieu merci, vous êtes revenu.

Sa voix était mal assurée.

— Vous êtes la première personne à qui mon retour semble faire plaisir, dis-je.

— Comment cela ?

Cheriton étant trop agité pour saisir la moindre ironie, je repris :

— La police m'a considéré comme le suspect numéro un pendant un moment.

Il me serra le bras.

— Je... je ne comprends pas ce qui s'est passé, Franklin. L'un de nous l'a... l'a tué.

— En effet.

— C'est affreux. Je suis sûr que tout est... lié. Les choses se... recoupent... Seulement, je ne vois pas de quelle manière.

222

— Que voulez-vous dire ?

— Avez-vous quelques minutes à m'accorder ? J'ai besoin de parler.

Une lueur implorante brillait au fond de ses yeux.

— Je suis navré mais j'ai été convoqué par Lord Powerstock. Plus tard, peut-être, répondis-je.

L'espoir qui, l'espace d'un instant, avait éclairé son visage s'évanouit et je regrettai de ne pas lui accorder plus de temps.

— Oh ! je vois. C'est bon, Franklin. À plus tard... peut-être, balbutia-t-il.

Je le regardai monter en trébuchant. Il n'était pas surprenant que ce meurtre ait agi sur ses nerfs déjà fragiles.

Lord Powerstock m'attendait dans son bureau. La lumière grise à contre-jour rendait impénétrables les lignes sombres de son visage. Ses sourcils froncés trahissaient l'amertume mais il tenait sa tête très droite, fièrement, comme si réprimer ses sentiments éviterait une confrontation trop brutale avec le désastre.

Avec élégance, il m'adressa un signe de la main.

— Merci d'être venu, Franklin.

— Je suis abasourdi par les événements.

— Servez-vous à boire, je vous en prie. Je sais qu'il est tôt, mais, compte tenu de la situation...

Je me versai une bonne dose de whisky et déclarai :

— J'espère que la police ne vous a pas trop importuné. Je suis désolé de ne pas avoir été là pour vous apporter mon soutien.

— Ce n'est rien... Ce n'est rien... La police ne fait que son devoir, on ne peut pas le lui reprocher.

Il parlait lentement ; les mots paraissaient enracinés au plus profond de son chagrin, un chagrin auquel la mort de Mompesson ne contribuait que peu.

— Ont-ils une idée de l'identité du meurtrier ? dis-je en m'asseyant face à lui.

Il tritura son épingle à cravate.

— Rien n'a été volé. Aucune effraction n'a été relevée. L'inspecteur en a conclu… que Mompesson connaissait son meurtrier. Je me vois dans l'obligation d'arriver à la même conclusion.

— Voilà qui est troublant.

— Un membre de la famille… Shapland l'a formulé en ces termes ou presque. Nous avions tous regagné nos chambres pour la nuit quand c'est arrivé. Aussi, d'après l'inspecteur, nous sommes tous des coupables potentiels.

— Je sais qu'il m'a soupçonné, à un moment donné.

— Si j'avais partagé sa conviction, ne fût-ce qu'un instant, je ne vous aurais pas demandé de venir me voir. Mais vous étiez l'ami de mon fils, Franklin. Vous êtes… la seule personne vers qui je puisse me tourner.

Cet aveu me prit au dépourvu.

— Je ne…

Il leva la main.

— Ne vous donnez pas la peine de protester, c'est ainsi. J'ai été informé de la disparition du major Thorley. S'il s'avérait que ce fût lui l'assassin de Mompesson… l'affaire serait réglée. Dans le cas contraire, que faire ?

Il abaissa son bras d'un geste lent, résigné.

— Shapland ne peut pas être certain que le meurtrier soit un habitant de la maison, m'exclamai-je.

— C'est vrai, mais nous, nous en sommes convaincus, n'est-ce pas ? Vous savez ce qui se passait entre Mompesson et mon épouse, ne prétendez pas le contraire. Vous êtes suffisamment perspicace pour que leur relation ne vous ait pas échappé. De plus, ces derniers temps, je me faisais du souci pour Leonora. Je pense que vous aussi.

La douleur perçait dans son ton ; il souffrait parce qu'il savait, depuis longtemps, ce qu'il aurait pu faire pour éviter que ce drame soit étalé au grand jour. J'avais fini par croire qu'il n'était pas au courant de la liaison de Lady Powerstock avec Mompesson. (Son ignorance, bien que difficilement excusable, aurait été compréhensible.) Ses révélations m'indiquaient qu'il s'était imposé cet exil dans son bureau afin d'échapper à la vérité. Le destin lui avait pris sa première femme et son fils unique et ne lui avait laissé qu'une seule chose à laquelle se raccrocher : ses principes. Plutôt que d'admettre qu'Olivia le privait de son honneur, il avait préféré se retrancher dans ses pensées et son sanctuaire. Toutefois, face à une nécessité absolue, un gentleman ne se dérobe pas à son devoir. Et Lord Powerstock essayait maintenant de se montrer à la hauteur.

— Lord Powerstock, saviez-vous que Mompesson avait l'intention de proposer le mariage à Leonora ?

— Oui, bien que je n'aie pas appris cette nouvelle de sa bouche mais par l'intermédiaire de Charter. J'ai eu du mal à y croire, tout d'abord.

— Et ensuite ?

— J'ai admis que c'était une hypothèse plausible.

Je sentis vers quelle conclusion il cherchait à m'amener et l'aidai à formuler sa pensée :

— Dans ces conditions, tuer Mompesson pouvait apparaître comme... la chose à faire.

Il secoua tristement la tête.

— C'est ainsi que j'aurais dû réagir, en effet, mais ça n'a pas été le cas. Je n'ai pas tué Mompesson et, maintenant qu'il est mort, j'avoue que je le regrette. Il était de ma responsabilité de nous débarrasser de cet individu, pourtant, je ne l'ai pas tué. Vous non plus. Nous sommes, l'un et l'autre, trop empêtrés dans les bonnes manières et les convenances pour arriver à de telles extrémités ! La bienséance nous sert de bouclier pour ne pas intervenir dans les multiples méfaits commis autour de nous... et en notre nom. Je crains que nous n'ayons laissé à d'autres le soin d'accomplir une besogne que, par respect pour la mémoire de John, nous aurions dû accomplir nous-mêmes. J'ai peur que Leonora...

— Leonora ?

— Elle était l'objet de l'ambition de Mompesson. Il fallait qu'elle trouve un moyen de se libérer de lui.

— Il lui suffisait d'opposer un refus à sa demande.

Lord Powerstock devint – ce que je croyais impossible – encore plus taciturne. Il baissa les yeux et déclara :

— Mon épouse m'a révélé certains... éléments qui tendraient à prouver que Leonora n'était pas en position de refuser une proposition de mariage... Je ne comprends pas mais je dois pardonner.

Ainsi, il savait. Olivia avait deviné – ou découvert – que Leonora était enceinte et, sans perdre une seconde, elle en avait informé son mari. Aux yeux de Lord Powerstock, le meurtre de Mompesson prenait une terrible signification. Il redoutait que, déchirée entre la perspective d'un mariage écœurant et celle de la disgrâce publique, Leonora n'ait riposté par un geste de violence pour échapper au piège qui se refermait sur elle.

— Je pense qu'elle vous parlera, à vous, Franklin. Voyez-la. Questionnez-la. Rapportez-moi ce que vous aurez appris, même si vous devinez que la réalité ne sera pas agréable. Il faut que je sache, afin de remplir mes obligations vis-à-vis de ma famille. Comprenez-vous ?

— Je ferai de mon mieux, monsieur, affirmai-je en me levant.

Il ne dit rien. À la porte, je me retournai. Lord Powerstock me regardait en hochant la tête avec gravité. Par cette approbation muette, il me donnait carte blanche pour engager, en son nom, toute action qui me paraîtrait nécessaire.

Une agitation intense régnait dans le hall. Le sergent se dirigeait vers la sortie ; un agent de police portant les affaires de Mompesson et une liasse de formulaires le suivait. Du palier, Shapland les regardait s'éloigner. Il me fit une grimace que j'interprétai comme un sourire.

— Bonne nouvelle, monsieur Franklin ! dit-il. Le major Thorley a été intercepté à Alton. Nous partons l'interroger. Pour quelques heures, vous aurez donc la paix – si toutefois il est possible de la trouver dans cette maison. Bannister reviendra plus tard ; pour ma part, je ne serai pas de retour avant demain. J'ai quelques renseignements à prendre.

— J'espère que vos démarches seront utiles, inspecteur.

Nous verrons.

— Il descendit. Avant de sortir, il me lança :

— Ne vous faites pas d'illusions, surtout. Nous nous reverrons !

Pendant l'absence de Shapland, la vie à Meongate sembla suspendue. Chacun de nous, suspect à sa manière, attendait des nouvelles de Thorley ou de l'autopsie, ou tout élément nouveau susceptible de l'innocenter.

Rien ne se produisit ce jour-là. Comme pour échapper à la culpabilité qui pesait sur nous, nous restions enfermés dans nos chambres, à regarder distraitement le paysage. Tour à tour, nous fîmes de solitaires promenades. Par un accord tacite, notre silence contribuait à créer l'illusion qu'il ne s'était rien passé.

Pourtant, même si je ne regrettais pas Mompesson, sa mort m'avait choqué et je ne pouvais fermer les yeux sur la façon dont elle s'était produite. Je restai allongé sur mon lit une partie de l'après-midi et, tandis que s'écoulaient des heures chargées d'angoisse, je passai en revue les événements de la nuit. Je m'accrochais au fait qu'il ne devait pas manquer de gens, en dehors de Meongate, pour détester Mompesson. Quelqu'un avait pu profiter de l'obscurité pour pénétrer dans la maison et le tuer. Le chantage, sous toutes ses formes, faisait partie de ses pratiques. Il avait peut-être cherché à y soumettre une personne peu disposée à céder.

Bannister revint du village sans nous donner d'information sur ce qui se passait à Alton. Il monta la garde à la porte d'entrée, pour surveiller les résidents de Meongate ou éconduire les visiteurs éventuels. Ni ami ni membre de la famille de Mompesson ne se manifestèrent. Seul un homme assez mal habillé approcha en voiture, et fut éconduit par le policier. Il s'agissait sans doute d'un journaliste. À part ce bref intermède, la journée fut si calme que je me demandai si Shapland ne s'amusait pas à mettre nos nerfs à l'épreuve dans l'espoir de provoquer un événement ou de faire craquer l'un de nous.

De son point de vue, nous étions tous des coupables potentiels. Thorley, un ivrogne criblé de dettes et fuyant le lieu du crime, était un suspect trop évident pour être vrai. Cependant, qu'était-il en train de raconter à la police en ce moment ?... Cheriton, quant à lui, aurait détalé au moindre coup de feu ; il ne risquait donc pas de braquer une arme sur un homme... Parmi les officiers résidant à Meongate – les trois personnes les plus habituées aux armes –, j'étais le plus susceptible d'en avoir utilisé une contre Mompesson. Le fait que je ne me souvienne de rien depuis le moment où j'avais quitté le White Horse jouait en ma défaveur. Shapland ne pouvait pas savoir – comme moi-même – que j'étais incapable d'un acte aussi décisif.

Que savait Shapland à propos des liens qui unissaient Mompesson aux Powerstock ? La liaison de l'Américain avec Olivia ne faisait aucun doute, mais une intervention du lord, si tardive, paraissait peu probable. Fallait-il envisager un geste de jalousie de la part d'Olivia ? Furieuse que j'aie refusé ses avances, elle m'avait peut-être suivi jusqu'à l'observatoire ; là, elle avait vu ce qui se passait dans la chambre de son amant. Aurait-elle alors, dans un accès de rage, tué Mompesson, préférant le perdre plutôt que le partager ? Mais je connaissais suffisamment Olivia pour savoir que sa seule quête était le plaisir, pas la possession.

Je me voyais donc contraint de partager la crainte de Lord Powerstock : Leonora pouvait avoir commis ce meurtre. Elle m'avait affirmé que non, mais ce que j'avais vu depuis l'observatoire tenait soit d'une perversion masochiste – or cela ne lui ressemblait en rien –, soit d'une soumission forcée à un être sadique, et je ne doutais pas de l'aptitude de Mompesson à tenir ce rôle. Leonora était-elle entrée dans le jeu volontairement ou Mompesson l'avait-il obligée à se plier à ses exigences ? Si je parvenais à découvrir la vérité sur ce point, je tiendrais sans doute l'explication de la question qui me hantait : pourquoi quelqu'un en était-il arrivé à commettre un meurtre pour se débarrasser de Mompesson ?

Il me fallait parler à Leonora, tenter encore une fois de la convaincre que refuser toute révélation ne suffisait pas à la justifier. Je descendis au rez-de-chaussée ; c'était l'heure où elle prenait le thé. Je ne trouvai dans la véranda que le chat, allongé à sa place habituelle.

Dans le hall, je croisai Sally, la femme de chambre, qui portait un plateau chargé d'un service à thé. Je lui demandai à qui elle le destinait.

— À Mlle Leonora, monsieur. J'espère qu'elle mangera un peu.

— J'en fais mon affaire. Confiez-moi votre plateau, proposai-je.

La servante hésita.

— Ne vous inquiétez pas, je la persuaderai de manger quelques biscuits, c'est promis.

— Je ne sais si je devrais…

— Toute cette histoire a dû être pénible pour vous. Arriver la première sur le lieu du crime, quelle émotion !

— Oh ! oui, monsieur !

Elle rougit. Elle n'était pas assez habile pour convaincre Shapland ou moi qu'elle avait découvert le corps en même temps que Lady Powerstock, mais suffisamment fine pour se rendre compte que nous n'étions pas dupes.

— Allez donc boire une tasse de thé pendant que je m'occupe de ce plateau.

— J'ai bien besoin d'un peu de repos, en effet.

Je souris.

— Sauvez-vous vite, alors !

Leonora ne fut qu'à demi surprise de me voir apparaître à la place de Sally. Assise près d'une baie encadrée de rideaux roses et donnant sur le parc, elle écrivait. Un bouquet de dahlias était disposé dans un vase, devant elle.

— Bonjour, Tom ! dit-elle simplement en fermant son journal.

— Un peu de thé ?

— Volontiers. Vous joindrez-vous à moi ?

— J'espérais cette invitation.

En posant le plateau, je remarquai, dans un cadre, une photo de mariage : Hallows et Leonora.

— Il ne s'agit pas d'une simple visite de courtoisie, dis-je.

— Dans ce cas, mon invitation ne tient pas.

Son visage et sa voix étaient déterminés, sans agressivité. Je jetai un regard attentif autour de moi : meubles simples et de bon goût, un roman sur

231

une commode, un ouvrage de broderie, un tableau de Turner et un piano droit surmonté d'une partition. À part la photo de mariage, rien ne rappelait Hallows. Cependant, je l'imaginais se reposant dans ce fauteuil tendu de tissu fleuri, contemplant sa ravissante épouse en train de rédiger son journal. Comme j'aurais préféré être en visite amicale plutôt qu'aborder des sujets graves !

— Nous ne pouvons plus nous en tenir à des banalités, dis-je.

Je versai le thé et le lui apportai.

— Lord Powerstock est inquiet pour vous. Il est au courant de votre... état.

— Vous n'aviez pas le droit de l'en informer ! Je lui aurais parlé moi-même, au moment venu, répliqua Leonora.

— Dieu m'est témoin, Leonora, que je ne lui en ai rien dit. Olivia a dû deviner.

Elle détourna les yeux.

— Bien sûr !... Excusez-moi. En ce moment, je doute de tout le monde.

— L'inspecteur Shapland aussi. Et c'est pourquoi nous sommes inquiets pour vous.

Elle sourit.

— Vous n'avez aucune raison de vous inquiéter. Celui qui a tué Ralph, quel qu'il soit, a mon entière gratitude. Mais ce n'est pas moi.

Je demandai, à tout hasard :

— Le père de votre enfant et le meurtrier de Mompesson pourraient-ils être la même personne ?

L'intensité du regard de Leonora prouvait sa franchise.

— Il m'est impossible de répondre à vos questions, Tom. Je vous en prie, laissez-moi seule.

À contrecœur, je me dirigeai vers la porte.

— Dites à Lord Powerstock de ne pas se faire trop de souci…

— Pourquoi ne pas le lui dire vous-même ?

— Mon refus de répondre à ses questions le ferait souffrir.

— Il faudra pourtant répondre un jour ou l'autre.

— Pas maintenant, en tout cas.

— Shapland sera de retour demain matin, avec le témoignage de Thorley et les résultats de l'autopsie. Que lui direz-vous alors ?

— Je ne sais pas.

— Leonora…

Elle m'intima le silence d'un mouvement de main.

— N'insistez pas, Tom. Au nom de notre amitié, au nom de John, accordez-moi un peu de temps.

Je sortis.

Dans la soirée, Bannister reçut un coup de téléphone d'Alton, puis il nous quitta. Nous nous retrouvâmes seuls à ruminer nos angoisses. Le dîner fut tendu. Leonora ne se joignit pas à nous ; elle préférait rester dans sa chambre. Nous fûmes donc cinq à jouer la comédie de la convivialité autour du repas. Lord Powerstock était aussi figé que William de Brinon, chevalier de Droxen-ford ; Lady Powerstock s'enfermait dans le mutisme. Seul le tremblement des mains de Cheriton trahissait la tension. Le vieux Charter, peu troublé, conservait un appétit féroce alors que les autres convives mangeaient du bout des dents. Et il était le seul à parler, même de manière détournée, de ce qui s'était passé.

Vers la fin du dîner, il brossa d'une main sa moustache pour en faire tomber des miettes de fromage et dit :

— Avouez que cette enquête à propos de ce que la police appelle un meurtre est cocasse, alors que toutes les armées européennes se déciment de l'autre côté de la Manche.

Cheriton toussota.

— Je ne suis pas surprise, rétorqua Olivia, que la différence entre ces deux situations vous échappe.

— Comme vous le savez, ma chère, dit-il avec un sourire théâtral, un certain nombre de choses... m'échappent.

— Pas toutes ?

Ce dialogue avait un sens caché.

— Même aveugles et sourds, les vieillards se rendent compte de certaines situations – lorsque celles-ci deviennent trop évidentes !

— Il est rassurant de constater que vous en êtes encore capable.

Lord Powerstock reposa son verre sur la table avec juste assez de force pour marquer sa désapprobation. Afin de lui venir en aide je tentai de faire diversion.

— Ne devrions-nous pas prendre des mesures pour renforcer la sécurité de cette maison, monsieur, compte tenu de ce qui s'est passé ? demandai-je.

— J'ai dit à Fergus de s'assurer que toutes les portes soient verrouillées et les fenêtres fermées le soir, répondit Lord Powerstock.

Olivia me jeta un regard lourd de sous-entendus.

— Vous croyez réellement, lieutenant, que Ralph a été la victime d'un inconnu qui se serait introduit dans la maison ?

Lord Powerstock intervint aussitôt :

— J'espérais que nous éviterions ce genre de spéculations inutiles. Quand l'inspecteur Shapland reviendra, nous en saurons plus. En attendant, je vous prie, comportons-nous avec dignité. J'assisterai à l'office à l'église Saint Mary demain, comme d'habitude. Bonne nuit à tous.

Il se retira et, peu désireux de me quereller à nouveau avec Olivia ou d'écouter Charter disserter à l'infini, je pris congé également. Je décidai de me réfugier dans la solitude jusqu'au lendemain. Je traversai la véranda pour aller dehors respirer un peu d'air frais. Trouvant la porte du jardin fermée à clé – Fergus respectait les consignes de sécurité –, je rebroussai chemin pour monter à ma chambre.

Dans le hall, je croisai Cheriton qui fumait une cigarette tout en faisant les cent pas devant la cheminée. Je lui souhaitai une bonne nuit.

— Oh ! Franklin ! s'exclama-t-il. Puis-je…

— Oui ?

Il parut se raviser. Il jeta sa cigarette dans l'âtre, d'un geste nerveux mais assuré.

— Non, rien. Moins on en dira, mieux ça vaudra, vous ne croyez pas ?

— Probablement. Bonne nuit.

Il ne répondit pas, se contentant de sourire ; il avait l'air d'un homme accablé, conscient de ses faiblesses. J'avais croisé ce regard des centaines de fois à la guerre, j'avais moi-même ressenti cette détresse à maintes reprises. Peut-être est-ce pour cette raison que je gravis les marches sans regarder derrière moi.

6

Contrairement à toute attente, je dormis profondément jusqu'à l'aube. Puis, réveillé, je me mis à tourner en rond dans ma chambre, guettant par la fenêtre la lumière blafarde du matin. Je m'habillai pour sortir avant que Shapland ne revienne, et, avec lui, le souvenir pesant de la mort de Mompesson.

Fergus n'étant pas levé, je dus ôter le loquet de la porte principale. J'eus l'impression que mes pas sur le gravier allaient réveiller toute la maisonnée ; le silence régnait autour de moi. Il faisait presque froid. La rosée recouvrait l'herbe ; la brume avait une finesse, une minceur qui promettait le soleil. Je pensai à la France, aux tranchées des environs de Loos, à l'ordonnance de Hallows faisant frire du bacon sur le poêle qu'il était le seul à faire fonctionner, à Hallows lui-même, debout devant des contreforts de sable, une capote jetée sur les épaules, fumant sa première cigarette de la journée et faisant appel autant à son intuition qu'à son sens de l'observation pour deviner quel message apportait le point du jour.

Je remarquai, en bordure de la pelouse, dans le voile tissé par la rosée, des empreintes de pas qui descendaient, en formant une courbe, vers le verger.

Les traces étaient récentes, sinon la rosée se serait reformée. Qui d'autre que moi se trouvait dehors à pareille heure ? Je suivis la piste.

Dans le parc, l'un des ormes dressés au sommet d'une petite butte étirait ses épaisses racines dans le sol comme les tentacules d'une pieuvre. Les empreintes s'arrêtaient là. Je fis le tour de l'arbre ; assis à son pied, dos appuyé au tronc, je découvris Cheriton. Bien calé entre deux racines noueuses, il posait sur moi et sur la maison, en arrière-plan, un regard absent.

Je levai la main pour le saluer mais il ne répondit pas. Je regardai la maison. Sa façade de brique et de pierre, recouverte de lierre, émergeait de la brume. Il n'était pas étonnant que Cheriton ait été fasciné par la beauté du spectacle. J'agitai à nouveau la main et l'interpellai :

— Belle matinée, n'est-ce pas ?

Pas de réponse. J'avançai encore, traversant un rayon de soleil, et je compris…

Cheriton était mort. La fixité de ses yeux et l'étrange raideur de son attitude l'indiquaient avec certitude. Le sang coagulé sur sa mâchoire pendante et les éclaboussures rouges sur l'écorce, derrière sa tête, ne faisaient que le confirmer : il était mort. Il gardait les jambes croisées, dans une attitude détendue. Sa main droite, qui avait tenu le revolver dans sa bouche, avait glissé le long de sa poitrine mais les doigts restaient fermés autour de la crosse et de la détente. Son bras gauche était allongé, ses doigts serrant une enveloppe.

Je me penchai et lui fermai les paupières. Je ne pouvais rien faire d'autre pour lui. Mon émotion ne dépassait pas celle que j'avais éprouvée face à mes camarades morts depuis le printemps 1915. Cheriton n'était pas le premier à se suicider, mais son geste suscitait en moi une pointe de remords. Pourquoi ne lui avais-je pas consacré le temps qu'il demandait quand je l'avais croisé, la veille, dans l'escalier ? Plus tard, quand j'avais été disponible, il avait renoncé à parler, comme si, avec la tombée de la nuit, sa décision avait mûri. Il avait choisi le moment de sa mort ; privilège que la guerre lui aurait retiré et qu'il avait revendiqué dans un sursaut de dignité. Le contact avec l'arbre, la terre, la poussière, et même le goût de sang dans sa bouche paraissaient lui avoir procuré une sorte de réconfort.

J'ôtai l'enveloppe de sa main. Je la retournai et découvris un simple mot : *Olivia*.

Je pliai l'enveloppe – le nom de la destinataire tourné vers l'intérieur –, et la glissai dans ma poche de veste. Puis je la sortis et l'examinai. Devais-je l'ouvrir ? Qu'avait écrit Cheriton ? Pourquoi à Olivia ? Je baissai les yeux vers le corps tassé contre l'arbre et me demandai quel secret il avait, lui aussi, abrité. Olivia l'avait-elle entraîné vers des abîmes qui l'avaient effrayé ? Avait-il tué Mompesson ? La lettre me l'indiquerait sans doute... mais ce message ne m'était pas destiné et je me sentais incapable de braver les dernières volontés de Cheriton alors que son cadavre était là, devant moi. Je remis le mot dans ma poche et repartis lentement vers la maison.

Seul Fergus était levé. Je lui demandai de téléphoner à Bannister, au poste de police, et d'informer Lord Powerstock de ce qui s'était passé. Ensuite, je m'installai dans le petit salon et tentai de mettre de l'ordre dans mes pensées. Cette mort me procurait un choc, non pour des raisons affectives, mais à cause de son apparente signification. Ce suicide signait-il une confession implicite du meurtre de Mompesson ? Marquait-il la fin des pénibles investigations de la police ? Cette thèse s'effondrait au fur et à mesure que je l'élaborais. Cheriton n'était pas un meurtrier : c'était pour cette raison que la guerre avait provoqué chez lui une telle angoisse. Si sa mort expliquait tout, seule sa lettre éclaircirait les zones d'ombre... mais elle était adressée à Olivia.

Charter entra d'un pas lourd, les cheveux en bataille et la voix ensommeillée, en robe de chambre et babouches turques.

— Que se passe-t-il ? gronda-t-il.

— Cheriton s'est suicidé. Un coup de revolver. Je l'ai trouvé dans le parc.

— Misère !

Le vieillard s'écroula sur une chaise. Une expression de douleur passa sur son visage.

— Pauvre garçon ! Avec un revolver, dites-vous ?

Accablé par l'idée qu'un jeune homme accomplisse un geste aussi dramatique, il balançait sa tête grise, tristement.

— J'ai demandé à Fergus de poser une couverture sur le corps. La police ne tardera pas à arriver.

— C'est triste, bien triste...

— Un suicide est-il plus regrettable qu'un meurtre ?

— Dans ce cas précis, jeune homme, la réponse est oui.

— La police considérera sûrement que cet acte est l'aveu du meurtre de Mompesson.

Charter leva les yeux au ciel.

— Probablement. Mais vous ne pensez pas que Cheriton soit le coupable, n'est-ce pas ?

— Non, en effet.

Charter s'extirpa avec difficulté de sa chaise en grommelant :

— Je vais m'habiller. Nous reprendrons cette conversation plus tard.

Quand on sonna à la porte de l'entrée principale, je devinai qu'il s'agissait de Bannister et regagnai le hall. Tandis que Fergus allait ouvrir, Lord Power-stock se tint au pied de l'escalier, dans une attitude compassée.

— Je suis désolé de ce qui s'est passé, monsieur, déclarai-je.

— Vous n'y êtes pour rien, Franklin. Ni vous ni personne. D'une certaine manière, Cheriton a choisi une mort digne d'un soldat. Ce garçon devait être au-delà des limites supportables.

— Que voulez-vous dire ?

— Si Mompesson disposait d'un moyen de pression sur lui, il devait lui faire endurer mille tourments. (Il parut irrité que je n'abonde pas dans son sens.) C'est sûrement ce qui s'est passé, insista-t-il.

— Je ne sais pas…

Il se dirigea vers la porte où Bannister s'annonçait.

— Venez avec moi. Je vais vous montrer où se trouve le corps, déclara le maître de maison en entraînant le policier.

Ils sortirent. Je restai seul à l'endroit précis où Cheriton s'était tenu la nuit précédente, en me demandant ce qui rendait mon hôte si catégorique tout à coup. Une courte réflexion me suffit pour trouver la réponse. Accuser Cheriton écartait l'hypothèse de la culpabilité de Leonora, Lord Powerstock saisissait cette chance au vol ; son soulagement excessif montrait combien il doutait lui aussi. Il escorterait Bannister sur le lieu du drame ; ensuite, il pourrait de nouveau régner sur une famille disloquée mais lavée de tout soupçon, et oublier ce qui aurait été susceptible de conduire à une vérité moins agréable – bien qu'il se soit préparé à l'affronter la veille.

À quoi bon intervenir ? J'avais une mission à accomplir avant l'arrivée de Shapland. Je me rendis à la chambre de Lady Powerstock.

Je frappai et entrai sans attendre de réponse. Je trouvai Sally qui débarrassait le plateau du petit déjeuner. La voix d'Olivia s'éleva dans la pièce contiguë.

— Qui est-ce ?

— Le lieutenant Franklin, madame.

Olivia apparut, enveloppée dans une robe de chambre, toute séduction envolée. Elle n'était plus qu'une respectable lady sur le point de procéder à sa toilette.

— Laissez-nous, Sally.

La femme de chambre prit le plateau et s'éclipsa. Je fermai la porte derrière elle.

— Que voulez-vous, lieutenant ?

— Vous savez ce qui est arrivé à Cheriton ?

— Naturellement.

— J'aimerais savoir pourquoi il vous a adressé ce message.

Je sortis l'enveloppe de ma poche.

L'espace d'un instant, Olivia parut décontenancée. Puis, elle reprit son air dégagé.

— Je n'en ai pas la moindre idée.

— Il s'est suicidé avec une arme à feu. Il a enfoncé un revolver dans sa bouche et a appuyé sur la détente. J'ai trouvé cette lettre dans sa main ; elle mentionne votre nom... ou, plus exactement, votre prénom.

Elle demanda sans émotion :

— Qui d'autre est au courant de cette lettre ?

— Personne.

— Et vous êtes venu me la remettre ?

— J'ai hésité entre l'ouvrir et vous laisser une chance de me dire ce qu'elle contient. J'ai pensé que, par respect pour Cheriton, j'avais le devoir de choisir la seconde solution.

— Quelle grandeur d'âme ! Mais qu'est-ce qui vous fait penser que je connais son contenu ?

— Tout ce que je sais de vous l'indique. Vous avez poussé Cheriton à accomplir cet acte, n'est-ce pas ?

Olivia marcha lentement vers la fenêtre.

— Je me demande si c'est le conditionnement militaire qui rend les jeunes officiers si prompts à faire porter à d'autres la responsabilité de leurs agissements.

J'essayai de couper court à ses sarcasmes.

— Lady Powerstock, deux hommes sont morts. Et vous aviez un lien avec les deux. Je sais que vous n'offriez pas que votre cœur à Mompesson ! Qu'accordiez-vous à Cheriton ?

Les insultes glissaient sur elle sans l'affecter. Elle répliqua posément :

— J'en suis réduite aux conjectures en ce qui concerne le message de Cheriton. Peut-être s'était-il entiché de moi. Certains hommes ne sont pas insensibles à mon charme, vous savez... Il est possible qu'il ait été jaloux de Ralph et qu'il l'ait tué, puis que, torturé par le remords, il se soit suicidé. Qui sait ?

— La réponse se trouve dans cette lettre.

— Bien sûr. Mais réfléchissez : ce message pourrait révéler d'autres choses. Si j'ai été aussi proche que vous le pensez du lieutenant Cheriton, comment être sûr que je ne l'avais pas informé de certaines de vos... défaillances... ou de votre fâcheuse tendance à regarder par les trous de serrure ? Et, s'il était au courant de vos petites faiblesses, il risque d'en parler dans sa lettre.

— Vos insinuations sont odieuses.

— Vraiment ? Le lieutenant Cheriton était un jeune homme fragile, voyez-vous. Quand vous parlez des perversions de cette maison, vous n'avez pas tout à fait tort ; or, rien ne vous dit que Cheriton n'y participait pas également ! À moins qu'il n'ait vu la même chose que vous depuis l'observatoire, vendredi ?

Olivia jouait ses atouts avec une adresse redoutable. C'était une maîtresse en l'art de la manipulation.

— L'observatoire ? Comment savez-vous... ?

— Tut, tut, lieutenant. Nous ne sommes ni aussi bornés ni aussi stupides que vous avez tendance à le croire. Je suis depuis bien longtemps au courant des penchants inconvenants de Leonora. Elle leur laisse libre cours – si vous me permettez cette expression – depuis que son mari a eu l'obligeance de se faire tuer à la guerre. Mais imaginez ce qu'aurait ressenti, face à ces pratiques, un jeune homme timide qui nourrissait peut-être le désir de demander la main d'une jeune veuve séduisante ?

— Cheriton ? Comment aurait-il su ?...

— Imaginons que quelqu'un lui ait ouvert les yeux. Quelqu'un qui aurait considéré qu'il avait le droit de savoir ce qui se tramait. Dans ce cas, la lettre fournira une explication. Seulement, sachez que cette explication ne s'arrêtera pas à moi mais qu'elle sera portée à la connaissance de tous ceux qui la liront ensuite.

— Vous ne...

— Une fois que la lettre sera ouverte, tout le monde apprendra qu'une belle et jeune veuve souille la mémoire de son mari – un homme de bonne famille mort pour son pays. Ses relations honteuses avec un coureur de dot américain – dont elle attend un enfant – feront la une de tous les journaux à sensation. Mais ni vous... ni Leonora... ni mon mari ne ressortirez indemnes de ce scandale !

À ce moment-là, j'oubliai qu'il était impossible que Cheriton ait tué Mompesson avant de se donner la mort. Pendant quelques secondes, Olivia me convainquit. Elle saisit la lettre entre mes doigts et la jeta dans l'âtre, où le feu allumé par Sally prenait de la vigueur. Des flammèches vives léchèrent l'enveloppe toujours fermée. Je restai cloué sur place à regarder partir en fumée les derniers mots d'un homme peu loquace.

Je descendis au rez-de-chaussée dans un état de totale confusion, pas très sûr d'avoir eu raison de laisser Olivia intervenir. Par bonheur, je n'eus pas le loisir de m'abandonner à mes pensées. Bannister m'attendait dans le hall.

— Je vous cherchais, monsieur Franklin. L'inspecteur est ici. Il veut vous voir tout de suite.

Je suivis le policier dans le petit salon. Affalé dans un fauteuil à accotoirs, Shapland tirait sur une pipe d'où montaient des volutes de fumée âcre.

— Alors, monsieur Franklin, dit-il sans se lever, nous voici de nouveau face à face. Ce n'est pas ainsi que j'avais prévu de passer mon dimanche matin.

— Nous aurions tous préféré un autre programme.

— Il paraît que c'est vous qui avez découvert le corps ?

— Exact.

— Vous allez m'expliquer où, quand et comment. (Shapland quitta son siège et me fit signe de le suivre vers le hall.) Absent quand Mompesson est assassiné, premier sur le lieu du suicide de Cheriton. Je ne sais pas si je dois vous féliciter pour ce minutage parfait ou compatir à votre malchance.

— Aucune de ces deux attitudes ne me paraît nécessaire.

— Si vous le dites…

Nous arrivâmes à la porte ; Bannister se recula pour nous laisser passer.

— Êtes-vous sorti par ici, monsieur Franklin ? me demanda Shapland.

— Oui.

La lumière vive me fit cligner des yeux quand nous nous engageâmes dans l'allée.

— Je n'avais plus sommeil, et décidai de marcher un peu avant le petit déjeuner.

Les rayons du soleil incendiaient les derniers pans de brume. Shapland paraissait plus miteux et plus négligé que jamais, mais son opiniâtreté et sa faculté à dépister le mensonge se lisaient sur son visage.

— Pourquoi avoir emprunté cette porte ?

— Depuis le… meurtre, toutes les issues sont verrouillées la nuit. Je savais que la porte principale fermait par un simple loquet.

Il hocha la tête et fixa l'allée.

— Pourquoi avez-vous coupé à travers le parc plutôt que de marcher sur le gravier ? (Il fit crisser les cailloux sous ses talons.) L'allée était-elle trop bruyante pour votre goût ?

— Je ne voulais déranger personne ; je ne vois pas ce que ma discrétion a de condamnable.

— Laissez-moi décider de ce qui est condamnable et de ce qui ne l'est pas, monsieur Franklin.

Je luttai pour ne pas perdre pied et poursuivis mes explications :

— J'aurais probablement coupé à travers le parc, de toute façon, même si je n'avais pas remarqué des traces de pas dans la rosée.

— Où se trouvaient ces traces exactement ?

J'avançai vers le bord de la pelouse.

— Ici. Les empreintes s'éloignaient de la maison. Elles étaient très distinctes, ce qui signifiait…

— Qu'elles étaient récentes. Probablement faites entre l'aube et le moment où vous êtes sorti, coupa Shapland en me rejoignant sur l'herbe. Vous les avez donc suivies ?

— Oui.

— Pourquoi ?

— Je me demandais qui d'autre que moi était levé. J'étais intrigué – et inquiet ; il aurait pu s'agir d'un intrus.

— Peu probable, si les traces de pas ne faisaient que s'éloigner de la maison.

— C'est ce que j'ai pensé.

— Le serviteur de Lord Powerstock affirme qu'il a fermé le loquet de la porte la nuit dernière. L'avez-vous trouvé dans cette position ?

— Je ne pense pas. Il me semble qu'il avait été ôté, mais je n'en suis pas certain.

L'inspecteur me dépassa et avança sur la pelouse. Je le suivis.

— Intrus ou non, vous risquiez d'être confronté au meurtrier de Mompesson. Cette idée ne vous a pas effrayé ?

Il s'était arrêté pour me regarder. Je ralentis à son niveau.

— Pas vraiment. Je n'y pensais pas.

— J'en suis convaincu.

Nous nous remîmes en route, vers l'orme où j'avais trouvé Cheriton.

— Alors, qui espériez-vous découvrir ?

— Celui qui, comme moi, ne parvenait pas à dormir.

— Le lieutenant Cheriton était-il un bon dormeur ?

— Les officiers rapatriés pour raisons médicales le sont rarement, inspecteur. En fait, étant donné que sa chambre jouxtait la mienne, je sais que Cheriton souffrait souvent de cauchemars.

Shapland hocha la tête.

— Cela ne m'étonne pas.

Nous arrivâmes au sommet du monticule et fîmes le tour du tronc d'arbre ; je constatai avec soulagement que le corps avait été enlevé. Une corde avait été tendue entre des poteaux pour délimiter l'emplacement.

— Vous l'avez trouvé ici ?

— Oui.

— Décrivez la position du corps de la façon la plus exacte possible.

— Vous avez déjà…

— J'aimerais entendre votre témoignage, monsieur Franklin, je vous en prie.

Je lui relatai ma découverte en détail, omettant seulement de mentionner la lettre que j'avais enlevée. Pendant mon énoncé, Shapland s'était accroupi près de la corde et, tout en m'écoutant, il tirait sur sa pipe et jetait des coups d'œil vers la maison. Quand j'eus fini, il resta silencieux, puis tapota sa pipe contre les racines et se releva.

— La position du corps tel que je l'ai vu, et tel que vous le décrivez, permet d'affirmer avec certitude que le lieutenant Cheriton s'est suicidé. Mais pourquoi ?

— Comment le savoir ?

— Les suppositions ne sont pas interdites, monsieur Franklin. Vous auriez tort de vous en priver. Lord Powerstock n'a pas hésité à formuler son opinion. Il considère que Cheriton avoue ainsi le meurtre de Mompesson. D'après lui, Cheriton avait souvent été raillé, voire humilié, par Mompesson à propos de son comportement à la guerre. En effet, les autorités militaires auraient hésité entre passer Cheriton en cour martiale pour couardise et l'envoyer ici en convalescence. Mompesson, ayant eu vent de cette histoire, s'en serait servi contre lui et le jeune officier, à bout de nerfs, aurait riposté à sa manière. Quel est votre avis ?

— Lord Powerstock est mieux placé que moi pour juger du caractère de Cheriton. Quand je suis arrivé à Meongate, Cheriton y séjournait déjà et j'ignore les raisons pour lesquelles il a été envoyé en convalescence. Toutefois, ce que vous venez de dire me paraît plausible, autant pour Mompesson que pour Cheriton.

— Comment Mompesson aurait-il obtenu des renseignements sur les états de service de Cheriton ? dit Shapland.

— Quelqu'un les lui aura soufflés.

— Lady Powerstock, par exemple ?

— Je ne me permettrais pas ce genre de supposition, inspecteur.

L'inspecteur fixa l'espace délimité par la corde, au pied de l'arbre.

— Mettre le meurtre sur le dos d'un garçon pas très équilibré résout les problèmes de tout le monde, bien sûr. Le nom des Powerstock n'est pas éclaboussé et vous et moi pouvons tirer une croix sur ces événements et tout oublier. Tout cela est un peu trop beau pour être vrai.

— Je partage votre avis ; l'affaire ne devrait pas être classée aussi rapidement.

— Elle ne le sera pas. Je ne pense pas que ce jeune homme fragile au point d'être incapable d'affronter les réalités de la guerre ait eu le cran de tuer Mompesson.

— Peut-être a-t-il agi dans un moment d'égarement.

— Peut-être. Mais il lui aurait fallu des nerfs d'acier pour rester tranquillement assis dans sa chambre en attendant que le corps soit découvert. Or, quand je l'ai questionné hier, sa nervosité m'a paru plus imputable à la crainte d'un retour en France qu'à mon enquête. Savez-vous quand il devait repartir pour le front ?

— Il m'a confié qu'il passerait devant une commission médicale à la fin du mois.

— Et comment prenait-il cela ?

— Mal. Il ne voulait pas retourner en France. Aucun de nous ne le veut, croyez-moi.

— Je vous crois, je vous crois.

Il descendit lentement de la butte comme s'il en avait fini avec cet endroit. Cette fois encore, je le suivis.

— Je vais vous dire ce qui me gêne, monsieur Franklin. Que Cheriton se soit suicidé parce qu'il avait peur de retourner au front, je le crois volontiers. Cette hypothèse colle avec ce que j'ai vu. En revanche, qu'il ait choisi de se donner la mort si peu de temps après le meurtre de Mompesson, voilà ce qui me tracasse. Je n'aime pas les coïncidences – elles me semblent toujours suspectes. Celle-ci tombe à point nommé pour accréditer la thèse d'un meurtre commis par Cheriton. Or, je ne crois pas qu'il soit notre coupable. Qu'en pensez-vous ?

— Je ne saurais pas vous répondre.

— S'il avait laissé une lettre, une confession rédigée de sa propre main, j'aurais été convaincu. Les jeunes gens un peu déséquilibrés comme lui laissent généralement un dernier message, je suis surpris qu'il ne l'ait pas fait... Vous n'avez rien trouvé, n'est-ce pas ?

Je m'appliquai à conserver une expression neutre.

— Rien.

— Étrange...

Nous marchâmes en direction du verger pendant un moment, suivant un itinéraire tortueux entre les ormes. Après un moment de silence, Shapland reprit :

— L'absence de lettre m'intrigue tout particulièrement, compte tenu de la position de la main gauche. L'avez-vous remarquée ?

— Non, pas vraiment.

— Elle était posée soigneusement au côté de Cheriton. Les doigts et le pouce étaient joints ainsi, en opposition. (Shapland leva sa propre main pour décrire le geste.) On jurerait qu'il tenait quelque chose dans cette main quand il est mort. Pourtant, vous n'avez rien trouvé.

— Non.

— Quelqu'un d'autre s'en est peut-être emparé…

— Il n'y avait pas d'autres empreintes de pas dans la rosée. Personne n'était passé par là avant moi.

Il sourit.

— En effet, je ne crois pas que quelqu'un d'autre que vous se soit approché du corps. Retournons vers la maison, voulez-vous ?

Il bifurqua dans la direction de Meongate sans attendre ma réponse. Tout à coup, il déclara, sur un autre ton :

— Je suis étonné que vous ne m'ayez pas questionné…

— À propos de quoi ?

— De Thorley.

— J'ai pensé que vous me donneriez des explications spontanément, si vous en aviez envie.

Il sourit chaleureusement, amusé.

— Excellente réplique, monsieur Franklin. Eh bien, nous avons intercepté le major à Alton et les rares souvenirs qu'il a de la nuit de vendredi corroborent votre récit. Nous l'avons relâché.

— Vous m'étonnez !

— Je conserve son adresse à Londres. Et nous le tenons à l'œil. Toutefois, il ne figure pas en tête sur la liste des suspects. Il avait une raison et des occasions de tuer M. Mompesson. Cependant, ni lui ni Cheriton n'ont ce qu'il faut pour tuer un homme de sang-froid.

— C'est-à-dire ?...

Shapland stoppa net dans l'allée.

— C'est-à-dire, ce que vous avez, monsieur Franklin. Non pas la furie du guerrier, moins encore la frénésie du couard, mais le tourment constant d'un homme en désaccord avec lui-même.

— Vous vous trompez, inspecteur.

— C'est possible. Il m'est arrivé de commettre des erreurs dans ma carrière. C'est un risque inhérent à ma profession. Je suis d'ores et déjà convaincu que mes supérieurs pencheront pour la thèse Cheriton. C'est la plus simple, la plus neutre et la plus propice à satisfaire Lord Powerstock. Seulement, je ne leur faciliterai pas la tâche. Je ne me priverai pas de souligner les incohérences.

— Telles que ?

— Telles que le calibre du revolver de Cheriton. C'est une arme militaire alors que l'autopsie révèle que Mompesson a été tué par une arme plus petite, moins bruyante. Presque une arme de femme.

— Qu'en concluez-vous ?

— J'en conclus que vous en savez plus que vous ne le prétendez, monsieur Franklin, et qu'il n'est pas impossible que vous cherchiez à protéger quelqu'un – ou vous-même. Je ne vous blâme pas de laisser les accusations planer sur Cheriton. Cela ne peut plus lui porter préjudice, après tout. Mais ne croyez pas que je sois dupe !

— Je ne cherche pas à vous berner.

— Hum !

Il fit un pas en avant, comme pour s'en aller, puis changea d'avis et se tourna vers moi.

— Il y a encore une chose qui me chagrine. Vous m'avez déclaré que les traces de pas dans la rosée semblaient récentes.

— Oui.

— Pourtant, vous n'avez pas entendu le coup de feu ?

— Non. La maison est éloignée et ma fenêtre était fermée. Néanmoins, il est possible que ce soit ce bruit qui m'ait réveillé.

— Le lit de Cheriton n'avait pas été défait.

— Vous croyez qu'il s'est suicidé hier soir et qu'il a passé la nuit dehors ?

— L'autopsie nous le dira. Mais c'est improbable. La rigidité cadavérique n'était pas encore installée quand j'ai vu le corps.

— J'ai eu l'impression qu'il était mort depuis une heure au maximum quand je l'ai découvert. Ce qui reviendrait à dire qu'il s'est donné la mort aux premières lueurs de l'aube. Il est peu probable qu'il ait traversé le parc dans l'obscurité.

— Je suis d'accord avec vous. Par conséquent, à part vous, personne n'aurait pu enlever une lettre… s'il y en avait une.

— Il n'y en avait pas.

L'inspecteur marqua d'un hochement de tête l'approbation que son visage démentait.

— Bien, je vous reverrai plus tard… sans faute, dit-il.

Il me présenta son dos un peu voûté et disparut dans la maison. Je restai là, me maudissant de cette concession faite à Olivia et qui m'obligeait à tant de mensonges. Mon attitude confirmait si parfaitement les soupçons de Shapland que j'aurais pu croire à ma propre culpabilité. L'inspecteur m'avait prévenu ; il me suspectait d'avoir joué un rôle dans le meurtre de Mompesson. Malgré cette mise en garde, j'avais foncé tête baissée dans le piège tendu par Olivia et m'étais appliqué à prouver à Shapland qu'il avait raison. Désormais je figurais en tête des suspects.

À mille reprises, j'enviai Thorley, innocenté, au cœur de cet interminable dimanche inutilement ensoleillé. Pour des raisons qui m'échappaient, Shapland avait laissé Thorley libre de se déplacer alors qu'il m'interdisait de m'éloigner. Comment supporter cette inactivité, alors que mon corps et mon esprit bouillonnaient ! L'inspecteur espérait-il créer une tension si grande que, parvenant à un point de rupture, je ferais des révélations ? Il ne se doutait pas que, pour moi comme pour lui, la vérité était incertaine et insaisissable.

Sans attendre le départ de la police, je sortis me promener, espérant que la fatigue physique m'apporterait une forme de réconfort. Il était trop tard pour savoir ce que contenait le message de Cheriton, pourtant, malgré moi, je formulais des hypothèses. Olivia, en me persuadant de lui remettre l'enveloppe, avait montré la mesure de sa duplicité. Je n'avais échappé à sa séduction que pour me laisser prendre dans d'autres de ses filets.

Je ne rentrai à Meongate qu'en début de soirée. Il y régnait un calme qui, dans d'autres circonstances, aurait ressemblé à la quiétude, mais qui avait, à ce moment-là, quelque chose de troublant. Aucun policier, aucun membre de la famille n'était en vue. Le tic-tac de l'horloge paraissait assourdissant dans le silence. Plus de Cheriton faisant les cent pas dans le salon ; plus de Mompesson se pavanant ; plus de chocs de boules de billard pour signaler la présence de Thorley. De manière différente, pour des raisons différentes, ces hommes avaient disparu.

Je m'apprêtais à monter dans ma chambre quand j'entendis un froissement discret dans le salon. J'y découvris Leonora, lisant. Le bruit des pages avait attiré mon attention. Elle leva les yeux vers moi, sans sourire, et posa son livre sur la table.

— Bonjour, Tom ! dit-elle gravement.

— Je croyais la maison déserte.

— Lord Powerstock, n'ayant pas assisté à l'office du matin, s'est rendu à l'église ce soir. Olivia l'a accompagné. Pour rien au monde elle ne voudrait qu'on le voie seul là-bas. Je n'ai pas aperçu Charter depuis ce matin. Et vous aviez disparu aussi !

— Je souhaitais réfléchir à un certain nombre de questions.

Leonora me scruta avec intensité.

— Je suis si désolée de ce qui est arrivé au lieutenant Cheriton. Ce suicide est... terrible.

Je me versai un scotch avant de répliquer :

— Je n'en suis pas si sûr.

— Que voulez-vous dire ?

Je m'assis près d'elle.

— Cheriton aurait trouvé la mort à son retour en France, de toute façon.

— ...

— Quand je l'ai découvert, je ne lui avais jamais vu une expression aussi apaisée.

— Pourquoi a-t-il fait une chose pareille ?

— Peut-être parce qu'il avait tué Mompesson... (J'avalai une gorgée de whisky.) Mais je ne le crois pas. Qu'en pensez-vous ?

— Je partage votre avis.

J'eus envie de lui confier que j'avais laissé partir en fumée le témoignage laissé par Cheriton. Mais, au lieu de passer aux aveux, je bus un peu plus de whisky et décidai d'oublier cette maudite lettre.

— Je crains que la vérité sur cette affaire n'éclate jamais, murmurai-je.

— Possible.

— Leonora...

— Oui ?

Je posai mon verre et me levai, cherchant comment aborder le sujet qui me préoccupait. Je dis brusquement :

— Quel était votre degré d'intimité avec Cheriton ?

— « Intimité » est un grand mot. Cheriton n'était pas très liant. Pas assez, peut-être.

— C'est que...

Je jetai un coup d'œil machinal au livre qu'elle était en train de lire et remarquai un titre familier : *Aide aux pauvres de Portsea : délibérations du Comité du diocèse.* Je fixai mon interlocutrice avec étonnement.

— Que se passe-t-il ? demanda-t-elle.

— Ce livre...

— Vous le connaissez ?

— Oui, je l'ai vu dans la bibliothèque. Mais...

— Voyez-vous une objection à ce que je lise ? dit-elle, étrangement agressive.

— Aucune, sauf... Avec tout ce qui s'est passé : deux hommes morts, votre maison sens dessus dessous... Comment avez-vous le cœur à lire tranquillement cet obscur ouvrage ?

— Je suis désolée que mes lectures vous déçoivent.

— Je ne suis pas déçu, mais surpris. Ce livre est dédié à la mère de John, n'est-ce pas ? Elle en a rédigé un chapitre et ses écrits semblent avoir soulevé des polémiques. Olivia a parlé « d'affabulations bien commodes » à ce propos. Pourquoi ?

— Olivia inventerait n'importe quoi pour souiller la mémoire de Miriam.

— Cela n'explique pas pourquoi vous êtes plongée dans cet ouvrage maintenant... Son contenu est si peu en rapport avec le présent que votre intérêt apparaît comme une preuve d'indifférence, ou de froideur.

— Pensez ce que vous voulez.

— À moins que cela n'ait un lien avec les événements actuels...

Leonora parut sur le point de parler. Un mot se forma sur ses lèvres. Je devinai, dans la semi-pénombre, qu'elle allait me livrer un secret. Puis, quelque chose l'arrêta. Elle fixa brusquement la porte-fenêtre qui menait à la véranda et, à l'exclamation qui lui échappa, je sus que quelqu'un s'y tenait.

C'était Shapland. Sa silhouette tassée dans ses vêtements froissés se dessinait dans l'encadrement de la porte, à contre-jour. Je sursautai.

— Inspecteur...

Il se gratta la tête et sourit en pénétrant dans la pièce.

— Désolé de vous déranger. Je suis entré par le jardin. L'odeur de la lavande est...

— Épargnez-nous vos impressions en matière de botanique, inspecteur. Que désirez-vous ?

— Ne m'en veuillez pas, monsieur Franklin. Je regrette de vous avoir interrompus. Laissons parler Mme Hallows. Elle allait révéler quelque chose qui est peut-être en rapport avec l'enquête.

Leonora sourit de façon désarmante.

— Pas du tout, inspecteur, je vous assure. Nous discutions simplement d'un document que nous avons lu tous les deux.

Shapland se pencha, prit le livre et lut le titre. Ses sourcils se froncèrent.

— Portsea ? Vous me surprenez, madame Hallows.

— Pourquoi ?

— Ce n'est pas un sujet très édifiant pour une jeune femme. J'ai été officier de police à Portsea, il y a quarante ans, avant que le Comité du diocèse ne s'intéresse à ces quartiers. J'ai cru comprendre que la première Lady Powerstock avait contracté là-bas la maladie qui l'a emportée... et je n'en suis pas surpris.

— Vous paraissez bien informé sur ma famille.

— Je me suis documenté. Toutefois, j'ignore toujours pourquoi un meurtre et un suicide ont eu lieu sous ce toit. Et je ne vois pas quel lien établir entre le compte rendu du travail effectué par la première Lady Powerstock à Portsea et mon enquête.

— Comme je vous l'ai dit : aucun.

J'intervins alors :

— Inspecteur, que pouvons-nous faire pour vous ? En ce qui concerne les visites à l'improviste, nous préférons des heures moins tardives.

— Je souhaiterais voir M. Gladwin. Il est le seul membre de la famille que je n'aie pas interrogé.

— Je doute qu'il vous apprenne grand-chose.

— Néanmoins...

Leonora se leva et traversa la pièce pour sonner un serviteur.

— Vous trouverez M. Gladwin en train de se reposer dans sa chambre, inspecteur. Je vais vous y faire conduire.

— Merci.

— Ne le fatiguez pas. N'oubliez pas qu'il est âgé.

— Ne vous inquiétez pas, madame Hallows, je ne le retiendrai pas longtemps. Je partage l'avis de M. Franklin ; je doute que ses déclarations soient susceptibles de modifier mes conclusions.

— Et quelles sont vos conclusions ?

— Officiellement, je suis contraint d'accepter la thèse du meurtre de Mompesson par Cheriton – qui se serait ensuite donné la mort. Personnellement, je n'accorde aucun crédit à ce scénario. Cependant, étant donné que tout le monde veut que je m'en tienne là, je m'incline !

À ce moment, Fergus entra et, à la demande de Leonora, emmena Shapland vers la chambre de Gladwin. Je le vis partir avec soulagement. Si Leonora partageait mon sentiment, elle n'en laissa rien paraître. Elle s'était assise et affichait à nouveau l'expression de quelqu'un qui sait des choses ignorées des autres.

— L'inspecteur est persuadé que j'ai joué un rôle dans cette affaire, repris-je après un moment.

— Moi aussi, je l'ai cru au début.

— Et maintenant ?

— Maintenant, je pense que c'est vous qui me soupçonnez. Et je ne peux pas vous le reprocher.

— Mon vœu le plus cher est de vous aider, vous le savez. Tout ce que j'ai appris de vous, tout ce que je ressens pour vous, est en contradiction avec ce qui se passe dans cette maison.

— J'en suis consciente et je le regrette.

— Shapland aurait-il raison, alors ? Serions-nous tous enclins à accepter la thèse de la culpabilité de Cheriton afin de dissimuler la nôtre ?

— Tom, croyez-moi, je ne sais rien des motivations qui ont amené le lieutenant Cheriton à se suicider.

C'en était trop. Cette fois, il fallait que je lui dise la vérité. Je me versai encore un peu de whisky.

— Cheriton a laissé une lettre... Je l'ai détruite sans la lire. Shapland n'est pas au courant.

J'avais débité ma tirade sans oser la regarder. Quand je levai les yeux vers elle, je constatai que son expression n'avait pas changé.

— Oh ! Tom, vous n'auriez pas dû !

— Que vous le croyiez ou non, je l'ai fait pour vous. Je craignais que cette lettre ne contienne la preuve d'une liaison entre vous et Mompesson.

— Qu'est-ce qui vous a amené à cette idée ?

— Olivia...

— Que vient faire Olivia dans cette histoire ?

— La lettre lui était adressée. Elle m'a persuadé de la lui remettre et l'a détruite sans la lire, prétextant agir ainsi dans l'intérêt de tout le monde.

Leonora secoua lentement la tête et murmura :

— Ce sont ses intérêts personnels qu'elle proté-
geait. Rien d'autre.

— Je le sais… maintenant. Mais, pendant quelques
secondes, elle a réussi à me convaincre que Cheriton
était au courant de vos relations avec Mompesson.
Or je ne voulais pas que cette information parvienne à Shapland. J'avais peur – j'ai toujours peur
– que Cheriton ne soit monté à l'observatoire avant
ou après moi.

— C'est impossible, il n'avait pas la clé.

— Il n'en avait pas besoin. Quand j'y suis allé, à
l'heure que vous aviez indiquée, la porte n'était pas
verrouillée.

— Oh ! mon Dieu ! s'écria Leonora.

— Que se passe-t-il ? Ce détail a-t-il une signification particulière ?

— Cela confirme que ce que je craignais le plus
est arrivé…

— Alors permettez-moi de vous aider. John l'aurait
souhaité.

Un sourire passa sur ses lèvres. Elle dit très vite :

— Oui, vous avez raison. Mais je ne peux pas
parler tout de suite… pas avec l'inspecteur Shapland à l'étage et Olivia qui risque d'entrer d'une
minute à l'autre.

— Quand ?

— Demain. Nous ferons un tour en cabriolet afin
de nous éloigner de Meongate. Alors, je vous
confierai tout.

— Parfait.

— Maintenant, je vais monter dans ma chambre.
Je ne veux pas être là quand Olivia reviendra. (Elle
se leva.) Je demanderai à Fergus de préparer la voiture pour dix heures.

— Je suis impatient d'être à demain.

— Vous le regretterez peut-être. Bonne nuit, Tom.

Elle sortit et referma doucement la porte derrière elle. Je me retrouvai seul dans la pénombre, à imaginer ce qu'elle m'apprendrait au matin. Je pris le livre qu'elle était en train de lire, et qui s'ouvrit à un endroit fréquemment ouvert : l'article écrit par Miriam Powerstock. J'allumai la lampe à huile et commençai à lire.

« La pauvreté au milieu de la richesse » ressemblait à ce que j'avais imaginé. C'était un plaidoyer rédigé en termes mesurés et pleins de compassion. À travers une prose élégante, Lady Powerstock revendiquait une amélioration des conditions de vie des habitants de Portsea, tant sur le plan matériel que moral. J'imaginais le respect d'Hallows pour une mère capable de ressentir et d'écrire de telles choses :

> *« Certes la pauvreté, la prostitution, l'alcoolisme et la dépravation existent dans les quartiers les plus humbles et les plus anciens de Portsea. Cependant, il existe une regrettable tendance à croire que ces vices constituent les bornes de cet univers. L'auteur de cet article réfute cette façon de voir. Depuis trop longtemps, nous tolérons cette tache sur nos consciences, depuis trop longtemps, nous fermons les yeux sur la misère et les malheurs de ceux dont l'unique péché est de vivre dans les ruelles infâmes et les quartiers lépreux de Portsea. »*

L'article se poursuivait sur le même ton. Lady Powerstock connaissait bien les gens et les endroits qu'elle décrivait. Sa conclusion était que, sans le respect et l'assistance des plus favorisés, les habitants de cette zone n'avaient aucune chance d'échapper à la maladie et à la misère. Elle parlait des enfants aux pieds nus, en guenilles, des alcooliques, des prostituées malades, des marins en goguette, du labyrinthe de bars et de logements décrépis. Courageusement, elle avait pénétré dans ce monde et disait à d'autres ce qu'ils ne voulaient pas entendre. Pourtant, sa témérité n'avait pas été récompensée, car si ses écrits restaient, elle avait depuis longtemps cessé de vivre. Je lus l'article de la première à la dernière ligne, sans faire de découverte particulière, sans voir ce que Leonora avait vu.

Des bruits en provenance du hall m'informèrent que Lord et Lady Powerstock étaient rentrés. N'ayant, pas plus que Leonora, le désir de les rencontrer, je me glissai hors de la pièce et me dirigeai vers l'escalier de derrière. Au passage, j'entendis Shapland expliquer les raisons de sa présence à Olivia ; manifestement, il avait fini d'interroger Charter.

Je dormis bien cette nuit-là, rasséréné par la pensée que Leonora allait enfin m'apprendre une vérité qui m'échappait depuis des semaines. J'espérais que son récit n'entamerait pas le respect que je lui portais et qu'il laisserait ouvert le chemin de l'amour.

Je pris mon petit déjeuner avec Charter qui, pour une fois, avait l'air abattu et mangeait son hareng fumé du bout des lèvres.

— J'espère que l'inspecteur ne vous a pas fait passer un trop mauvais quart d'heure hier soir, dis-je pour le mettre de meilleure humeur.

Il secoua la tête au lieu de sourire.

— Il en faudrait plus que ce type pour me démonter ! Et si l'un de nous a donné du fil à retordre à l'autre, je ne suis pas persuadé que ce soit lui.

— Pourtant, vous me paraissez un peu… démoralisé.

— Je n'aime pas voir de jeunes vies gâchées, cela me déprime.

— Vous pensez à Cheriton ?

— Bien entendu.

— Lord Powerstock semble considérer que ce suicide apporte une solution à certains problèmes épineux.

— Edward n'est pas un mauvais garçon. Dommage qu'il manque d'imagination.

— Ainsi, vous ne…

Je me tus en entendant un bruit de pas précipités dans le hall. Sally entra en trombe, le visage rouge, le souffle court.

— Que se passe-t-il ? demanda Charter.

— Oh ! monsieur. Je suis inquiète. J'ai monté un plateau dans la chambre de Mlle Leonora et… elle n'est pas là. Le lit n'a pas été défait. Il y avait cette lettre, bien en évidence sur un meuble. Elle est adressée à M. Franklin.

Je me levai et pris la missive de sa main tremblante. Déjà, j'étais – comme Sally – saisi par un terrible pressentiment.

— Ouvrez vite, jeune homme ! grommela Charter.

Je décachetai l'enveloppe et sortis le mot que je parcourus des yeux avant de le lire à voix haute :

« Tom, je suis désolée de ne pas honorer notre rendez-vous, mais, dans les circonstances actuelles, je suis contrainte à ce départ précipité. Il faut que je règle certaines questions et je ne peux partager cette responsabilité avec personne, même si je le souhaitais de tout mon

cœur. Je pars par le premier train. Je vous prie de dire
à Charter et à Lord Powerstock de ne pas s'inquiéter.
J'espère être de retour dans quelques jours, au plus tard.
En attendant, je vous demande d'être patient. Leo-
nora. »

Je vis que Charter partageait mon incrédulité.

— Partie ? Partie où ? marmonna-t-il.

J'aurais bien voulu lui donner une réponse.

Quand Lord Powerstock apprit la nouvelle, il
me convoqua dans son bureau. À ma grande surprise, Olivia était là aussi, arpentant la pièce avec
gravité devant Lord Powerstock assis à son bureau,
accablé.

— Que savez-vous de cette disparition inattendue, lieutenant ? questionna Olivia sans s'attarder à
des formules de politesse.

J'étais trop contrarié pour parvenir à masquer
l'aversion qu'elle m'inspirait.

— Ni plus ni moins que vous, Lady Powerstock.

Ses yeux lancèrent un éclair de rage ; la tournure
des événements contrariait ses plans.

— La lettre vous était adressée et faisait référence
à un rendez-vous.

— Nous avions prévu une promenade en cabriolet ce matin.

— Que pensera l'inspecteur de cette fuite, juste au
moment où il était disposé à ne pas pousser plus
loin ses investigations ?

— La sécurité de Leonora m'inquiète plus que la
sauvegarde des apparences, ripostai-je.

— Alors, révélez-nous ce que vous savez. Hier
soir, l'inspecteur Shapland vous a trouvés ensemble

dans le petit salon ; ce qui signifie que vous avez été la dernière personne à voir Leonora. De quoi parliez-vous ?

— De rien qui soit en rapport avec ces affaires.

Je me tournai vers Lord Powerstock, quêtant son aide.

— Monsieur, comprenez que je suis tout aussi perplexe que vous face à cette disparition.

Il me regarda tristement.

— Mon épouse craint – et je partage son appréhension – que Leonora ne recoure à… une intervention médicale.

— Comment ! m'exclamai-je en me tournant d'un mouvement brusque vers Olivia.

— Puisqu'il faut vous mettre les points sur les *i*, lieutenant, nous redoutons un avortement.

— C'est ridicule !

— Je dirais plutôt que ce serait la chose la plus sensée à faire, si elle accordait la moindre importance à ces apparences pour lesquelles vous affichez tant de mépris. Nous craignons que, dans un souci de discrétion, elle ne s'adresse à un charlatan.

Olivia avait éveillé en moi la suspicion. Je n'en laissai rien paraître.

— C'est une suggestion monstrueuse ! m'écriai-je.

— Peut-être, mais tout porte à croire qu'elle envisageait cette solution. Et que vous le saviez…

— Moi ?

— Vous croyez sans doute qu'il est chevaleresque de cautionner cet acte.

— C'est absurde. Lord Powerstock…

Mais mon hôte avait été convaincu, ou alors contraint de se rallier à cette thèse.

— Mon garçon, j'ai présumé que Cheriton s'était suicidé, tenaillé par le remords d'avoir tué Mompesson. Mais il est possible qu'il en soit arrivé là parce qu'il se savait responsable de l'état de Leonora. Il y a la lettre, après tout.

— La lettre ?

— Olivia m'a informé de son existence. Le fait qu'elle ait été adressée à Leonora…

— À Leonora ?

Mes yeux passèrent de Lord Powerstock à Olivia et je sus que protester ne servirait à rien. Maintenant que la lettre était détruite, jamais je ne parviendrais à convaincre Lord Powerstock que la destinataire était sa propre épouse. Avec ce mensonge, Olivia avait gagné. Et la fuite de Leonora semblait confirmer ses insinuations les plus abjectes.

Tandis que mes pensées se bousculaient, Lord Powerstock continuait de parler. Tout à coup, sa crédulité m'apparut comme une lâcheté.

— … afin de l'aider, vous devez révéler le lieu de sa cachette, disait-il.

Je réfléchis. Olivia savait que j'ignorais où Leonora était partie ; son attitude prouvait qu'elle ne souhaitait pas la retrouver. Elle ne simulait l'inquiétude que pour donner le change à son mari. Toute cette comédie prenait un sens affreux.

— J'ignore où est Leonora. Mais je suis convaincu qu'elle n'a pas envisagé un seul instant la solution à laquelle vous pensez, dis-je.

Olivia fit une grimace.

— Nous la connaissons mieux que vous, lieutenant.

— Dans ce cas, informez l'inspecteur Shapland de sa disparition et demandez-lui de la chercher.

— C'est impossible.

— Pour quelle raison ?

Lord Powerstock intervint d'une voix brisée.

— Si l'inspecteur découvrait l'état de Leonora, il élaborerait une idée fausse de la situation. Notre premier objectif doit être de mettre un terme aux investigations de la police.

— Alors, faites confiance à Leonora.

— C'est parce que nous lui avons fait confiance que nous en sommes là, rétorqua Olivia.

— Soyez franc avec nous, c'est tout ce que nous vous demandons, reprit Lord Powerstock.

— Si je l'étais, vous me trouveriez grossier. Je me bornerai donc à une seule recommandation : allez voir la police.

Olivia s'approcha de son mari avec une sollicitude qu'elle était loin de ressentir.

— S'il arrive le moindre ennui à Leonora, lieutenant, nous vous tiendrons pour responsable, dit-elle.

— Dans ce cas, je vais résoudre le problème comme je l'entends. Si Leonora n'est pas revenue ce soir, j'irai en personne en informer la police.

— Vous n'oseriez pas…

— C'est ce que nous verrons, dis-je en me dirigeant vers la porte.

Je disparus avant qu'Olivia n'ait pu faire vaciller ma détermination.

Cet ultimatum ne s'adressait pas seulement à Lord et Lady Powerstock, mais également à moi-même. Leonora partie, la révélation qu'elle m'avait promise m'était refusée. Or je restais sur un désir

268

intense de vérité. Il fallait que je sache, que je comprenne. Je ne trouverais la paix qu'à ce prix.

Je sortis me promener. À la grille du parc, je vis descendre, de l'unique taxi du village, un petit homme portant un manteau noir et un chapeau trop chauds pour la saison.

— Bonjour ! dis-je.

Il leva la tête brusquement.

— Oh ! bonjour.

Il avait une allure d'employé de bureau.

— Puis-je vous aider ?

— Je... je suis bien à Meongate ?

— Oui.

— Mon nom est... Cheriton. George Cheriton.

— Vous êtes le père de David ?

Il approuva d'un signe de tête. Je lui tendis la main.

— Mon nom est Franklin. Monsieur Cheriton, je vous prie d'accepter mes condoléances. Je connaissais peu votre fils mais je sais que votre douleur doit être grande.

Il me serra la main mollement.

— Merci. Nous avons eu du mal à accuser le choc... Ce n'est pas ainsi que nous avions... (Sa voix déclina mais il poursuivit, d'un ton plus ferme :) Mme Cheriton est bouleversée. Je suis venu récupérer les affaires de David. Si cela est possible...

— Je suis convaincu que Lord et Lady Powerstock souhaiteront vous rencontrer. Ils sont là tous les deux. Allez les voir.

— J'y vais. Merci.

Il me dépassa d'un pas mal assuré et remonta l'allée, les épaules courbées sous le poids de son chagrin. L'image de ce père, réduit à un désespoir muet face à la honte qui souillait son deuil, me fit prendre conscience de la tragédie qu'était la mort de Cheriton. Pour lui, il fallait que je découvre la vérité. Je lui devais cela.

Je passai la journée à errer dans les collines, vers Winchester, contemplant ce paysage que la guerre n'avait pas altéré. Les arbres au feuillage dense frémissaient dans la brise, les lapins détalaient dans les champs de maïs et le caquètement des oies montait dans les cours des fermes, au loin. En ce paisible crépuscule, tandis que je rejoignais Meongate, je ressentais combien la guerre, dont l'horreur me poursuivait, avait fait de moi un étranger sur cette terre.

Je rentrai tard, après avoir soupé dans une auberge de West Meon, assez éloignée de Droxford pour échapper aux commérages. Quand j'arrivai à Meongate, le dîner était terminé, comme je l'avais espéré. Seul Charter était encore au salon, près du feu, parcourant un livre relié de cuir. Quand j'entrai, il ôta son lorgnon et me jeta un coup d'œil.

— Franklin, où vous cachiez-vous ?

— J'ai marché toute la journée. Leonora est-elle revenue ?

Je connaissais la réponse avant qu'il ne la donne.

— Non. Vous vous attendiez à la trouver ici ce soir ?

— Pas vraiment, je l'espérais, soupirai-je en me laissant tomber dans un fauteuil.

— L'espoir ne suffit pas, mon garçon. Où se trouve-t-elle ? Voilà la vraie question. Olivia est persuadée que vous le savez, déclara Charter.

— Elle le prétend parce que cela l'arrange vis-à-vis de Lord Powerstock. Je ne sais pas où elle se cache. Nous avions prévu une promenade en cabriolet, rien de plus.

— Alors, que faire ?

— Nous adresser à la police. Shapland la retrouvera.

— Edward refuse cette solution. Notre intervention raviverait un scandale étouffé dans l'œuf. Shapland nous a annoncé aujourd'hui qu'il ne poursuivait pas son enquête.

— Il présume donc que Cheriton est le meurtrier de Mompesson ?

— Oui, et c'est là que le bât blesse. Le père de Cheriton en aura le cœur brisé. Il est venu ici, vous le savez ?

— Oui, je l'ai rencontré ce matin. Je suis d'accord avec vous : cette nouvelle l'anéantira – si ce n'est déjà fait. Cependant, aujourd'hui, notre premier souci est Leonora. Si elle n'est pas de retour au matin, j'irai parler à Shapland.

— Je vous approuve, mon garçon. Mais, pour l'instant, vous semblez avoir surtout besoin de repos.

Il avait raison. J'étais gagné par l'épuisement. Lorsque je me levai pour partir, Charter rouvrit son livre.

— Que lisez-vous ? demandai-je en passant devant lui.

La tranche de l'ouvrage ne comportait ni dessin ni titre.

— Des notes personnelles sans grande importance.

— Vraiment ?

— Oui. Je tenais un journal quand j'étais plus jeune. J'ai fait relier certains passages quand mes activités n'ont plus valu la peine d'être racontées. (Il me fit un clin d'œil.) J'aime bien me replonger dans ces mémoires de temps en temps. Un vieillard oublie tant de choses ! Ces feuillets couvrent cinq années de ma vie, dans les années 1860.

— Que faisiez-vous à cette époque ?

— J'allais là où les affaires de mon père m'emmenaient. C'est-à-dire partout où un cargo est susceptible de naviguer : Baltique, Méditerranée, mer des Caraïbes. C'était le bon temps.

— Un soir où je serai plus en forme, j'aimerais bien que vous m'en parliez.

Je n'étais pas vraiment sincère. Le moment me paraissait mal choisi pour écouter les interminables récits de Charter. D'autres instants seraient-ils plus propices ? J'étais surpris que Charter lui-même se réfugie dans ses souvenirs. Je pris le chemin de ma chambre sans prêter plus d'attention à ce qu'il avait peut-être essayé de me dire.

Au matin, rien n'avait changé. La maison était enveloppée dans l'indifférence froide et grise d'un nouveau jour, et il n'y avait aucune nouvelle de Leonora.

Nous ne pouvions plus la laisser seule. Quel que soit son exil, quelles que soient les raisons de son départ, nous devions la rechercher.

Je décidai d'aller directement au poste de police du village parler à Shapland, mais divers obstacles se dressèrent sur ma route. Olivia m'attendait dans le hall, lisant le *Times* avec une moue dédaigneuse. Elle était plus féline et plus arrogante que jamais dans sa robe orientale et sa pose négligée. Au regard aigu qu'elle fixait sur moi, je sentis une menace.

— Lieutenant Franklin, je suis ravie de vous croiser aussi tôt. Avez-vous réfléchi à notre discussion d'hier ?

Je ne répondis que lorsque je fus parvenu à son niveau, au pied des escaliers.

— Vous donnez peut-être le change à votre mari, Lady Powerstock, mais pas à moi. Jamais je n'aurais dû vous laisser détruire la lettre de Cheriton.

— Vous me l'avez remise de votre propre gré. Vous admettiez que cette décision était la meilleure.

— Je ne savais pas que vous bâtiriez un mensonge autour de cette histoire.

— Alors, contrairement à ce que vous prétendez, je parviens à vous donner le change, à vous aussi.

— Plus maintenant, Lady Powerstock. J'ai percé votre vraie nature. Il m'a fallu du temps pour admettre que quelqu'un puisse à ce point manquer de cœur.

— C'est ma façon de me protéger.

Maintenant que j'avais pris une décision, j'étais déterminé à ne pas faire de cadeau à Olivia.

— Cet argument ne saurait justifier votre attitude ! répliquai-je. La leçon que la guerre m'a enseignée est que nous devons nous porter assistance au lieu de ne penser qu'à nous-mêmes. Que Mompesson ait été votre amant n'est pas si choquant en soi. Ce qui est monstrueux, c'est que vous n'ayez eu pour lui aucun sentiment. Pour Cheriton non plus, d'ailleurs. C'est votre indifférence qui vous rend méprisable. Vous avez construit autour de leur mort une fiction qui ne convainc personne – excepté

Lord Powerstock –, et dont l'unique but est de vous mettre à l'abri. Et, même si vous parvenez à préserver les apparences, il n'en reste pas moins que, sous la couche de vernis, vous êtes immonde.

— Dites-moi, lieutenant, qu'est-ce qui vous autorise à me parler de la sorte ?

— Le vieil homme désespéré venu ici hier prendre les affaires de son fils, le tableau de la bibliothèque et celui de votre chambre… Voilà ce qui me donne le droit de vous parler ainsi. Je me sens des obligations envers les morts. L'un, dont je vous ai laissé brûler les derniers mots, l'autre dont l'œuvre aurait dû m'éclairer. Ceux-là me donnent le droit de vous incriminer.

— Et que comptez-vous faire ?

— Rapporter à Shapland tout ce que je sais. Tout détail susceptible d'aider à retrouver Leonora.

— Je n'ai pas le pouvoir de vous en empêcher, bien sûr, mais je vous mets en garde : une fois que ce Shapland vous tiendra entre ses griffes, il ne vous lâchera plus. Il fouillera partout, creusera tout – et il n'est pas certain que vous vous en sortiez à votre avantage.

— Cette fois, vous ne modifierez pas ma décision.

— Vous offrez à Shapland le prétexte dont il a besoin pour rouvrir son enquête.

— Je n'ai rien à craindre.

— Vraiment ?

Elle se rapprocha encore, menaçante.

— Une fois qu'il aura été établi que Cheriton n'a pas tué Ralph, la question sera : qui est le coupable ? Imaginez toutes les raisons pour lesquelles la réponse pourrait être : Leonora. Puis, demandez-vous s'il est vraiment indispensable d'aller voir la police maintenant.

— Cherchez-vous à éviter d'attirer l'attention sur vos agissements, Lady Powerstock ? Imaginez toutes les bonnes raisons pour lesquelles on pourrait penser qu'une liaison entre Leonora et Mompesson vous aurait rendue jalouse au point de commettre un meurtre.

Elle recula légèrement.

— L'armée vous a bien conditionné, lieutenant. Vos raisonnements manquent de subtilité. Vous ne comprenez donc pas que, bien que chacun ignore ce que sait l'autre, nous sommes tous dans le même bateau : soit nous restons à flot, soit nous coulons, mais ensemble. Si vous vous acharnez, vous réussirez peut-être à me détruire... Mais je vous garantis que vous serez entraîné dans ma chute. Le désirez-vous ?

— Ma décision est prise.

— Je vous ai connu plus indécis... Regardez cela.

Elle me tendit le journal, à la page où s'étalait la liste des hommes tombés au champ d'honneur. Une colonne de caractères serrés défila devant mes yeux : le sacrifice quotidien et inutile de tant d'hommes.

— Il se peut que vous finissiez comme ces garçons. John n'a pas été épargné, pourquoi le seriez-vous ? Vous allez faire des vagues autour de la mort d'un officier disparu ici plutôt qu'en France et enclencher un processus qui salira notre nom, puis vous retournerez là-bas et serez tué à votre tour... Pas gai, n'est-ce pas ?

— Mon avenir n'est guère réjouissant, je le concède. Seulement, je ne suis animé que par un seul désir : découvrir la vérité.

275

— La vérité est un luxe inabordable en temps de guerre. Il vous suffirait d'en prendre conscience pour que votre avenir s'éclaircisse...

— Ah oui ?

— Lord Powerstock et moi avons des amis influents au ministère de la Guerre. Il serait aisé de vous faire affecter là où vos chances de survie, et vos possibilités d'avancement, seraient grandement augmentées.

— En échange de mon silence ?

— John s'est cru obligé de suivre son régiment en France et regardez où cela l'a amené ! Commettrez-vous la même erreur ?

— J'ai déjà commis trop d'erreurs. Cette fois, je ferai ce qui me paraît juste. Excusez-moi.

Je me dirigeai vers la porte. Qu'elle ait douté de ma détermination m'avait piqué au vif ; pourtant, elle avait encore plus raison qu'elle ne le croyait... Sa proposition perverse avait éveillé, quelque part au fond de moi, mon instinct de survie. Je devais lui échapper avant qu'elle ne resserre son emprise.

— Êtes-vous sûr d'opérer le bon choix, lieutenant ?

Je n'en étais pas sûr ! Pas sûr du tout... Pourtant, je continuai à marcher.

Le poste de police de Droxford se trouvait dans un immeuble en brique rouge, près de l'artère principale du village. J'entrai dans le hall et me trouvai face à Shapland. Assis à un bureau bas, derrière le comptoir, il compulsait des documents jetés en vrac dans une boîte à chaussures. Une horloge murale marquait l'heure ; l'odeur aigre du tabac froid se mêlait à celle du bois ciré et du vieux linoléum.

Shapland leva les yeux.

— Tiens, monsieur Franklin ! Entrez, je vous prie.

— Je craignais que vous ne soyez déjà parti, inspecteur.

— Je devrais l'être, en effet. Il ne me reste plus grand-chose à faire ici puisque mes interrogatoires sont terminés.

— Terminés ?

— On ne vous l'a pas dit ? Les conclusions officielles de mes supérieurs sont que Cheriton a tué Mompesson avant de se donner la mort. L'affaire passera devant le coroner la semaine prochaine, le 3 octobre, et, si aucun élément nouveau n'intervient avant cette date, l'affaire sera close. Vous serez convoqué pour déposer au sujet de la découverte du corps. Je me vois donc dans l'obligation de vous demander de rester dans les environs jusque-là.

— Êtes-vous d'accord avec les conclusions officielles ?

— Bien sûr que non. Mais mes supérieurs se refusent à pousser plus loin l'enquête sur la base de soupçons non fondés... N'oublions pas qu'un pair du royaume est concerné.

— Frustrant pour vous, j'imagine ?

— Pas du tout.

La porte de communication avec les locaux d'habitation de la police s'ouvrit et Bannister entra avec un plateau.

— J'apporte le petit déjeuner. Vous voulez quelque chose ? me demanda-t-il.

— Non, merci.

Il posa le plateau devant Shapland, et ce dernier repoussa un papier qu'il était en train de lire. Bannister me lança un regard timide et se retira.

— Pas même du thé ? proposa Shapland.

— Non, vraiment.

— Comme vous voudrez. George fait frire le bacon exactement comme je l'aime, bien imbibé d'huile.

Il saisit le sandwich posé sur une assiette et le porta à sa bouche.

— Vous permettez ?

— Je vous en prie.

— Que puis-je faire pour vous ?

— Je venais bavarder un instant.

— C'est aimable à vous.

Shapland mâchait avec voracité : un filet de graisse coulait le long de son menton, il ne parut pas s'en rendre compte. Entre deux bouchées, il déclara :

— Je pense que vous avez tué Mompesson, et vous savez que j'ai raison, évidemment ! Comme personne d'autre ne partage mon avis, ne vous inquiétez pas : vous êtes en sécurité. À en croire ces documents, la mort de Mompesson ne sera pas une grande perte pour l'humanité.

— Ce sont ses affaires personnelles ?

— Oui. Ce qu'il avait apporté à Meongate : carnet de chèques, passeport, argent liquide, reconnaissances de dettes, calepin contenant les noms de plusieurs dames de l'aristocratie, divers papiers et lettres, rien de passionnant. La *Metropolitan Police* n'a pas non plus trouvé grand-chose dans son appartement londonien. D'après les recherches effectuées par l'ambassade des États-Unis, il n'avait pas de famille. Un homme assez mystérieux, en fin de compte. Il vivait bien, côtoyait des gens haut placés, faisait des profits non négligeables en Bourse et possédait de nombreuses actions dans les chemins de fer américains. Il recevait des quantités de lettres de femmes mariées dont il avait brisé le cœur, et il avait l'audace – ou le bon sens – de les conserver. Un individu pas très sympathique, en somme.

— Puisque l'enquête est terminée, pourquoi passez-vous en revue tous ces documents ? demandai-je, cherchant inconsciemment à retarder le déclenchement d'un processus irréversible.

— La version officielle simplifie à outrance, monsieur Franklin. Pour ma part, je ne vois pas comment Cheriton – un homme incapable de faire du mal à une mouche – aurait pu tuer Mompesson ! C'est vous le coupable et je veux savoir pour quelle raison vous avez agi.

Son ton était toujours mesuré. Quand il eut fini son sandwich, il s'appuya contre son dossier et but son thé à petites gorgées, dans une tasse commémorative du couronnement de 1911.

— Je ne peux expliquer un meurtre que je n'ai pas commis, inspecteur.

— Laissez-moi vous montrer ceci...

Il fouilla dans les papiers entassés près de son coude, sortit une demi-feuille aux bords inégaux, et la jeta en travers du bureau, dans ma direction.

— J'ai trouvé ce document dans le portefeuille de Mompesson. Quel est son sens ?

Quelques mots étaient griffonnés :

« Depuis le 13 juin : chambre au-dessus du 7, Copenhagen Yard, rue perpendiculaire à Charlotte Street. »

Je haussai les épaules, perplexe.

— C'est une adresse à Portsea, annonça Shapland.

— Elle n'a aucune signification pour moi, inspecteur, dis-je avec un haussement d'épaules.

Ce n'était pas tout à fait vrai. Mon esprit travaillait vite, établissant des associations inévitables dans l'immédiat. Une adresse à Portsea, ville où la première Lady Powerstock aidait les défavorisés... L'intérêt porté par Leonora au compte rendu de Lady Powerstock la nuit précédant sa disparition... Une adresse connue de Mompesson depuis le 13 juin. Ces éléments n'avaient aucune signification réelle, mais dépassaient largement ce que j'avais su jusque-là.

— Une prostituée, hasardai-je.

— Possible... Mais l'écriture n'est pas celle de Mompesson.

— Qu'en déduisez-vous ?

— Une coïncidence de plus ! Vous et Mme Hallows parliez de Portsea, dimanche soir, n'est-ce pas ?

— Par hasard. C'est là que la première Lady Powerstock...

— Je sais. Mais elle y travaillait il y a plus de dix ans et Portsmouth est une grande ville. Aussi, je ne vois pas quel rapport établir entre cette époque et les événements actuels...

— Moi non plus, inspecteur.

Shapland avala encore une gorgée de thé.

— Tant que l'enquête n'est pas officiellement close, monsieur Franklin, j'ai une chance de mettre la main sur vous. L'arme du crime n'a toujours pas été retrouvée. Des éléments nouveaux persuaderaient mes supérieurs de rouvrir l'enquête. L'un de ces papiers – il désigna d'un geste la pile de documents – nous dirigera peut-être vers une piste.

— Je crains de ne pas vous être d'une grande utilité.

— Alors, pourquoi êtes-vous venu me voir ?

— Simplement pour vous préciser que je vous aiderais si je le pouvais… mais je ne le peux pas.

Les sourcils de Shapland se froncèrent. Sa suspicion m'empêchait de placer en lui ma confiance. Maintenant que je disposais d'un élément pour faire démarrer mes recherches, je n'avais qu'une hâte : me débarrasser de lui.

— Je dois partir, annonçai-je.

— Vous serez bientôt convoqué pour témoigner devant le coroner. Résiderez-vous encore à Meongate ?

— Si ce n'est pas le cas, je vous préviendrai.

— N'y manquez pas, surtout. Et si une autre discussion vous tente d'ici là, vous savez où me trouver.

Mais l'heure n'était plus aux confidences. Je n'avais plus besoin de Shapland. Je disposais enfin d'une piste à suivre.

7

J'allai directement à la gare et attendis le premier train partant vers le sud. Je me retrouvais à l'endroit où, quelques semaines plus tôt, ignorant ce qui allait m'arriver, j'étais monté dans le cabriolet tiré par Lucy pour me laisser emporter, au son des clochettes de troïka, vers Meongate et ses conflits souterrains. Je revenais à la case départ pour suivre la piste qui m'avait échappé jusque-là. J'étais l'unique passager sur le quai silencieux. Hormis le vieux porteur-contrôleur qui poussait un chariot à bagages sous un passage abrité, rien ne bougeait, rien n'expliquait la sensation que j'avais de ne pas être seul. Il est vrai que j'étais désormais aussi lié à ceux qui avaient commencé là un autre voyage qu'eux-mêmes l'étaient à moi.

Quand je montai dans le train, mon impression se confirma. Dans un concert de toussotements, de crachotements et de soupirs, le convoi s'ébranla ; sa progression laborieuse ressemblait à mon approche de la vérité. Je partageais mon compartiment avec un enfant accompagné d'une timide gouvernante ; cette dernière avait du mal à empêcher le bambin de me demander pourquoi je n'étais pas à l'armée. Il est vrai que je portais des vêtements civils et que ma blessure n'était pas apparente. L'embarras de la gouvernante me laissa froid, ne rompit pas mon sentiment de vivre une situation familière et marquée par la fatalité. Comme lors de mon premier long voyage en train à travers la Normandie, en direction du front, j'ignorais ce qui approchait doucement, inexorablement, de moi. J'avais la prémonition que ce que je trouverais au bout du voyage serait pire que ce que j'imaginais, mais, étrangement, que je n'en serais pas étonné.

À Fareham, je changeai de train et me retrouvai dans un wagon bondé de marins regagnant Portsmouth. Une fois encore, je restai indifférent à leur excitation, enfermé en mes émotions. Tandis qu'ils échangeaient cigarettes et plaisanteries, je regardai défiler les paysages. Vase grise de Portsmouth Harbour, donjon hostile du château de Portchester, biplans aux ailes de toile alignés sur l'aérodrome d'Hilsea, tombes recouvertes de verdure du cimetière de Kingston : autres lieux, autres visages entr'aperçus, reflets fugitifs sur la vitre couverte de suie du compartiment. La ferme d'Hernu, avec Hallows, Meongate, sans lui, l'inquiétude de Leonora, Miriam Hallows, morte depuis longtemps mais dont le souvenir flottait sur nos mémoires. Le hasard amenait-il cette femme au cœur de ce mystère ou sa présence avait-elle une signification précise ?

Gare de Portsmouth Town : foules amassées sous un bâtiment au toit haut, résonant de cris et de sifflements. Je demandai, au kiosque à journaux, la direction de Charlotte Street et elle me fut indiquée d'un signe de tête. Rues encombrées, tourbillons de poussière dans une excavation colmatée de goudron. « Raid de zeppelins la nuit dernière, annonça un vendeur de journaux. Ils visaient les chantiers navals, mais ils ont détruit une maison à côté. »

Je me frayai un chemin parmi la foule, puis bifurquai dans une rue latérale. Je m'enfonçai alors dans un dédale de ruelles bordées de maisons minables, d'étals de marché, de devantures de magasins lépreux et de tavernes crasseuses en train d'ouvrir leurs portes. Odeurs de poisson et de houblon fermenté, eau sale coulant dans des caniveaux pavés, jusqu'à un perroquet enfermé dans une cage, piaillant devant une échoppe... Nous étions à des milliers de kilomètres de la grâce champêtre de Meongate... et pourtant, quelque chose unissait ces lieux si différents.

Je demandai à nouveau mon chemin dans une boutique où l'on vendait des buccins et j'obtins pour toute réponse un geste du pouce. Copenhagen Yard se trouvait au bas d'une ruelle pavée traversée par un caniveau. Un chien reniflait une grille d'égout. Il ne bougea pas à mon approche, mais montra les dents. Des draps tachés étaient étendus sur un fil. Un peu plus loin débutait la zone des chantiers navals ; au premier plan, plusieurs volées d'escaliers menant à des pièces d'habitation situées au-dessus de l'appentis d'un entrepôt de bois. Un enfant sale aux pieds nus me fixait d'un regard vide, sur le seuil. Les voix rauques de deux femmes en train de se disputer retentissaient derrière lui : il ne leur accordait aucune attention.

— Qu'est-ce que vous cherchez, monsieur ? me demanda-t-il.

— Je cherche... la chambre située au-dessus du numéro sept.

Il désigna une porte au second étage, au-dessus de l'entrepôt. L'accès se faisait par un escalier bancal qui enjambait l'appentis.

— Vous parlez comme lui, dit l'enfant.

— Comme qui ?

— Le type qui vivait là.

— Il n'est plus là ?

— Je ne sais pas.

Il se détourna et disparut dans sa maison. Je gravis les escaliers deux à deux pour limiter le craquement des marches. J'arrivai devant une porte à la peinture écaillée et dépourvue d'indication. Il n'y avait ni sonnette ni boîte à lettres, seulement un trou de serrure et un loquet fermé par un cadenas ; personne ne se trouvait donc à l'intérieur. Néanmoins, je frappai à plusieurs reprises et me penchai par-dessus la balustrade, au sommet des escaliers, pour regarder par la fenêtre de la pièce. Les rideaux de tissu fin étaient fermés mais, par l'interstice, j'aperçus une cuisine chichement meublée.

— Vous cherchez quelque chose ? grommela une voix derrière moi.

Je sursautai et me retournai. Au pied de l'escalier se dressait un homme fortement charpenté, portant une casquette de laine et des vêtements de travail ; son tablier était maculé de graisse et couvert de copeaux de bois.

— Je cherche l'occupant de la pièce située au-dessus du numéro sept.

— C'est bien ici. Mais personne n'y habite.

Je descendis pour rejoindre mon interlocuteur.

— Vous êtes le propriétaire des lieux ?

Il redressa les épaules.

— En quelque sorte. Vous cherchez qui ?

— Je vous l'ai dit : l'occupant de cette pièce.

— Elle est vide.

— Depuis longtemps ?

— Mêlez-vous de vos affaires. La police est déjà venue rôder dans les parages, ça suffit.

— Qu'avez-vous dit à la police ?

— La même chose qu'à vous. Personne ne vit ici. Ces chambres sont inoccupées depuis des mois.

— Depuis le 13 juin, peut-être ?

— Peut-être que oui, peut-être que non.

— Connaissez-vous un certain Mompesson ?

— Jamais entendu ce nom.

— Il est difficile de croire qu'une pièce reste vide pendant des mois, dans un quartier pareil.

Les lèvres de l'homme se plissèrent.

— Croyez ce que vous voulez ! grogna-t-il.

Je décidai d'essayer une méthode que la police n'avait sûrement pas utilisée. Je pris un souverain dans ma poche et le posai dans la paume de ma main ouverte.

— Je désire un simple renseignement. Quelle a été la dernière personne à vivre ici ?

— Doublez la mise et je vous donnerai une information, marmonna l'homme en fixant la pièce.

— Quel genre d'information ?

— Un nom.

— Celui de l'occupant ?

— Pas exactement.

N'ayant pas le choix, je hochai la tête, lui tendis le souverain et en sortis un autre. L'homme annonça alors :

— Dan Fletcher : un ami à moi. Sa sœur tient un pub, le Mermaid Inn, dans Nile Street.

— Merci.

Je lui remis l'autre pièce et partis. Ce nom m'ouvrait une nouvelle piste ; c'était tout ce dont j'avais besoin. En outre, le pub avait éveillé en moi un souvenir. Tandis que je m'éloignais, je tentai de me souvenir des termes précis de : « La pauvreté au milieu de la richesse », la requête posthume de Miriam Hallows pour qu'une aide soit apportée aux nécessiteux. C'était dans ce plaidoyer que j'avais vu le nom du Mermaid Inn :

« Le fait que la police soit intervenue lors de la réunion qui s'est tenue au Mermaid Inn le 26 novembre 1904, sous prétexte que des membres du personnel de la Royal Navy étaient présents et que les organisateurs cherchaient à les inciter à la sédition, a détruit la confiance que les habitants de Portsea avaient placée dans les autorités... »

Derrière le drap battant au vent dans la ruelle, le garçonnet que j'avais rencontré quelques minutes auparavant m'attendait.

— Hé ! monsieur ! Joss vous a parlé ?

— Parlé de quoi ?

— Du type qui vivait dans la chambre du haut.

— Vaguement.

Je m'apprêtais à partir.

— Je connais Dan Fletcher et ce n'était pas lui !

Je m'accroupis face à l'enfant.

— Qui était-ce, alors ?

— Vous me donnez combien ?

— Une demi-couronne pour son nom.

Il se frotta le nez avec le poignet déchiré de sa chemise.

— Je ne connais pas son nom.

— Que sais-tu ?

— Des choses que Joss ne vous a pas dites.

— Je t'écoute.

— Ce n'était pas un type dans le genre de Dan Fletcher. Il ressemblait plutôt à quelqu'un comme vous. Il est arrivé il y a quelques mois. Je ne l'ai pas beaucoup vu ; il sortait la nuit. Je l'ai croisé pour la dernière fois jeudi dernier.

Je lui donnai la demi-couronne et il se tourna pour se faufiler dans un trou du mur.

— Tu dis qu'il me ressemblait. Tu peux m'expliquer en quoi ? m'exclamai-je.

L'enfant s'arrêta et réfléchit un instant.

— Eh bien, comme vous, il avait l'air d'un soldat.

L'instant d'après, il avait disparu.

Nile Street ne se trouvait qu'à deux pas de là, mais je m'égarai à plusieurs reprises dans le labyrinthe des ruelles avant d'arriver. Le Mermaid Inn se trouvait à l'angle de deux rues. C'était un établissement à la façade carrelée de vert et aux vitres teintées ; sur la porte apparaissait le nom de la brasserie propriétaire du pub : « BRICKWOOD & CO'S BRILLIANT ALES ». J'entrai dans une salle sombre. Il n'était pas encore midi et l'activité, à l'intérieur du bar, était réduite : un ou deux consommateurs, les yeux fixés sur leur verre, et une femme maigre, aux os saillants, un tablier noué autour de la taille, derrière le bar qu'elle astiquait. À la vérité, cet endroit n'était pas aussi laid, aussi sale, aussi hostile que je l'imaginais.

Ses cheveux attachés sur la nuque, la femme affichait un visage hostile. Peut-être avait-elle été belle par le passé, avant que sa vitalité ne se transforme en sécheresse. Je commandai un whisky et abordai le sujet qui m'intéressait :

— Je cherche Dan Fletcher.

Elle posa un verre devant moi.

— Qui êtes-vous ?

— Mon nom est Franklin. Il ne me connaît pas.

— Alors, pourquoi voulez-vous le voir ?

— Pour lui parler d'une chambre située dans Copenhagen Yard.

Elle cessa de frotter le bar.

— Attendez-moi. Je vais voir s'il est là.

Elle disparut et je regardai le plafond bas, taché de tabac, les tables sans nappes et les recoins de la salle, croisant les regards méfiants ou absents des consommateurs solitaires. Une femme aux cheveux emmêlés et à la robe moulante était assise à une table ; j'évitai de croiser ses yeux.

La tenancière revint par une porte donnant du côté du bar où je me trouvais.

— Venez, dit-elle.

Je la suivis dans le corridor.

— C'est tout au fond, indiqua-t-elle.

Elle retourna à son comptoir et j'avançai vers une porte grande ouverte, au bout du couloir. Je frappai et entrai.

La pièce ne correspondait pas à ce que j'avais imaginé. Petite et dotée d'une unique fenêtre sur cour, elle était parfaitement propre et nette. Un tapis recouvrait le sol ; le mobilier se composait de deux fauteuils élimés, d'un secrétaire et de plusieurs étagères chargées de livres soigneusement alignés. Une cage avec une perruche était suspendue dans un angle et une jardinière pleine de géraniums agrémentait le rebord de la fenêtre. Une atmosphère plutôt agréable et douillette se dégageait de ce décor.

Assis dans l'un des fauteuils, un homme aux épaules larges lisait tout en fumant la pipe. Le corps aussi décharné que celui de sa sœur, avec ses cheveux blancs clairsemés, il composait un personnage étrangement noueux et nerveux, qui ne paraissait pas à sa place dans cette arrière-salle de café. Lorsque j'entrai, il ferma son livre mais ne se leva pas.

— Vous vous appelez Franklin, d'après ce que m'a dit ma sœur ?

— Exact.

— Je ne vous connais pas. Que voulez-vous ?

Son ton était réservé sans être vraiment méfiant, son accent moins populaire que celui de l'homme qui m'avait abordé à Copenhagen Yard.

— Je crois que vous pourriez me dire le nom de la personne qui vit au-dessus du numéro sept, à Copenhagen Yard.

— Qu'est-ce qui vous le fait croire ?

— J'ai pris mes renseignements.

— Vous êtes de la police ?

— Non.

— Alors, pourquoi souhaitez-vous savoir ?

— Vous avez entendu parler du meurtre qui a eu lieu récemment à Meongate, près de Droxford ? La victime était un dénommé Mompesson.

— J'ai lu cette histoire dans les journaux.

— Vous connaissiez cet homme ?

— Non. Et vous ?

Sa voix contenait une note de défi : il n'était pas facilement impressionnable.

Je me dirigeai vers la fenêtre afin d'échapper à son regard implacable et précisai :

— Je le connaissais un peu. Dans ses affaires, on a retrouvé un papier sur lequel était inscrite l'adresse de Copenhagen Yard. Et une date, le 13 juin.

— Je ne peux pas vous aider, monsieur Franklin, déclara Dan Fletcher, sourcils froncés.

— Mais vous savez qui vit là-bas ?

— Je n'ai pas dit cela.

— Pourtant, quand j'ai indiqué cette adresse à votre sœur, elle m'a aussitôt amené à vous.

Il sourit.

— Elle cherchait à se montrer serviable, c'est tout.

Je jetai un coup d'œil dans la cour. Des tonneaux vides étaient empilés contre les murs blanchis à la chaux ; le parfum des géraniums passait par la fenêtre à guillotine.

— J'ai le sentiment, monsieur Fletcher, que l'on me cache quelque chose. La police a renoncé, mais…

— Mais pas vous.

— En effet. Je suis trop impliqué pour reculer maintenant.

Mon regard se porta vers le secrétaire dont l'abattant était ouvert. À l'intérieur, des livres et des papiers soigneusement empilés, un buvard taché, un encrier. Décidément, cette pièce ressemblait plus à un bureau qu'à une arrière-salle de bar.

— L'un de mes amis est mort, monsieur Fletcher, et j'ai une dette envers lui, repris-je.

— Cet homme était-il Mompesson ?

— Non. Quelqu'un que j'avais rencontré à la guerre.

Une montre de gousset tenait lieu de presse-papiers sur quelques lettres, dans le secrétaire. Je suivis des yeux la chaîne qui se déroulait vers le bord du buvard et passait derrière un cadre ovale en argent.

— Mon ami vivait à Meongate. Son nom était...

Dans le cadre, la photo sépia d'une femme aux cheveux sombres, portant un chemisier de dentelle à col montant. J'avais déjà vu ce visage... Dans le bureau de Lord Powerstock, sur sa photo de mariage. Je soulevai le cadre et fixai le portrait avec stupeur.

Je n'avais pas entendu Fletcher approcher et je sursautai quand il me l'arracha des mains. Une infirmité l'obligeait à s'appuyer sur une canne, mais son regard ne trahissait pas le moindre signe de faiblesse.

— Le nom de votre ami était Hallows, dit-il.

— Cette photo est celle de... sa mère.

— Possible.

— J'en suis certain. Elle travaillait dans ce quartier avant sa mort. Elle a même rédigé un article où elle mentionne ce bar dans lequel la police est intervenue, il y a douze ans. Et vous conservez sa photo dans votre secrétaire...

— Vous savez beaucoup de choses, monsieur Franklin.

Il se trompait. J'en savais très peu.

— Vous connaissiez Lady Powerstock, n'est-ce pas ? demandai-je.

— Oui. Cela vous dérange ? répliqua Fletcher.

Il remit la photo en place dans le secrétaire et releva l'abattant.

— Et Mompesson ?

— Jamais entendu parler de cet individu. J'étais proche de Lady Powerstock, c'est vrai. Une femme remarquable… mais elle est morte il y a onze ans et je n'ai gardé aucun contact avec sa famille.

— Avez-vous déjà rencontré le défunt capitaine Hallows, son fils ?

— Non.

— Ou l'épouse de celui-ci, Leonora ?

— Non.

— Actuellement portée disparue ?

— Ah bon ?

— Elle a quitté Meongate tôt hier matin et n'a pas réapparu depuis. Elle a été très affectée par le meurtre de Mompesson et par le suicide qui a suivi. Je suis inquiet pour elle.

Fletcher regagna sa chaise en boitant.

— Je vous l'ai dit, monsieur Franklin. Je ne peux pas vous aider.

— Avez-vous vu cette jeune femme ? Est-elle venue ici ?

— Pourquoi l'aurait-elle fait ?

Je le fixais droit dans les yeux, sans parvenir à déchiffrer son expression.

— J'ignore pour quelle raison mais je suis convaincu qu'elle s'est adressée à vous. Et ses motivations ont un rapport avec la photo de Lady Powerstock que vous conservez comme le ferait un… un admirateur.

Il se tourna vers moi d'un mouvement rageur. À ses muscles tendus, je sentis qu'il se maîtrisait pour conserver son sang-froid.

— Surveillez vos paroles, jeune homme ! Étant donné que vous prétendez être à la recherche d'une jeune femme portée disparue, je mettrai votre insolence au compte d'une inquiétude compréhensible. Cependant, je ne permettrai pas que quelqu'un parle de Miriam Powerstock de façon irrespectueuse. Seigneur Dieu ! Non, je ne le permettrai pas !

Sentant que j'avais touché un point sensible, je le laissai poursuivre.

— Ne croyez pas, parce que je boite, que je ne sois plus bon à rien. J'ai commencé à travailler sur des bateaux à l'âge de quatorze ans. Cela m'a rendu fort – assez fort pour vous briser un bras si je le voulais.

Il me saisit le poignet gauche avec une vigueur étonnante et m'arracha une grimace de douleur.

— Vous voyez ce que je veux dire ? marmonna-t-il en me relâchant.

— Je n'ai pas l'intention de manquer de respect envers qui que ce soit, dis-je après un moment. Mme Hallows a disparu. Vous comprendrez que je doive faire tout ce qui est en mon pouvoir pour la retrouver.

— Imaginons qu'elle soit venue ici. Supposons que je vous affirme qu'elle est en sécurité. Ces renseignements vous satisferaient-ils ?

— Si vous savez où elle est, vous...

— Vous voyez. Vous ne vous contenteriez pas de ces informations ! Vous me bombarderiez de questions. À propos de moi, de Miriam, de toutes les choses que les gens comme vous ne peuvent pas s'empêcher de remuer.

Il retourna vers le secrétaire et le ferma à clé.

— Aussi, la réponse à votre question est non. Non, je ne connais pas Mme Hallows. Non, je ne l'ai jamais vue.

— Je ne suis pas certain de vous croire, monsieur Fletcher.

Il jeta un coup d'œil dans la petite cour, devant sa fenêtre.

— C'est votre problème.

— Si vous avez des informations, c'est votre devoir de me les révéler.

Il se tourna vers moi et s'écria avec virulence :

— Ne me parlez pas de devoir ! Vous êtes trop jeune – et moi, trop vieux – pour me dicter mes actes. Je connais mon devoir et il n'est pas de vous aider. (Il se tut un instant et reprit plus clairement :) Vous tenez vos épaules bien raides. Blessure de guerre ?

— En effet.

— Alors, vous devriez savoir que parler de devoir est vain. Ce qui se passe en France ne vous dégoûte pas ?

— Que savez-vous de la situation en France ?

— Je lis les journaux mais, contrairement à la plupart des gens, je les lis entre les lignes. Si vous êtes impliqué dans cette guerre, je vous offre ma pitié, pas mon respect.

— Vous êtes dur, monsieur Fletcher.

— C'est l'œuvre de la vie. J'ai cru, autrefois, que j'allais aider les autres. J'ai cru qu'ensemble nous pourrions construire une vie meilleure et obtenir quelques-uns des privilèges dont vous et vos semblables profitez. Mais c'était avant… cela.

Il se donna une tape sur la jambe droite.

— Et avant la mort de Miriam Powerstock… ajoutai-je.

— Cela ne vous regarde pas.

— Quelle que soit l'opinion que vous avez de moi, comprenez que j'essaye seulement de porter secours à Mme Hallows. Il est essentiel que je la retrouve.

— Pourquoi ?

— Pour ne rien vous cacher, elle attend un enfant. La mort de son mari lui a causé un tel choc qu'elle risque de commettre un acte irréparable.

Je mentais. J'avais parfois douté de la parole de Leonora, mais jamais de son bon sens. Si Fletcher l'avait rencontrée, il devait savoir quel genre de femme elle était.

Dans tous les cas, il fut assez habile pour ne pas protester. Il hocha la tête lentement, comme s'il assimilait peu à peu les implications de mes paroles. Puis il finit par déclarer :

— Voilà qui explique sans doute votre inquiétude, monsieur Franklin. La famille doute de la paternité, j'imagine...

Il réfléchit un instant et ajouta :

— À moins que...

— À moins que quoi ?

— Que la mort du capitaine Hallows ne soit antérieure à la date présumée du début de la grossesse de sa femme...

— Maintenant, c'est à moi de vous demander de vous mêler de ce qui vous regarde.

Il revint vers moi en boitant.

— Votre ton confirme mes suppositions, murmurat-il.

— Dans ce cas, vous comprendrez qu'il faut que je la retrouve avant qu'elle ne commette une sottise. Elle ne devrait pas être livrée à elle-même dans un endroit comme celui-ci.

— J'habite ici, monsieur Franklin. Prenez garde à la façon dont vous en parlez.

— Vous vous rendez bien compte que…

— Je me rends bien compte qu'un jeune homme trop gâté s'occupe de choses qu'il ne comprend pas. Contrairement à Lord Powerstock, je ne vis pas dans l'opulence. Je suis hébergé par ma sœur qui, par pure bonté, m'accepte sous son toit. La seule chose qui m'appartient et à laquelle je n'ai pas l'intention de renoncer, c'est mon passé. Que ma décision vous plaise ou non, je ne changerai pas d'attitude. Je ne sais rien – et je ne veux rien savoir – de vos amis. J'ai rencontré la première Lady Powerstock quand elle travaillait ici, il y a bien longtemps. Un point, c'est tout.

— Ces explications ne me satisfont pas.

— Vous n'en saurez pas plus. Maintenant, je pense qu'il est temps pour vous de partir.

Insister était inutile. Fletcher avait, à ce moment-là, l'expression que je lui revois chaque fois que je pense à lui : aussi inébranlable qu'un roc dans une lande battue des vents. Malgré mon inquiétude pour Leonora, j'avais envie de savoir ce qui se cachait derrière son implacable hostilité. Un vieux docker plein de ressentiment, l'esprit et le corps mutilés par un passé malheureux ? Il était trop subtil, trop intelligent, pour que cette image lui convienne. Dans son visage à l'expression fière, dans ses livres, dans le portrait chéri qu'il conservait de la mère d'Hallows, quelque chose me disait que j'avais trouvé, en lui, le chaînon manquant entre ce que je savais et ce qu'il me restait à découvrir à pro-pos de la famille Powerstock. Et il avait certes raison de me dire que je m'occupais de choses que je ne comprenais pas.

Je quittai le Mermaid, furieux. Je ne disposais d'aucun moyen de contraindre Fletcher aux confidences, mais je pressentais qu'il était en mesure de m'apprendre tout ce que j'avais besoin de savoir, à condition de trouver un moyen de faire tomber ses défenses. J'entrai dans le bar le plus proche : un pub minuscule, coincé contre le mur d'enceinte des chantiers navals. Je bus tranquillement dans un coin, essayant de démêler les fils d'un problème qui, jusque-là, paraissait inextricable.

Guère plus avancé, je retournai à la gare pour téléphoner à Meongate. Ce fut Fergus qui répondit. Il me confirma que Leonora n'avait pas réapparu et je le prévins que mon propre retour risquait d'être différé. Je ne quitterais pas Portsmouth avant d'avoir glané plus de renseignements que ne l'espérait Fletcher.

Alors que la bruine tombait dans les rues calmes de l'après-midi, je me rendis au Guildhall, à la bibliothèque publique. Dans une pièce sombre, des hommes âgés, vêtus de manteaux élimés, debout devant des pupitres, lisaient des journaux qui relataient nos dernières victoires. Un employé m'apporta d'anciens numéros du journal local, datés de novembre 1904.

Je feuilletai le paquet de pages froissées et trouvai la date que je cherchais : lundi 28 novembre 1904. Impossible de manquer le titre qui coiffait une colonne de droite : TROUBLES DANS UNE TAVERNE DE PORTSEA – LA POLICE DISPERSE UNE RÉUNION SÉDITIEUSE – HUIT

ARRESTATIONS, UN POLICIER BLESSÉ. Je parcourus l'article :

« La police est intervenue, au cours de la nuit de samedi, pour mettre fin à une réunion houleuse qui se tenait au Mermaid Inn, dans Nile Street, à Portsea. Par cette action, les forces de l'ordre ont brisé le mouvement perturbateur qui menaçait le personnel des chantiers navals de Sa Majesté et dont cette prétendue réunion publique devait marquer le point culminant.

Au cours des derniers mois, divers groupes se sont formés dans la localité, prétendant améliorer les conditions de vie à Portsea. Il semble que ces groupes aient poursuivi des objectifs politiques et révolutionnaires. Des dockers sans emploi et des chômeurs toutes catégories ont réussi à s'attirer la sympathie de certains cercles de philanthropes bien intentionnés, composés de personnalités importantes. L'idée était de prendre des mesures à long terme visant à l'amélioration du niveau de vie et des conditions de travail dans les quartiers pauvres de Portsea. Malheureusement, cette action apparemment louable cachait des buts politiques moins avouables, devenus évidents lorsque des contacts ont été pris avec des membres de la Royal Navy – certains marins assistaient d'ailleurs à la réunion de samedi. Les discours enflammés prononcés en ces occasions ne peuvent être interprétés que comme une incitation à la mutinerie. C'est ce dernier élément – et lui seul – qui a entraîné l'intervention de la police, d'une manière exemplaire. Les participants ont été dispersés avec un minimum de dommages. Toutefois, un policier a été blessé au visage d'un coup de couteau et a été transporté à l'hôpital. Les meneurs ont tous été arrêtés. Parmi eux, nous citerons Donald Machim, qui a activement participé à la grève des mécaniciens de 1897-1898, et Daniel Fletcher, auquel la direction des chantiers navals reproche depuis longtemps sa conduite séditieuse. Machim, Fletcher et trois autres hommes sont accusés de conspiration, sédition et incitation à la rébellion. Ils resteront en prison jusqu'à leur procès, fixé au 5 décembre. »

Cette histoire éclairait un certain nombre de choses. Miriam Powerstock avait parlé de cette réunion en des termes qui ne laissaient aucun doute quant à ses sympathies. Et Daniel Fletcher, qui conservait la photographie de cette femme sur son bureau onze ans après sa mort, avait été arrêté ce jour-là. Je feuilletai les journaux des mois suivants jusqu'à ce que je trouve le compte rendu du procès. Le 23 février 1905, les cinq accusés avaient été reconnus coupables et condamnés à des peines diverses : cinq ans de prison pour Machim, deux pour Fletcher, dix-huit mois pour les autres. Et le juge avait glissé quelques remarques acerbes à propos du rôle joué par les philanthropes qui avaient soutenu les conspirateurs :

« Il est navrant de penser que plusieurs membres du clergé et de l'aristocratie ont fait confiance à ces individus sans envergure qui prétendaient améliorer la société et dont l'intention véritable – à peine masquée – était de la déstabiliser de toutes les manières. »

Au moment où le juge prononçait ces mots inflexibles, Miriam Powerstock portait en elle le virus qui allait la tuer. Je commençais à comprendre ce qui rendait Fletcher aussi amer : à ses yeux, la mort de Miriam était un sacrifice sur l'autel de son idéal perdu. Depuis, il n'avait cessé de ruminer ses souvenirs, d'abord dans sa cellule, puis cloîtré dans une arrière-salle de pub.

Je quittai la bibliothèque pour me promener dans la lumière grise des rues envahies de véhicules et de passants en imperméables, qui ne savaient rien de la guerre dont je revenais et encore moins du drame vieux de douze ans qui m'occupait l'esprit.

Je m'engageai dans un tunnel sous un pont de chemin de fer et débouchai dans un parc où régnait une paix inattendue ; la bruine jetait un voile sur mon indécision. Je m'assis sur un banc et regardai la pénombre descendre sur la ville. Des grues travaillaient encore et une sirène rugissait dans le lointain. Autour de moi, la pluie crépitait, le brouillard épais engloutissait les silhouettes des passants isolés. J'attendis l'obscurité.

La nuit arriva, profonde. Les lumières de la ville étaient atténuées, par crainte d'un raid aérien. Je retournai vers la gare et entrai dans un cinéma ; je m'installai face aux images tressautantes d'un documentaire sur la Somme. La musique stridente et les commentaires grandiloquents ne parvenaient pas à me dissimuler la vérité cachée derrière ces mensonges : sourires forcés, visages fatigués d'hommes qui ne rentreraient jamais au pays...

Quand je sortis, il était assez tard pour ce que je voulais faire. Je suivis le même itinéraire dans Charlotte Street, où maintenant les pubs regorgeaient de gens et de bruits. Les lampes à naphte, au-dessus des étals offrant des anguilles et des tartes, éclairaient des visages d'hommes ivres et de femmes négligées ; un orgue de Barbarie résonnait quelque part dans la nuit.

Je coupai par la ruelle menant à Copenhagen Yard. La musique déclina derrière moi. Bientôt, seul le tintement des verres dans les pubs accompagna mes pas. La pluie avait éclaboussé les caniveaux ; un chat miaula en se faufilant entre des planches disjointes. C'était l'endroit où j'étais passé un peu plus tôt, d'une pauvreté rendue plus sordide par la pénombre. Cela tenait peut-être autant à mes raisons d'être là qu'à la nature incertaine et obscure de ce lieu.

Je tournai vers les entrepôts. Cette fois, je ne rencontrai pas le garçonnet aux yeux tristes mais seulement des murs nus léchés par la pluie et des fenêtres noires. L'eau gouttait d'un chéneau affaissé en résonnant sur le toit de l'appentis. Rien ne bougeait.

Je m'arrêtai au pied des escaliers, attentif au moindre signe de vie, et n'en repérai aucun. Monter l'escalier ne présentant pas de danger, je m'aventurai doucement et, depuis l'étroite passerelle à balustrade, au sommet des marches, je scrutai la cour en dessous, déserte.

J'avais ramassé un gros caillou dans le parc. Je le laissai tomber contre un carreau de la fenêtre de la cuisine. Un craquement de verre brisé déchira le silence. Il n'y eut aucune réaction dans le voisinage, un tel tapage n'étant probablement pas surprenant. À l'aide du caillou, je fis tomber les éclats de verre accrochés à l'encadrement, puis soulevai le châssis à guillotine. Lorsque la fenêtre fut à mi-course, je montai sur la balustrade et me glissai à l'intérieur. Un petit effort et je posai les pieds sur le plancher jonché de morceaux de verre.

Je craquai une allumette et découvris une cuisine dont l'équipement se limitait à un poêle, un évier et une table. Des planches et des plaques de plâtre apparaissaient sous une tapisserie en lambeaux. J'eus la chance de trouver un petit morceau de bougie sur une soucoupe abandonnée sur la table. J'approchai l'allumette de la mèche ratatinée. Sa lumière vacillante révéla une mansarde sinistre, déserte. Rien de plus.

Je sortis dans le couloir recouvert de linoléum. À droite, deux portes donnaient sur des pièces vides. À gauche, le couloir menait vers l'entrée. Je remarquai un petit rectangle blanc sur le sol : une lettre. Je ramassai l'enveloppe de papier vélin qui traînait dans la poussière et les débris de plâtre. Je lus le nom du destinataire : *M. Willis.*

Cette indication ne m'apprenait rien mais l'écriture précise, élégante, ne m'était pas inconnue : c'était celle de Leonora. Je retournai à la cuisine et ouvris la lettre, que je tins dans le faible halo lumineux. Le message ne comportait pas d'en-tête :

« Il faut que je vous parle. Plus important que je ne saurais dire. Si cette lettre vous parvient, je vous supplie de me contacter. J'ai vu M. Fletcher et il saura où me joindre. Leonora. 25 septembre. »

Je restai quelques instants les yeux fixés sur ces quelques mots. La date était celle de la veille, jour de la disparition de Leonora. Maintenant, je savais avec certitude qu'elle avait suivi, elle aussi, le chemin qui menait à Fletcher et à ces pièces inoccupées de Portsea. Un chemin dont, contrairement à moi, elle connaissait l'aboutissement.

Bruit de métal contre métal, quelque part près de moi. Je me dressai d'un bond, en alerte, cherchant à déterminer sa provenance. Il résonna à nouveau. Quelqu'un avait déverrouillé le cadenas de l'entrée, quelqu'un qui avait vu la lumière de ma bougie. Je soufflai la flamme et mis la lettre dans ma poche. Une seconde plus tard, une torche électrique me prenait dans son faisceau depuis la cage d'escalier. J'étais découvert.

Je n'avais pas le temps de me cacher ou de me sauver. Je me précipitai vers l'entrée, dans l'espoir qu'il y aurait un verrou à l'intérieur. Ma tentative fut vaine. Tandis que je me ruais dans le couloir, une clé tourna dans la serrure, la porte s'ouvrit brusquement et un vif éclat lumineux m'immobilisa.

— Restez où vous êtes !

La voix était autoritaire. D'instinct, j'obéis.

— Qui êtes-vous ? dis-je.

— Vous ne me reconnaissez pas ?

— Fletcher !

La lampe s'éteignit. La silhouette qui se dessina alors sur le seuil de la porte était bien celle de Fletcher, avec l'affaissement de l'épaule gauche, là où il s'appuyait sur sa canne.

— Que faites-vous ici, monsieur Franklin ?

Je tentai de dissimuler ma culpabilité derrière une pointe d'agressivité.

— Je pourrais vous poser la même question…

— Vous n'êtes pas en position de le faire. Je loue ces chambres au propriétaire du dépôt de bois. C'est donc mon droit d'être ici.

— Tout à l'heure, vous avez nié tout lien avec cette adresse.

— Mais vous ne m'avez pas cru.

— Non.

— Alors, qui espériez-vous rencontrer ici ?

— Peut-être le véritable locataire, M. Willis.

— Vous connaissez M. Willis ?

— Je sais qu'il existe… Et que Mme Hallows a essayé de prendre contact avec lui.

— Comment le savez-vous ?

— Pourquoi devrais-je être plus disposé à répondre à vos questions que vous ne l'êtes à accepter les miennes ?

Il laissa échapper un petit rire qui me surprit. Cette bonne humeur de la part de quelqu'un d'aussi glacial et renfrogné était inattendue.

— Il existe des centaines de raisons pour lesquelles vous devriez me répondre, monsieur Franklin. Je vois que vous ne vous laissez pas décourager facilement. Il faudra quelque chose de plus pour vous satisfaire.

— Seulement la vérité, dis-je.

— Seulement ? (Il gloussa à nouveau.) Un instant, je vous prie.

Il passa devant moi pour se rendre dans une autre pièce, où il éteignit de nouveau sa lampe, ouvrit une porte et fouilla dans un placard ; puis il craqua une allumette. Une odeur de gaz se répandit dans l'appartement, puis un flot de lumière jaillit tandis qu'il réglait la mèche.

Je le rejoignis. La pièce où il m'attendait n'était pas en meilleur état que la cuisine, le sol était nu et le mobilier se composait d'un lit gigogne, d'un buffet sur lequel trônaient un broc en émail et une cuvette, d'un fauteuil élimé et d'une descente de lit en corde. Fletcher se dirigea vers la fenêtre et ferma les rideaux de toile, à la propreté douteuse. Puis il me fit face.

— Que savez-vous de M. Willis ? demanda-t-il.

— J'ai mis la main, par hasard, sur une lettre qui lui est adressée, écrite par Mme Hallows.

— Et vous l'avez ouverte ?

— Oui. Elle le supplie de prendre contact avec elle. Mais il ne vit plus ici, n'est-ce pas ?

— Vous entrez chez moi par effraction, vous lisez des lettres qui ne vous sont pas destinées… Croyez-vous que ce soit digne d'un officier et d'un gentleman ?

Malgré l'ironie, il semblait envahi par une lassitude si grande que même son hostilité en était entamée.

— Vous ne m'avez pas laissé le choix. Je dois retrouver Leonora. Tout le reste est secondaire. Et vous savez où elle se cache.

— Vraiment ?

Je traversai la pièce et lui tendis la lettre froissée. Il la parcourut rapidement.

— Vous permettez que je m'assoie, monsieur Franklin ? Il n'y a qu'une seule chaise ici.

— Je vous en prie.

Il grimaça de douleur et plaqua sa main contre sa cuisse droite lorsqu'il relâcha la pression sur sa canne.

— Votre jambe vous fait mal ?

— Un peu. Surtout quand je dois sortir la nuit pour régler des histoires stupides.

— Accident sur les docks ?

— Non, ce n'était pas un accident. Mais là n'est pas la question. Selon vous, cette lettre prouve que je sais où se trouve Mme Hallows ?

Je m'assis sur le lit, à l'autre bout de la pièce.

— Je n'ai pas besoin de preuves, je sais que vous êtes au courant. Ce Willis vit ici, probablement sur votre invitation. Pourquoi lui louez-vous ces chambres en secret plutôt que de l'héberger au

Mermaid ? Je me le demande. À moins qu'il ne soit l'un de vos camarades politiques, quelqu'un avec qui vous ne souhaitez pas être vu ?...

— Un camarade politique ?

— Peut-être étiez-vous en prison ensemble ?...

— Vous êtes au courant de cette histoire, également ?

— J'ai consulté de vieux numéros du journal local. La réunion séditieuse qui s'est tenue au Mermaid, en novembre 1904, y est relatée en détail. Tout comme le verdict de votre procès.

— Si c'est la vérité que vous recherchez, vous ne la trouverez pas dans ce torchon qui imprime ce que l'Amirauté lui dicte ! s'écria Fletcher.

— Alors, pourquoi ne pas me la dire, la vérité ?

— Parce que j'ai fait une croix sur la politique et que je n'ai plus d'illusions sur la société. J'en ai fini avec le passé.

— Pourtant, vous conservez la photo de Miriam Powerstock sur votre secrétaire. Elle appartient à votre passé, n'est-ce pas ? Elle est probablement morte pendant votre séjour en prison.

Enfin, mes mots provoquèrent une réaction.

— Oui, elle est morte pendant mon séjour en prison...

Il regarda autour de lui, comme s'il se rendait soudain compte de la laideur de ce décor. Quelque part, dehors, il y eut un bruit de bouteille brisée suivi d'un cri, puis ce fut à nouveau le silence. Fletcher reprit doucement :

— Mon chagrin ne concerne que moi, il ne vous regarde pas, monsieur Franklin.

— Je crains fort d'être concerné. Leonora recherche Willis. J'en conclus qu'il est le père de l'enfant qu'elle porte. Pourquoi se serait-elle adressée à vous pour le contacter si votre seul lien avec la famille Powerstock se limitait à votre amitié avec la première Lady Powerstock ? Non, la démarche de Leonora dépasse un simple chagrin personnel, oublié.

Il approuva de la tête, lentement.

— Mme Hallows est venue me voir hier pour que je l'aide à retrouver Willis. Je lui ai communiqué cette adresse, tout en la prévenant qu'il n'y vivait probablement plus. Vous constaterez que j'avais raison. Quand vous m'avez annoncé qu'elle était enceinte, j'ai pensé, comme vous, que Willis devait être le responsable ; aussi, je suis venu vérifier s'il était encore ici. Je n'ai découvert qu'un carreau cassé – et vous.

— Où est-elle partie ? Elle dit dans la lettre que vous le savez.

— Elle m'a indiqué comment la joindre, pour le cas où je verrais Willis avant elle. D'après ce que je sais, elle ne court aucun danger. Vous n'avez pas à vous inquiéter pour sa sécurité. Mais j'ai promis de ne rien révéler, si j'étais questionné par un membre de sa famille. Je suis lié par cette promesse. Un gentleman comme vous devrait le comprendre.

— Je ne suis pas un membre de sa famille.

— Vous appartenez au même clan, c'est pour cette raison que vous êtes leur invité. Je ne leur dois rien.

— Leonora fait partie de ce clan, elle aussi. Pourtant, vous semblez lui devoir quelque chose.

Il se pencha en avant.

— Vous êtes intelligent, monsieur Franklin, mais ne surestimez pas vos capacités. Écoutez mon conseil : oubliez tout cela. Vous parliez de chagrin tout à l'heure, eh bien ! dites-vous que c'est tout ce que ces recherches vous apporteront ; c'est tout ce qui attend les Powerstock, tout ce que je représente.

— Je vous le répète, je ne peux plus m'arrêter, maintenant ; je suis trop impliqué dans cette histoire.

— Alors, ne venez pas vous plaindre après, je vous aurai prévenu.

— Je ne me plaindrai pas. Mais si vous refusez de me dire où se trouve Leonora, décrivez-moi au moins quel genre d'homme est Willis. Pas très reluisant, apparemment…

— Indigne d'elle, selon vous ?

— Selon moi, oui.

— Qui ne le serait pas ? murmura Fletcher. Avec un sourire, il ajouta : si vous voulez vraiment en savoir plus à propos de Willis, je vais satisfaire votre curiosité. Mais pas ici. Cette pièce… (il jeta un coup d'œil autour de lui) me donne la chair de poule. Il est évident qu'il ne reviendra pas. Partons.

Il se leva et éteignit la lampe. Nous sortîmes en silence. Il cadenassa la porte, puis je le suivis dans l'escalier. Quand nous arrivâmes au pied des marches, il avait le souffle court mais ne marqua une pause que lorsque nous fûmes engagés dans la ruelle.

— Allons-nous au Mermaid ? demandai-je.

— Non, je vous emmène dans un pub où je ne suis pas connu. Rien de tel qu'une foule pour préserver l'anonymat, et l'anonymat, c'est la sécurité.

Nous tournâmes dans une ruelle et, très vite, je fus perdu. C'était un étroit passage pavé qui s'enfonçait derrière un enchevêtrement de maisons mitoyennes et qui semblait se diriger vers le nord. De l'eau coulait dans un caniveau central et la canne de Fletcher dérapait sur les pavés visqueux. Néanmoins, il marchait vite.

À un moment, un rat coupa notre route. Fletcher s'arrêta et jeta un coup d'œil inquiet autour de nous.

— Que se passe-t-il ? demandai-je.

— Rien.

Il se tourna vers moi.

— Où étiez-vous quand vous avez été blessé à l'épaule, monsieur Franklin ?

— Dans la Somme.

— Combien de temps y êtes-vous resté ?

— Un peu plus d'un an. Depuis le printemps de l'année dernière. Une durée plus que suffisante.

— Mais vous y retournerez ?

— Bien entendu.

— Pourquoi ?

C'était une question que l'on ne posait jamais entre gens respectables. Dans la bouche de Fletcher, elle ne paraissait pas incongrue. Cependant, soucieux de ne pas dévoiler mes doutes à propos de la guerre, je répondis simplement :

— Par devoir. Par patriotisme. Nous devons gagner cette guerre.

— Vous y croyez vraiment ?

— Nous n'avons pas le choix.

Il agit si soudainement que je n'eus pas le temps de comprendre ce qui se passait et encore moins celui de résister. Je me retrouvai cloué contre le mur par le poids du corps de Fletcher, le bras gauche immobilisé et le droit maintenu derrière mon dos. Sa force était aussi formidable qu'il l'avait dit.

Quand il resserra sa prise, mon épaule blessée m'arracha un cri. J'entendis sa canne tomber dans le caniveau. L'instant d'après, l'éclat d'une lame passa devant mes yeux.

Pendant quelques secondes, il n'y eut plus que le nuage formé par nos souffles courts et le couteau pointé sous mon menton. J'oubliai la douleur de mon épaule pour penser à l'absurdité de la situation. N'avais-je échappé à la mort dans la Somme que pour la rencontrer dans une ruelle de Portsea ?

Puis Fletcher parla ; sa voix était un murmure rauque dans mon oreille.

— Je pourrais vous tuer maintenant, Franklin. Ce serait aussi facile que d'éventrer un poisson sur les docks. Je pourrais vous tuer et vous abandonner ici, et personne ne saurait jamais ce qui s'est passé.

L'ironie de ma position me donna de l'audace.

— Alors, pourquoi ne le faites-vous pas ? Je n'aurais même pas le droit de me plaindre ! Vous m'aviez prévenu, n'est-ce pas ?

La prise se raffermit. Le couteau se rapprocha. Je fermai les yeux, convaincu que mon agresseur allait passer à l'acte.

L'instant d'après, j'étais libre. Fletcher me relâcha et je faillis m'effondrer. Je le regardai mais il s'était détourné et, avec un cri, il jeta son arme à terre d'un geste frénétique. Le couteau ricocha une ou deux fois et s'immobilisa dans l'obscurité. Alors, Fletcher vacilla, s'appuya contre le mur, tâtonna pour trouver sa canne, la récupéra et se redressa.

Il pleuvait. Je remarquai la brillance des pavés pour la première fois, sentis l'averse se mêler à la sueur de mon visage, vis Fletcher me scruter à travers l'écran d'humidité.

— Excusez-moi, dit-il.

Je me sentais étrangement calme, peu bouleversé d'avoir frôlé la mort.

— Pourquoi avez-vous fait cela ? demandai-je.

— Vous refusiez de déclarer forfait, vous l'avez dit vous-même. Il n'y avait que deux solutions : vous tuer ou vous parler. Et vous parler revenait à tuer quelque chose en moi – un amour, un souvenir, une illusion.

Il fit un pas dans ma direction et s'arrêta devant mon mouvement de recul.

— Ne vous inquiétez pas. Je n'ai pas d'autre arme. Nous allons nous rendre dans ce pub. Vous vous y sentirez plus en sécurité – et moi aussi.

Je restai à distance de Fletcher pendant le reste du chemin. Peu à peu, mes nerfs se détendirent. Je ne prononçai pas un mot. Cette fois, ce fut Fletcher qui parla.

— Tout aurait été plus simple si vous aviez pensé ce que vous disiez. Mais vous n'êtes pas un patriote plus convaincu que moi ! Il est possible que vous l'ayez été avant d'être confronté à la réalité, seulement, vous ne l'êtes plus. Pour moi : la prison et une patte folle. Pour vous : la guerre et une épaule brisée. Au fond, nous avons tiré des lots assez semblables à la grande roue de l'existence.

Nous marchâmes encore un peu en silence. Puis il reprit :

— Vous avez dit que nous n'avions pas le choix. Peut-être avez-vous raison. Peut-être suis-je un idiot d'avoir essayé de trouver d'autres solutions. La vie est capricieuse, vous vous en apercevrez. Elle ne nous permet pas toujours d'être raisonnables.

312

Au bout de la ruelle, nous nous engageâmes dans une rue étroite qui longeait les hauts murs des chantiers navals. Lorsque nous traversâmes, Fletcher dit :

— C'est là que tout a commencé. Les chantiers navals de Sa Majesté – c'était une reine, à l'époque. Cet endroit aurait dû être mon lieu de travail, rien de plus, mais il devint quelque chose d'autre, de pire…

— Combien de temps avez-vous travaillé ici ?

— Près de trente ans. Cela paraît long, n'est-ce pas ? Pourtant, lorsque je regarde en arrière, il me semble que tout a passé tellement vite. Sept ans d'apprentissage pour devenir charpentier de marine. Cinq autres pour être confirmé dans cette fonction. Puis j'ai été nommé sous-chef d'équipe. J'aurais fini par devenir contremaître.

— Mais vous ne l'êtes pas devenu ?

— Non. Parce que j'ai rencontré Donald Machim. Il était venu de Clydeside après l'échec de la grève des mécaniciens, en 1898. Sa qualification intéressait la direction des chantiers navals mais ils ignoraient à quoi ils s'exposaient en l'engageant. Machim se rendit vite compte que j'avais des aptitudes qui pouvaient lui être utiles : l'intelligence, ou la curiosité, appelez cela comme vous voudrez. Je lisais trop pour rester docker à vie. Et Machim était étonné de la docilité de la main-d'œuvre. Les syndicats n'avaient jamais réussi à s'imposer sur les docks et l'Amirauté veillait à les tenir à l'écart. Machim était déterminé à changer cela et il m'a fait partager ses vues.

Nous avions déjà dépassé plusieurs pubs, mais nous continuions à marcher le long du mur d'enceinte. Et Fletcher poursuivait son voyage dans le passé.

— Pompey[1] était encore plus invivable à l'époque qu'elle ne l'est maintenant : maladie, pauvreté, misère. À trimer soixante heures par semaine, nous n'avions pas le temps de réfléchir ! Machim y parvenait. Et ses réflexions ne manquaient pas de bon sens.

Une occasion se présenta pour lui en 1904. Il y avait eu de nombreux licenciements et il savait que la construction d'un énorme bateau était prévue pour l'année suivante. Le moment était venu d'organiser une grève, puisque les hommes étaient mécontents et que l'Amirauté ne pouvait pas se permettre un conflit trop long. Le processus n'alla jamais aussi loin. La réunion au Mermaid devait marquer le début de cette action. Au lieu de cela, elle en fut la fin. Il y avait des techniciens de la Royal Navy dans le public – du moins, c'est ce qui a été dit. Cela a fourni à la police le prétexte dont elle avait besoin pour intervenir et nous accuser de sédition.

Je n'ai jamais revu Machim après le procès. J'ai passé deux ans à la prison de Winchester Gaol, puis je suis revenu à Portsmouth. À ce moment-là, l'activité des chantiers navals était plus florissante que jamais, puisque des cuirassés destinés à combattre les Allemands étaient en construction. J'étais devenu la brebis galeuse et personne ne voulait me donner de travail. Finalement, je fus embauché quand la construction du *St Vincent* prit du retard. Seulement, je me retrouvai avec certains hommes qui avaient travaillé sous mes ordres, et qui n'avaient pas oublié leurs griefs, ou d'autres qui avaient eu des ennuis après la réunion au Mermaid et qui m'en

---

1. Surnom familier de Portsmouth *(N.d.T.)*.

rendaient responsable... Ils n'attendaient qu'une occasion. Par une nuit de février 1908, ils prirent leur revanche. On travaillait par équipes et je m'apprêtais à partir quand ils me tombèrent dessus. Je n'ai jamais su qui ils étaient. Ils me jetèrent dans le bassin numéro 15, qui était vide. Voilà comment je me suis blessé à la jambe. Voilà comment ils se sont assurés que je ne retravaillerais plus jamais sur les chantiers navals.

— C'était une mesure extrême.

— En effet. Mais j'avais commis un péché impardonnable : les événements m'avaient donné raison. Ou, plutôt, ils avaient donné raison à Machim. Quand le travail avait commencé sur le premier des cuirassés, l'Amirauté avait introduit un nouveau système de primes. C'était une fabuleuse duperie. Malgré un surcroît de travail, les dockers n'avaient obtenu que des conditions plus pénibles encore. Ils auraient dû nous écouter.

Nous dépassâmes les chantiers et tournâmes dans une rue animée, vers un pub très éclairé.

— Voici Prospect Row, dit Fletcher. Vous trouverez beaucoup de vos braves camarades patriotes en uniforme dans les bars de ce quartier.

Il était aisé de comprendre pourquoi. Des filles traînaient sur les seuils, des marins ivres entraient et sortaient.

— Ce pub s'appelle la « Fortune de guerre », dit Fletcher. Ce nom lui va bien, vous ne trouvez pas ?

C'était un bouge au plafond bas, envahi de fumée, plein de soldats et de matelots éméchés, saturé de bruits. Un piano égrenait les notes d'une chanson de marins, un jeune militaire remorquait une fille derrière lui. Trop de rires, trop d'alcool, trop de joie forcée : je savais ce qui attendait ces jeunes hommes, je comprenais qu'ils cherchent un peu de réconfort. Pourtant, même si je n'avais pas été accompagné de Fletcher, je n'aurais pas suivi leur exemple.

Une serveuse passa avec un plateau chargé de verres vides. Fletcher lui fit un signe et passa commande. Nous emportâmes nos verres à une table en retrait afin d'échapper au bruit et à la fumée. Au-dessus de nous, sur le mur, un portrait de Lord Kitchener, dans un cadre noir. Autour de nous, l'insouciance tumultueuse, désespérée de ceux qui allaient partager le sort de ce grand maréchal.

— Pourquoi avoir choisi ce bar ? demandai-je.

— C'est le lieu de prédilection des militaires : matelots en escale, soldats s'apprêtant à traverser la Manche. Je voulais voir si vous faisiez vraiment partie des leurs. La réponse est non.

— Vous avez dit que vous me parleriez de Willis. Quel est son rôle dans tout cela ?

— Vous le saurez bien assez tôt. Je n'avais jamais essayé de tuer un homme avant ce soir. Il faut que vous compreniez pourquoi vous avez failli être l'exception.

— Vous m'avez parlé de Donald Machim. Mais qu'en est-il de Miriam Powerstock ?

— C'est là que tout commence et que tout finit, vous l'avez deviné. Je l'ai rencontrée en 1894, au presbytère du père Dolling, situé dans Clarence Street. C'était le jour de la célébration de la bataille de Trafalgar. J'utilisais le gymnase dont le père Dolling était responsable, juste à côté du presbytère. Parfois, j'assistais à ses conférences et nous engagions d'âpres discussions à propos de politique. Ce dimanche-là, il m'avait invité à prendre le thé, avant les vêpres. Il savait que je n'allais pas à la messe mais c'était un homme ouvert : il n'aimait pas les conventions, les règles établies. C'est pour cela qu'ils ont fini par se débarrasser de lui.

« Miriam figurait parmi les invités. Dolling l'avait rencontrée à une réception organisée par l'évêque de Winchester et lui avait fait connaître sa paroisse. La foi de Miriam était aussi absolue que celle de Dolling. Elle l'aidait à s'occuper de l'école du dimanche. C'était, disait-elle, sa façon de donner un peu, elle qui avait tant. Elle ne me confia jamais ce que pensait son mari de ses dimanches à Portsea, mais je doute qu'il ait été ravi.

— Vous êtes devenus amis ?

— Oui. C'est à peu près cela… amis. Au début, j'ai pensé qu'elle n'était que l'une de ces femmes du monde qui traînent dans les bas quartiers par goût des émotions fortes. Mais, au moment où ils ont évincé Dolling, elle a changé. Elle a compris ce que je savais depuis toujours : que beaucoup de gens voulaient que la ville de Portsmouth reste ce qu'elle était. À commencer par son époux qui faisait – et fait toujours – partie du conseil d'administration de Brickwood's, la brasserie propriétaire du Mermaid. Amusant, n'est-ce pas ?

— Savait-il que vous étiez proche de son épouse ?

— Il ne l'a appris que lors de mon arrestation. En outre, je n'étais pas réellement proche d'elle, pas au début en tout cas. Il nous a fallu longtemps, très longtemps… Mais, à la fin… je peux dire que j'étais amoureux d'elle.

Il cessa de parler. Oublieux des rires et des bruits de verre derrière nous, il s'enfonça dans son silence, jusqu'aux années désolées. Il l'avait aimée. Et elle avait partagé son sentiment.

— Je l'ai vue pour la dernière fois avant la réunion au Mermaid, en novembre 1904. Elle affirmait que nous commettions une erreur. Elle n'avait pas confiance en Machim. Selon elle, il n'était qu'un révolutionnaire sans cœur. Et elle pensait que les autorités ne nous laisseraient pas nous en tirer à bon compte. Elle avait raison sur les deux points. J'aurais dû l'écouter. J'aimerais tant pouvoir l'écouter maintenant.

« Elle m'écrivit en prison. Mais Powerstock ne lui permit pas de me rendre visite. Elle était déjà malade à cette époque, mais je ne le savais pas. Elle avait contracté la variole dans l'un de ces taudis puants où elle portait assistance à des gens qui ne lui en étaient même pas reconnaissants. Quel gâchis ! Une vie gâchée. Comme la mienne. Son père m'envoya un mot pour me dire qu'elle était morte. Sinon, je ne l'aurais peut-être jamais su.

Il se tut. Avec effort, il revint au présent et murmura :

— Mais vous vouliez que je vous parle de Willis...

— C'est exact.

— Franklin ! Dieu du ciel, que faites-vous ici ? En civil, qui plus est !

Un homme heurta ma chaise en se penchant sur moi : manteau kaki, verre dans une main, cigarette dans l'autre, bouche pendante d'ivrogne, cheveux en bataille sur le front. Ce visage me disait quelque chose...

— Je croyais que vous vous étiez fait descendre, reprenait mon interlocuteur.

Il se laissa tomber sur une chaise à côté de moi et fit claquer son verre sur la table.

— Qui c'est, votre copain ?

Je le reconnus enfin : Marriott. Un commandant de section que j'avais rencontré lorsque j'avais rejoint mon régiment la première fois. Il avait été renvoyé en Angleterre après avoir été blessé pendant la bataille de Loos. L'un de ces jeunes gens arrogants et creux que la guerre semblait ne pas effleurer et dont le dynamisme était principalement fondé sur l'absence de réflexion. Je bredouillai de vagues présentations. Fletcher et Marriott se toisèrent de façon peu amène.

— Mes quartiers se trouvent au bas de la rue, me dit Marriott, excluant Fletcher de la conversation. Je ne savais pas que vous étiez à Portsea.

— Il ne s'agit pas d'une affectation officielle. Je suis en convalescence : j'ai été rapatrié en Angleterre en juillet, à la suite d'une blessure à l'épaule, expliquai-je.

— Pas de chance ! Vous avez hâte de repartir, je parie.

— Vous retournez au combat, vous aussi ?

— Oui et non. J'ai un rôle un peu trouble, en fait. J'aimerais aller au front, mais les autorités ont d'autres vues sur moi.

Il souleva le revers de son manteau et un insigne vert apparut sur sa tunique, le badge de reconnaissance des services secrets. La pensée que Marriott soit doté d'un rôle stratégique dans cette guerre me mit mal à l'aise. Pourtant, le principal intéressé ne se posait pas de questions quant à sa compétence.

— Le grand quartier général a besoin d'hommes d'expérience en ce moment, dit-il.

Je hochai la tête poliment.

— Vous pensez que vous aurez bientôt récupéré ? demanda-t-il encore.

— Oui, je crois.

— Je glisserai un mot au responsable de la commission médicale à votre sujet, si vous voulez. Nous ne pouvons pas nous permettre de laisser des gars comme vous se tourner les pouces, maintenant que nous avons pris l'avantage.

Fletcher l'interrompit :

— D'où tenez-vous cette nouvelle, capitaine ?

Marriott riposta avec un sourire condescendant :

— Vous ne lisez pas les journaux ?

La bouche de Fletcher se plissa en une ligne sévère.

— Si. Et vous ?

— Rappelez-moi votre métier ? reprit Marriott, agacé.

— Je passe mon temps à attendre. J'attends que le pays reprenne ses esprits et se rende compte qu'il est scandaleux de sacrifier des milliers de vies pour un objectif politique tronqué. Ce serait la seule victoire digne de ce nom.

Marriott faillit s'étrangler. Il me dévisagea comme si j'avais été responsable des propos de Fletcher.

— Vous fréquentez de drôles de gens, Franklin. Quels rapports entretenez-vous avec cet individu ?

— C'est un ami.

Les mots étaient venus tout seuls, avec naturel, prêts à être prononcés, quitte à m'étonner par ce qu'ils impliquaient.

— Vous devriez choisir vos amis avec plus de soin, déclara Marriott.

Il réfléchit un instant tandis que Fletcher le scrutait sans ciller et ajouta :

— Mais vous avez toujours eu de drôles de relations.

— Que voulez-vous dire ? questionnai-je.

— Vous étiez copain avec Hallows, autant que je me souvienne. Or ce type était une honte pour le régiment, avec ses discours défaitistes. Regardez ce qui lui est arrivé. Il y a une leçon à tirer de cette histoire...

Il leva son verre pour boire, mais Fletcher se pencha par-dessus la table et lui saisit l'avant-bras.

— Les imbéciles dans votre genre ne sauront jamais tirer la moindre leçon de quoi que ce soit, capitaine !

Le verre retomba sur la table avec un claquement et faillit se renverser. Tout à coup, un autre homme s'approcha de moi : un jeune officier solidement bâti, l'air sérieux.

— Tout va bien, vieux ? demanda-t-il à Marriott.

Fletcher relâcha le bras de Marriott, quitta sa chaise maladroitement et marmonna à la place de Marriott :

— Tout va bien.

Puis il prit sa canne et se dirigea vers la porte.

Je me levai pour le suivre, mais Marriott se mit debout d'un bond et me bloqua le passage. Fletcher parti, il semblait retrouver son assurance.

— Pourquoi fréquentez-vous un crétin pareil, Franklin ? Ce mec m'a tout l'air d'un pacifiste.

— Ses convictions ne vous regardent pas.

— Oh ! si, elles me regardent. Il n'est pas impossible qu'il soit un espion allemand.

— Ne soyez pas ridicule.

— J'ai bien envie d'aller chercher la police.

L'ami de Marriott vint à ma rescousse.

— Calme-toi. Il était juste un peu éméché. Allez, viens boire un verre.

Avec une réticence destinée au public, Marriott se frotta une manche, prit son verre et me laissa la voie libre.

— Je n'oublierai pas ce qui s'est passé, Franklin. Soyez assuré que je mentionnerai votre nom au responsable de la commission médicale !

— Faites donc !

Sans lui accorder plus d'attention, je me dirigeai vers la sortie d'un pas rapide. Je fus retenu par trois ivrognes qui entraient et parvins enfin dans la rue. Fletcher n'était pas en vue. À moins que – oui, c'était bien lui, là-bas, debout près d'un lampadaire. Il m'aperçut et se remit à marcher sans attendre que je le rattrape. Avant que je n'aie réussi à le rejoindre, il avait tourné dans une ruelle latérale.

Il n'avait pas l'intention de me semer. La ruelle s'enfonçait entre deux entrepôts et aboutissait à un quai étroit, à l'extrémité du port. Il m'attendait là, appuyé sur un bollard, scrutant l'eau calme. La nuit était humide car la pluie se transformait en un brouillard dense. Seuls les hurlements lointains de sirènes brisaient le silence. Fletcher leva les yeux au bruit de mon pas et hocha la tête.

— Un tel esclandre n'était pas nécessaire, déclarai-je.

— Si, il l'était. Je déteste les types dans son genre.

— Et vous me trouvez différent de lui ?

— Oui. Et Willis aussi.

— Willis ?

Je me rappelai alors les paroles du garçonnet sur Copenhagen Yard.

— Willis est un militaire, aussi ? demandai-je.

— C'est un déserteur.

Alors, je crus que tout devenait clair.

— Ainsi, vous avez loué les chambres de Copenhagen Yard pour lui procurer un refuge. Cela explique pourquoi vous tenez à garder le secret. Mais qu'est-il pour vous ? Pourquoi l'aidez-vous ?

— J'avais l'impression de lui devoir quelque chose.

— Comment connaît-il Leonora ? Les Powerstock ignorent tout de lui.

— Vous ne comprenez toujours pas, Franklin ? Willis faisait partie de votre régiment.

— Ce nom ne me rappelle rien.

— Vous le connaissez sous son vrai nom : Hallows. L'honorable capitaine John Hallows.

Je regardai fixement Fletcher, non par scepticisme mais par crainte de ma propre réaction. Dans les eaux qui clapotaient à mes pieds, je vis se dessiner le visage d'Hallows tel qu'il m'était apparu dans le miroir de la chambre d'Olivia, m'observant. Il n'était pas mort. Quelque part, il vivait et se cachait. J'étais désorienté, emporté par une douloureuse constatation : s'il vivait, il n'était pas l'homme que je pensais connaître ; il était diminué, avili – et il m'avait entraîné dans sa déchéance.

— Je ne voulais pas vous le révéler, continua Fletcher. Je ne l'aurais dit à personne d'autre. J'aurais préféré que ce soit quelqu'un comme ce Marriott, qui frappe à ma porte, plutôt que vous.

— Hallows est vivant...

J'étais incapable de formuler autre chose que cette phrase à voix haute, tant elle était étrange, incompréhensible et effrayante.

— Oui, reprit Fletcher, Hallows est vivant. Mort pour sa famille, pour son pays, pour son régiment.

Pourtant, même si cette idée est gênante, il est vivant. Obstinément vivant.

— Mais… comment est-ce possible ?

— Je ne peux vous répondre. Il est venu me voir en juin et j'ai accepté de louer ces pièces à Copenhagen Yard et de l'héberger sous un faux nom. Il m'a dit qu'il avait déserté mais qu'il était présumé mort ; qu'il avait besoin d'être seul afin de réfléchir. Je lui ai accordé mon aide. Ce qu'il demandait n'était pas déraisonnable.

— Pourquoi s'est-il réfugié auprès de vous ?

Fletcher sourit.

— Oui, pourquoi moi ? Cette réaction est étrange. Il était encore un collégien quand sa mère est morte et je pensais qu'il ignorait tout de mon existence. Mais Miriam s'était confiée à lui, à défaut de pouvoir se confier à son mari. C'était un secret qu'il aurait conservé pour toujours s'il n'y avait pas eu cette guerre, cette désertion. Seul et perdu dans son propre pays, il s'est tourné vers le seul autre… paria… qu'il connaissait – ou plutôt, dont il avait entendu parler. Il avait deviné qu'en mémoire de sa mère je ne lui refuserais pas mon aide. Ce qu'elle lui avait dit de moi lui avait permis de comprendre que je ne le condamnerais pas. Il ne s'était pas trompé. Il a paru surpris de me trouver encore en vie, assis au Mermaid à l'attendre.

— L'attendre ?

— Oui. Quand il a expliqué qui il était, qu'il a avoué, avec soulagement, ce qui l'amenait à moi, j'ai compris que je l'attendais depuis la mort de Miriam. Depuis onze ans, j'attendais qu'elle m'envoie un message. Et voilà que son messager se tenait là, devant moi…

J'avançai au bout de la jetée, tentant d'ordonner mes pensées. Les conséquences commençaient à apparaître et je les formulai à mi-voix :

— Leonora l'a toujours su. Elle est enceinte de son propre mari. Un mari présumé mort ! Comment a-t-il pu la rencontrer à l'insu de la famille ?...

La réponse de Fletcher arriva derrière moi, tandis que je contemplais l'eau glauque.

— Je l'ignore. Il a prétendu que j'étais la seule personne à le savoir encore en vie. Si j'avais pensé qu'il me mentait sur ce point, j'aurais été plus inquiet. Je me disais que personne ne rechercherait un homme mort. Pourtant, même dans ces conditions, Copenhagen Yard ne pouvait constituer qu'un refuge temporaire. Je lui ai conseillé de quitter Portsmouth, de monter dans le nord, de se cacher dans une grande ville. Il était trop près de chez lui ici pour sa tranquillité, ou la mienne. Il m'avait confié qu'une guerre aussi atroce était insupportable – et il n'était pas difficile de le croire. Aujourd'hui, pourtant, je le soupçonne de ne pas m'avoir tout avoué. Il fuyait la guerre non seulement parce qu'il était las de ses horreurs, mais également parce qu'il poursuivait un autre but...

— Quand l'avez-vous vu pour la dernière fois ? demandai-je, comprenant tout à coup où Fletcher voulait en venir.

— Le vendredi 15. Je passais une fois par semaine à Copenhagen Yard prendre de ses nouvelles. Ce jour-là, je lui ai à nouveau conseillé de quitter Portsmouth. Il m'a affirmé qu'il le ferait mais je ne l'ai pas cru. Le vendredi suivant, quand je suis retourné le voir, il n'était pas là. Son absence m'a paru curieuse car il ne sortait jamais, la journée. Toutefois, je n'y ai guère attaché d'importance, jusqu'au moment où j'ai vu, dans le journal du soir de samedi, qu'un meurtre avait été commis à Meongate.

Nous étions arrivés au point crucial.

— Vous croyez que Hallows est le coupable ? m'écriai-je.

— Je sais seulement qu'Hallows a disparu au moment même où un homme a été assassiné à Meongate. Tirez-en les conclusions que vous voudrez.

— Si la police savait qu'Hallows est vivant, elle le suspecterait aussitôt. Il ne manquait pas de raisons de souhaiter la mort de Mompesson. Et certains éléments sont… troublants.

— Hier, quand l'épouse d'Hallows m'a rendu visite, je suis tombé des nues. Je pensais qu'elle ignorait mon existence et n'avais pas imaginé qu'Hallows l'avait revue depuis son retour clandestin. J'ai mis l'anxiété de la jeune femme sur le compte du meurtre. Je lui ai indiqué l'endroit où elle était susceptible de trouver son mari. Mais nous savons qu'elle est arrivée trop tard, et aussi pourquoi elle était si désireuse de lui parler. Peut-être souhaitait-elle lui apprendre qu'elle était enceinte ? Peut-être…

— Où est-elle allée ? Où puis-je la trouver ? dis-je en regardant Fletcher droit dans les yeux.

— Elle espérait se réfugier sur l'île de Wight, chez une amie enseignante, je crois. J'ai son adresse. Je vous la donnerai. Savez-vous pourquoi elle refuse de rentrer à Meongate ?

— Sans doute parce qu'elle serait forcée de révéler le nom du père de son enfant. Or elle ne peut pas le faire sans briser le secret de John.

Fletcher se redressa et se rapprocha de moi.

— Je croyais être le seul à connaître ce secret. Ce que j'ai fait, je ne l'ai pas fait pour Hallows, ni pour sa femme, mais pour… quelqu'un d'autre.

— Pour Miriam ?

— Oui. Pour Miriam. Pour conserver son secret à elle… j'ai failli vous tuer dans cette ruelle.

— Qu'est-ce qui vous en a empêché ?

— Elle. Elle n'aurait pas voulu que j'en arrive là. Aucun secret ne peut être conservé éternellement. La preuve, c'est que vous m'avez trouvé dans ma réclusion. Et vous trouverez Hallows, non à cause du meurtre, ni parce que vous saurez où le chercher, mais parce que le moment viendra où il ne voudra plus rester caché. Se cacher n'apporte aucune satisfaction. Vivre au grand jour non plus, d'ailleurs. Mais, au moins, on se sent plus honnête, on peut voir l'ennemi approcher.

— Qui est l'ennemi ?

— J'aimerais le savoir. Pendant un moment, j'ai pensé que c'était vous. Maintenant, je sais que vous n'êtes qu'une autre victime. Comme moi. Comme Hallows.

Parce que nous étions compagnons d'infortune, nous partagions cette étrange camaraderie et jouions un rôle dans le destin d'Hallows. Nous rentrâmes au Mermaid en silence. Tant de choses avaient été dites ! Tout au long de la route, je passai en revue ces événements afin de trouver une clé à l'énigme. Les papiers d'Hallows avaient été découverts sur le corps d'un autre homme dans le *no man's land*. Hallows avait-il organisé son évasion ? Pourquoi alors m'avait-il demandé de me rendre à Meongate après sa mort ? Quelles pensées avait-il ressassées à Copenhagen Yard ? Quand avait-il rencontré Leonora ? La solution, s'il y en avait une, ne se situait-elle pas dans mon acharnement à découvrir la vérité ? Un acharnement que Hallows avait suscité, alimenté et orienté vers un but. S'il avait prévu que je suivrais ses traces, l'issue de mes recherches était déjà connue de lui et, où qu'il soit, il attendait que je le retrouve.

La sœur de Fletcher nous servit un dîner arrosé de bière dans l'arrière-salle du Mermaid. J'avais faim et j'étais fatigué après les émotions de la soirée, mais je parvins à réunir suffisamment d'énergie pour raconter à Fletcher ce que je savais de la famille Hallows. Tard dans la nuit, bien après que le pub fut devenu silencieux, nous étions toujours assis à parler de Mompesson, de son pouvoir sur Leonora, du rôle éventuel d'Hallows dans sa mort. Je devais bien ces révélations à Fletcher. Quand j'eus fini, j'avais la certitude qu'Hallows avait tué Mompesson. Il avait compris ce qu'il adviendrait de sa maison et de sa famille s'il mourait et, sachant de quelles vilenies Mompesson était capable, il avait résolu de l'empêcher d'agir.

Pourtant, quand je me réveillai le lendemain matin, dans une chambre au-dessus du pub, je sus que mes réflexions de la veille n'avaient aucun sens. Une désertion et un meurtre feraient plus souffrir la famille de Hallows que sa mort à la guerre. Le prix à payer pour contrecarrer les terribles projets de Mompesson était supérieur au mal que l'Américain aurait pu provoquer.

Je décidai de me lancer à la poursuite de Leonora. Elle avait inscrit l'adresse de son refuge sur un papier remis à Fletcher :

« Chez Mlle Grace Fotheringham, East Dene College, Bonchurch, près de Ventnor, île de Wight. »

La sœur de Fletcher m'apporta mon petit déjeuner dans la minuscule cuisine.

— Je vous remercie de votre gentillesse, dis-je pour briser le silence.

— C'est Dan qu'il faut remercier, pas moi, répondit-elle sans sourire. Il est trop bon. Il l'a toujours été. Sa générosité lui a valu assez d'ennuis ! Je n'ai jamais rencontré cette femme… (je devinai aussitôt de qui elle parlait), mais tout a commencé avec elle. Il a tout perdu à cause d'elle.

— Il a eu de la chance d'avoir une sœur comme vous.

— Ne croyez pas que je lui fais un cadeau en l'acceptant ici. Mon Bill était mort quand Dan est sorti de prison. La brasserie ne m'aurait pas permis de garder ce pub sans un homme pour m'aider. Elle se pencha vers moi et poursuivit d'une voix sourde : ce que je sais, c'est que les gens comme vous lui ont toujours apporté la poisse. Laissez-le tranquille. C'est tout ce que je vous demande.

Fletcher descendit avec moi jusqu'au Hard, où je devais prendre le ferry pour l'île de Wight. Le soleil brillait sans parvenir à égayer les rues tristes de Portsea. À notre droite se dressait l'inévitable mur d'enceinte des chantiers navals.

— Votre sœur souhaite que je cesse de vous importuner, dis-je à Fletcher tandis que nous franchissions le Main Gate.

— On ne fait pas toujours ce que l'on veut dans la vie, vous le savez.

— Héberger un déserteur constitue un délit grave, surtout pour quelqu'un qui a déjà fait de la prison.

— Nous prenons tous les deux des risques considérables. Je me demande si vous en êtes conscient.

— Je crois que oui.

— Savez-vous, par exemple, que vous êtes suivi ?

Je voulus me retourner, mais Fletcher m'en empêcha.

— Ne regardez pas derrière vous ! Croyez-moi sur parole. J'ai vu un homme traîner autour du Mermaid ce matin et j'ai fait un crochet pour venir ici. Il ne nous a pas quittés un instant.

— Qui est-ce ?

— Un policier, je pense. Savez-vous pourquoi vous êtes surveillé ?

— Une ruse de Shapland, sans doute. Je vous avais bien dit que cet inspecteur n'était pas un imbécile. Mais êtes-vous certain que nous sommes filés ?

— Tout à fait. Nous allons tenter une petite expérience.

Nous avançâmes sur la jetée, en direction de l'embarcadère. J'achetai mon billet et m'assis auprès de Fletcher sur un banc de manière à surveiller les autres passagers. Fletcher me désigna d'un signe de tête un homme assez gros, vêtu d'un manteau et faisant la queue au guichet.

— Voici votre homme. Il a probablement reçu des instructions pour vous suivre, pas moi. Aussi, attendez le dernier moment pour sauter dans le ferry. Il ne montera pas à bord avant vous, de crainte que vous ne lui faussiez compagnie. Lorsqu'il voudra sauter dans le bateau, derrière vous, je lui barrerai le passage.

— Comment ?

— Laissez-moi faire. Et ne vous inquiétez pas. Il ne pourra rien m'arriver de pire qu'une arrestation.

Quand le ferry approcha, les passagers s'amassèrent près de la passerelle. Je restai en retrait et, comme l'avait prédit Fletcher, l'homme au manteau n'avança pas non plus. Il lançait des coups d'œil inquiets dans notre direction, essayant de deviner nos intentions. Lorsque tous les passagers eurent embarqué, des marchandises furent chargées à bord du bateau, mais nous restâmes tous les trois sur l'embarcadère sans bouger. Il avait compris que nous l'avions repéré.

L'équipage était en train d'enlever la passerelle lorsque Fletcher tira sur ma manche. Je bondis dans le ferry qui s'éloignait déjà du ponton. Les matelots me lancèrent des regards de reproche, mais j'étais trop intéressé par ce qui se passait à terre pour m'en formaliser.

L'homme au manteau avait, bien entendu, essayé de me suivre. Fletcher s'était jeté devant lui. Mon poursuivant gesticulait et criait en vain, à cause du bruit du moteur. Un porteur s'approcha pour le calmer et Fletcher formula une longue phrase d'excuse – tout en regardant dans ma direction avec un petit sourire. Le ferry était maintenant loin du bord ; l'écume bouillonnait dans son sillage tandis qu'il manœuvrait pour sortir du port. Shapland était peut-être trop rusé pour moi, mais pas pour Fletcher.

8

Une douce brise se levait sur le Solent. Assis sur le pont du bateau, je regardai Portsmouth s'éloigner puis la masse verte de l'île de Wight se rapprocher peu à peu.

À Ryde, je pris un train pour traverser l'île jusqu'à Ventnor, sur la côte sud, un lieu de villégiature désert à cause de la guerre, pittoresque avec ses maisons aux façades blanches alignées en bordure de mer, au pied d'une colline abrupte et boisée. Je demandai la direction de Bonchurch et sortis de la ville vers l'est, là où les maisons s'espaçaient pour devenir de belles villas nichées dans des parcs.

Le village de Bonchurch était constitué d'un groupe de cottages paisibles, éparpillés autour d'un étang ombragé par des saules. À la poste, on m'indiqua comment me rendre à East Dene College. L'établissement se trouvait au bas d'une route bordée de rhododendrons, où une pancarte indiquait : « EAST DENE COLLEGE, INSTITUTION POUR JEUNES FILLES ». Aucune élève n'était en vue quand j'approchai. La cour était déserte, l'immeuble de pierre silencieux sous le dôme des arbres qui se balançaient doucement. Lorsque je me dirigeai vers l'entrée, une femme au visage dur, vêtue d'une robe noire, vint à ma rencontre. Elle ferma d'un coup sec le livre qu'elle était en train de lire et me toisa avec sévérité.

— Bonjour ! Je cherche Mlle Fotheringham, annonçai-je.

La femme se rembrunit encore.

— Mlle Fotheringham donne un cours à cette heure. Quelle est la nature de votre visite ?

— Je suis désolé d'insister, mais c'est très urgent. Pourrais-je la voir un instant ?

— Quel est votre nom ?

Elle me fit entrer dans le hall, puis dans un petit salon dont les fenêtres donnaient sur la route. Au-dessus de la cheminée trônait une photographie datée de septembre 1901, où figurait l'ensemble du personnel et des étudiantes du collège. Je parcourus la liste des noms sans trouver celui de Mlle Fotheringham. Trois jeunes filles vêtues de robes blanches descendant jusqu'aux chevilles passèrent devant la fenêtre, une raquette de tennis à la main. L'une d'elles me jeta un coup d'œil, sans paraître gênée par mon regard.

La porte s'ouvrit dans mon dos et je me retournai vivement. Une femme qui devait avoir environ l'âge de Leonora se tenait sur le seuil, habillée, comme les élèves, tout en blanc. Peut-être jouait-elle également au tennis. Elle était brune et ses joues se creusaient de deux joyeuses fossettes. Pourtant, à cet instant, elle ne souriait pas.

— Je suis Grace Fotheringham, dit-elle. Que puis-je pour vous, monsieur Franklin ?

— Tout d'abord, je suis navré de vous déranger…

— Vous ne tombez pas à un moment opportun, en effet. Mais il paraît que vous avez besoin de me parler de toute urgence.

— C'est exact. Je cherche Leonora Hallows. Je pense que vous savez où elle se trouve.

Mon interlocutrice passa devant moi et alla regarder par la fenêtre.

— Leonora m'a parlé de vous, monsieur Franklin. Comment avez-vous su où vous adresser ?

— Ce détail est sans importance. Je veux seulement la voir.

— Elle a besoin de repos, de solitude, d'une coupure avec sa famille.

— Je ne suis pas un membre de sa famille. Et il vaut mieux que vous sachiez tout de suite que je ne partirai pas d'ici avant de l'avoir rencontrée.

Elle me fixa un instant, comme si elle cherchait à évaluer l'ampleur de ma détermination. Puis elle déclara à mi-voix :

— Mon cottage s'appelle « Sea Thrift ». Il se trouve dans le village, juste après la poste, dans Shore Road. Leonora est sûrement à la maison, à cette heure.

— Dans ce cas, je ne vous importunerai pas plus longtemps, mademoiselle Fotheringham. Je vous souhaite une bonne journée.

— S'il vous plaît !... s'exclama la jeune femme, tandis que je franchissais la porte. Leonora est mon amie, monsieur Franklin. Elle a enduré plus que son lot de souffrances, évitez de lui faire du mal.

— Que savez-vous de sa situation ?

— Si c'est à l'enfant que vous pensez, je suis au courant.

— Et en ce qui concerne l'identité du père ?

— Cela ne me regarde pas. Pour les gens d'ici, son mari s'est fait tuer à la guerre.

— Leonora doit être fière d'avoir une amie comme vous, mademoiselle Fotheringham. Je suis heureux de vous avoir rencontrée.

J'étais sincère ; je comprenais que Leonora se soit adressée à cette jeune femme.

Je retournai jusqu'à la poste et m'engageai dans Shore Road. Sea Thrift était un petit cottage en pierre, au toit de chaume, caché derrière une haie broussailleuse éclaboussée de valériane rouge. Un portail en fer forgé suivait l'arche du porche. À travers les grilles, je distinguai un jardin bien entretenu, une pelouse soigneusement tondue et des parterres de fleurs aux couleurs éclatantes abrités par des stores de jardin rouge et vert. Sur une chaise en osier, profitant du soleil, se trouvait Leonora, vêtue d'une robe lilas. Elle leva les yeux au grincement du portail. L'épagneul king-charles allongé près de sa chaise redressa les oreilles mais ne prit pas la peine d'aboyer.

— Bonjour ! balbutiai-je, mal à l'aise.

Elle était stupéfaite. Je m'empressai d'ajouter :

— Désolé de vous avoir effrayée.

Je refermai le portail et pénétrai dans le jardin. Elle ne parlait toujours pas. Je m'arrêtai devant elle, gêné.

— Fletcher m'a indiqué où vous trouver. J'arrive d'East Dene College…

— Je pensais que M. Fletcher était un homme de confiance, dit-elle enfin, le visage dénué d'expression.

— Il l'est. Il ne m'a parlé que parce qu'il n'avait pas le choix.

— Que savez-vous exactement ?

— Tout. Je sais que John est vivant.

Leonora conserva un visage impassible mais je la vis prendre une petite inspiration.

— Vous auriez dû me mettre dans la confidence plus tôt, ajoutai-je.

— Comment l'aurais-je pu ? Vous savez ce que cela signifie…

— C'est précisément ce dont je voudrais parler avec vous.

— Une conversation me paraît nécessaire, en effet.

Elle se leva et, pour la première fois, sourit.

— Je suis navrée de vous avoir menti, Tom. J'espère que vous ne m'en voulez pas trop.

— Non.

J'essayai de sourire à mon tour, mais je n'y parvins pas. Cette expression paraissait trop banale à un tel moment.

— Il y a beaucoup de choses que je ne comprends toujours pas, murmurai-je.

— Marchons un peu.

Elle fit entrer le chien dans la maison et referma la porte-fenêtre derrière lui. Perché sur un tabouret, l'épagneul, avec tristesse, nous regarda nous éloigner.

— J'ai sorti Swinburne plusieurs fois déjà. À l'instar de son homonyme[1], il n'est pas doté d'une très grande énergie.

---

1. Algernon Charles SWINBURNE, poète anglais (1837-1909), originaire de Bonchurch, passa les dernières années de sa vie totalement coupé du monde *(N.d.T)*.

Elle referma le portail et nous nous engageâmes dans l'allée. Une charrette approchait, conduite par un pasteur replet, au visage rougeaud. Il leva son fouet en signe de salut.

— Cet endroit constitue un refuge idéal, mais vous ne pourrez pas rester cachée indéfiniment, Leonora.

— Je n'en ai pas l'intention. J'ai d'ailleurs envoyé des nouvelles à Meongate. Ils ont dû recevoir ce matin une lettre indiquant que je suis en sécurité et que je ne manque de rien. Toutefois, je ne leur révèle pas le lieu de ma cachette.

Nous tournâmes devant la poste. Le boucher, dans sa boutique, souleva son canotier. Leonora lui sourit et me souffla à voix basse :

— Comme vous le voyez, je suis déjà connue et respectée ici. Bonchurch est une communauté soudée et sympathique. Les habitants compatissent à mon malheur. J'espère que vous vous rendez compte que si la vérité venait à éclater je serais de nouveau une proscrite et que mon amie perdrait la considération de son entourage ; elle prend des risques énormes en m'hébergeant chez elle.

— Il n'est pas question de lui créer des ennuis. Mais est-ce le sentiment que vous aviez à Meongate, être une proscrite ?

— Tout à fait. Je ne pouvais plus y demeurer, pour toutes sortes de raisons. Je regrette seulement d'avoir dû partir à la sauvette. Ici, je suis en sécurité – pour quelque temps. Je suis une amie de Grace, veuve de guerre, malheureusement enceinte. Une personne respectable et crédible. Mais comment avez-vous réussi à me retrouver aussi vite ?

Tout en parlant, nous étions passés devant East Dene College et nous étions engagés dans une pente raide. Nous distinguions maintenant la mer, par-delà l'écran des arbres. Je relatai à Leonora l'enchaînement de circonstances qui m'avaient amené jusqu'à elle. Mon itinéraire ne sembla pas la surprendre, peut-être parce qu'elle l'avait elle-même suivi avant moi.

Le chemin menait vers de très anciens glissements de terrain recouverts d'herbe et d'arbustes. La mer, à nos pieds, léchait les galets d'une plage cachée. Derrière nous, au-delà des champs, les toits des bâtiments d'East Dene College étaient visibles. Là, dans quelque salle de classe aux fenêtres hautes, Mlle Fotheringham était en train d'enseigner le français avec un raffinement distrait, tout en se demandant ce que faisait son amie.

— Personnellement, je ne souhaitais pas vous cacher la vérité, je veux que vous le sachiez, annonça Leonora. John n'avait pas le droit de vous tenir à l'écart comme il l'a fait. Hélas, je suis incapable d'expliquer ses agissements depuis quelque temps. Je ne le comprends plus.

— Mais vous l'avez revu. Vous savez depuis longtemps qu'il est vivant...

— Je l'ai cru mort pendant un mois. La nouvelle de son décès est arrivée de France au début de mai. Une messe a été donnée à sa mémoire, à l'église du village. Vous m'avez écrit et je vous ai répondu. Puis, l'incroyable s'est produit...

« C'était un samedi : le 10 juin, précisément. Meongate hébergeait Mompesson pour le week-end. Les visites de l'Américain étaient encore plus fréquentes depuis l'annonce de la mort de John.

J'avais deviné, depuis un certain temps déjà, qu'il cherchait à devenir membre de la famille. Être l'amant d'Olivia ne lui suffisait pas. (D'ailleurs, il n'était pas le premier à tenir ce rôle.) Non, il voulait la propriété de Meongate, son ambition était de s'approcher du titre des Powerstock, à défaut de l'obtenir. Veuve, je représentais pour lui une cible intéressante. Au début, j'étais trop désespérée pour remarquer ses manœuvres. Ses attentions parvenaient, dans le meilleur des cas, à me distraire de mon chagrin. Olivia commença à me haïr à ce moment-là, par crainte, je pense, d'être éclipsée par une femme plus jeune. Je suis convaincue que, même si j'avais accepté de l'épouser, Mompesson n'aurait pas renoncé à Olivia. Mais, peu importe. À toutes ces manigances, je demeurai inconsciente, jusqu'à cette fameuse nuit...

À ce point du récit de Leonora, je l'interrompis. Tout à coup, j'avais besoin d'endiguer le flot de ses confidences, je ne souhaitais pas savoir trop vite. Elle s'était tue si longtemps que je n'étais pas prêt pour des révélations brutales, en cet instant où nous étions en équilibre précaire sur le terrain glissant qui surplombait la mer.

— Attendez ! m'exclamai-je. Tout cela, je l'avais plus ou moins deviné. Vous dites que Mompesson cherchait un moyen de s'introduire dans votre famille. Pourquoi ? Dans quel but ? Que désirait-il ?

— J'en suis, moi aussi, réduite aux conjectures. Il ne se confiait pas à moi – ni à quiconque. Je sais seulement que sa famille possédait des terres et des biens en Louisiane et qu'ils ont tout perdu au moment de la guerre de Sécession. Peut-être nous jalousait-il à cause de ce revers de fortune. Il possédait un talent indéniable pour gagner de l'argent, mais ce don ne suffit pas à acquérir un statut social. J'imagine que c'est cela qu'il voulait obtenir de nous.

Elle se détourna et descendit la pente de quelques pas. Je ne la suivis pas, sentant qu'elle avait besoin de mettre une distance entre nous avant de m'apprendre ce qui s'était passé.

— Cette fameuse nuit de samedi, je suis allée me coucher de bonne heure. Je veillais rarement quand Mompesson nous rendait visite. Les efforts que je déployais pour être polie à son égard m'épuisaient. Je m'endormis plus vite que je ne l'avais fait depuis des semaines. Quand je m'éveillai, je crus qu'un rêve me poursuivait. John était penché sur moi, une main posée sur ma bouche pour m'empêcher de crier. Je me dis que j'étais victime d'une hallucination, d'un cauchemar... Mais, quand il se mit à parler, je sus qu'il était vraiment revenu. Et, à ses mots, je compris vite que quelque chose avait changé en lui. Le mari que j'avais cru mort vivait encore ; pourtant, il n'était plus celui que j'avais connu.

« "Je ne suis pas un fantôme, dit-il, et je regrette que tu m'aies cru mort." Il s'assit sur le lit et ôta sa main de ma bouche. Je parvins à ne pas crier, malgré l'intensité de ma joie. Je pensai – si toutefois j'étais capable de "penser" à ce moment-là – qu'une erreur avait été commise et qu'il s'empressait de rétablir la vérité. Il m'expliqua qu'il s'était introduit dans la maison en secret. Personne, en dehors de moi, ne se doutait de sa présence. Il ne voulait pas qu'on apprenne qu'il était en vie. Tout ce qui m'importait, à cet instant précis, était que mon amour me fût rendu. Quand je le pris dans mes bras, j'eus l'impression d'étreindre un miracle.

Leonora se tourna à nouveau vers moi et me scruta avant de demander :

— Vous imaginez ce que je ressentais, Tom ?

— Vous a-t-il expliqué ce qui s'était passé ? Comment il avait survécu ?

— Il m'en parla plus tard. J'avais dormi un peu et, quand je m'éveillai, je le trouvai debout près de la fenêtre, fumant une cigarette tout en regardant l'aube se lever sur le parc. Je remarquai alors certains détails qui m'avaient échappé jusque-là : vêtements négligés, barbe de plusieurs jours, pas d'uniforme, pas de bagage. Il avait l'allure d'un fugitif et j'en ressentis un choc. Et, au regard dont il m'enveloppa – une fraction de seconde avant qu'il ne s'aperçoive que j'étais réveillée –, je fus certaine que quelque chose n'allait pas. « Il va falloir que je te quitte à nouveau, me dit-il. Officiellement, je dois rester mort. » Puis, il me raconta tout. L'annonce de sa mort n'était pas un quiproquo mais un coup monté. Il avait déserté. Il avait souvent songé à le faire, parce que la guerre était une farce horrible, cruelle, intolérable. Quand l'opportunité s'était présentée, il l'avait saisie au vol. Coupé de ses camarades dans le *no man's land*, il avait déposé ses papiers d'identité sur le corps de l'un de ses compagnons et s'était enfui. Il refusa d'entrer dans les détails et ne me confia pas où il s'était caché depuis. Il était venu me voir dans l'espoir que je l'aiderais à faire taire son sentiment de culpabilité, que je devinerais ce qu'il devait faire. Mais j'en fus incapable. Je ne sus pas le soutenir dans cette épreuve où il avait tant besoin de moi. Pourtant, nous nous aimons. J'étais – je suis encore – folle de joie à l'idée qu'il n'était pas mort en France. Seulement, le fait qu'il soit en vie ne résout pas tout, n'est-ce pas ? Je suis sûre que, quelque part au fond de vous, vous le considérez comme un traître. Le monde entier jugerait qu'il a été lâche de tricher avec la mort.

Ce qu'elle venait de dire était vrai et il fallait l'admettre. Je me montrai aussi nuancé que possible dans ma réponse :

— Sur le fond, John a raison : l'on ne devrait pas permettre que la guerre continue. Cependant, tant qu'elle se poursuivra, elle réclamera son dû. Chercher à lui échapper n'est pas un signe de couardise ; au contraire, cela suppose même un certain courage. Seulement… personne n'admettra un tel acte.

Leonora soupira.

— C'est ce que j'ai expliqué à John. Tôt ou tard, il sera démasqué et ce qui se passera alors sera pire que de le perdre à la guerre – quelle que soit l'horreur de cette perspective.

— Il n'est peut-être pas trop tard pour faire machine arrière, murmurai-je en pensant au châtiment réservé aux déserteurs.

— Je l'ai supplié de rejoindre son régiment et de justifier son absence par une quelconque explication. Il a prétendu que cette solution ne marcherait pas. Selon lui, personne ne croirait à un malheureux hasard et il serait accusé de désertion. Alors, je lui ai posé la question que je redoutais le plus. S'il ne se livrait pas, comment pourrions-nous rester ensemble ? S'il restait caché, pendant combien de temps devrais-je prétendre qu'il était mort ?

Je m'attendais à ce que Leonora continue, mais elle ne le fit pas. Le silence tomba entre nous et j'entendis l'herbe bruisser sous la caresse de la brise. Je devais relancer ses confidences et demandai :

— Quelle a été sa réponse ?

Elle secoua la tête.

— Aucune. Il a admis que mes remarques étaient sensées et qu'elles confirmaient ce qu'il pensait lui-même. Pourtant, quelque chose semblait le retenir, quelque chose qui dépassait la simple indécision. Il ne paraissait ni hésitant, ni nerveux, ni même effrayé. Il manifestait un calme, un détachement troublants. Puis, il a annoncé qu'il devait partir. Le jour se levait et il ne voulait pas être vu. J'essayai de lui faire promettre de suivre mon conseil ; n'y parvenant pas, je tentai de lui arracher un nouveau rendez-vous. Mais il me répondit qu'il ne pouvait rien garantir, au-delà de son amour pour moi. Avant de me quitter, il parla de vous.

— En quels termes ?

— Il avait mentionné votre nom par le passé, et vous ne m'étiez pas inconnu. « Franklin viendra peut-être te voir, dit-il... À condition qu'il soit vivant. Et qu'il se souvienne de sa promesse. Ne lui avoue la vérité sous aucun prétexte. Mais accorde-lui ta confiance, il en est digne. » Il avait raison, vous en êtes digne.

— Pourtant, je ne vous ai été d'aucune utilité, ni à l'un ni à l'autre.

— Personne ne peut aider John. Il est parti ce fameux dimanche matin et, depuis, je ne l'ai pas revu, je n'ai pas reçu la moindre nouvelle. Je l'ai regardé se faufiler entre les arbres, au bout du parc, après m'avoir jeté un dernier regard. J'ai alors prié pour qu'il ne s'éloigne pas trop de moi. J'étais certaine qu'il finirait par se livrer aux autorités militaires. Mon attente a été vaine. Pas le plus petit message, pas le moindre signe de vie... Officiellement, il est mort. Au fil des jours, la tension de l'attente diminua. Je me pris parfois à penser que j'avais rêvé son retour. Mais mon corps m'affirmait le contraire. Quand j'ai compris que j'étais enceinte, j'ai perdu espoir. Pour permettre à la famille de John de garder foi en lui, je devais détruire celle qu'ils avaient placée en moi. En conservant le secret de John, je donnais l'impression de l'avoir trahi. Et, alors que j'aurais eu tant besoin de me confier à lui, dont la décision aurait pu être modifiée par l'annonce de ma grossesse, je ne savais pas comment le contacter.

— Comme vous avez dû souffrir !

— Et je n'étais pas au bout de mes ennuis. Au début du mois d'août, Mompesson abattit ses cartes. Il m'avait souvent proposé un tour en voiture. J'avais toujours refusé. Cette fois, je n'eus pas le choix : « Je voudrais vous parler du supposé décès de votre mari. Vous ne préféreriez pas que cette discussion ait lieu en tête à tête ? » me glissa-t-il un jour. Mon sang se glaça dans mes veines. Il savait. Il prit la route de Winchester et arrêta la voiture près du terrain de golf. Là, il m'expliqua qu'il avait vu John quitter Meongate ce dimanche matin de juin. Il savait qu'il était vivant et que je l'avais revu. Il avait retrouvé sa trace à Portsmouth et connaissait son adresse – qu'il refusa de me donner. Il me précisa que, si je ne me montrais pas coopérative, il dénoncerait John à la police. Mon mari serait arrêté et condamné à mort. Ma seule solution était, comme il le disait, de « coopérer ».

Leonora contempla la mer un instant avant de poursuivre.

— Je n'avais pas le choix. Impossible de lui tenir tête : je savais qu'il ne bluffait pas. Impossible de prévenir John : j'ignorais le lieu de sa cachette. Je n'avais personne à qui me confier. J'étais obligée de me plier aux exigences de Mompesson, contrainte d'accepter les conditions qu'il mettait à son silence. Et ce qu'il m'annonça était plus horrible que tout ce que j'aurais pu imaginer. Il ne réclamait pas de l'argent, il me voulait, moi. Vous avez été témoin de certains de ses… comportements – je préfère ne pas revenir là-dessus. Il voulait me transformer en l'une de ces esclaves dont il regrettait tant d'être privé. Pour protéger John – pour cette seule et unique raison, je le jure – je lui cédai. Mais je n'étais pas au bout de mes surprises ! Il voulait m'imposer quelque chose de plus terrible encore… puisque son but était de m'épouser. L'idée était à la fois absurde et terriblement rusée. Il savait que, compte tenu de ma position, je me garderais bien de dénoncer cet état bigame ! Je n'avais aucun moyen de lui échapper. Quand il découvrit – par l'intermédiaire d'Olivia, je pense – que j'étais enceinte, il en fut ravi. Il se débrouillerait pour que tout le monde croie qu'il était le père de l'enfant – et porterait ainsi un coup fatal à Lord Powerstock. Au bout du compte, pourtant, ce n'était pas moi qui l'intéressais, mais Meongate. Je commençais à entrevoir quels plans il avait échafaudés. M'épouser n'était qu'une première étape. Bien vite, se présentant en victime, il révélerait l'existence de John et se débarrasserait ainsi de nous deux. Il espérait que Lord Powerstock ne survivrait pas à cette épreuve et qu'il pourrait alors, en toute liberté, épouser Olivia et obtenir les biens et les privilèges convoités. En conservant le secret de John, je servais l'ambition de Mompesson. Peut-être pensez-vous que je me laisse emporter par mon imagination, mais c'est ainsi que la situation m'apparaissait, à l'époque.

— Ce scénario me paraît tout à fait plausible.

Leonora se remit à marcher et je la suivis. Trois fillettes, armées de filets à papillons et se dirigeant vers East Dene College, nous croisèrent et nous saluèrent avec politesse. Quand elles se furent éloignées, Leonora reprit :

— Je ne savais plus que faire. Je n'avais aucune porte de sortie, personne vers qui me tourner. Quand vous êtes arrivé, vos propositions d'amitié n'ont fait qu'accroître mon désarroi. Votre gentillesse me faisait prendre conscience de mes difficultés de façon encore plus aiguë. J'avais deviné qu'il en serait ainsi dès l'instant où Lord Power-stock avait annoncé que votre nom figurait sur l'une des listes de Lady Kilsyth. Pourtant, je n'avais pas essayé de le dissuader de vous inviter. Bientôt, les événements se précipitèrent. Au cours de sa visite suivante à Meongate, Mompesson me fixa une échéance. J'avais jusqu'à vendredi dernier pour m'exécuter... (Elle fut parcourue d'un frisson, mal-gré la chaleur de l'air.) L'annonce de nos fiançailles devait suivre rapidement.

— Je m'en doutais. J'avais surpris une partie de votre conversation, dans les massifs de rhododen-drons.

Elle s'arrêta et me regarda.

— Mais vous n'aviez pas deviné ce qui se cachait derrière nos paroles...

— Non. Je savais seulement que Mompesson disposait d'un moyen de pression sur vous.

Elle hocha la tête et se remit à avancer.

— Il prenait du plaisir à me laisser ce long délai pour imaginer ce qui allait se passer entre nous.

— Avant de partir, il m'a affirmé que vous accepteriez de l'épouser.

— Preuve de sa confiance en lui-même et de son intention de ne pas vous laisser piétiner ses projets ! Après son départ, j'ai vainement cherché un moyen de le mettre en échec. Il me semblait que mon seul espoir était de prévenir John. L'unique indication dont je disposais était qu'il se trouvait quelque part à Portsmouth. Pourquoi Portsmouth ? Une ville portuaire ne constituait pas, *a priori*, une cachette idéale pour un déserteur. Je réfléchis à tout ce que John m'avait dit, me remémorant chacun de ses mots. Je ne trouvai rien qui explique pourquoi il s'était réfugié dans cette ville. Puis, tout à coup, j'eus une idée ! Charter raconta quelque chose à propos de la mère de John – il en parlait souvent – et je me souvins du travail qu'elle avait effectué à Portsmouth. Je ne voyais pas encore comment raccorder ces deux éléments mais ils constituaient un lien possible entre John et cette ville. Je décidai de me rendre à Porstmouth, espérant y trouver au moins un indice, une piste.

— ... Mais je vous ai rencontrée à votre descente de ferry et j'ai contrecarré vos plans.

— Je n'avais pas de projet précis. Quand je vous ai vu, j'ai compris que ce voyage ne servirait à rien. Je ne savais pas comment orienter mes recherches. À notre retour à Meongate, j'étais toujours aussi démunie.

Nous étions arrivés au bout du chemin, qui disparaissait parmi les ajoncs de la pente abrupte, aux abords de la falaise. Nous nous arrêtâmes.

— Je comprends maintenant pourquoi vous ne pouviez que me repousser quand je vous ai fait ma stupide demande en mariage.

— Je n'avais pas le choix, Tom, absolument pas le choix. Je suis navrée. Revenons sur nos pas, voulez-vous ?

Nous fîmes demi-tour et elle reprit ses explications :

— Je sentais qu'à moins que je ne vous éconduise d'une manière ferme et définitive vous ne vous décourageriez pas et que nous en souffririons tous les deux. Aussi, je vous ai annoncé que j'étais enceinte et je vous ai laissé tirer la conclusion évidente : que Mompesson était le père de l'enfant. Votre réaction me donnait un avant-goût de ce que tout le monde penserait. Toutefois, cette mise au point ne résolvait rien. Il fallait tout de même que je sois au rendez-vous, ce soir-là... avec tout ce que cela impliquait. J'étais à court de temps... et d'espoir. Aussi, dans un geste insensé, j'ai glissé un mot sous votre porte. Je suis allée à l'observatoire et j'ai dirigé le télescope sur la fenêtre de Mompesson. J'espérais que le spectacle auquel vous assisteriez, depuis là-haut, vous ferait comprendre que j'étais sa victime, non pas sa maîtresse. Je souhaitais tant que vous trouviez un moyen de m'aider à lui échapper.

Elle se tut un instant, puis soupira :

— Apparemment, la scène n'était pas suffisamment explicite...

J'avais honte, devant l'espoir qu'elle avait placé en moi.

— Si j'avais été aussi digne de confiance que John vous l'avait dit, j'aurais compris le sens de ce qui se passait, murmurai-je.

— Quand j'ai appris que Mompesson était mort, j'ai cru que j'étais allée trop loin, que je vous avais poussé à commettre un meurtre.

— Rien d'aussi noble ! Une nuit de beuverie, voilà tout ce dont j'ai été capable.

— Alors, un autre doute a pris forme dans mon esprit…

— Vous avez craint que John ne soit le meurtrier ?

— Oui. Au début, j'ai trouvé cette idée absurde, mais je ne voyais pas d'autre coupable. La raison réelle de son retour était-elle de me protéger de Mompesson ?

— Je suis certain qu'il considérait Mompesson comme une menace.

— Je le crois aussi. Quand vous m'avez affirmé que la porte de l'observatoire n'était pas fermée à clé, j'ai eu la certitude que c'était lui le coupable. J'avais verrouillé le local moi-même, après avoir réglé le télescope. Il n'existe qu'une seule autre clé de l'observatoire et je l'avais vue, pour la dernière fois, entre les mains de John.

— Pourquoi serait-il monté là-haut ?

— Parce qu'il savait qu'il pourrait, en toute tranquillité, surveiller les allées et venues de la maison et espionner Mompesson. Peut-être a-t-il vu quelque chose, cette nuit-là, qui l'a convaincu que Mompesson devait mourir.

Elle se tut et, dans le silence qui suivit, j'imaginai fort bien ce que son époux avait pu voir.

— Plus que jamais, il fallait que je parle à John. Je finis par deviner où il s'était réfugié. En lisant le chapitre rédigé par sa mère pour le rapport du Comité du diocèse, je trouvai l'indice que je cherchais. Vous aviez presque découvert la solution vous-même lorsque l'inspecteur Shapland nous a interrompus. Je suis désolée d'avoir dû vous mentir pour protéger mon départ, mais il m'était impossible de révéler mes projets.

— Je le comprends, maintenant.

— Je me suis rendue au Mermaid Inn et j'ai rencontré M. Fletcher. Quand il a compris que je savais que John était vivant, caché à Portsmouth, il s'est montré plus aimable. Il m'a dit où John vivait, tout en me prévenant que j'arrivais sans doute trop tard. Je suis allée vérifier mais Fletcher avait raison. John était parti. À tout hasard, j'ai glissé un mot sous la porte, dans l'espoir qu'il repasserait.

— Il ne l'a pas fait.

— Grace est ma plus ancienne amie. Elle est la seule personne à qui je pouvais confier un secret que j'avais de plus en plus de mal à garder. Aussi, j'ai cherché asile auprès d'elle et elle ne m'a pas déçue.

— Elle sait tout ?

— Elle en sait autant que moi. Nous avons mis au point une version légèrement modifiée pour ses voisins. J'ai trouvé la paix pour quelque temps.

— Et John ?

— Comment lui apporter la paix alors que je ne parviens pas à le retrouver ? Et je ne vois pas dans quel sens orienter mes recherches, maintenant…

Force était d'admettre que, cette fois, il avait disparu sans laisser d'indice. Nous ne disposions plus de la moindre piste.

— S'il est vraiment revenu pour vous libérer de Mompesson, il accomplit sa mission, déclarai-je.

— Mais à quel prix ?

Les mots de Leonora restèrent suspendus dans l'air aux senteurs salines. Nous fîmes le tour de l'église du village. Nichée derrière de hauts murs de pierre, elle symbolisait la pérennité et semblait offrir une absolution venue du fond des temps. Je revis la ferme d'Hernu, quand – il y avait si longtemps – Hallows tenait au creux de sa main des loyautés et des amours qui éclipsaient la guerre dans laquelle nous étions pris. J'ignorais alors quel chemin il allait suivre, quelle bataille il allait mener. Et que savait-il aujourd'hui de mes multiples trahisons ? Meongate – sa maison, mon piège – nous avait séparés de façon plus définitive que n'importe quel champ de bataille.

Leonora quitta le sentier et franchit l'étroit portail du cimetière. Je ne la suivis pas quand elle entra dans l'église. Sans qu'un mot fût prononcé, je savais qu'elle m'avait exclu de ses pensées pour aller, en ce lieu de recueillement, méditer des questions sans réponse. Quel péché avait-elle commis, après tout ? Elle avait tenu les promesses faites à son mari devant Dieu. Cependant, personne ne comprendrait son attitude complice, aucune congrégation religieuse n'admettrait qu'elle soit allée aussi loin pour soutenir son époux. Elle était condamnée à garder le secret.

Je restai debout, dos au porche, regardant, au-delà des vieilles pierres tombales, les haies de ronces qui descendaient vers la mer. Ma culpabilité se nuançait de doutes. J'avais honte d'avoir donné une interprétation aussi hâtive aux relations de Leonora avec Mompesson ; j'aurais été plus objectif si Olivia n'avait pas éveillé en moi autant de désirs coupables. Je m'étais empressé de porter sur une autre le jugement que je craignais que l'on portât sur moi. Ma suspicion formait une tache sur le halo de loyauté de Leonora. Je m'apercevais que, depuis l'instant de notre première rencontre jusqu'au moment de nos derniers – faux – adieux, Hallows m'avait soumis à des tests... et je n'étais pas fier de mes résultats. Avait-il, lui aussi, échoué à certaines épreuves ?

— J'aimerais rentrer à Sea Thrift, maintenant.

Je sursautai. Sans un bruit, Leonora était ressortie de l'église.

— Oui, bien sûr. Si vous êtes certaine que c'est ce que vous voulez.

— Que pourrais-je faire d'autre ?

— Revenir à Meongate avec moi. J'ai été injuste envers vous. Si je vous avais accordé la confiance que vous méritez, nous n'en serions pas là. Aujourd'hui, j'aimerais m'amender...

— Ne vous sentez pas coupable, Tom. Nous sommes tous responsables. Si John a été amené à tuer Mompesson, c'est parce que nous ne lui avons pas laissé le choix. Cependant, je ne peux pas rentrer avec vous... pas s'il faut que je garde le secret de John. Et il doit être gardé, n'est-ce pas ?

— J'espère que ce sera possible.

— Expliquez à Lord Powerstock que vous avez retrouvé ma trace, mais ne lui dites pas comment. Je ne pense pas qu'il s'opposera à ce que je reste ici.

Étant donné que je ne peux lui révéler la vérité, je dois accepter qu'il ait de moi une opinion bien peu flatteuse.

— Quelle attitude adopter vis-à-vis de Shapland ?

— Dites-lui aussi peu de chose que possible.

— Et s'il vous convoque pour témoigner devant le coroner ?

— Il n'a aucune raison de le faire, mais nous aviserons en temps voulu.

— Vous vous rendez compte que c'est le pauvre Cheriton qui portera le chapeau ?

— Oui. Mais nous n'avons pas le choix.

— Non.

Ce mot résonna bizarrement. Nous n'avions, comme Leonora l'avait dit, « pas le choix ». Le mensonge restait la seule voie maintenant que la vérité avait été dissimulée ; seul, il nous épargnerait l'amertume et la honte.

Devant nous, le chemin s'élargissait en une route empierrée qui rejoignait l'entrée de East Dene College. Grace Fotheringham nous regardait avec inquiétude.

— Tout va bien ? demanda-t-elle.

— Oui, répondit Leonora. Elle leva les yeux vers moi avant de continuer : M. Franklin et moi nous sommes dit tout ce que nous avions à nous dire – et je pense qu'il souhaite maintenant repartir.

Je restai en retrait tandis qu'elle s'approchait de son amie.

Le silence qui suivit marquait la fin de notre entretien. J'étais, en quelque sorte, congédié. Maintenant que les deux jeunes femmes se tenaient côte à côte, je me sentais exclu de leur amitié ; je redevenais un étranger indésirable. Je les dépassai, puis m'arrêtai et me retournai pour les regarder une dernière fois.

— Adieu, dis-je.

Au moment où je prononçai ces mots, je sus qu'ils scellaient une séparation définitive. Plus jamais je ne reverrais Leonora.

— Adieu, Tom.

Le vent était tombé. Un calme étrange, fragile et douceâtre, régnait sur l'allée déserte. Je me demandai, pendant quelques secondes, ce qu'un passant un peu curieux penserait de cette scène. Puis Leonora fit un pas vers moi et m'embrassa sur la joue.

— Que Dieu vous garde ! murmura-t-elle.

Elle avait parlé à voix basse, comme pour éviter que Mlle Fotheringham ne l'entende.

Je lui pris la main, maladroitement, ne sachant comment elle interpréterait mon geste : un aperçu de l'intimité que nous aurions pu connaître ? Le fait de partager le même secret ? Que signifiait, après tout, cet instant passé où nous aurions pu devenir tellement l'un pour l'autre ? Rien... Un coin de rideau s'était soulevé sur une fenêtre qui ne s'ouvrait pas.

Je lui lâchai la main. Elle me fixa gravement, ses yeux gris refoulant les larmes que nous aurions pu, à un autre moment, partager. Il n'y avait plus rien à dire. Je me détournai et m'éloignai pour descendre l'allée entre les cottages aux toits de chaume. Je ne regardai derrière moi que lorsque j'eus dépassé la rue qui menait à Sea Thrift. Je ne vis alors que deux formes étranges, rendues floues par la distance, deux symboles dressés tels des points d'interrogation face à tout ce que je ne comprenais toujours pas.

La cloche de la porte de la poste, en tintant, me ramena à la réalité : une femme forte, vêtue de noir, tenant un pékinois dans les bras sortit de l'établissement. La banalité m'entourait, plus tangible que les ombres que je poursuivais. Je continuai ma route, les yeux fixés devant moi. Le rideau retombait et la fenêtre resterait fermée à jamais.

Que devais-je faire ? Cette question me trottait dans la tête tandis que le petit train cahotant traversait l'île ; j'y réfléchissais encore en regardant les mouettes suivre le ferry sur lequel j'avais embarqué. J'avais beau connaître le secret de Leonora, j'étais tout aussi démuni qu'elle. Nous étions liés à Hallows, elle par l'amour, moi par l'amitié, et nous en étions pourtant réduits aux hypothèses en ce qui concernait le rôle qu'il avait joué dans tous ces événements.

Nous entrâmes dans le port de Portsmouth où étaient amarrés des bâtiments de guerre aux flancs hauts et gris. Je jetai un coup d'œil au *Victory* de Nelson, ancré un peu plus loin, qui avait été repeint et remis à neuf après une autre guerre, à une autre époque. L'Angleterre attendait trop de ses soldats et je ne savais plus où était mon devoir. Une fois que le ferry fut à quai, je me dirigeai droit vers le Mermaid. Je n'avais nul autre endroit où aller.

J'étais de retour, plus tôt que prévu, dans la pièce où Fletcher abritait ses secrets, sa perruche et ses géraniums. Le secrétaire était à nouveau ouvert, la photo de Miriam posée en évidence sur l'abattant. Fletcher alluma sa pipe et me versa un verre de rhum. Il écouta mon récit avec patience, sans manifester d'émoi.

— Pensez-vous témoigner devant le coroner dans le sens où Mme Hallows le désire ?

La question était directe, ne s'encombrait pas de détours.

— Probablement, maintenant que vous m'avez débarrassé de la police.

— Détrompez-vous, les hommes de Shapland vous ont sûrement vu revenir.

— Mais ils ne savent pas où je suis allé et, même s'ils l'apprenaient, ils ne seraient guère plus avancés. Nous serions incapables de leur dire où se trouve Hallows, même si nous le voulions, et ils n'ont aucune raison de suspecter qu'il est encore en vie. Il faut qu'il continue d'en être ainsi.

— Pour combien de temps ? demanda Fletcher.

— Au moins jusqu'à la fin de l'enquête. Alors... oh ! je ne sais pas. Que suggérez-vous ? De le dénoncer ?

— Non. Mais vous êtes-vous demandé où il se terrait, ce qu'il faisait ?

— Je n'ai pas trouvé de réponse...

Nous touchions là au cœur du mystère. Déserter afin de protéger Leonora en tuant Mompesson, je le comprenais. Mais ensuite ? Passer sa vie entière caché était pire que... Mon regard se porta vers la fenêtre et s'y fixa, comme si j'avais eu besoin de ce cadre pour ancrer mes pensées. Qu'avait dit Leonora ? Qu'Hallows paraissait calme, détaché. Dans ce cas, rien n'était arrivé par hasard. Il avait tout prévu, même le fait que je le suivrais à Meongate. Il nous avait manipulés, avait guidé chacun de nos pas. Mais quel but poursuivait-il ?

— J'ai l'impression que vous suivez le même raisonnement que moi… (Les mots de Fletcher me ramenèrent à la réalité.) S'il a tué Mompesson pour secourir Leonora, il n'a guère de chances d'échapper à la police. Et s'il est capturé, sa perte entraînera celle de Leonora…

— Dans tous les cas, il est perdant. Nous le sommes tous. S'il réapparaît, il sera accusé de désertion et de meurtre. S'il reste caché, à quoi bon tout cela ? soupirai-je.

— Je ne crois pas qu'il reviendra… ni qu'il restera caché. Vous partagez mon avis, n'est-ce pas ?

Fletcher mettait le doigt sur une perspective qu'au fond de moi j'avais déjà envisagée. Tout à coup, je fus parcouru d'un frisson.

— Oui… Oui, vous avez peut-être raison.

Nous nous taisions. Nous avions passé en revue toutes les hypothèses, certains qu'Hallows avait franchi le point de non-retour. Qu'il meure en France, brutalement, dans l'épaisse nuit du *no man's land*, ou un peu plus tard, à l'heure de son choix, ayant rempli sa mission auprès des gens qu'il aimait, ne faisait, au bout du compte, aucune différence. Là, dans cette arrière-salle du Mermaid, tandis que Fletcher me scrutait gravement à travers la fumée de sa pipe, je devinai ce qu'Hallows devait aujourd'hui ressentir. Tant que Mompesson avait représenté une menace pour les habitants de Meongate, sa vie de fugitif conservait une justification. Maintenant que Mompesson avait disparu, l'honneur n'existait plus que dans la mort.

Fletcher me fit sortir par-derrière, dans une ruelle qui donnait sur les chantiers navals.

— Une dernière chose ! dit-il en tirant le verrou. Un nom me tracasse depuis que vous l'avez mentionné, la nuit dernière : l'inspecteur Shapland.

— Pourquoi ?

— J'ai déjà eu affaire à lui. Il a témoigné à mon procès et à celui de Machim. Son rôle n'était pas crucial mais il avait découvert l'identité de certains de nos compagnons. Un policier obstiné, efficace. Bizarre qu'il ne soit pas à la retraite, aujourd'hui.

— Il l'était. Il a repris son activité à cause de la guerre.

Fletcher fit un signe de tête affirmatif.

— Alors, c'est bien lui. Et, comme vous l'avez dit, il n'est pas stupide ! Il se souvient certainement de moi.

— Il ne dispose d'aucun élément pour avancer...

— Non, mais soyez prudent. Ne revenez pas me voir.

Il avait un ton très ferme. Avec pondération, il confirmait que les secrets que nous partagions ne nous autorisaient aucune intimité. Quand je lui eus serré la main et qu'il eut fermé le portail derrière moi, notre relation prit fin. Et Fletcher retourna dans son passé peuplé de fantômes.

9

J'arrivai à Droxford à la nuit tombante. Je pris une chambre à Station Hotel : un bâtiment de briques recouvert de lierre, désert, situé à bonne distance du village et de Meongate. Ce lieu perdu me convenait.

Le lendemain, la confrontation ne pouvait plus être différée. J'allai à Meongate à pied, en me rappelant mon arrivée, quelques semaines plus tôt, à vive allure dans le cabriolet de Charter. Il y avait, ce jour-là, une note de gaieté dans l'air, disparue maintenant pour toujours.

Fergus m'accueillit à Meongate. Il m'annonça que je trouverais Lord Powerstock dans son bureau.

Le maître des lieux ne parut pas surpris de me voir. On aurait pu croire qu'il était resté sur sa chaise pendant toute mon absence, à se composer cette expression de perpétuel désenchantement.

— Elle nous a écrit. L'avez-vous vue ? demanda-t-il d'une voix neutre.

— Je l'ai vue. Elle va bien mais ne désire pas revenir.

— C'est ce qu'elle dit dans sa lettre. Et c'est peut-être mieux ainsi.

— Son éloignement résoudra certains de vos problèmes.

— Vous n'avez pas parlé de sa fugue à la police, alors ?

— Non, cela n'a pas été nécessaire, j'ai retrouvé Leonora sans eux.

— Quels sont vos projets ?

— Quitter cette maison, Lord Powerstock. Jusqu'à ce que j'aie témoigné devant le coroner, je dois rester dans la région, mais dès que je le pourrai, je m'en irai.

— C'est la meilleure solution.

L'amertume perçait derrière sa réserve. L'honneur perdu de sa famille pesait dans cette pièce comme une odeur âcre qui prend à la gorge. Je n'avais pas agi dans le sens où il le souhaitait, mais, pour cela, il m'aurait fallu devenir aussi aveugle que lui.

Je restai devant lui encore un instant, tenté de faire allusion à ce que j'avais appris sur l'épouse qu'il avait adorée sans vraiment la connaître. Je renonçai, cette tentative aurait été inutile. Lord Powerstock n'accepterait pas ces informations ; son visage fermé me l'indiquait. Sans ajouter un mot, je quittai le bureau.

J'avais pour projet de récupérer mes affaires et de partir au plus vite. Dans le hall, je remarquai le courrier posé sur un plateau d'argent et m'en approchai pour voir s'il y avait quelque chose pour moi. Je découvris trois lettres, dont l'une paraissait urgente : une fine enveloppe du ministère de la Guerre, arrivée le matin même. Je l'ouvris.

Marriott n'avait pas perdu une minute pour mettre ses menaces à exécution car j'étais convoqué devant une commission médicale le lundi suivant, à Aldershot. Si Marriott avait pensé que j'en serais atterré, il s'était trompé. Pour la première fois, l'idée de retourner à la guerre ne me déplaisait pas.

Je montai dans ma chambre et bouclai mes bagages rapidement, désireux de fuir Meongate sans tarder. Je savais désormais trop de choses à propos de ceux qui vivaient, ou avaient vécu, sous ce toit. J'allai à la salle de bains me rafraîchir avant de partir. Au moment où, ruisselant, je relevai la tête, je sentis une présence derrière moi.

Je pivotai en essuyant mes yeux pour en ôter le savon. Personne ! Décidément, mes nerfs me jouaient des tours. C'est alors qu'une ombre passa devant la fenêtre de la chambre, que j'apercevais de la salle de bains. Une forme sombre se dessina sur le tapis à lourds motifs. Je retins mon souffle et avançai d'un pas.

Olivia apparut dans l'encadrement de la porte, souriant d'un air placide malgré la moue méprisante dont elle ne se départait jamais. Elle portait une robe crème qui lui arrivait à la cheville, moulant son buste et sa taille ; ses cheveux flottaient sur ses épaules. Elle s'arrêta et me laissa l'admirer, nimbée d'un rayon de soleil qui dansait sur ses cheveux bruns. Malgré moi, malgré tout ce que je savais d'elle, je fus fasciné par ses formes sensuelles et je ressentis une attirance physique qui ne lui échappa pas.

— Alors, vous voilà de retour, lieutenant ?

— Je ne fais que passer. Je m'installe au village jusqu'à ce que j'aie témoigné devant le coroner. Ensuite, vous ne me verrez plus.

— Nous avons reçu une lettre de Leonora, comme vous le savez. Elle ne nous communique pas son adresse, mais le cachet de la poste indique Newport,

île de Wight. Je me rappelle que l'une des demoi-
selles d'honneur de son mariage était enseignante
sur cette île.

— Vous pourriez donc retrouver sa trace, si vous
le vouliez. Mais le voulez-vous ?

— Bien sûr que non. Je suis ravie d'être débarras-
sée d'elle.

Elle vit mes yeux s'écarquiller et reprit :

— Cessons de feindre, voulez-vous, lieutenant.
Étant donné que vous acceptez l'exil de Leonora et
que vous n'êtes pas allé pleurer sur l'épaule de Shapland, dois-je en déduire que vous êtes intéressé par
la proposition que nous vous avons faite avant
votre départ ? Auriez-vous tenu compte de mes
mises en garde ?

— Je ne veux rien de vous, Lady Powerstock. Je
ne vous causerai aucun ennui, je ne désire qu'une
chose : partir...

— Et mourir pour votre pays ? Quelle noblesse !

— Ne parlez pas de noblesse. J'en ai une indiges-
tion ! Maintenant, si vous voulez bien m'excuser...

Je voulus passer devant elle, mais elle ne bougea
pas. Et, après tout ce qui s'était passé, je pouvais
difficilement poser mes mains sur elle. Je lui fis face
et m'appliquai à soutenir son regard. Nous étions
maintenant si près l'un de l'autre que me parvenaient
les effluves de son parfum ; un parfum qu'elle avait
porté une fois auparavant et qu'elle avait remis
pour m'humilier.

— Dites-moi, lieutenant : que vous a-t-elle donné
en échange de votre silence ? Vous a-t-elle offert
quelques petits plaisirs dans le genre de ceux auxquels vous avez assisté depuis l'observatoire ?

362

Je réprimai mon envie de la gifler car elle aurait considéré ce geste comme une victoire. Je ne répondis rien : c'était la seule attitude permise, face à sa perfidie. J'étais enfin libéré d'elle ; quoi qu'elle dise ou fasse, je ne serais plus dupe. Rien ne m'empêcherait de partir. Aucun homme ne soumettrait jamais Olivia, je le comprenais. Bartholomew s'était peut-être cru capable de dompter son jeune et volontaire modèle, mais il avait péri noyé. Lord Powerstock s'était imaginé qu'elle égayerait ses austères années de déclin ; or elle avait fait de lui un prisonnier de sa propre demeure. Mompesson avait pensé pouvoir monter des machinations dans son dos, et elle s'était révélée plus rouée que lui. Quant à Hallows, il ne lui avait échappé que pour mourir.

Finalement, Olivia s'écarta pour me laisser passer.

— Vous êtes un idiot, lieutenant.

Elle parlait doucement, sans passion ni agressivité.

Je songeai à Cheriton, mort contre un orme dans le parc, une lettre à la main, et murmurai :

— J'ai été un idiot, c'est vrai… (Je pris ma veste et mon sac.) Mais je ne le suis plus.

Je sortis et elle ne me suivit pas. Quelques instants plus tard, je franchissais les portes de Meongate pour la dernière fois. Je ne regardai pas en arrière. Olivia m'épiait sans doute depuis une fenêtre et j'étais déterminé à ne pas manifester le moindre signe de faiblesse.

À l'hôtel, je défis ma valise, puis j'ouvris les autres lettres récupérées à Meongate. L'une était une convocation au tribunal, devant le coroner, le mardi suivant à dix heures. La seconde provenait d'un cabinet juridique de Winchester, Mayhew & Troke :

« Concerne l'affaire qui sera prochainement jugée par le coroner de South Hampshire. Sur délégation de Lord Powerstock, M. Mayhew sollicite l'honneur de vous rencontrer à son étude avant la fin de la semaine, afin de clarifier un ou deux points en rapport avec l'affaire ci-dessus mentionnée. »

J'étouffai un juron. Tant que l'enquête ne serait pas close, je ne parviendrais pas à couper les ponts. Toute résistance était inutile, j'allai au village et appelai l'étude de Mayhew depuis la poste. L'employé qui me répondit me proposa un rendez-vous le lendemain à quatorze heures.

Pour rentrer, je pris la route qui passait devant le moulin à eau. Je m'attardai près de plants de cresson et regardai la roue du moulin frapper l'eau mousseuse en cercles réguliers et paresseux. Plongé dans ma contemplation, dans la lumière grise de la matinée, je me demandai si, après tout, Hallows méritait que je commette un parjure.

Je ne sais combien de temps je restai là, perdu dans mes pensées, bercé par les gargouillis réguliers de l'eau. Le charme fut brisé par le craquement d'une brindille sous un pas. Je me détournai vivement et me trouvai nez à nez avec Shapland. Appuyé sur un bâton de marche qui ajoutait à son apparence de policier de la ville en mission à la campagne, il souriait avec bonhomie.

— Ravi que vous soyez de retour, monsieur Franklin. Je reviens de Station Hotel où j'espérais vous voir. Pourquoi êtes-vous parti de Meongate ?

— Afin de ne pas abuser de l'hospitalité de mes hôtes. J'aurais également quitté Droxford si je ne devais pas témoigner devant le coroner.

— Où avez-vous passé ces deux derniers jours ?

J'hésitai, certain qu'il connaissait la réponse à cette question.

— De-ci, de-là… répondis-je.

Shapland s'appuya sur la barrière qui entourait le champ de cresson.

— Avez-vous rencontré le père de Cheriton lors de sa visite ?

— Je l'ai croisé, oui.

— La mort de son fils l'a plongé dans un désespoir bien compréhensible. Quel drame pour lui de voir une accusation de meurtre s'ajouter à la honte du suicide ! Vous ne croyez pas ?

Il me scruta. Cette fois, il ne souriait pas.

— Tant de choses sont dramatiques, inspecteur.

Je le fixai d'un air absent. Il m'avait fait suivre à Portsea, et je devinais où il voulait en venir avec ce discours : me présenter Cheriton comme une victime, que l'on accusait parce qu'il ne pouvait pas se défendre. Mais, pour protéger Hallows – et Leonora –, je refusais de tenir compte de la honte que m'inspiraient mes mensonges.

— Je vais marcher un peu avec vous, proposa l'inspecteur.

Sa compagnie ne m'enchantait guère, mais comment refuser ? Nous franchîmes un passage pratiqué dans une clôture et prîmes un chemin parallèle au ruisseau. Je ne prononçai pas un mot mais Shapland ne se laissa pas décourager.

— Le travail d'un policier frôle parfois le drame, monsieur Franklin. Je croyais avoir mis un point final à cette activité, mais la vie est si capricieuse !

Je pensai à Fletcher, qui avait formulé une phrase assez semblable, et conservai le silence.

— Par exemple, reprit Shapland, ce n'est pas la première fois que le nom des Powerstock est mêlé à l'une de mes enquêtes. Il y a douze ans, j'ai été amené à travailler sur une affaire de sédition à Portsmouth. Cette histoire avait fait sensation, à l'époque. Or il s'était avéré que l'un des conspirateurs était un ami de la première Lady Powerstock.

Il s'interrompit et j'attendis qu'il me pose une question directe. Celle-ci ne tarda pas :

— Ces révélations ne vous surprennent pas ?

— Venant de vous, rien ne me surprend, inspecteur. Je suis sûr que vous êtes capable de sonder les tréfonds de l'âme d'un criminel.

— Qui parle de criminalité ? Mon thème est le drame, la tragédie – ce n'est pas la même chose.

— Je ne vois pas la différence.

— Alors, laissez-moi vous l'expliquer. Lord Powerstock se marie une première fois avec une femme qui fréquente de drôles d'individus et meurt jeune. Sa seconde épouse lui est infidèle et porte, ainsi que sa belle-fille, un intérêt malsain à un même homme, au demeurant peu recommandable. Puis la guerre lui prend son fils unique, son héritier. Et enfin, un jeune officier choisit de se suicider sur sa propriété. Cela suffit, je pense, pour composer une tragédie.

« Un crime, en revanche, est un acte beaucoup plus spécifique. Tard dans la soirée du 22 septembre, quelqu'un entre dans la chambre de Ralph Mompesson, à Meongate, et lui tire une balle dans la tête. Crime pur et simple.

Nous étions arrivés au pied de l'allée menant à l'hôtel. Je franchis la grille mais Shapland ne me suivit pas. Il s'accouda au portail, m'enveloppa d'un regard aigu et reprit :

— Mon travail consiste à mener des enquêtes criminelles, bien entendu. Mais j'ai toujours eu tendance à m'écarter du strict devoir.

— Est-ce bien raisonnable ?

Il se mit à donner de petits coups de bâton contre les barreaux.

— Probablement pas. Et mon manque de sagesse explique peut-être pourquoi je n'ai pas gravi plus vite les échelons de la hiérarchie.

— Je rentre à l'hôtel. Vous m'accompagnez ?

— Non. Je vous laisse.

— Bonne journée, inspecteur.

Il ne répondit pas. S'il fit un signe de tête, je ne le vis pas car je lui avais déjà tourné le dos. J'entendis son bâton frapper le portail au rythme de mes pas et je sentis ses yeux posés sur mon dos, tandis que je remontais l'allée.

— Je vous remercie d'être venu aussi rapidement, lieutenant.

M. Mayhew était un juriste qui tenait des fonctions d'avocat et de notaire auprès de Lord Powerstock ; un homme modéré, circonspect, aux cheveux luisants coiffés en arrière. En professionnel, il affichait un visage dénué de toute expression ; pourtant, la lueur menaçante qui brillait dans ses yeux suggérait que, derrière ses formules insipides, il cachait une grande lucidité.

— Les récents décès survenus à Meongate ont profondément affecté Lord Powerstock. Il m'a demandé de protéger ses intérêts lors du passage de l'affaire devant le coroner.

Sur les murs lambrissés de la pièce couraient des rayonnages chargés d'ouvrages juridiques. Poussière et silence. Par la fenêtre, on apercevait une cathédrale gothique dont la pierre était aussi grise que la lumière ; des pigeons voletaient tristement autour de ses sculptures.

— Les intérêts de Lord Powerstock vont, me semble-t-il, dans le même sens que les vôtres. Et il serait regrettable que des réticences bien naturelles à porter des accusations contre quelqu'un qui s'est suicidé nous empêchent de lier les deux événements survenus à Meongate.

Je ne comprenais pas où il voulait en venir. La raison pour laquelle il m'avait convoqué m'échappait. Qu'attendait-il de moi, au-delà d'une obéissance silencieuse ?

— Par conséquent, j'ai pensé qu'il serait plus prudent d'obtenir de vous la confirmation que ce que vous direz au coroner ne sera pas contraire à cette conclusion.

— Monsieur Mayhew, vous devriez savoir que rien, dans ce que j'ai à dire, ne permettra l'identification de l'assassin de Mompesson. Je me contenterai de relater ce que j'ai vu.

Il baissa la tête et posa sa main à plat sur son bureau, dans un geste d'approbation.

— Précisément. Tenez-vous-en aux faits et, même en ce domaine, restez discret.

Il me tendit une feuille de papier que je parcourus. Il s'agissait d'un compte rendu dactylographié assez précis de ma découverte du corps de Cheriton.

— Ce résumé correspond-il à ce que vous avez l'intention de déclarer ? me demanda Mayhew.

— Oui.

— Rien de plus, rien de moins ?

— Non.

— Encore une chose… Il se pencha en avant et ajouta d'un ton pressant : il semblerait que la police s'étonne de l'absence d'une lettre expliquant les raisons du suicide. Vous êtes certain qu'il n'y en avait pas, n'est-ce pas ?

Son regard était fixé au sol. Je crus percevoir, sous la patine de sa discrétion professionnelle, un léger dégoût pour ce qu'il était obligé de faire, au service du foyer menacé de Lord Powerstock. Que savait-il, en fait, de cette famille qu'il défendait ?

— Il n'y avait pas ce message, dis-je.

— Inutile de vous préciser que toute affirmation contraire tournerait au désavantage de toutes les personnes concernées.

Ainsi, j'avais été convoqué à Winchester pour être asservi, mis au pas. Cet homme de loi avait été payé pour tirer de moi des assurances que son maître – et sa maîtresse – n'avaient pas réussi à obtenir. À la vérité, j'avais suivi les rues pavées de la ville jusqu'à l'étude de Mayhew & Troke en pressentant qu'il en serait ainsi – et je ne m'étais pas rebellé.

— Vous n'avez rien à craindre sur ce point, M. Mayhew, affirmai-je.

— Magnifique, magnifique ! (Sa voix ne reflétait aucun émerveillement.) Sachez, lieutenant, que Lord Powerstock ne m'a rien caché. Une connaissance parfaite de ses affaires personnelles est implicite dans ce que je vais dire.

Il se tut pour me laisser le temps d'intervenir. Face à mon silence, il reprit :

— Il serait, à mon sens, malvenu de mentionner dans votre témoignage l'état de Mme Hallows. Ou de parler du rôle que vous avez joué.

Je me demandai quelles histoires Olivia avait servies à Mayhew. Comment nous avait-elle dépeints ? Lord Powerstock avait-il lui aussi gobé ses mensonges ? Mayhew, quant à lui, s'intéressait peu à la vérité. Une seule chose le préoccupait : la loi et les multiples façons de la contourner.

Ne suscitant toujours aucune réaction chez moi, il poursuivit :

— Lord Powerstock accepte maintenant l'idée qu'il n'a plus aucune responsabilité envers Mme Hallows. Celle-ci est libre d'agir à sa guise. On m'a dit que cette information vous intéresserait, lieutenant.

Ainsi Leonora était, elle aussi, bannie par Lord Powerstock, dont le principal souci était d'éviter le scandale... Même si Olivia lui avait présenté les événements de façon grossièrement déformée, cette mise à l'écart était le couronnement de son œuvre : les Powerstock laisseraient Leonora en paix si je ne leur créais aucun ennui... Et mon témoignage devant le coroner apporterait la preuve que j'acceptais ce marché.

— Monsieur Mayhew, assurez Lord Powerstock de ma discrétion. Il n'a rien à craindre de ma part.

Les yeux de Mayhew s'agrandirent un peu : la crainte n'était pas un concept professionnel.

Je me levai et conclus :

— Cette question étant réglée, je vous souhaite le bonjour.

Je passai le week-end dans le Berkshire. Pour une fois, l'attitude distante de mon oncle fut la bienvenue. Anthea étant partie comme infirmière de guerre en France, je passai beaucoup de temps seul, ce qui me convenait. Même l'approbation de mon oncle, au sujet de l'article du *Times* qui condamnait les « pourparlers de paix », ne me fit pas réagir.

Le lundi matin, je me rendis à Aldershot pour passer devant la commission médicale. Un colonel de l'armée régulière et deux officiers bâillant d'ennui m'examinèrent sans conviction.

— Vous avez été blessé il y a trois mois, lieutenant.

— Oui, mon colonel.

— Pas d'objection à reprendre le service actif ?

— Aucune, mon colonel.

— Il paraît que devez témoigner dans une affaire qui passera cette semaine devant le coroner. Un jeune homme du comté de Wiltshire qui s'est suicidé avec une arme à feu. C'est exact ?

— Exact, mon colonel.

— Parfait, dit le colonel, se tournant vers les deux autres officiers. Le lieutenant Franklin me paraît apte à reprendre du service. Je propose, pour commencer, trois mois en Angleterre.

Je ne voulais pas de son indulgence. Mon seul désir était de m'éloigner de l'Angleterre et de tout ce qu'elle m'avait apporté.

— Excusez-moi, mon colonel, mais je suis tout à fait remis et capable de retourner au front sans délai.

Les sourcils du colonel se froncèrent. Je n'avais pas le profil du héros.

— Parfait, lieutenant. Dans ce cas, vous repartez pour la France.

Il griffonna quelques mots sur un formulaire.

— Présentez-vous à votre caserne dans une semaine, jour pour jour.

– À vos ordres, mon colonel.

Une heure plus tard, j'étais dans un train en partance pour la vallée du Meon. Nous avions pris du retard, mais je n'étais pas pressé. Finalement, la locomotive poussive lâcha des jets de vapeur et, avec un bruit assourdissant, se mit en route. Au dernier moment, une silhouette se dessina dans la fumée, ouvrit la porte de mon wagon et s'y hissa d'un bond. L'homme regarda dans mon compartiment et je détournai aussitôt les yeux, peu désireux d'avoir de la compagnie. Ma froideur fut vaine.

— Franklin, ils vous ont convoqué, vous aussi !

C'était Thorley. Il posa son sac dans le filet au-dessus de ma tête, et s'effondra en face de moi, soufflant bruyamment.

— Dieu du ciel, quelle corvée ! soupira-t-il.

Il ne paraissait pas surpris de me rencontrer mais semblait moins bavard que par le passé.

— Vous devez témoigner, vous aussi ? demandai-je.

Il approuva d'un signe de tête.

— Cela ne m'enchante pas. On va me demander ce que je pensais de la santé mentale de Cheriton. Mais comment parler de quelque chose d'inexistant ?

— Témoignerez-vous aussi à propos de Mompesson ?

— Je ne crois pas. Je n'ai rien à dire à ce sujet.

Il s'empourpra légèrement et regarda par la fenêtre.

— Vous n'avez pas une cigarette ? Je n'ai pas eu le temps d'en acheter, demanda-t-il après un moment.

Je lui tendis mon paquet et lui offris du feu tandis que le train franchissait en tressautant un aiguillage qui allait l'écarter de la ligne principale et le diriger vers le sud.

— Vous ne vous en sortez pas mal, major, croyez-moi. Nous autres, qui étions sur place à ce moment-là, avons connu plus de tracas, déclarai-je.

— Je ne peux pas dire que j'aie été attristé par ce qui est arrivé à cet Américain. En fait, sa mort m'a tiré d'un sacré pétrin...

— Je sais. Vous m'avez tout raconté à l'auberge du White Horse, cette fameuse nuit.

— Ah ! je n'ai pas su tenir ma langue... J'étais complètement ivre. Au fait, qui est-ce qui est parti avec vous, ce soir-là ?

— De quoi voulez-vous parler ?

— Quand j'ai ouvert les yeux, dans le bar, vous aviez disparu. J'ai jeté un coup d'œil dehors, et je vous ai vu vous éloigner, ivre mort, soutenu par un type qui vous aidait à marcher.

Le paysage qui défilait me donna le vertige. Quelqu'un se trouvait dans la cour, derrière l'auberge, cette nuit-là, quelqu'un qui était parti avec moi. Pourtant, au matin, j'étais seul quand je m'étais réveillé dans la grange. Je voyais le reflet du visage de Thorley et le mien dans la vitre noircie ; je distinguais également un autre visage – hors de ma portée, enfoui dans ma mémoire.

— Vous ne vous sentez pas bien ?

— Je ne me souviens de rien, major. Autant qu'il m'en souvienne, je suis parti seul.

— Pourtant, il était bien là.

— Avez-vous mentionné ce détail à la police ? demandai-je.

— Je ne leur ai dit que le nécessaire, afin de ne pas vous créer d'ennui. Nous devons tous rester solidaires dans cette histoire.

Un autre pacte fut ainsi conclu. Notre train exhala ses soupirs vers Droxford, et je me mis à raconter les événements de Meongate depuis le départ de Thorley. Tandis que je parlais, mon esprit remontait vers une nuit dont je n'avais plus souvenir et sur laquelle Thorley avait apporté l'unique éclaircissement. Quand, une demi-heure plus tard, nous débarquâmes à Droxford, Thorley alla au White Horse, mais je ne l'accompagnai pas. Notre accord ne nous donnait pas plus d'affinités.

Ayant évité Meongate au cours des derniers jours, le fait de me retrouver dans la même pièce que Lord et Lady Powerstock me causa un léger malaise. Il s'agissait d'une petite salle d'audience, étouffante, contiguë au poste de police de Droxford. Une odeur de moisi s'était installée dans ces lieux, désertés depuis le début de la guerre et tout à coup envahis par le coroner, les greffiers, les policiers, les jurés, les témoins et le public.

Dans le fond de la salle, s'amassaient les vieux du village, avides d'assister à une *cause célèbre*[1] ; à l'avant, les gens ayant un rapport avec l'affaire. J'évitai le regard d'Olivia et m'assis à l'écart. Pourtant, je ne parvenais pas à détacher mes yeux de la famille Powerstock. Lord Powerstock, droit comme un piquet, gardait les yeux fixés devant lui. Mayhew

---

1. En français dans le texte *(N.d.T.)*.

s'était penché pour échanger quelques mots avec lui mais Olivia monopolisait la conversation. Shapland était assis au premier rang, flanqué de deux officiers de police. Aucune trace de Charter.

Le coroner était un homme corpulent, impatient. Le meurtre d'un étranger en temps de guerre paraissait être, pour lui, une chose insignifiante et il ouvrit l'audience d'une façon brusque.

Le médecin légiste de la police exposa les détails cliniques du meurtre.

— La victime a été tuée par une balle unique, tirée à bout portant, juste derrière l'oreille droite. Celle-ci a transpercé le cervelet et provoqué une mort instantanée. Le calibre de la balle et la vitesse à laquelle elle a pénétré dans le crâne laissent à penser qu'il s'agit d'un pistolet de petite taille mais de gros calibre. J'ai examiné le corps sur le lieu du crime, un peu après trois heures du matin, le samedi 23 septembre. La rigidité cadavérique n'était pas encore installée. J'ai procédé à une autopsie complète environ six heures plus tard. Tout indique que la mort a eu lieu très peu de temps avant vingt-trois heures quinze, heure de la découverte du corps, le vendredi 22 septembre.

D'un ton désabusé, Shapland résuma les investigations de la police. On lui demanda ce qu'il avait découvert à propos des origines de Mompesson.

— Très peu de chose, monsieur le coroner. M. Mompesson vivait seul dans un appartement de Wellington Court, près de Knightsbridge, un quartier situé dans l'ouest de Londres. Il était assez fortuné. Il spéculait avec succès à la Bourse, prêtait plus d'argent qu'il n'en empruntait et était copropriétaire d'un cheval de course entraîné dans un manège d'Epsom. Il participait à toutes les soirées mondaines londoniennes mais ne semblait pas avoir d'amis proches. L'ambassade des États-Unis ne lui a trouvé aucun parent.

— Vous dites qu'il n'avait pas d'amis, inspecteur. Pensez-vous qu'il avait des ennemis ?

— Cela ne me surprendrait pas. Il détenait de nombreuses reconnaissances de dettes dont certaines étaient échues depuis longtemps.

— Nous vous confions le soin d'enquêter plus précisément sur cette question, inspecteur. Avez-vous retrouvé l'arme qui nous a été décrite ce matin ?

— Non, monsieur. J'ai examiné un certain nombre d'armes civiles ou militaires trouvées à Meongate. Aucune n'a été récemment utilisée et aucune ne correspond à la description qui a été faite de l'arme du crime.

Le coroner consulta ses notes.

— Un petit pistolet, de gros calibre. Pourrait-il s'agir de ce que les non-initiés appellent communément un *Derringer* ?

— Je le pense.

— Une arme plus couramment utilisée aux États-Unis que dans notre pays.

— En effet.

— Merci, inspecteur.

Shapland me regarda d'un œil torve quand il quitta la barre, comme s'il avait voulu me faire comprendre que, même si le coroner s'orientait vers une piste américaine, il ne le suivrait pas dans cette voie.

La prestation d'Olivia fut, comme je m'y attendais, impeccable. Elle conquit la cour en jouant à la perfection le rôle de maîtresse de maison bouleversée. Elle avait entendu un bruit qui ressemblait à un coup de feu vers vingt-trois heures. Inquiète de ne pas obtenir de réponse quand elle avait frappé à la porte de M. Mompesson, elle était partie chercher sa femme de chambre, était entrée chez son invité et – c'était trop atroce pour qu'elle le décrive – avait trouvé ce que la cour savait.

— Puis-je vous demander, Lady Powerstock, depuis combien de temps vous connaissiez la victime ?

— Un peu plus d'un an. Mon mari et moi avions reçu M. Mompesson à Meongate à plusieurs reprises.

— Avez-vous parfois eu l'impression qu'il se sentait menacé ?

— Pas du tout. M. Mompesson était l'homme le plus détendu et le plus insouciant que l'on puisse imaginer. Mais, bien entendu, nous ignorions tout de ses activités professionnelles. Il était un compagnon agréable et distrayant ; par sa présence, il a beaucoup aidé mon mari à surmonter l'épreuve de la mort de son fils à la guerre.

— La police n'a pas remarqué de signe d'effraction dans la maison, Lady Powerstock. Cela suffit-il, selon vous, à écarter totalement la thèse de l'intrusion d'un étranger dans votre demeure ?

— Loin de là. Mon mari n'a pas – je devrais dire n'*avait* pas – pour habitude de fermer les portes à clé la nuit. N'importe qui aurait pu entrer et ressortir à sa guise.

— Je vous remercie, Lady Powerstock.

Le coroner semblait s'orienter, de plus en plus, dans une direction qui nous arrangeait tous.

Puis, tout à coup, les débats furent clos. Aucun autre témoin ne fut appelé à la barre. Le coroner exposa son raisonnement aux jurés :

— Le rôle de cette cour, mesdames et messieurs, est de déterminer la cause de la mort de M. Mompesson. Il est clair, dans le cas présent, que la victime a été assassinée et je vous demanderai de rendre cette conclusion. La police aura pour mission de poursuivre ses investigations afin de déterminer l'identité du meurtrier.

Les instructions du coroner furent suivies à la lettre. Le verdict fut que Mompesson avait été tué par « une personne ou des personnes non identifiées » et le procès fut ajourné pendant l'heure du déjeuner. Le coroner sortit, les jurés le suivirent et, lentement, la salle se vida. Thorley s'approcha de moi et m'invita à partager sa table au White Horse. Je refusai. Personne d'autre ne m'adressa la parole.

La cour se réunit à nouveau une heure plus tard. Les mêmes jurés étaient rassemblés pour juger l'affaire suivante : la mort, à la suite d'une blessure par balle, du lieutenant David John Cheriton. Le même médecin légiste au teint blafard communiqua son rapport d'une voix neutre. Sa déposition confirma ce que je savais déjà, et je fus le témoin suivant.

— Pourquoi résidiez-vous à Meongate, lieutenant Franklin ?

— J'ai été rapatrié en Angleterre après avoir été blessé à l'épaule en France, le 1er juillet de cette année. Pendant l'été, j'ai reçu une lettre m'invitant à séjourner à Meongate – Lord Powerstock ayant pour généreuse habitude de recevoir sous son toit des officiers convalescents.

— Quand êtes-vous arrivé à Meongate ?

— Au début de septembre.

— Le lieutenant Cheriton y était-il hébergé dans les mêmes conditions que vous ?

— Oui.

— De quoi souffrait-il ?

— Je l'ignore.

— Avait-il des blessures physiques apparentes ?

— Non.

— Sa maladie avait-elle une origine nerveuse ?

— Certains signes l'indiquaient, mais je ne saurais l'affirmer. Le lieutenant Cheriton n'était pas très liant.

— A-t-il manifesté une réaction particulière lors de la mort de M. Mompesson ?

— Je n'ai pas eu l'occasion d'en discuter avec lui.

— Je vous prie de décrire maintenant ce qui s'est passé lorsque vous êtes sorti de Meongate, tôt le matin du dimanche 24 septembre.

Je débitai d'une traite mon récit bien préparé. Toutefois, le coroner m'obligea à transformer une omission en parjure.

— Y avait-il, sur le corps de Cheriton, une lettre ou un autre signe expliquant la raison de cet acte aussi extrême ?

— Je n'ai pas fouillé le corps du lieutenant Cheriton.

— Mais il n'y avait rien de visible ?

— Non.

Shapland témoigna à son tour. Puis Lord Powerstock fut appelé à la barre. Je remarquai qu'il se déplaçait lentement, tassé sur lui-même et traînant les pieds. Déjà, il n'était plus que l'ombre du fier aristocrate qu'il avait été.

— Lord Powerstock, depuis combien de temps le lieutenant Cheriton était-il votre invité ?

— Depuis le début d'août.

— Saviez-vous quelles étaient les causes de son invalidité ?

— J'ai cru comprendre qu'il avait été victime d'une psychose traumatique, à la suite d'éclatements d'obus.

— Vous ne disposiez d'aucune autre information ?

— Aucune. Jusqu'à ce que M. Mompesson me donne certains renseignements, à l'occasion d'une visite.

— Quel genre de renseignements ?

— M. Mompesson avait, par hasard, rencontré à Londres le commandant de la compagnie du lieutenant Cheriton en France. M. Mompesson lui avait expliqué que le lieutenant Cheriton était hébergé chez moi. L'officier avait manifesté de la surprise et précisé que, selon lui, Cheriton avait fait preuve de tant de couardise face à l'ennemi qu'il aurait dû être traduit devant une cour martiale plutôt qu'envoyé en convalescence.

— Avez-vous changé d'attitude ou pris une quelconque mesure vis-à-vis de M. Cheriton, après avoir eu connaissance de ces renseignements ?

— Non. J'ai jugé que ces problèmes ne me concernaient pas.

— M. Mompesson partageait-il votre avis ?

— Je ne saurais répondre avec certitude. Mais certains éléments m'incitent à penser qu'il avait rapporté ces accusations au lieutenant Cheriton. Je me souviens de les avoir interrompus lors d'une conversation houleuse. J'ajouterais que M. Mompesson tirait fierté d'une décoration obtenue lors de la guerre qui avait opposé les Espagnols aux Américains, en 1898, et qu'il n'était pas homme à tolérer les faiblesses d'autrui. À partir de ce moment-là, l'équilibre mental du lieutenant Cheriton m'a paru se détériorer progressivement.

— Quand cela s'est-il passé ?

— Vers la fin août.

— Et comment cette modification de comportement s'est-elle manifestée ?

— Morosité. Réticence à bavarder. Tremblements nerveux dans les mains.

Vint ensuite Thorley.

— Quand êtes-vous arrivé à Meongate, major ?

— Une semaine après Cheriton.

— Quelle impression vous a-t-il faite ?

— J'ai tout de suite vu qu'il n'était pas très net.

— Avez-vous remarqué des signes de mésentente entre lui et M. Mompesson ?

— Oui, et je n'en ai pas été surpris. Mompesson débordait d'arrogance. Il prenait un malin plaisir à harceler Cheriton.

— Quand avez-vous quitté Meongate ?

— Le 22 septembre.

— Peu de temps avant le meurtre de M. Mompesson ?

— Oui. Par coïncidence.

— Pourquoi êtes-vous parti ?

— J'avais besoin de retrouver le sens des réalités. À trop tourner en rond, mon moral battait de l'aile.

— Quand vous avez appris la mort du lieutenant Cheriton, avez-vous été surpris ?

— Pas vraiment. Il était convoqué devant une commission médicale à la fin du mois. Il n'acceptait pas l'idée de repartir.

— Avez-vous établi un lien entre sa mort et celle de M. Mompesson ?

— Non. Cheriton n'avait pas assez de cran pour commettre un tel acte ; il était beaucoup trop fragile sur le plan nerveux.

Un médecin militaire fut appelé à la barre. Il indiqua que Cheriton avait été déclaré neurasthénique. Il n'avait détecté aucun signe de dépression au moment où il avait établi son diagnostic mais n'avait pas revu son patient depuis le début de son séjour à Meongate. Le coroner lut alors une lettre émanant du commandant de Cheriton en France :

« Le lieutenant Cheriton était un officier enthousiaste mais instable. S'il avait été doté d'une plus grande force de caractère, j'aurais été plus surpris par la nouvelle de sa mort par suicide. Il a été diagnostiqué neurasthénique le 23 juin de cette année et envoyé en Angleterre pour soins trois jours plus tard. Il m'est impossible de fournir des explications plus précises en ce qui concerne les causes de sa maladie. Le capitaine Speight, qui connaissait mieux que moi le cas de cet officier, a été tué au combat le 29 août. »

Le coroner parla alors aux jurés d'un cas de « suicide manifeste ». Il déclara que le rôle de la police serait d'établir si un lien existait entre les deux décès, comme l'absence de lettre semblait le suggérer. Sans se retirer, les jurés rendirent leur verdict : Cheriton s'était « donné la mort à un moment où son équilibre psychologique était fragile ».

Cette fois, je me dirigeai vers la sortie sans perdre une seconde, désireux de m'éclipser avant de croiser les Powerstock. Mais Shapland, qui se déplaçait toujours avec la même étonnante rapidité, me rattrapa.

— Pressé, monsieur Franklin ?

— Ces affaires sont classées, inspecteur. Que me voulez-vous ? demandai-je tandis que nous sortions dans la cour.

— Vous avez entendu ce que le coroner a dit : l'enquête policière se poursuit. Ce qui signifie que je continuerai à poser des questions.

Nous nous engageâmes dans une rue envahie par la foule.

— Pas à moi, inspecteur. Je retourne au front la semaine prochaine.

Je dépassai le poste de police et me dirigeai vers l'artère principale de la ville. Il ne me suivit pas et je ne regardai pas en arrière.

Le premier train pour Alton partait à huit heures moins dix. J'étais à la gare à sept heures trente par un matin froid et frangé de brume. Une fine pellicule de givre recouvrait les rails. J'avais voulu ce départ au petit jour, symbole d'une rupture définitive avec ce coin d'Angleterre. Il me semblait qu'il y avait bien plus d'un mois que j'étais descendu d'un train venant de Fareham… Tant de choses s'étaient passées depuis, pour moi et pour d'autres. Je posai mon sac près d'un banc et m'assis pour attendre le train.

J'avais froid et, pourtant, il n'y avait pas de vent. Je remontai le col de mon manteau et allumai une cigarette. Une cloche tinta dans la gare : le train était annoncé. La porte du hall d'accueil claqua et quelqu'un approcha sur le quai.

Charter Gladwin.

— J'arrive juste à temps, jeune Franklin. Vous partez, à ce que je vois !

Il sourit, souleva son chapeau et s'assit près de moi.

— Oui…

— Vous n'êtes pas venu me dire au revoir !

— Je suis désolé. Je pensais vous rencontrer lors du procès.

— Et j'espérais vous voir lorsque vous êtes revenu, la semaine dernière. Je voulais des nouvelles de Leonora.

— Je croyais qu'elle avait écrit à Lord Power-stock.

— Elle l'a fait. Mais cela n'a rien à voir.

Je ne l'avais jamais vu aussi cassant. Je regrettais de l'avoir négligé mais, au milieu de toutes ces histoires, rassurer un vieil homme m'avait paru secondaire.

— Je suis désolé, Charter. Depuis le meurtre de Mompesson, il n'a pas été facile…

— Avez-vous vu Leonora ?

— Oui, je l'ai vue.

Un claquement métallique accompagna la levée d'un panneau de signalisation. Du sud, dans l'air frais et immobile, monta le sifflement d'une loco-motive.

— Où allez-vous ? demanda Charter.

— Chez mon oncle, dans le Berkshire. Je reparti-rai pour la France la semaine prochaine.

— Content de quitter Droxford ?

— Pour être honnête, oui. Mais vous me man-querez.

Il eut l'un de ces gros rires qui le caractérisaient. Son souffle forma un nuage de buée dans l'air.

— Vous êtes gentil. Mais je pense que c'est John qui vous manque, en fait.

— Peut-être.

Le train arriva dans un panache de fumée et un concert de bruits et de grincements.

— Vous permettez que je vous accompagne ? demanda Charter.

— Vous allez voyager, vous aussi ?

— Non, mais j'irai avec vous jusqu'à Alton. Il y a une chose que je veux vous dire depuis un certain temps.

Nous nous installâmes dans un compartiment. Assis en face de moi, allumant sa pipe, Charter ressemblait au voyageur d'une histoire de M. Pickwick. Un coup de sifflet annonça le départ.

— John est né l'année du jubilé de la reine Victoria, en 1887. Il avait un mois quand les villageois et les métayers ont célébré à la fois sa naissance et le jubilé. Je suis venu du Yorkshire pour ce grand jour.

« Il était beau, facile à vivre, et possédait des qualités innées de meneur d'hommes ; il était de ceux que l'on suivrait au bout du monde. Pourtant, bien vite, j'ai vu que mon petit-fils n'était pas comme tout le monde.

— Pas comme tout le monde ?

— J'ai compris qu'il était doté d'une faculté qui est épargnée à la plupart d'entre nous : la clairvoyance. Il savait ce qui allait se passer. C'est pourquoi il portait une sorte de tristesse en lui. Il a été affecté par la mort de Miriam, mais n'en a pas semblé surpris. Et, alors que nous redoutions la guerre, il la savait inéluctable. Il aimait Leonora. Cependant, même avec elle, il n'était pas pleinement heureux. À mon avis, il était incapable de trouver le bonheur. Son épouse lui apportait du contentement, une satisfaction comparable à celle que lui procurait la contemplation des étoiles avec son télescope ou ses sorties en bateau dans le port de Langstone. Rien de plus. J'ai vécu au jour le jour, ignorant ce que me réservait le lendemain. Qu'aurais-je fait si je l'avais su ? Vous imaginez ce que cela doit être… ?

— Non, Charter. Personne ne peut l'imaginer.

Les yeux de Charter parcoururent les champs qui défilaient. Il tira sur sa pipe et demanda :

— Comment vont Leonora et… Mlle Fotheringham ?

— Comment savez-vous ?…

— J'en sais assez pour deviner que c'est là qu'elle s'est réfugiée. Si je veux la revoir, il va falloir que j'aille jusqu'à l'île de Wight.

— Elle ne souhaite rencontrer personne.

— Croyez-vous que je fasse partie des exclus ? Je tiens à être là pour la naissance de… mon arrière-petit-fils.

Il sourit et souffla un rond de fumée vers le compartiment à bagages. Sa grosse voix moqueuse rendait ridicules tous mes mensonges.

Le soleil commençait à percer à travers la brume. Il embrasait le sommet des collines et filtrait à travers les vitres poussiéreuses du compartiment pour venir se poser sur les cheveux blancs de Charter. Le vieil homme attendait que j'aie assimilé toutes les implications de ce qu'il venait de dire.

— Les vieillards ne dorment guère, voyez-vous, jeune homme. Je suis suffisamment matinal pour voir qui quitte la maison à l'aube. Je sais que John est en vie et j'imagine que vous ne l'ignorez pas, vous non plus.

386

— Où se cache-t-il, Charter ?

— Je n'en sais rien. J'espérais que vous me le diriez.

— J'ai suivi une piste qui n'a pas abouti. John a rendu visite à un dénommé Fletcher, à Portsea.

Charter grinça des dents sur le tuyau de sa pipe.

— Ainsi, il est allé voir Fletcher. J'aurais dû m'en douter.

— Depuis, il a disparu. Il a quitté sa dernière adresse connue la veille du meurtre de Mompesson.

— Où pensez-vous qu'il soit allé ?

— Je ne sais pas et n'ai aucun moyen de le retrouver. D'ailleurs, je ne suis même pas certain de le vouloir. Et puis, il y a autre chose... Nul ne peut revenir du royaume des morts, Charter. Je pense qu'il a fini par le comprendre.

Le train s'arrêta avec quelques secousses à la gare de West Meon. Du quai montèrent des bruits de chargement de marchandises à bord du fourgon du chef de train. Brusquement, Charter se leva et annonça :

— Finalement, je pense que je vais descendre ici.

— Vous aviez dit que vous m'accompagneriez jusqu'à Alton.

— Je rentrerai à pied depuis ici. Une petite promenade me fera du bien.

Je le suivis dans le couloir.

— Nous nous sommes dit tout ce que nous avions à nous dire, n'est-ce pas ? ajouta-t-il.

Il ouvrit une porte et descendit sur le quai. Puis il se détourna pour me regarder.

— Prenez soin de vous, jeune homme.

— Vous aussi, Charter, répondis-je en baissant une fenêtre.

— Finalement, je ne vous ai pas raconté ce fameux duel à Saint-Pétersbourg !

— Non, en effet.

— Oh ! ça peut attendre, maintenant...

Le train se remit en marche. Je levai la main en signe d'adieu. Charter recula d'un pas et souleva son chapeau. Tandis que la locomotive prenait de la vitesse, le quai – et Charter – devinrent de plus en plus petits. La dernière vision que j'eus de lui fut celle d'un homme trapu, campé dans une gare minuscule, agitant affectueusement son chapeau, tel un vieil oncle venu dire au revoir à son neveu préféré.

10

Je retournai donc à la guerre qui m'attendait patiemment, comme quelque bête énorme, assoupie, prête à m'enserrer à nouveau entre ses griffes. J'allai à elle de mon plein gré, presque avec soulagement. Anthea, cette fois, ne m'accompagnait pas à Southampton, et je ne rejoignais pas de soldats à Rouen. Je savais quelle était la marche à suivre. J'étais à nouveau affecté au 3ᵉ bataillon qui n'avait de commun avec celui que j'avais connu que son nom, et qui menait encore la bataille de la Somme, terré dans des tranchées près du village de Courcelette, à cinq kilomètres de l'endroit où je l'avais laissé plusieurs mois plus tôt. Combien de milliers de vies sacrifiées pour ces cinq kilomètres ?

Je rejoignis mon bataillon au début de novembre et, à cette époque, il ne restait guère que le haut commandement pour prétendre que la campagne de la Somme était en bonne voie. Elle fut officiellement terminée le 16 et l'on nous laissa passer l'hiver dans les tranchées inondées ou gelées.

Les hommes que j'avais côtoyés avaient presque tous disparu. Le sergent Warren, qui m'avait écrit en septembre, avait été tué peu de temps après m'avoir posté sa lettre – probablement avant d'avoir reçu ma réponse. Le colonel Romney se trouvait en Égypte. Lake avait été remplacé par un dénommé Finch, un alcoolique aux nerfs fragiles. Quant aux hommes, ils étaient, pour la plupart, de nouveaux arrivants. Pourtant, d'instinct ou par bon sens, ils se montraient plus pessimistes que leurs prédécesseurs. Le désespoir s'accrochait aux cieux gris de cette France hivernale. L'espoir n'existait plus. Et tout m'était indifférent.

À Noël, je refusai une permission. L'année 1917 commença tristement ; nous étions à bout de forces, pris dans les remparts glacés d'une guerre stupide et interminable.

Je pensais souvent à Hallows et à Leonora, à ce qui s'était passé à Meongate. Mais je n'écrivis pas et ne reçus aucune lettre. Il me semblait que la prudence l'exigeait. Les terres en friche de la Picardie m'offraient une sorte de refuge, leur désolation, une forme de consolation.

Des rumeurs circulèrent selon lesquelles le bataillon suivrait le colonel Romney en Égypte, au printemps. Cette perspective m'était indifférente. La France, l'Égypte ou le bout du monde, après tout, quelle importance ? En février, je fus promu du grade de sous-lieutenant à celui de lieutenant – en récompense, j'imagine, d'être encore en vie.

En mars, je profitai d'un long week-end de permission pour aller à Amiens. Ma cousine Anthea venait juste de rentrer d'Angleterre et travaillait dans cette région. Nous nous donnâmes rendez-vous dans un café, près de la cathédrale. C'était un après-midi froid et gris, où le vent soufflait des bourrasques de neige. J'arrivai le premier, m'installai et commandai un cognac.

Anthea entra dans le café en retard, faisant preuve d'une bonne humeur que rien ne semblait pouvoir altérer. Elle débordait d'énergie et d'enthousiasme, avec son rire d'écolière et sa conviction inébranlable que tout finirait par s'arranger. Pour le corps des infirmières, elle était un don du Ciel. Pour moi, et mon âme torturée, elle était horripilante. Le café était sinistre, rempli de gens aux visages tristes et de vieillards peu loquaces feuilletant des journaux. Des vapeurs d'ersatz de café et d'ail rance flottaient. Mon seul désir était de me reposer, de me fondre dans la masse. Mais Anthea ne l'entendait pas ainsi.

— Je ne resterai pas longtemps, Tom. Nous sommes débordés en ce moment.

J'approuvai d'un hochement de tête et demandai :

— Comment vas-tu ?

— Je suis en pleine forme. Ce travail difficile me stimule, répondit ma cousine avec emphase.

— Quoi de neuf en Angleterre ?

— Tout le monde est optimiste. Il semble maintenant certain que les Américains se mettront dans notre camp.

— C'est ce que j'ai cru comprendre. Comment va la famille ?

— Pas mal. Papa a engagé un nouveau jardinier. Il a dû se séparer de Moffat. Il n'arrivait plus à faire les gros travaux. Oh ! et puis…

Elle se pencha par-dessus la table et ajouta avec des mines de conspiratrice :

— Charlotte est à nouveau enceinte.

L'espace d'un instant, je ne vis pas de qui elle parlait.

— Charlotte ?

— Ta cousine de Keswich, idiot.

— Oh ! oui, bien sûr.

— Dis-moi, n'aurais-tu pas été hébergé par des Hallows l'été dernier ?

— Heu… si. Pourquoi ?

— J'ai remarqué un avis de décès dans le *Times*, la veille de mon départ. Ce nom me rappelait quelque chose – et l'adresse aussi.

Ma gorge se dessécha.

— Lequel est mort ?

— Regarde toi-même. J'ai pensé que tu serais intéressé par cette nouvelle, alors, j'ai découpé l'annonce.

Elle fouilla dans son sac et sortit un bout de papier plié. Je le lui arrachai presque des mains :

« Le 19 mars 1917, Leonora May Hallows (née Powell), vingt-cinq ans, s'est éteinte à Ventnor Cottage Hospital, île de Wight, après une courte maladie. Veuve de l'honorable capitaine John Hallows, Meongate, Droxford, Hampshire. Le service religieux aura lieu à l'église de Church, Bonchurch, île de Wight, le vendredi 23 mars à midi. »

Morte. Sa beauté fragile avait été emportée comme une fleur avant la tempête. Je sus aussitôt que les choses n'auraient pu se passer autrement. Je l'avais aimée. Le temps montrerait qu'elle serait la seule femme que j'aimerais jamais, elle que j'avais si peu connue. Entre le premier après-midi à Meongate, et notre dernière rencontre à Bonchurch, il s'était écoulé moins d'un mois, une durée tellement courte par rapport à la vie entière qu'il me restait pour me souvenir d'elle.

Anthea n'était plus là quand, une heure plus tard, n'ayant pas réussi à m'enivrer malgré les nombreuses boissons que j'avais absorbées, je m'appuyai contre le parapet d'un pont qui enjambait la Somme et revis, en pensée, le visage de Leonora tourné vers moi ; ses yeux regardant au-delà, vers un avenir qu'elle ne connaîtrait jamais. Ce ne fut pas le chagrin qui fit couler mes larmes mais la culpabilité : un douloureux sentiment qui se trouvait au centre de cette épreuve. J'aurais dû l'assister, trouver un moyen de la protéger. Au lieu de cela, je m'étais apitoyé sur moi-même, au nom d'un amour qu'elle n'était pas en mesure de me rendre. Je l'avais abandonnée à son destin.

Je martelai de coups de poing les pierres du parapet jusqu'à ce que ma main me fasse mal. Alors, je penchai la tête et pleurai. Puis, je compris. Il était trop tard pour Leonora, mais, par égard pour l'amour que je lui avais porté, je savais ce que je devais faire. J'avais pensé m'être écarté à jamais d'eux tous, j'avais cru que la guerre m'avait rendu insensible mais, maintenant, je devais faire machine arrière.

Les funérailles ayant déjà eu lieu, ce voyage était ridicule et ma hâte à l'accomplir encore plus, mais je voulais partir sur-le-champ. Ayant refusé une permission quand elle m'avait été proposée, j'obtins facilement le droit de rentrer en Angleterre, sous le prétexte d'un parent malade. Je fus prévenu que le bataillon embarquerait pour l'Égypte dans la première semaine d'avril. Si je ne le rejoignais pas avant son départ, je serais affecté à une unité différente. Je m'en moquais. À la fin de la semaine, j'étais en Angleterre.

J'allai par un matin ensoleillé à pied de Ventnor à Bonchurch et me rendis directement à Sea Thrift. À l'intérieur du cottage, le chien aboya avec arrogance quand je frappai à la porte. Grace Fotheringham vint m'ouvrir.

— Je vous attendais plus tôt, monsieur Franklin.

— Je suis venu dès que j'ai appris la nouvelle.

— Voulez-vous entrer ?

Je n'avais jamais pénétré dans la maison auparavant et découvris un intérieur soigné, clair et délicatement féminin. Un souffle de vent faisait bouger les rideaux des fenêtres ouvertes et des jonquilles, disposées dans des vases fins, participaient à la clarté de cette matinée.

Grace me précéda dans le salon dont les portes-fenêtres donnaient sur le jardin. Le chien me renifla avec méfiance.

— Vous savez ce qui est arrivé ? me demanda-t-elle.

— Oui.

Elle me fit signe de m'asseoir, prit place en face de moi et se mit à parler :

— Au début, nous avons cru qu'il s'agissait d'un simple refroidissement, puis le rhume a dégénéré en grippe. Son état de santé a été compliqué par sa grossesse et la fatigue de l'accouchement lui a été fatale. Elle a contracté une pneumonie et elle est morte cinq jours après la naissance de l'enfant.

— Quelle tristesse !…

— Les Powerstock n'ont pas voulu s'occuper des funérailles, c'est pourquoi elle a été enterrée ici. Seul un vieil oncle était présent : un certain M. Gladwin. La famille de Leonora, quant à elle, vit en Inde.

— Et le bébé ?

— C'est une fille. Elle est toujours à l'hôpital car elle est née prématurée, mais ses jours ne sont pas en danger. Je pense pouvoir la ramener ici lundi.

— Vous allez la ramener ici ?

— Vous voyez une autre solution ? J'ai reçu une lettre écœurante d'un certain M. Mayhew qui stipule clairement que Lord Powerstock ne se considère en aucune manière responsable de l'enfant. Je peux difficilement expédier ce nourrisson en Inde, n'est-ce pas ? Par conséquent, je m'en occuperai personnellement.

— Vous lui avez donné un prénom ?

— Oui, celui de sa mère. Comment lui en donner un autre !

J'aurais pu marcher jusqu'à l'hôpital, distant d'à peine un kilomètre, pour aller la voir. Mais je ne le fis pas. J'étais venu chercher une autre Leonora, celle dont j'avais été privé à cause d'amours et de loyautés qui me dépassaient... Une Leonora disparue. Je remerciai Mlle Fotheringham et me levai pour prendre congé.

— Pourquoi avez-vous attendu si longtemps avant de venir chez moi ? demanda Grace en me raccompagnant à la porte.

— Je ne suis arrivé en Angleterre qu'hier.

Elle fronça les sourcils.

— Allons, allons, c'est impossible ! Le sacristain m'a dit qu'il avait aperçu un étranger au cimetière, il y a deux jours. D'après la description qu'il m'en a fait, il ne pouvait s'agir que de vous.

Je montai en courant la rue qui menait à une église plus imposante et plus sévère que la vieille chapelle que j'avais visitée avec Leonora. Cet édifice victorien était délimité par une clôture et il s'en dégageait une aura de pieuse droiture.

Je franchis le portail et m'arrêtai pour reprendre mon souffle. Des jonquilles formaient des taches étincelantes entre les tristes pierres tombales, des freux croassaient dans les arbres dénudés, une fumée âcre était portée par la brise. Chaque pierre, chaque branche dont les lignes se dessinaient avec précision dans le soleil semblaient démentir le mystère que je savais si proche.

Il n'y avait qu'une seule tombe récente. La terre qui la recouvrait n'était pas encore tassée ni recouverte de gazon ; une couronne y était déposée ; les pétales de ses fleurs se répandaient sur la pelouse et l'inscription avait été effacée par les pluies. Je fixai ce coin de terre, comme hypnotisé. Puis je m'aperçus que je n'avais pas apporté de fleurs et je fus submergé par un chagrin provoqué autant par mon oubli que par la disparition de Leonora.

Il n'y avait plus rien à faire. Porté par une impulsion, j'avais monté en courant la rue silencieuse vers ce lieu de repos et, maintenant, je me sentais brusquement démuni, incapable de croire qu'il y avait quelque chose au-delà de ce que je voyais. J'allai m'installer sur un banc protégé par l'avant-toit de l'église, d'où j'apercevais la tombe de Leonora. Je restai assis là longtemps, dans l'espoir que ma déception s'estomperait. J'allumai une cigarette et regardai un écureuil pointer le bout de son nez entre les tombes. Loin de trouver le réconfort, je fus peu à peu envahi par une fatigue insurmontable, un désespoir depuis trop longtemps refoulé. Les deux années passées dans cette guerre insensée m'avaient vidé de toute mon énergie. J'aurais dû, je le savais, rester en France, ou partir en Égypte ; dans tous les cas, suivre sans résister la direction indiquée par le doigt de la mort. Que faisais-je, assis dans ce cimetière frémissant sous les premiers signes du printemps, accablé par la fatigue de quelqu'un qui a déjà vécu trop longtemps ?

Ivre de soleil, de solitude et de pierre chaude, je m'endormis. Mon corps prenait du plaisir là où mon esprit s'y refusait. Je plongeai dans un sommeil profond, sans rêve, le sommeil d'un homme exténué.

Quand je m'éveillai, il était assis à côté de moi. Depuis combien de temps s'y trouvait-il ? Était-ce lui qui m'avait éveillé ? Je ne saurais le dire. À le voir, on pouvait penser qu'il était là depuis toujours avec son expression calme, ironique, absente. Il avait vieilli au cours de cette année de fuite et ses vêtements civils usagés le faisaient paraître plus maigre. Le mensonge par lequel il avait vécu avait laissé sur sa peau et sur son esprit un voile de grisaille. Je le scrutai et il m'apparut comme un étranger ayant une vague ressemblance avec un homme que je croyais avoir connu.

— Bonjour, Tom !

Je ne répondis pas. Je ne savais que dire.

— Je suis content de vous revoir. Plus que vous ne l'imaginez.

C'était toujours sa voix, celle dont j'avais gardé le souvenir ; sa vraie voix sortant du corps d'un étranger.

— J'espérais que vous viendriez... ajouta-t-il.

Alors, je parlai :

— Pourquoi ? Pourquoi avez-vous fait cela ? Je ne comprends pas, je ne comprends toujours pas…

— Comprendre est peut-être trop demander. Au moment de passer à l'acte, il m'aurait été plus facile de renoncer. Mais j'étais poussé par une force qui me dépassait. Vous croyez au destin, Tom ?

— Je n'en suis pas certain. Plus maintenant.

— Dès 1914, j'ai su que tout finirait de cette façon. Le monde, je veux dire *mon* monde, allait basculer. Quand j'ai épousé Leonora ce printemps-là – il y a trois ans –, je sentais que je devais faire vite, comme si, inexorablement, l'existence protégée que j'avais vécue jusque-là allait se craqueler sous mes projets jusqu'au moment où tout s'écroulerait et où je serais avalé. C'est ce qui s'est passé. Certains jugeaient que leurs chances de survie étaient très minces. Moi, je les savais inexistantes. Car on ne peut pas échapper à son destin. Pas indéfiniment, en tout cas. J'ai réfléchi aux conséquences de ma mort et j'ai eu peur pour Leonora, seule à Meongate. Quand j'ai rencontré Mompesson, j'ai su tout de suite ce qui se passerait. D'ailleurs, il me l'a dit lui-même, pas de façon aussi directe, bien sûr, mais sans équivoque. Et je l'ai cru. C'est pourquoi j'ai essayé d'échapper à mon sort, de m'en éloigner, à un moment de mon choix. Couardise ? Peut-être… Ou simple pied de nez au destin ? Je me suis arrangé pour que mon départ coïncide avec votre permission car l'amitié risquait de me détourner de ma voie. Je suis désolé d'avoir trahi votre confiance.

— On m'a dit que vous étiez allé avec Box vérifier l'état des fils barbelés et qu'aucun de vous n'était revenu. Mais vos papiers ont été retrouvés, par la suite, sur un cadavre dans le *no man's land*. Il s'agissait du corps de Box, n'est-ce pas ?

— Oui. J'avais l'intention de lui fausser compagnie mais il est tombé sur une patrouille ennemie et il a été blessé. Alors, je suis revenu en arrière et je l'ai aidé de mon mieux. J'ai posé ma veste sur ses épaules pour lui tenir chaud et nous nous sommes mis à l'abri dans un trou d'obus pendant que l'artillerie allemande se déchaînait au-dessus de nous. Quand le calme est revenu, Box était mort. Alors, j'ai eu l'idée de glisser mes papiers d'identité dans ses poches. Je n'en avais plus besoin, et tant mieux s'ils contribuaient à faire croire que c'était moi la victime. Je suis parti, par un itinéraire que j'avais repéré à l'avance, vers le sud. J'ai coupé à travers les lignes où les mouvements de troupes étaient les plus importants, puis je suis revenu vers la ferme d'Hernu. J'avais caché de l'argent et des vêtements dans une grange et j'ai tout retrouvé, intact. Je me suis mis en route. J'ai marché pendant toute la journée du lendemain ; au soir, je suis arrivé à Montdidier. Je suis monté dans un train qui m'a emmené à Paris. Là, avec de l'argent de poche et des vêtements corrects, il ne m'a pas été difficile d'endosser une identité de journaliste. M'étant employé, depuis un certain temps, à prendre des contacts utiles, j'ai réussi à obtenir un faux passeport d'excellente qualité au nom de Willis. Il m'a alors été possible de rentrer en Angleterre, comme je le voulais. Une fois au pays, pourtant, j'ai rencontré des difficultés. L'argent filait vite et je n'avais qu'une seule pensée en tête : revoir Leonora. Jamais je n'avais réfléchi à ce que je ferais ensuite. J'ai fini par aller à Meongate, une nuit, et la joie d'être à nouveau avec elle me suffisait. Pour un temps, du moins… Car j'ai vite réalisé que j'étais allé trop loin. Un mort ne revient pas sur terre. Leonora essaya de me persuader de me livrer aux autorités militaires, mais cette solution était impensable : il aurait été injuste qu'elle souffre d'être mariée à un déserteur. Je me suis contenté de disparaître.

— Vous êtes allé voir Fletcher, et je sais pourquoi.

Il sourit tristement et baissa les yeux.

— Vous vous êtes bien débrouillé, Tom. Oui, je me suis adressé à Fletcher, et il m'a aidé. Je voulais depuis longtemps connaître cet homme qui avait tant représenté pour ma mère. Bizarre, n'est-ce pas, que cette rencontre se soit produite à un moment où j'étais moi-même en danger ? Ou peut-être était-ce naturel. Lui aussi avait été mis au banc de la société. Il m'a trouvé une chambre à Portsea et je m'y suis installé, toujours indécis sur la conduite à tenir. Chaque week-end, j'allais à Meongate et je surveillais la maison discrètement depuis les bois afin de savoir si Mompesson était là. Ses visites devenaient de plus en plus fréquentes. Un jour, je vous ai aperçu et votre présence m'a soulagé. J'espérais que vous trouveriez un moyen de protéger Leonora. Toute intervention de ma part aurait eu pour résultat de la détruire et de lui briser le cœur.

— Mais le 22 septembre, vous êtes passé à l'action, n'est-ce pas ?

Il releva les yeux.

— Je ne pouvais pas laisser les choses en l'état. Fletcher ne cessait de me presser de quitter Portsmouth – avec raison, d'ailleurs ; je m'étais déjà trop attardé dans cette ville. Il faisait encore jour quand j'arrivai à Meongate. J'entrai par les écuries et montai directement à l'observatoire : je savais que, là-haut, on ne me dérangerait pas.

— Qu'est-ce qui vous le faisait penser ? Le fait que ce local ait été verrouillé et que la clé ait été en votre possession ?

Il me scruta, sourcils froncés.

— La clé ? Non, je n'avais pas de clé. La porte n'était pas verrouillée. Mais, au vu de la scène à laquelle j'assistai, ce soir-là, il aurait été préférable que je n'aie pas accès à l'observatoire.

— Qu'avez-vous vu ?

— Ma femme et... Mompesson...

Il se leva brusquement et s'éloigna du banc.

— Je préfère ne pas en parler. Les raisons de mon combat, de ma désertion, tout m'apparut vain. Depuis, je suis ce que vous voyez aujourd'hui : un mort vivant.

— Les apparences sont trompeuses, vous le savez !

— Je le sais... maintenant. À ce moment-là, ce spectacle dépassait les limites de l'acceptable. Je me suis enfui. Il faisait presque nuit. Je me suis réfugié à l'église, qui était déserte et calme, et j'ai prié sur la tombe de William de Brinon. Mais je n'ai pas trouvé l'absolution. Je me sentais exclu – même là –, rejeté à cause de ma supercherie. Et, au moment où, tapi dans l'ombre, j'allais partir, vous êtes passé au bout du chemin, vous dirigeant vers l'auberge. J'avais besoin de vous, Tom. Besoin de votre amitié. Enfin, j'étais prêt à avouer la vérité à quelqu'un. J'ai attendu que vous quittiez l'auberge pour me montrer. Mais, quelle ironie ! Vous ne m'avez pas reconnu ! J'ai essayé de vous raconter la vérité, tandis que je vous traînais à travers champs vers Meongate, seulement, vous n'étiez pas en état de comprendre un seul mot. Je vous ai laissé endormi dans une grange. Je savais que vous ne vous souviendriez pas de notre rencontre ou que vous penseriez que ce n'était qu'un rêve.

— Je suis navré, vraiment navré.

— Vous n'avez pas à l'être. Si quelqu'un est à blâmer, c'est moi – ou Mompesson.

— Je comprends que vous l'ayez tué.

Hallows se détourna de nouveau et scruta la tombe de Leonora.

— Je ne l'ai pas tué, Tom. Je ne suis pas retourné à Meongate après vous avoir quitté. J'ai marché toute la nuit à travers les collines, vers Petersfield ; au matin, j'ai pris le premier train pour Londres. Je n'ai pas remis les pieds à Meongate depuis.

— C'est impossible, voyons ! Vous êtes forcément le meurtrier.

Il secoua la tête.

— Non, ce n'est pas moi. Le lendemain après-midi, j'errais sans but dans les rues de Londres quand je remarquai, à la devanture d'un kiosque à journaux, la une de l'*Evening Standard* : MEURTRE D'UN AMÉRICAIN DANS UN MANOIR. Je lus l'article sans savoir si je devais rire ou pleurer. Mompesson était mort. Quelqu'un avait accompli cette tâche à ma place. Je compris alors à quel point mon destin était lié à celui de Mompesson. Sa mort me privait de la possibilité de réapparaître. J'aurais pu trouver des explications à ma désertion, mais je n'avais aucune chance de prouver mon innocence dans ce meurtre. Encore maintenant, ce crime non résolu me serait attribué à l'instant où je me dénoncerais. Je suis pris dans un piège plus vicieux que la guerre. Je n'ai le choix qu'entre deux façons de mourir.

Je me levai et m'approchai afin de voir son visage. Il continuait à regarder au loin.

— Quand avez-vous appris que Leonora était enceinte ?

— Il y a dix jours. J'ai été informé de sa mort par les journaux. C'est le prix à payer quand on est un… étranger.

Il fixa intensément la tombe et articula avec difficulté :

— J'ai accouru immédiatement. À l'hôpital, j'ai prétendu être un cousin de Leonora. Ils m'ont annoncé qu'une fille était née. C'est là, au milieu d'inconnus, me comportant comme un parent indifférent, que j'ai appris que j'étais père. Un père sans aucun droit sur son enfant. (Sa voix se brisa et il reprit d'un ton à peine audible :) Maintenant, enfin, je comprends ce qui a pu obliger Leonora à… à se plier aux exigences de Mompesson… pourquoi elle est venue ici… pourquoi elle l'a tué. Maintenant, je sais ce qu'elle a dû affronter seule, à cause de moi.

— Où vous cachez-vous depuis septembre ?

— Il est préférable que vous l'ignoriez. Il aurait également mieux valu que vous continuiez à me croire mort. Car je le suis, ou, plus exactement, je devrais l'être. Racontez-moi, plutôt, ce que vous avez fait depuis la dernière fois où nous nous sommes vus.

Je lui parlai de la guerre que j'avais retrouvée, qui avait continué sans lui. Nous suivions lentement les allées qui serpentaient entre les tombes. La grisaille envahissait le ciel et amenait la fraîcheur.

— Quand cessera donc cette barbarie, Tom ? soupira Hallows.

— Qui sait ? Cette année ? L'année prochaine ? Dans trois ans ? Je n'y vois pas de fin.

— Qu'allez-vous faire ?

— Repartir. Pour l'Égypte ou la France, peu importe. Une nouvelle grande offensive se prépare pour le printemps. Je ne pense pas que j'y survivrai.

— D'une certaine manière, je vous envie. J'aimerais pouvoir affronter la mort d'égal à égal, avec une sorte de sérénité.

— Pourtant, vous avez tout fait pour y échapper ! répliquai-je sans parvenir à dissimuler le reproche qui perçait dans ma voix.

— Ce n'est pas aussi simple. J'aimerais vous faire comprendre ce que je ressentais. J'ai imaginé divers aboutissements ; quelle que soit l'hypothèse, il y avait au bout de la route le malheur ou la mort – ou les deux. Et, dans la plupart des cas, la victoire de Mompesson.

— Était-ce tellement important qu'il ne soit pas vainqueur ?

— Je le croyais. Maintenant, je n'en suis plus aussi sûr. Quoi que nous fassions, les conséquences de nos actes rejaillissent sur les autres. Le soir où j'ai appris le meurtre, je suis allé jusqu'à l'appartement de Mompesson, à Knightsbridge. Un policier surveillait l'immeuble et deux journalistes interrogeaient le portier. Je suis resté de l'autre côté de la rue, à les regarder. Tout à coup, il s'est mis à pleuvoir et tous les passants se sont dispersés. Une femme est restée là, pas très loin de moi, à fixer l'immeuble. La trentaine, habillée avec élégance.

— Qui était-elle ?

— Un secret de la vie de Mompesson, sans doute. Que savions-nous de lui, après tout ? Un charlatan, un joueur, un chasseur de fortune. Il avait jeté son dévolu sur mon épouse, ma maison et mon nom – et il aurait fini par tout obtenir. J'étais résolu à lui barrer la route. Il me semblait que rien d'autre ne comptait.

— Mais vous n'êtes pas intervenu, vous l'avez dit vous-même. Quelqu'un d'autre l'a fait pour vous.

— Ce qui prouve que Mompesson voyait juste en décrivant les Anglais comme des gens décadents, fatalistes et indécis. En ce qui me concerne, il avait raison.

Nous étions revenus près du banc. Le choc provoqué par ce nouveau face-à-face avec Hallows s'atténuait et laissait place à une profonde déception. Finalement, il était devenu le personnage que je me refusais à voir en lui : un fugitif méprisable, poursuivi par son sentiment d'échec. Après tant de subterfuges et de luttes, il s'était esquivé, avait laissé un autre tuer Mompesson à sa place. Et aujourd'hui, une tombe nouvelle démontrait l'inutilité de cette année de vie volée.

Hallows soupira et redressa les épaules.

— Et voilà, Tom. Lamentable, n'est-ce pas ? Je loge dans une pension de famille de Niton, en me faisant passer pour un paléontologue victime d'une affection pulmonaire. Secrètement, je vous attendais. Je suis venu ici chaque jour, dans l'espoir de vous voir.

— Pourquoi moi ?

— Parce que votre venue prouve que vous l'aimiez.

Il venait de toucher un point sensible. Je m'écriai avec force :

— Quand bien même ce serait vrai ! Je vous croyais mort. Dieu du Ciel, je n'ai rien à me reprocher…

Ma voix s'étrangla lorsque je pensai à Olivia. Je repris en balbutiant un peu :

— Je n'ai rien fait de… de déshonorant.

— Bien sûr que non. Mais, étant donné que vous êtes venu ici pour elle, me permettrez-vous de faire quelque chose pour vous… pour vous et pour moi ?

— Je ne vois pas en quoi vous pourriez être utile maintenant…

— Une seule chose. Vous me disiez souvent que votre existence était vide. Que vous n'aviez pas de vraie famille, pas de véritables amis. Que la guerre vous était supportable parce que vous n'aviez rien à perdre.

— Cela n'a pas changé.

— Mais vous ne voulez pas mourir.

— Non.

— Moi, si.

Son expression était intense, parfaitement calme.

— Comment ?

— J'en ai assez, Tom. À trop tirer sur la corde, elle finit par casser. Leonora est morte à cause de moi. J'ai déserté pour la protéger, et mon seul résultat aura été de provoquer sa mort. Je n'ai même pas été capable de tuer Mompesson.

— Vous avez raison sur un point : on n'échappe pas à son destin.

— Je vous offre une possibilité de le faire.

— Que voulez-vous dire ?

— Pourriez-vous obtenir un transfert vers un autre bataillon, voire un autre régiment – dans un secteur différent ?

— Sans doute. Mais je n'en vois pas l'utilité.

— Qui vous connaît dans un autre régiment ?

— Personne. Déjà, au sein du 3ᵉ bataillon, cet automne, tant d'hommes sont morts…

— Nous sommes à peu près de la même taille. Il suffirait que je me rase la moustache pour endosser votre identité. Je suis moi aussi convaincu qu'une nouvelle offensive est prévue au printemps. Des milliers d'hommes seront tués. Je veux mourir avec eux. Si mon cadavre portait votre nom, vous seriez libre, Tom. Libre de réaliser ce dont j'avais moi-même rêvé : échapper à cette guerre. M. John Willis dispose d'un petit pécule en banque. Ses coordonnées n'apparaissent sur aucun document officiel, par conséquent, la guerre ne peut l'atteindre. Il fait ce qu'il veut. Quand le conflit prendra fin, il sera encore en vie. Vous avez la possibilité d'être cet homme. Qu'en dites-vous ?

— Je dis que vous êtes fou. Cette solution ne marcherait pas.

Hallows me saisit le bras avec force.

— Je m'arrangerai pour qu'elle marche. Je ne reviendrai pas – je vous le promets. Je vous demande de me laisser mourir à votre place.

Quand je le regardai, à cet instant, je sus que sa proposition était vraiment sérieuse. Et mon unique objection était révélatrice : « Cette solution ne marcherait pas »… J'étais à la fois tenté et choqué de l'être. Je tenais une chance d'accomplir un parcours qu'Hallows n'avait pas réussi à terminer. M'éloigner de la guerre, tirer un trait sur le passé, m'offrir ce que la vie n'offrait jamais : une possibilité de repartir à zéro, une coupure nette avec le passé. Il avait raison, après tout. Nous avions tué Leonora et la guerre était interminable. Sous l'identité de John Willis, je pourrais aller n'importe où, devenir n'importe qui. C'était la seule chose qu'Hallows possédât, et il n'en voulait pas. Une vie pour une vie. Le cadeau d'un véritable ami.

— Combien de temps vous faudrait-il pour organiser votre départ ? questionna Hallows.

— Une semaine, au plus.

— Vous prendriez le bateau soit à Southampton, soit à Portsmouth ?

— Je le pense.

— Écrivez-moi en poste restante à Niton. Indiquez-moi où et quand vous devez embarquer, je vous attendrai à la descente du train. Nous nous rejoindrons dans un coin discret et…

— Épargnez-moi de tels détails.

— Il faudra bien les mentionner – dans votre lettre.

— Il n'y aura pas de lettre. Je ne vous suis pas sur cette voie.

Je lui tournai le dos. De l'autre côté du cimetière, une corneille posée sur la tombe de Leonora s'envola paresseusement. Je fermai les yeux et sentis la brûlure des larmes. Cette proposition était absurde, impensable, scandaleuse, et pourtant…

Hallows parla derrière moi.

— J'attendrai une lettre. J'en espérerai une. C'est la seule chose que je puisse encore espérer.

Je lui fis face :

— Si vous n'avez pas reçu de mes nouvelles d'ici à la fin de la semaine, oubliez tout.

— Parfait.

— Je n'ai rien à ajouter. Je dois réfléchir.

— Bien sûr.

Il me tendit la main mais je ne la pris pas. Ce geste aurait scellé non un simple pacte, mais une complicité. Je descendis lentement l'allée, me demandant si je reverrais Hallows un jour. En arrivant au portail, je regardai en arrière. Il était debout près du banc, tourné dans ma direction. Un étranger distant, obscur, ne trahissant rien du désespoir qui l'accablait ou de l'espoir qu'il m'avait ouvert : un avenir inespéré. Il leva la main en un signe solennel d'au revoir et, cette fois, je lui répondis. Déjà, je savais que je le reverrais. Néanmoins, je m'éloignai d'un pas ferme, me refusant encore à y croire.

Les jours suivants passèrent comme dans un rêve. Je regagnai Aldershot et pris une chambre dans un hôtel. Puis, un matin, je me rendis au QG du régiment, accomplissant ainsi un premier pas vers l'irrévocable. Le responsable des affectations, un certain Meredith, connu pour sa nature conciliante, ne comprit pas mon empressement à mettre fin à ma permission. Mon bataillon avait, comme prévu, embarqué dans un train en partance pour l'Italie où l'attendait un bateau pour l'Égypte. Pour le moment, aucun transfert vers un autre bataillon n'était envisageable. Meredith me dit que, si j'y tenais vraiment, il examinerait les possibilités d'incorporation à un autre régiment. Je l'y encourageai. Je savais que je me leurrais en prétendant qu'il me serait possible de faire marche arrière. J'aurais pu profiter de ma permission jusqu'au bout et attendre mon rappel pour repartir. Mais la proposition de Hallows s'était insinuée dans mon âme et l'avait trouvée disposée à se laisser convaincre.

Après cette première visite à Meredith, je descendis vers le terrain de sport du QG. De nouvelles recrues étaient en train de disputer un match de rugby avec une énergie dont elles auraient bien besoin, plus tard, en France. Tandis que je marchais vers la ligne de touche, je me demandai à quoi la proposition d'Hallows me faisait renoncer. La camaraderie de la vie militaire n'était en fait qu'un compagnonnage forcé de condamnés à mort. Ma famille se résumait à un père absent, une mère morte et un oncle amputé du cœur. Même ma cousine Anthea ne serait pas inconsolable. Hallows m'avait impliqué dans le réseau complexe de ses émotions et celles-ci nous avaient amenés tous les deux devant une tombe récente, dans le cimetière de Bonchurch. Opposer un refus à son offre ne serait qu'un réflexe conditionné par une éducation aux fondements discutables ; une éducation qui exigeait, au bout du compte – quelle que soit l'habileté avec laquelle on la contourne ou la bravoure avec laquelle on lui fait face –, le même sacrifice vain.

Un cri de joie monta parmi les spectateurs : un essai avait été marqué. Les joueurs se donnèrent des tapes dans le dos. Je pensai à Lake, tué sous mes yeux l'été précédent ; à Warren, cet homme opiniâtre à la fidélité touchante, et qui était mort comme la plupart de ces joueurs le seraient bientôt ; à Cheriton qui, possédé par ses propres démons ou dépassé par les machinations d'Olivia, avait mis fin à son existence. Je m'éloignai doucement du terrain de sport et, pour la première fois, je fus certain de ma décision.

Le lendemain, je retournai voir Meredith. Je pouvais obtenir une affectation auprès d'un régiment de Northumbrie en garnison à Ypres, à condition de partir sous quelques jours. Il me sembla que quelqu'un d'autre parlait quand j'acceptai avec empressement. Je postai une lettre à Hallows le matin même.

Nous nous retrouvâmes à l'endroit et à l'heure prévus. Gare de Southampton Town, le 10 avril, à l'aube claire et frileuse d'un jour de printemps. Le long train militaire était parti des Midlands la veille et j'étais monté à bord à Aldershot, au lever du jour. J'étais entouré d'inconnus qui, pour la plupart, dormaient encore et ne se réveilleraient pas avant que le train atteigne les docks. Personne ne me vit descendre du train ni me diriger vers une passerelle où un homme solitaire, appuyé contre un parapet, écrasait une cigarette pour me confirmer qu'il m'avait vu.

Nous nous rejoignîmes dans un coin désert, au milieu des entrepôts de marchandises. Je suivis Hallows en silence vers un abri de chantier vide et nous échangeâmes nos vêtements. Quelques minutes plus tard, nous quittions le hangar et suivions une rue longeant les entrepôts. De la fumée s'élevait au-dessus des toits tandis que le train militaire faisait monter la vapeur.

— Votre bateau est le *SS Belvedere*, Empress Dock. Départ prévu dans une heure. Au Havre, prenez le train jusqu'à Poperinge. Puis, allez à Ypres. Vous devez avoir rejoint le 30ᵉ Northumbrians demain matin.

— Compris.

— Comment vous va l'uniforme ?

— Comme un gant. Et le costume ?

— Pas trop mal.

— Dans la poche intérieure, vous trouverez la clé de l'appartement de Praed Street. Tout ce dont vous pouvez avoir besoin s'y trouve.

Nous arrivâmes à un carrefour et Hallows devina que nous nous quittions là.

— Nous ne nous reverrons jamais, Tom.

— Je sais.

— En une autre occasion nous serions en train de rire, de plaisanter. Mais pas aujourd'hui. Pas pour cette dernière fois.

— Je suis désolé. Il y aurait tant de choses à dire et je ne trouve pas les mots. Que sommes-nous, Hallows, vous et moi ?

— Des amis, j'espère.

— Bien plus que des amis.

Je lui serrai la main et m'apprêtai à partir. Mais, tiraillé par ma conscience, je repris :

— Encore une chose… Une chose que je voulais vous demander à Bonchurch.

— Oui ?

— Quand vous êtes entré à Meongate, cette fameuse nuit de septembre, où êtes-vous allé, à part à l'observatoire ?

— Nulle part. Je suis monté directement dans la tour, par l'escalier de derrière. C'était l'itinéraire le plus sûr, à cette heure.

— Vous n'avez pas vu… Olivia ?

Il fit un signe de dénégation et réprima un sourire. Tout à coup, je sentis qu'il avait un avantage sur moi puisque j'ignorerais toujours l'étendue de ce qu'il savait vraiment.

— Non, Tom. Je n'ai pas vu Olivia.

— Et la porte de l'observatoire n'était pas verrouillée ?

— Non, elle ne l'était pas, je vous l'ai dit. Je n'avais pas la clé. Est-ce tellement important ?

— Non. En revanche, ce que nous faisons maintenant l'est. Il nous est encore possible de renoncer et de repartir chacun de notre côté. Ne vous sentez pas obligé…

— Je ne peux plus reculer et ne le désire pas. Il est trop tard, Tom.

Une femme avait ouvert les portes d'une auberge, au coin de la rue, et nous examinait en frottant le sol avec sa serpillière. Quelque part, un marteau fonctionnant à la vapeur se mettait en marche en toussotant. Hallows sourit, toucha son képi et traversa le carrefour. Je le regardai partir et descendre la rue droite vers les quais sans ajouter un mot. Je scrutai cette silhouette lentement happée par la circulation, vêtue de mon uniforme et portant mon sac à l'épaule, comme si elle avait été la mienne. Puis un long train militaire s'engagea sur les rails qui traversaient la route, s'interposant entre nous. Quand il fut reparti et que son épaisse fumée se fut dissipée, je cherchai Hallows des yeux. Mais il avait disparu ; il s'était évanoui vers le destin de son choix, emportant mon passé.

À ce moment, je fus saisi par un terrible sentiment de vide. Un chagrin insurmontable me submergea, ainsi que l'angoisse devant l'incertitude de mon sort. L'ami qui m'avait quitté avait emporté un peu de moi avec lui. Ce fut un homme différent qui remonta la route sinueuse, traversa le pont flottant sur la rivière Itchen et franchit les docks. Un homme sur le point de s'engager dans un avenir dont aucune ligne n'était tracée.

Peu importait où j'étais et ce que je faisais quand, quatre mois plus tard, je découvris, sur la liste des hommes tombés au champ d'honneur, le nom que je guettais depuis longtemps.

« Tué au combat, le 16 août 1917 : lieutenant Thomas Blaine Franklin, vingt-cinq ans. »

Hallows avait tenu sa promesse.

Troisième partie

1

Nous étions revenus au Bishop's Palace, près du muret entourant les douves et regardions le reflet des arbres et du château danser sur l'eau. Willis avait terminé son histoire, à laquelle mes pensées restaient attachées. Aurais-je dû me sentir heureuse d'avoir pour parents les gens fidèles et aimants que j'avais toujours désirés ?… Ou triste que le destin ait saccagé leur vie et, pendant si longtemps, la mienne ? Je ne saurais dire. Le sombre visage du témoin survivant qui se dressait à côté de moi ne m'apportait pas plus de réponse que les remous de l'eau.

Willis avait répondu à toutes les questions qui avaient assombri mon enfance : l'identité de la jolie dame, l'emplacement de la tombe de ma mère, le récit du meurtre de Meongate. Il m'avait rendu un vrai père et une mère loyale. Il avait percé les mensonges d'Olivia. Pourtant, ce n'était pas suffisant.

Je me sentais paralysée par son histoire, incapable d'une réponse cohérente. J'avais tant voulu croire que l'honorable capitaine John Hallows était mon père, et Willis m'en avait apporté la confirmation. Mais, en échange de cette certitude, l'image du héros sans reproche avait disparu. Découvrir l'homme véritable derrière un nom respecté, gravé dans la pierre, revenait à entrevoir une âme et ses défauts. Quant à ma mère, enfin lavée de toutes les accusations d'Olivia, elle méritait mon amour, mais je souffrais qu'elle ne fût pas la jolie dame dont j'avais été séparée à la gare de Droxford.

— Payne m'a dit que vous aviez grandi à Meongate, reprit enfin Willis. Je ne comprends pas pourquoi vous avez échoué chez les Powerstock. Je ne parviens pas à croire que Grace Fotheringham vous ait abandonnée.

Tant de choses restaient encore inexpliquées. En levant le voile sur un mystère, Willis en avait créé un autre.

— Je n'ai aucun souvenir précis de Mlle Fotheringham. Je ne me rappelle pas avoir vécu ailleurs qu'à Meongate, répondis-je.

— Le nom de Grace n'a jamais été mentionné ?

— Jamais. Pas plus que l'on ne m'a révélé le lieu où ma mère était enterrée. Olivia a tout fait pour que la honte de ma prétendue illégitimité ne soit jamais oubliée.

— Olivia ne passait l'éponge sur aucune faute – sauf sur les siennes !

— Vous la détestiez ?

— Oui. Mais ma haine lui faisait plaisir. Elle la préférait à l'indifférence – et même à l'adoration. Elle était…

— Tout entière tournée vers le désir de faire le mal ?

— Peut-être. Vous êtes mieux placée que moi pour en juger.

— Je ne garde aucune image plaisante de cette femme.

— Pourtant, elle vous a recueillie à Meongate. Elle s'est occupée de vous, même après la mort de votre grand-père.

— Sur le plan matériel, elle m'a assuré le nécessaire, c'est vrai. Mais si vous saviez quelle existence elle m'a fait mener, vous comprendriez que me prendre sous sa garde ne constituait, de sa part, qu'un nouvel acte de cruauté.

Willis se tourna vers moi. Ma dernière remarque semblait l'émouvoir plus profondément que tout le reste.

— Justement, je voudrais bien que vous me racontiez quel genre de vie elle vous a fait mener, Leonora… Il se redressa, contempla de nouveau les douves et ajouta : me permettez-vous de vous appeler Leonora ?

— Bien sûr.

— Merci. S'il ne vous est pas trop pénible de vous remémorer cette période, je souhaiterais entendre votre histoire.

Seule la façon honnête et détaillée dont il avait parlé de lui peut expliquer ma disposition, voire mon désir intense de lui relater ma propre existence. Toujours est-il qu'en dehors de Tony, je ne m'étais jamais confiée aussi librement auparavant. Il est un secret que, bien entendu, je ne révélai pas plus à John Willis, l'étranger de passage, qu'à mon mari : mon rôle dans la mort de Sidney Payne. Hormis cet épisode, je lui livrai le récit de tous les chagrins accumulés pendant les années passées à Meongate, tandis que nous marchions côte à côte.

Lorsque j'eus fini, nous étions à la gare de Priory Road. Willis était sur le point de partir. Il avait récupéré son sac à l'auberge du Red Lion et suivi

419

avec moi les rues animées de la ville. Dans la gare baignée de soleil, des écoliers gambadaient et s'interpellaient gaiement. Nous allâmes au bout du quai et nous assîmes pour attendre le train à destination de Witham. Je savais qu'à Witham cette ligne rejoignait un axe ferroviaire principal, mais, aussi incroyable que cela puisse paraître, je ne pensai pas à demander à John Willis quelle était sa destination finale.

Willis lui-même était étrangement silencieux. Mon histoire le laissait aussi perplexe que la sienne m'avait rendue muette. Je le regardai, assis bien droit à côté de moi sur le banc, et cherchai à voir les deux hommes qui l'habitaient : l'officier jeune, impressionnable et désorienté qui avait courageusement bravé les intrigues de Meongate, et l'homme vieillissant, maigre et anonyme, en gabardine et chapeau mou, qui se faisait violence pour briser ses habitudes enracinées de solitude et pour accomplir son devoir envers la fille unique d'un défunt ami.

— Mes parents ont toujours été des inconnus pour moi, monsieur Willis, dis-je au bout d'un moment. C'est le sort de tous les orphelins. Je n'ai jamais imaginé les connaître un jour. Or voilà que, d'une certaine manière, vous me les avez amenés.

— Je ne vous ai amené que leur histoire, précisa-t-il d'une voix rendue rauque par un long silence. Rien qu'une vérité que leur fille avait le droit de savoir.

— Pourquoi avoir attendu si longtemps ?

Il répondit, sur la défensive :

— Si je n'avais pas vu l'avis de décès de Lady Powerstock, je n'aurais pas su comment vous retrouver.

— Pourtant, si vous pensiez que Mlle Fotheringham m'avait adoptée…

— Alors, disons qu'après avoir vu cet avis de décès, j'ai commencé à avoir mauvaise conscience. Surtout quand ce M. Payne m'a appris que vous aviez été placée sous la tutelle d'Olivia. Cela n'avait aucun sens. Je suis vraiment désolé…

— Je ne vois pas en quoi vous pourriez être tenu pour responsable de ce qui s'est passé !

— Votre père est mort à ma place, Leonora. J'aurais dû m'assurer que sa fille était correctement traitée. Je m'en suis simplement remis à Grace, sans chercher plus loin.

— Ne vous sentez pas coupable. Je ne vous en veux pas d'avoir accepté la proposition de mon père. Il avait une dette envers vous et je suis heureuse qu'il l'ait honorée par cet acte noble.

Willis avala sa salive avec difficulté.

— Nous nous devions tant de choses l'un à l'autre qu'il nous aurait été difficile de faire des comptes…

— Pensez-vous qu'il ait été sincère à propos du meurtre de Mompesson ?

J'abritais au fond de moi l'espoir secret que mon père avait tué son ennemi.

La réponse de Willis fut parfaitement catégorique.

— Il disait la vérité.

— Il se peut qu'il vous ait menti afin que vous acceptiez sa proposition.

— Je suis navré, Leonora. Il disait la vérité.

— Mais si ce n'était pas lui le meurtrier, qui d'autre ?

— Je suis incapable de répondre à cette question.

Il leva les yeux.

— Voilà mon train.

Je n'avais pas vu le train approcher. Maintenant qu'il arrivait à quai, je me rendais compte que Willis était sur le point de partir. Mon messager surgi du passé allait retourner au néant.

— Vous ne m'avez rien confié de la vie que vous avez menée depuis 1917, m'écriai-je rapidement, alors qu'il était trop tard pour espérer une réponse.

— Il n'y a rien à en dire.

Le train s'arrêta. Willis se leva et prit son sac.

— Où allez-vous maintenant ? questionnai-je.

— Je rentre chez moi... à supposer que j'aie un « chez moi ». Vous n'entendrez plus jamais parler de moi.

— Pourquoi ? J'aimerais avoir de vos nouvelles.

— Maintenant que vous connaissez votre histoire, il vaut mieux l'oublier. Et m'oublier aussi.

Il me tendit la main. La mienne parut perdue dans sa grande paume. Il la serra, puis hocha la tête et se détourna pour grimper dans un wagon. Je fis un pas et tins la porte ouverte derrière lui.

— Il y a tant de choses que j'aimerais vous demander...

— Et il y a tant de choses que j'aimerais vous dire, répondit-il en se penchant vers moi. Mais j'ai déjà suffisamment parlé. Vous avez un mari et deux enfants. Leur bonheur est plus important que les tristes souvenirs d'une sinistre époque.

— J'aimerais vous présenter ma famille.

— Il est préférable que je ne la voie pas. D'ailleurs, si j'étais vous, je garderais pour moi toutes ces histoires. Adieu, Leonora. Rentrez chez vous. Soyez heureuse. Oubliez-moi.

— Comment le pourrais-je ?

— Vous y parviendrez.

Je lâchai la porte du wagon et elle se referma avec un claquement sec. Un coup de sifflet retentit. Je levai la main et Willis toucha son chapeau. Puis le train se mit en route. Willis ne se pencha pas à la fenêtre ; aussi, la dernière image que j'eus de lui fut celle de sa silhouette mince, reflétée par le soleil sur les vitres sales d'un train qui s'éloignait. Je suivis des yeux le convoi jusqu'au bout du quai, jusqu'à ce qu'il eût disparu. Je me souvins d'un autre train, d'une autre séparation, une trentaine d'années plus tôt. Et quand la forme cahotante fut devenue un point de fumée à l'horizon, je me rendis compte que, malgré toutes les confidences qu'il m'avait faites, Willis était resté insaisissable.

Que faisait-il ? Où vivait-il ? Où était-il allé depuis sa séparation d'avec mon père un matin d'avril 1917 ? Pourquoi avoir attendu la mort d'Olivia pour me rendre visite ? Existait-il un lien entre son attitude et la décision d'Olivia de me retirer la garde de Grace Fotheringham ? Quel but Olivia avait-elle poursuivi, dans cette affaire ? John Willis connaissait peut-être les réponses à toutes ces questions, mais il était trop tard pour les lui arracher...

Je me rappelle avoir questionné le contrôleur posté à l'entrée du quai pour lui demander quelles étaient les correspondances possibles, à Witham.

— La ligne principale va dans un sens jusqu'à Penzance, dans l'autre vers Londres et au-delà. Toutes les destinations sont imaginables, madame.

— Avez-vous remarqué où allait l'homme avec qui je suis arrivée tout à l'heure et dont vous avez poinçonné le billet ?

Le contrôleur ne se souvenait pas de Willis ; il n'avait aucune idée de sa destination.

Je rentrai à la maison à pas lents, songeant que j'aurais l'air ridicule si je parlais de Willis à Tony. D'abord, il me faudrait avouer que j'avais gardé secrète sa première visite, puis admettre que je ne disposais d'aucun moyen de reprendre contact avec lui. Au fond, rien ne prouvait que cette histoire ne fût pas le produit de mon imagination.

Quand j'arrivai dans Ash Lane, je compris tout à coup combien le conseil de Willis était judicieux. Mon seul souhait était de rentrer chez moi et d'oublier. Si Willis était venu me voir dix ans plus tôt, ma réaction aurait été différente, mais la vérité qu'il apportait m'encombrait aujourd'hui. J'avais pris du recul par rapport à Meongate et à tout ce qui s'y était passé. Si j'annonçais à Tony que je n'étais pas une enfant illégitime, il voudrait sans doute intenter une action en justice pour récupérer les biens qu'Olivia avait légués à Payne. Or, l'idée de posséder tout objet ayant un rapport avec Meongate me répugnait. Un héritage, aussi maigre fût-il, m'aurait rappelé mes liens avec la femme qui avait essayé de m'enlever mon père. Savoir que j'étais la fille du capitaine Hallows me suffisait – même si je n'avais aucun moyen de le prouver, car il était hors de question que je dénonce mon père comme déserteur. Ce secret, j'étais heureuse et fière de le conserver.

Il était plus simple de ne rien dire à Tony, plus prudent de ne confier à personne mes découvertes. Après huit années de mariage, je n'avais toujours pas levé le voile sur ma jeunesse. Ce fut donc avec la plus grande discrétion que je procédai à quelques recherches.

Le week-end suivant, j'annonçai à Tony que j'envisageais de passer une journée à Londres ; une escapade pour faire des courses était un petit plaisir périodique que Tony m'accordait volontiers. Tôt, le mercredi 10 juin, je partis.

Mais je ne me rendis pas à Londres. Je descendis du train à Westbury et montai dans une correspondance pour Portsmouth. Là, j'embarquai à bord d'un ferry en partance pour l'île de Wight, pris un autre train qui m'emmena jusqu'à Ventnor. Je refis ainsi le voyage que Franklin avait accompli trente-sept ans auparavant.

À Bonchurch, je trouvai une petite tombe blanche, avec une simple inscription :

« LEONORA MAY HALLOWS, 1891-1917. »

La question qu'Olivia m'avait interdit de poser obtenait enfin une réponse. Je remplis d'eau un vase et y déposai les fleurs que j'avais apportées.

Je restai assise dans le cimetière pendant près d'une heure, me demandant si, un jour, je t'emmènerais voir la tombe de ta grand-mère. Cela me paraissait improbable car dévoiler une partie seulement de l'histoire de Willis était impossible. Or, me sentais incapable de la révéler entièrement. Je décidai donc de porter seule le deuil de ma mère. Je suppose également qu'au fond de mon cœur j'avais un besoin jaloux de ne partager avec personne le peu de chose que je savais enfin d'elle. Je passai un accord avec un fleuriste de Ventnor pour qu'il fleurisse la tombe régulièrement, et j'ai renouvelé ce contrat tous les ans depuis lors. Si nous allons à Bonchurch – et nous ferons ce voyage prochainement, plus rien ne nous en empêche –, nous verrons des fleurs fraîches sur la tombe de ma mère.

Il me fut difficile de quitter le cimetière, mais j'avais d'autres démarches à effectuer à Bonchurch.

Sea Thrift ressemblait à ce que Willis avait décrit. Je me sentais nerveuse aux abords du cottage, impatiente de savoir si, par chance, Grace Fotheringham y habitait encore. Le moment était-il venu pour moi de revoir la jolie dame d'il y avait si longtemps ?

Mais le destin en avait décidé autrement. Un petit homme bougon, au teint brouillé, répondit à mon coup de sonnette. Il m'assura que le nom de Fotheringham lui était inconnu. Mes questions semblèrent l'irriter.

— Cette personne vivait dans cette maison pendant la Première Guerre mondiale, insistai-je.

— Je ne peux pas vous aider. Ma femme et moi avons acheté cette maison il y a sept ans – à un certain M. Buller.

— Mlle Fotheringham était enseignante.

— M. Buller était dentiste.

— Elle travaillait à East Dene College.

— Jamais entendu parler de cet établissement.

Je me renseignai à la poste. Là encore, le nom de Fotheringham ne suggérait rien. Celui du collège, par contre, n'était pas inconnu.

— East Dene College a fermé ses portes en 1939, me dit l'employé.

— Alors, personne ne se rappelle les professeurs qui y ont travaillé ?

— Tentez votre chance avec Mlle Gill. Elle y a enseigné pendant des années. Elle vit encore dans le village.

Il me communiqua l'adresse de Mlle Gill et j'allai frapper à la porte d'un cottage perché sur une pente boisée. Mlle Gill, une dame forte et agitée, au souffle court, me reçut dans une véranda à l'atmosphère moite, où elle distribuait des graines à une colonie d'oiseaux chanteurs en cage.

— Si je connais East Dene College ? Un peu, oui ! J'y ai enseigné pendant plus de trente ans.

Elle se pencha vers l'angle de la cage pour me jeter un coup d'œil.

— Vous êtes une ancienne élève ? Rappelez-moi votre nom.

— Je m'appelle Leonora Galloway. Je n'ai jamais fréquenté East Dene College, je tente de retrouver quelqu'un qui y a enseigné pendant la Première Guerre mondiale : Mlle Fotheringham.

— Fotheringham ?

Elle gratta les barreaux de la cage en criant :

— Cessez de piailler ! Il y en aura pour tout le monde.

Puis elle reprit, pensive :

— Fotheringham, dites-vous ? Ah oui ! Grace Fotheringham.

— C'est bien cela.

— Elle est partie comme une voleuse, autant que je me souvienne. (Elle fit claquer sa langue pour calmer les oiseaux et ajouta :) Elle n'est pas réapparue à la rentrée de… ce devait être en 1920.

— Savez-vous pourquoi elle est partie ?

— Je ne sais pas. J'avais mieux à faire à l'époque que m'occuper des affaires des autres. Mais c'était une femme un peu… bizarre.

— Ah oui ?

— Elle avait recueilli un bébé orphelin. Vous vous rendez compte ! Une femme dans sa position. Extravagant. Tout à fait extravagant.

— Avez-vous une idée de l'endroit où elle est allée ?

— Pas la moindre. Je vous avouerais que nous n'étions pas mécontentes de la voir partir.

Il n'y avait plus rien à apprendre à Bonchurch. Je retournai à Portsmouth et demandai à un chauffeur de taxi de me conduire au Mermaid Inn, Nile Street.

— Il n'y a pas de Mermaid Inn dans Nile Street, madame.

— Vous en êtes sûr ?

— Quasiment.

Il se pencha par la fenêtre de son véhicule et héla le chauffeur qui se trouvait derrière lui dans la file :

— Dis ! Tu as entendu parler d'un pub qui s'appelle le Mermaid Inn, dans Nile Street ?

— Il n'existe plus. Il a été détruit par un bombardement pendant la guerre et n'a jamais été reconstruit.

Je priai donc mon chauffeur de m'emmener à Brickwood's Brewery, la brasserie propriétaire du Mermaid. Là, je fus dirigée vers un certain M. Draycott qui, disait-on, avait une mémoire infaillible en ce qui concernait les ex-gérants de ses pubs. Je le trouvai derrière un bureau, dans un local bruyant, situé au-dessus des chantiers navals.

— Le Mermaid ? Oui, vos renseignements sont exacts. Il a été détruit en avril 1941 par un bombardement allemand. Nous l'aurions probablement fermé après la guerre, de toute façon. Les affaires n'étaient plus florissantes.

— Je m'intéresse à ses gérants.

Il réfléchit un instant, puis annonça :

— Nora Hobson. Elle dirigeait l'affaire avec son frère, un dénommé Fletcher. Ils ont été tués tous les deux au cours du bombardement qui a détruit le pub.

Une autre impasse. J'allai à la bibliothèque et consultai d'anciens numéros du journal local, ceux que Franklin avait feuilletés, bien des années plus tôt. Tout ce que j'y lus corroborait son récit. Les comptes rendus des enquêtes concernant Mompesson et Cheriton figuraient également dans ces colonnes, confirmant les allégations de Franklin. Mais ces documents étaient maintenant les seuls témoins du passé. Les acteurs du drame avaient disparu.

J'effectuai ma démarche suivante sous le prétexte de courses à Bristol. En réalité, je descendis en voiture à Winchester et allai voir le commissaire-priseur chargé de la vente aux enchères du contenu de Meongate. Pour haïssables qu'ils fussent, les deux tableaux qu'Olivia m'avait légués se trouvaient au cœur du drame qui avait emporté mes parents, et je regrettais de ne pas les avoir acceptés. De plus, j'avais maintenant envie de lire le livre avec lequel je m'étais défendue contre Sidney Payne et qu'Olivia avait confisqué. Peu m'importait qu'il fût ou non taché de sang. Je m'étais mise à espérer qu'Olivia ne l'avait pas détruit.

Le commissaire-priseur se rappelait assez bien la vente aux enchères.

— J'essaye de retrouver certains objets vendus ce jour-là, monsieur Woodward, expliquai-je. Des tableaux peints par un artiste du nom de Bartholomew et un livre : un rapport du Comité du diocèse traitant de la pauvreté à Portsea au début du siècle.

— En ce qui concerne les tableaux, je crois m'en souvenir. Il sourit. Deux scènes d'inspiration moyen-âgeuse, révélatrice d'une certaine forme d'obsession.

— C'est cela même.

— Voyons un peu... Il feuilleta un registre. Les voici. Deux huiles par Philip Bartholomew. Elles ont été adjugées à douze guinées. Pas mal, tout bien considéré.

— Qui les a achetées ?

Il haussa les épaules.

— Achat anonyme. Le paiement a été effectué en liquide. La seule chose dont je sois certain, c'est qu'il ne s'agissait pas d'un marchand de tableaux.

— Et le livre ?

— En dehors de deux atlas de l'époque victorienne et d'œuvres de Trollope dans des éditions originales, nous avons cédé l'intégralité des ouvrages en un lot à un libraire local : Blackmore, dans Jewry Street.

J'allai donc voir M. Blackmore, qui m'aida de son mieux.

— Il n'y avait rien de très intéressant, madame Galloway. Je n'ai d'ailleurs pas encore vendu grand-chose. Le livre dont vous parlez ne me rappelle rien. Jetez un coup d'œil dans le magasin, si vous le désirez, mais je crains que les ouvrages ne soient maintenant assez dispersés.

Je passai en revue les rayonnages. En vain.

Tandis que je m'éloignais de la boutique de M. Blackmore, l'idée me vint qu'il me restait encore une piste à explorer et j'allai droit au poste de police. Un agent me renseigna gentiment sans toutefois m'être d'un grand secours.

— Le nom de Shapland ne me suggère rien, madame, mais ce n'est pas surprenant. S'il a pris sa retraite pendant la Première Guerre mondiale, il est probablement mort aujourd'hui. Par conséquent, même les caisses de retraite ne vous apporteront aucune aide. Où était-il affecté ?

— À Portsmouth, je n'en suis pas certaine.

Après un instant de réflexion, il déclara :

— Essayez de voir George Pope. Il s'occupe des tâches administratives au poste de police de Portsmouth depuis la nuit des temps. Si Shapland y a travaillé à une certaine époque, George se souviendra de lui.

Ce déplacement me paraissait inutile ; toutefois, j'étais déterminée à ne négliger aucune piste. Quinze jours plus tard, Tony partit pour quelques jours à Manchester, en voyage d'affaires. J'en profitai pour descendre à Portsmouth en voiture. J'avais téléphoné au poste de police à l'avance pour m'assurer que le sergent Pope serait bien en service ce jour-là, et il m'attendait.

— C'est vous qui avez appelé ? me demanda-t-il.

Il remplissait son uniforme avec fierté et posait sur moi des yeux vifs qui éclairaient le visage large et triste d'un homme qui a passé sa vie entière à s'occuper de criminalité.

— Oui, c'est moi. Je souhaitais vous parler, répondis-je.

— Je suis dans un jour de chance, alors. (Il sourit avec une soudaine timidité.) En quoi puis-je vous être utile ?

431

— J'essaye de retrouver la trace de l'inspecteur Shapland. Il a été affecté à Portsmouth, et l'on m'a dit que vous vous souviendriez peut-être de lui.

Il fronça les sourcils.

— Vous parlez d'Arnie Shapland ?

— Je ne connais pas son prénom. Il est parti à la retraite avant la Première Guerre mondiale – et a repris du service pendant celle-ci.

La grande tête grise s'inclina en signe d'approbation.

— C'est bien Arnie Shapland. Il était inspecteur ici quand je suis entré dans la police. Il n'était déjà plus tout jeune, à cette époque.

Il changea de ton pour revenir au présent.

— Mais c'était il y a quarante-deux ans... Vous avez raison : il a pris sa retraite juste avant la Grande Guerre. Pourquoi une jeune femme comme vous s'intéresse-t-elle au vieil Arnie ? Il doit être mort et enterré depuis une vingtaine d'années.

— Il a enquêté sur une affaire concernant ma famille. On n'a jamais su le fin mot de l'histoire.

— Quelle affaire ?

— Un meurtre. À Meongate, près de Droxford, en 1916.

— Le meurtre de Meongate ? (Il gloussa.) Bizarre que vous rameniez cette histoire sur le tapis. Cette enquête a été la toute dernière d'Arnie. Il a été mis à la retraite juste après.

— Il n'a pas continué à travailler jusqu'à la fin de la guerre ?

— Non. Le meurtre de Meongate lui a valu pas mal d'ennuis. L'aristocratie était mêlée à cette histoire et...

Le sergent se ressaisit tout à coup :

— Vous avez dit que votre famille était impliquée dans cette affaire ?

— Oui, mais poursuivez, je vous en prie. Vous ne m'offenserez pas, je vous l'assure.

— Arnie Shapland a prétendu – a *affirmé*, devrais-je dire – qu'il avait élucidé l'affaire. Il n'a pas cessé de le clamer haut et fort, même après la clôture officielle de l'enquête. C'est alors qu'il a été précipitamment mis à la retraite, comme si…

— Comme si quelqu'un avait voulu le faire taire ?

Pope sourit à nouveau.

— Comme si ses conclusions ne plaisaient pas à tout le monde, en effet.

— Et quelles étaient ses conclusions ?

— J'étais un tout jeune policier à cette époque, madame Galloway. Arnie Shapland ne se confiait pas à moi – ni à personne, d'ailleurs.

— À sa famille, peut-être ?

Il secoua la tête, sceptique.

— Je ne le pense pas. Il était célibataire. Il vivait au-dessus de l'épicerie de sa sœur, dans Goldsmith Avenue. Le fils de sa sœur a repris l'affaire, aujourd'hui.

Je partageais le scepticisme de Pope, mais traverser la ville pour aller jusqu'à « M & F Lupson, épicerie et alimentation » ne me coûtait pas un gros effort. J'arrivai donc devant un magasin peu engageant à la façade couverte de peinture brunâtre. De l'autre côté de Goldsmith Avenue, des bruits métalliques montaient d'un entrepôt de marchandises jouxtant la gare. Hormis cette activité, ce quartier populeux était calme et silencieux, écrasé par la chaleur. L'intérieur paraissait triste et pétrifié. Un homme mince, aux gestes nerveux, pesait et mettait en sachets du thé dont l'odeur âcre flottait dans l'air.

— M. Lupson ?

Il abandonna sa cuillère dans le sac de thé, s'essuya les mains et posa sur moi un regard éteint.

— Que puis-je pour vous ?

— Vous êtes le neveu de l'inspecteur de police Arnold Shapland, n'est-ce pas ?

Il fronça les sourcils.

— Oui…

— Il a mené une enquête sur un meurtre commis à Meongate en 1916. Cette affaire vous rappelle-t-elle quelque chose ?

— Meongate ?

Il avait formulé le mot lentement, comme s'il remontait très loin dans sa pensée.

— Meongate, avez-vous dit ?

— C'est cela. Je sais que ce drame remonte à de très nombreuses années, mais il plane encore sur ma famille. Votre oncle avait trouvé la clé de l'énigme mais il a été mis à la retraite avant d'avoir rendu publiques ses conclusions. Je me demandais s'il vous avait fait part de ses découvertes…

Les lunettes de Lupson avaient glissé sur le bout de son nez. Il les remit en place, les yeux tout à coup pétillants.

— Le meurtre de Meongate ! Pourquoi vous y intéressez-vous ?

— Ma famille vivait à Meongate.

— Eh bien, ça alors ! Ainsi, oncle Arnie avait raison… Quel dommage que vous arriviez vingt-cinq ans trop tard !

— Je ne comprends pas…

434

Un sourire s'était dessiné sur le visage aux traits crispés. Un sourire de plaisir étrange, inhabituel.

— Oncle Arnie affirmait qu'un jour ou l'autre on entendrait à nouveau parler de cette histoire. Il était persuadé que les événements finiraient par prouver qu'il avait vu juste. Ça alors ! Qui aurait pensé…

Tout à coup, son sourire se figea et il se tut. Une femme à la mâchoire dure et aux cheveux tirés était entrée dans le magasin, par la porte de derrière. Quand elle me vit, elle modifia ce qu'elle était sur le point de dire. Il n'y avait aucune amabilité dans son ton.

— Maurice ! Quand tu auras servi cette dame, tu rangeras les boîtes de biscuits !

Elle ressortit, aussitôt après avoir donné son ordre. Lupson se pencha vers moi par-dessus le comptoir.

— Je ne peux pas vous parler maintenant, murmura-t-il.

Je chuchotai à mon tour :

— Je ne vous retiendrai pas longtemps.

— Là n'est pas le problème. J'aimerais vraiment discuter de cette affaire avec vous. (Il réfléchit un instant et déclara :) Je ferai ma tournée avec la camionnette tout à l'heure. Retrouvons-nous à ce moment-là, si vous voulez bien.

— Je ne demande pas mieux.

— Rendez-vous à South Parade Pier, à seize heures trente.

J'approuvai d'un signe de tête. Il se redressa et, me sentant un peu ridicule, je commandai une mesure de thé.

Lupson fut ponctuel. À seize heures trente, je me trouvais près de la jetée de South Parade et je contemplais, par-dessus un muret, la plage où quelques baigneurs bravaient la brise, quand une camionnette rouillée s'arrêta près de moi. Lupson en sortit, tirant nerveusement sur une cigarette.

— Merci d'être venu, dis-je, dans un effort pour le mettre à l'aise.

Il haussa les épaules de façon gauche.

— Marchons un peu, suggéra-t-il.

Nous avançâmes dans la direction de Southsea Common et je me mis à lui raconter, sans lui donner trop de détails, les raisons pour lesquelles je m'intéressais au meurtre de Meongate. J'espérais que mes confidences le rendraient plus loquace et je ne fus pas déçue.

— Mon épouse détestait oncle Arnie. C'est pourquoi il m'était difficile d'en parler devant elle, tout à l'heure. Quand nous nous sommes mariés, nous nous sommes installés au-dessus du magasin, avec ma mère et oncle Arnie. Les rapports entre ma femme et mon oncle étaient très tendus ; ils ne s'entendaient pas. Mon oncle et moi, en revanche, étions très amis. J'étais plus proche de lui que de mon propre père. J'étais encore un adolescent quand il m'a raconté en détail le meurtre de Meongate. Il m'avait relaté d'autres affaires mais celle-là l'obsédait. Il y revenait sans cesse, comme un chien qui ronge son os. On se promenait à pied jusqu'à Milton Park ou bien au jardinet qu'il louait, et il ressassait les faits sans se lasser.

— Pourquoi avez-vous dit que j'étais arrivée vingt-cinq ans trop tard ?

— Parce qu'il est mort il y a vingt-cinq ans. Il a toujours su que l'histoire de Meongate n'était pas terminée, qu'elle resurgirait un jour pour prouver qu'il avait raison à propos de l'identité du meurtrier. Ils refusaient la vérité – je parle de ses supérieurs. Ils voulaient étouffer l'affaire mais mon oncle s'obstinait. C'est pourquoi il a été dessaisi du dossier.

— Je croyais qu'il était parti à la retraite.

— Ce n'est pas ainsi qu'il a vu les choses. Il n'a pas cessé de ruminer l'affront de cette mise à l'écart, claquemuré dans la petite pièce qui lui servait de chambre. Il reprenait l'histoire sous tous ses angles, et je l'écoutais.

— Quelle était sa thèse, monsieur Lupson ? Je voudrais tant le savoir.

— Vous pouvez même lire ce qu'il a écrit sur le sujet, si vous le désirez. Il avait envoyé une lettre au préfet de police pour exprimer son désaccord à propos de la clôture de l'enquête. Il l'avait laborieusement tapée sur sa vieille machine à écrire, dans sa chambre. Il expose son raisonnement de façon détaillée. J'ai apporté le double qu'il avait fait avec du papier carbone. J'ai pensé que vous auriez peut-être envie de le voir.

C'était plus que je n'aurais osé l'espérer. Quand nous fûmes de retour à la camionnette, Lupson tira une vieille serviette de dessous le siège, d'où il sortit une liasse de documents, détacha quelques feuillets froissés et me les tendit avec solennité. Puis il s'appuya contre le capot de son véhicule et fuma une autre cigarette tandis que je lisais la lettre écrite par son oncle.

Il s'agissait d'un mémorandum dépourvu d'entête, ainsi que de formule d'introduction ou de politesse.

CONFIDENTIEL
Expéditeur : *A. W. Shapland*
Destinataire : *M. le Chief Constable*
Date : *13 novembre 1916*
Objet : *Enquête concernant le meurtre de Meongate.*
Je sais que cette nouvelle intervention de ma part sur le sujet ci-dessus mentionné ne sera pas appréciée. Néanmoins, je me vois dans l'obligation de préciser clairement ma position, étant donné que le rapport établi par le Watch Committee sur cette affaire sous-entend que les recherches de la police ont été mal conduites. C'est pour cette raison, me semble-t-il, que j'ai été mis à la retraite aussi brutalement (alors que j'avais été rappelé pour la durée de la guerre). L'enquête a été close car il a été admis que le lieutenant Cheriton a tué Mompesson avant de se suicider. Cette thèse n'est étayée que par un seul élément : la déposition de Lord Powerstock, lequel affirme que Cheriton était harcelé par Mompesson qui lui reprochait son manque de bravoure à la guerre. Il existe, à mon sens, trois objections fondamentales à cette explication :
1. Pourquoi l'arme utilisée pour tuer Mompesson n'a-t-elle pas été trouvée dans les affaires de Cheriton ?
2. Si Cheriton souffrait de neurasthénie – comme un témoin l'a déclaré au coroner –, comment aurait-il réussi à commettre un meurtre d'une manière aussi froide et calculée ?
3. Si Cheriton a vraiment tué Mompesson parce qu'il ne supportait plus d'être accusé de lâcheté, pourquoi n'a-t-il pas expliqué son geste clairement dans un message qui aurait dû être trouvé sur son corps ? En ne laissant

pas de message, il accréditait la thèse de son incapacité à accepter l'idée de retourner en France.

Je suis fortement enclin à croire qu'en fait Cheriton avait bien laissé un message, mais que celui-ci a été détruit car il révélait l'identité du véritable meurtrier. La seule personne ayant eu la possibilité de s'emparer d'une lettre était le lieutenant Franklin et, à mon avis, il a fait disparaître cette missive parce qu'il était directement accusé par le lieutenant Cheriton.

Mes déductions s'appuient sur les points suivants :

1. Parmi les affaires de Mompesson, j'ai trouvé un papier mentionnant une date (le 13 juin) et une adresse dans un quartier misérable de Portsea. Cette adresse s'est avérée être un ensemble de chambres inoccupées, au-dessus d'un entrepôt de bois. Mompesson n'avait aucun lien avec Portsmouth, mais vous vous souvenez peut-être que la première Lady Powerstock avait été impliquée dans l'affaire de sédition du Mermaid Inn (situé à Portsea), en 1904. Il avait été établi qu'elle était une proche amie de l'un des accusés, un agitateur extrémiste dénommé Daniel Fletcher.

2. Quand j'ai interrogé Franklin, il a prétendu qu'il avait quitté l'auberge du White Horse seul aux environs de vingt-deux heures, le 22 septembre – soit environ une heure avant le meurtre de Mompesson. Le major Thorley, en revanche, a déclaré avoir vu Franklin quitter l'auberge en compagnie d'un autre homme (qu'il n'avait pas reconnu).

3. En arrivant à Meongate en début de soirée, le samedi 24 septembre, j'ai surpris Franklin et Mme Hallows en conversation autour d'un livre dans lequel figure le compte rendu du travail social effectué par la première Lady Powerstock à Portsea.

4. Lorsque j'ai interrogé M. Gladwin, père de la première Lady Powerstock, ce même soir, je lui ai posé deux questions. D'une part, je voulais savoir si le défunt capitaine Hallows ne serait pas le fils de Daniel Fletcher plutôt que celui de Lord Powerstock. D'autre part, je lui ai demandé quel événement marquant s'était produit à Meongate au milieu du mois de juin de cette année. Il est devenu extrêmement agité et a refusé de répondre à ces questions.

5. Mme Hallows a quitté Meongate à l'aube, le lundi 25 septembre et n'y a pas réapparu depuis. Je sais qu'elle a acheté un aller simple pour Portsmouth à la gare de Droxford et je pense qu'elle loge, depuis ce jour-là, sur l'île de Wight, à une adresse connue de Lord et Lady Powerstock. J'ai cru comprendre que des explications vous ont été fournies sur les raisons du départ de la jeune femme de Meongate, mais ces éléments n'ont pas été portés à ma connaissance.

6. Quand j'ai montré à Franklin le papier indiquant l'adresse de Portsea, le mardi 26 septembre au matin, il a immédiatement quitté Droxford et je l'ai fait suivre. Il s'est d'abord rendu à l'adresse en question, puis au Mermaid Inn, où il a passé la nuit. Le lendemain matin, le mercredi 27 septembre, il a réussi à fausser compagnie à notre policier au moment où il embarquait à bord d'un ferry à destination de l'île de Wight. Il est revenu à Droxford le soir même. À mon sens, la conclusion qui découle de ces faits est la suivante : Contrairement à ce qui a été annoncé, le capitaine Hallows n'est pas mort en France en avril, mais il a déserté. Il est revenu en Angleterre où il se cache avec l'aide et la complicité de son épouse. Daniel Fletcher, son père naturel, l'a caché à Portsea du 13 juin jusqu'à une date inconnue. Franklin a été mis dans le secret. Mompesson a également eu vent de cette affaire – j'ignore de quelle manière –, mais, lorsqu'il a su ce qui se tramait, il a essayé de faire chanter l'une ou plusieurs des parties concernées. Franklin et Hallows se sont rencontrés devant le White Horse, le 22 septembre au soir et ont décidé, d'un commun accord, de réduire Mompesson au silence. Ils sont alors rentrés à Meongate et l'un d'eux a tué Mompesson. Cheriton les a vus sortir de la chambre de Mompesson et ses nerfs fragiles n'ont pas résisté à cette épreuve. Mme Hallows a ensuite rejoint son mari à Portsea et le couple s'est réfugié sur l'île de Wight. Quand il a constaté que je connaissais l'adresse de la première cachette de son ami, Franklin a pris peur et s'est empressé d'aller le mettre en garde. Une fois rassuré quant à la sécurité de Hallows et de son épouse, il est revenu proférer des mensonges devant le coroner.

Je regrette terriblement de devoir terminer ma carrière sur une affaire non résolue – d'autant plus que je suis convaincu qu'elle le serait si j'avais reçu le soutien que j'étais en droit d'attendre. Je démens formellement les accusations selon lesquelles j'aurais importuné Lord et Lady Powerstock – ou un quelconque autre témoin – par de trop nombreuses questions, et je tiens à préciser que l'interdiction qui m'a été faite de poursuivre mes recherches sur l'île de Wight a gravement compromis l'aboutissement de mon enquête.

Je vous presse donc instamment d'ordonner la réouverture de l'enquête. Compte tenu des nombreux éléments exposés dans ce mémorandum, il me semble qu'il vous sera difficile de ne pas accéder à ma demande.

J'attends votre décision.

— Il n'a jamais reçu de réponse, madame Galloway, et ne s'est jamais remis de cet affront. Il avait fait son métier avec dévouement pendant plus de quarante ans et voilà quelle était sa récompense.

Oui. Shapland avait accompli un excellent travail. Il avait su exploiter un certain nombre de pistes et tenu un raisonnement cohérent qui l'avait amené à deux doigts de la solution. Lord Powerstock disposait d'amis influents, dans les sphères appropriées, pour faire comprendre qu'il en avait assez. Olivia avait trouvé des oreilles dans lesquelles murmurer : « Ma belle-fille est enceinte, elle a quitté la maison en disgrâce. Débarrassez-vous de ce policier. » Qui aurait accordé du crédit à cette folle théorie de Shapland qui faisait réapparaître des hommes morts et resurgir de vieilles alliances ? Personne. Il s'était heurté au mur lisse du silence officiel.

— Mon oncle était persuadé que cette histoire remonterait à la surface. Il a clamé des dizaines de fois qu'un jour il serait démontré que sa théorie était la bonne. Est-ce parce que mon oncle avait raison que vous êtes ici aujourd'hui ?

Le visage de Lupson rayonnait de la foi qu'il avait placée dans l'idole de son enfance. J'imaginais l'amertume qu'avait dû causer à un policier compétent une dernière affaire non éclaircie. Comment dire à son unique parent qu'au bout du compte il s'était trompé ?

— Oui, monsieur Lupson. C'est parce que votre oncle avait vu juste que je suis ici. Je détiens la clé de l'énigme aujourd'hui. M. Shapland avait raison sur toute la ligne.

C'étaient les mots que Lupson voulait entendre. Quant à moi, je détenais, grâce à la lettre de Lupson, la preuve que le récit de Willis était vrai dans chaque détail. Lui et Shapland avaient erré dans le même labyrinthe et en étaient sortis aussi ignorants l'un que l'autre de ce qui s'était vraiment passé à Meongate, la nuit de la mort de Mompesson.

Pour en apprendre plus, je devrais rencontrer, et même implorer, un homme que j'avais espéré ne plus jamais voir : Mayhew. Il était la seule personne capable d'expliquer pourquoi Olivia m'avait prise sous sa garde au lieu de me laisser avec Grace Fotheringham. Le lendemain, je me présentai à l'étude du vieux notaire. Après quelques hésitations, une employée me communiqua l'adresse personnelle de Mayhew : une villa dans New Forest. Je m'y rendis en voiture.

La résidence de Mayhew se trouvait près de Cadnam, à la lisière de la forêt. Je m'étais préparée à beaucoup de choses, mais pas à cette maison de construction récente au toit de tuiles rouges, au bout d'une allée fraîchement cimentée. À l'arrière, un écran de peupliers séparait la demeure d'un champ où paissaient des chevaux. Ce n'était pas le genre de résidence à laquelle j'associais un notaire au visage aussi gris et terne que ses costumes. Je ne m'étais pas non plus attendue à être reçue par Mme Mayhew, qui paraissait avoir vingt ans de moins que son mari. Elle m'expliqua qu'elle m'avait prise pour l'ouvrier qui devait venir nettoyer la piscine et me dirigea vers le jardin où « Larry » était en train de « tailler ses rosiers ».

Mayhew parut aussi surpris de me voir que je le fus de le trouver en tenue de jardinage. Casquette sur la tête, un basset à ses côtés, il donnait des coups de sécateur dans une haie.

— Madame Galloway ! s'exclama-t-il. Vous êtes bien la dernière personne…

— Pardonnez-moi de ne pas m'être annoncée. Je souhaiterais échanger quelques mots avec vous, si cela vous est possible.

— À propos du testament de Lady Powerstock ?

— Pas exactement.

443

— Vous auriez dû m'écrire. Je passe encore à l'étude une fois par semaine.

— Je souhaiterais que vous m'accordiez quelques minutes tout de suite.

— Venez.

Il me dirigea vers une table de jardin, près de la piscine, et nous nous assîmes l'un en face de l'autre sur des chaises en toile. Il ne me proposa pas de thé, et ne fit rien pour suggérer que ma visite était autre chose qu'une indélicate intrusion dans sa vie privée. Je me dispensai donc des préliminaires.

— Que pouvez-vous me dire à propos de Grace Fotheringham ? demandai-je d'emblée.

Le visage de Mayhew ne trahit aucune réaction à ma question.

— Que désirez-vous savoir ?

— Les circonstances de mon retour chez mes grands-parents.

— Je crains de ne pouvoir vous aider.

— Vous avez correspondu avec Mlle Fotheringham au moment de ma naissance pour lui indiquer que mon grand-père ne voulait pas s'occuper de moi. Est-ce exact ?

— Oui.

— Lui avez-vous écrit à nouveau, par la suite ?

— Une fois, il me semble.

— Pour quelle raison ?

— C'était au début de l'année 1920. Lady Powerstock m'avait annoncé qu'elle désirait vous retirer de la garde de Mlle Fotheringham.

— Pourquoi ?

— Elle ne l'a pas dit. J'ai envoyé une lettre à Mlle Fotheringham pour lui demander d'obtempérer. Dans un premier temps, elle a refusé.

— Dans un premier temps seulement ?

— Étant donné qu'elle n'était pas votre tutrice légale, elle aurait pu être mise en demeure de s'exécuter, mais il n'a pas été nécessaire d'en arriver là.

— Pourquoi ?

— Je l'ignore. Lady Powerstock s'est occupée personnellement de cette affaire. Dans tous les cas, Mlle Fotheringham s'est inclinée et vous avez été installée à Meongate.

— Qu'est devenue Mlle Fotheringham ?

— Je ne sais pas.

— Elle a brusquement abandonné son poste à l'école où elle enseignait, au cours de l'été 1920. Savez-vous pourquoi ?

— Non.

— Je doute de votre sincérité, monsieur Mayhew.

Peu impressionné par cette insulte, il répliqua simplement :

— C'est votre droit le plus strict.

— Je suis convaincue que vous en savez beaucoup plus, à propos des affaires de ma famille, que vous ne le prétendez.

— Un notaire de famille, madame Galloway, est tenu à la discrétion. Lord et Lady Powerstock ont fait appel à mes services pendant des années. J'ai toujours essayé de me montrer digne de la confiance qu'ils plaçaient en moi.

— Et maintenant qu'ils sont morts tous les deux ?

— En ma qualité d'exécuteur testamentaire de Lady Powerstock, je continue à avoir des obligations envers elle.

— Mais pas envers sa petite-fille ?

— Pas envers vous, en tout cas, madame Galloway.

Cette subtile distinction me fut assez désagréable. Comprenant que je n'obtiendrais rien de plus, je me levai.

— Au revoir, monsieur Mayhew.

— Madame Galloway...

Il me fixa, l'air un peu intrigué, pendant quelques secondes.

— Puis-je vous demander comment vous avez appris l'existence de Mlle Fotheringham ?

— Non, monsieur Mayhew, répondis-je, vous ne le pouvez pas.

Je rentrai à Wells ce jour-là, consciente d'avoir exploité toutes les pistes et de n'avoir rien appris de plus que ce que Willis m'avait dit. La seule solution sensée était d'abandonner.

Ne voulant pas négliger un ultime indice, j'écrivis à l'*Imperial War Graves Commission* pour réclamer des renseignements sur l'homme qui était mort sous le nom de Franklin. La réponse que j'obtins confirma ce que je savais :

« Le lieutenant Thomas Blaine Franklin, *Hampshire Light Infantry,* est mort le 16 août 1917, à l'âge de vingt-cinq ans, alors qu'il était attaché au *Northumbrian Regiment.* Après la guerre, il n'a pas été possible de localiser sa tombe. Par conséquent, sa mort est commémorée par le nom gravé sur le Mémorial aux disparus au cimetière militaire de Tyne Cot, en Belgique. »

Bien que je n'aie pas mis en doute la parole de Willis, il me fut difficile d'accepter, au moment où je reçus cette lettre, que mon père reposait sous le nom de cet étranger, alors que Franklin était, lui, bien vivant. Comment aurais-je pu expliquer à quiconque ce que j'avais du mal à croire moi-même ?

Je me demandai souvent si Willis reviendrait frapper à ma porte par un dimanche ensoleillé. Mais il avait dit qu'il ne le ferait pas et il tint parole. Je ne disposais d'aucun moyen de le retrouver. Il avait disparu sans laisser de traces. Parfois – de plus en plus souvent, au fil des ans –, il m'arriva de douter de sa visite. N'avais-je pas imaginé son histoire ? Il n'existait pas de preuve concrète de son passage. C'est pourquoi je ne me confiai ni à Tony – ni à toi qui grandissais. Je décidai que ressasser le passé ne servait à rien ; avoir appris la vérité à propos de mes parents était suffisant. Et la prédiction de Willis devint réalité : petit à petit, je l'oubliai.

2

Quand j'eus cinquante ans, Ronald étudiait à l'université et tu étais pensionnaire dans un lycée. Tony travaillait plus que jamais à cause de la maladie de Jimmy Dare et passait de moins en moins de temps à la maison. Après avoir été prise pendant vingt ans dans un tourbillon, j'étais confrontée à l'ennui et à la solitude. Lorsque le passé fit à nouveau irruption dans mon univers bien rangé, je ne l'envisageai plus comme une menace pour mon confort et ma sécurité, mais plutôt comme une diversion bienvenue.

Vers la mi-janvier de 1968, je reçus une lettre d'une étude de Cornouailles : Trevannon & Roach, à Fowey. Je n'avais jamais entendu parler de ces hommes de loi, mais eux connaissaient mon existence. Je lus la lettre à voix haute, assise face à Tony, pendant le petit déjeuner.

« *Chère Madame Galloway.*
Nous sommes chargés de régler la succession de M. John Willis, domicilié 13 Bull Hill, Fowey, et décédé le 7 janvier dernier. M. Willis vous a légué, par testament, la maison qu'il possédait et occupait, ainsi que le contenu de celle-ci.

Nous vous serions reconnaissants de bien vouloir entrer en contact avec M. Gerald Trevannon afin de prendre les dispositions nécessaires à votre entrée en possession de ces biens. »

Je regrettai aussitôt d'avoir lu la lettre à voix haute. Le geste de Willis était aussi inexplicable pour Tony qu'il était inattendu pour moi. Pourquoi m'avait-il légué sa maison ? Notre rencontre, qui remontait à une quinzaine d'années, n'expliquait pas ce choix. Pourquoi m'envoyer cet étrange message posthume après s'être caché de moi ? Était-ce à Fowey qu'il se rendait quand il m'avait quittée à la gare de Wells, sans me laisser d'indication sur sa destination ?

— Qui est John Willis ? s'enquit Tony, sourcils froncés.

Ses mots interrompirent le flot de mes pensées. Que dire ? Qu'il était un homme que j'avais rencontré une fois par le passé mais dont je n'avais jamais parlé ? Qu'il était l'ami d'un père que je n'avais pas connu ? Si j'avais eu le temps de préparer une réponse, je lui aurais peut-être avoué la vérité – pour complexe et incroyable qu'elle fût. Prise de court, je bredouillai un mensonge.

— Je ne sais pas. Ce nom ne me dit rien…

— Pourtant, il t'a légué sa maison !

— Je ne comprends pas. C'est un mystère aussi grand pour moi que pour toi.

— Allons, ma chérie ! Les gens ne désignent pas pour héritiers de parfaits inconnus.

— Il semblerait que, dans le cas présent, quelqu'un l'ait fait.

Il était évident que Tony ne me croyait pas, mais il n'était pas dans sa nature d'exprimer ouvertement ses doutes. Il préférerait attendre, persuadé que je finirais par lui dire la vérité. Je le compris à la façon prudente dont il effaça toute trace de doute ou d'appréhension de son visage.

— Que comptes-tu faire ? demanda-t-il d'un ton neutre.

— Entrer en contact avec ce M. Trevannon.

— Donne-t-il une idée de la valeur de la maison ?

— Non.

Ma réponse fournit à Tony un sujet de conversation sans danger.

— Fowey est une ville très prisée des vacanciers. Une maison bien située peut valoir de l'argent.

— C'est possible.

— J'imagine que tu veux te rendre sur place.

— Je n'ai guère le choix.

— Tu sais que je ne peux pas m'absenter pour l'instant.

— Tant pis, j'irai seule.

Je préférais partir seule. Si Tony n'avait pas été aussi occupé, il aurait insisté pour m'accompagner, mais nous étions tous deux secrètement ravis qu'il en soit ainsi. Nous nous sentions soulagés d'échapper à la réalité pour quelque temps encore. J'avais très envie d'en apprendre plus sur la vie et la mort de John Willis mais je n'étais pas encore prête à partager ces découvertes avec quelqu'un.

Je me rendis à Fowey en voiture le lundi suivant. Le charme des Cornouailles était englouti sous le triste manteau de l'hiver. Il faisait nuit quand j'arrivai à Fowey. Je pris une chambre à Fowey Hotel

– un bâtiment désert, aux formes biscornues, secoué par la tempête – et commençai à regretter ce voyage, décidé sur une impulsion. On m'avait donné une chambre avec vue sur l'estuaire mais, dans la nuit, je ne voyais de la fenêtre qu'une poignée de lumières pâles clignotant sous la pluie.

Au matin, tout avait changé. Sous le ciel dégagé, le givre étincelant des pelouses et les rayons du soleil lançaient des reflets éblouissants sur l'eau. La ville s'étalait à mes pieds, enchevêtrement de ruelles étroites et de toits blottis les uns contre les autres. De la fumée montait des cheminées à capuchon. Dans l'estuaire, une forêt de mâts sans voilure se dressaient comme des arbrisseaux malingres. Les toussotements d'un ferry montaient, amplifiés par le silence. Au sud, l'océan lisse, infini ; au nord, les pentes vallonnées d'une vallée boisée. Tel était l'endroit où John Willis avait choisi de s'établir.

Mon rendez-vous avec M. Trevannon eut lieu à dix heures, à son étude, située au premier étage d'un immeuble donnant sur la rue principale. Dans une débauche de gestes inutiles, il demanda qu'on nous serve du café et qu'on lui apporte une copie du testament. Il était assez jeune, les cheveux en bataille, et son sens de l'organisation discutable témoignait d'une inefficacité qui, à sa manière, était rassurante.

— Comme vous le voyez, dit-il, en se penchant sur un petit radiateur électrique pour pousser le thermostat, nous avons en main un document limpide.

— Apparemment, M. Willis a demandé à être incinéré.

— Oui.

M. Trevannon se cogna la tête contre un abat-jour quand il se redressa. La pièce au plafond bas semblait trop petite pour un homme aussi grand et maladroit.

— Je suis désolé de ne pas vous avoir prévenue plus tôt. Vous auriez souhaité assister aux funérailles ? me demanda M. Trevannon en se laissant tomber sur une chaise, derrière son bureau, avec un soupir.

— Je serais peut-être venue. Mais ce n'est pas grave. Je constate également qu'un don de mille livres au Earl Haig Appeal Fund est mentionné.

— Exact. Je suppose que M. Willis a été soldat ?

— M. Trevannon, comme je vous l'ai expliqué au téléphone, je ne connaissais pas M. Willis. Cet héritage est une surprise pour moi.

— Ah ! oui, bien sûr. Comme c'est étrange !…

— J'espérais qu'il vous aurait fourni plus d'explications.

— Non. En fait, vous remarquerez qu'il a rédigé ce testament en 1954. La personne présente lors de la signature de l'acte n'était pas moi, mais mon père. Je ne me rappelle pas avoir rencontré M. Willis. Je le connaissais de vue, bien sûr. Il était considéré comme un original par ici.

— Tiens ! Pourquoi ?

— Oh ! je ne sais pas. Disons qu'il n'était pas très sociable…

— Il n'indique pas qu'il me fait don d'une maison. Il spécifie simplement que je recevrai « les biens restants ».

— Après le don au Haig Fund et le règlement des frais d'inhumation, la maison est le seul bien restant. M. Willis n'était pas très fortuné. Bien que la maison soit…

— Quand l'a-t-il achetée ?

— Les actes se trouvent encore à la banque. Mais, de mémoire…

Une secrétaire entra avec du café et des biscuits. Elle se pencha sur le bureau pour échanger quelques mots avec Trevannon.

— M. Cobb est en bas, murmura-t-elle.

— Oh ! mon Dieu. (Il fit une grimace.) Eh bien ! dites-lui que je n'en ai pas pour longtemps.

Elle se retira.

— Où en étions-nous ? La maison… Il me semble qu'il l'avait achetée au début des années 1950. Elle a probablement pris beaucoup de valeur depuis.

— Pourrais-je la voir ?

— Bien sûr.

Il porta sa tasse à ses lèvres.

— Vous avez les clés ? demandai-je.

— C'est-à-dire qu'il y a… un petit problème.

Il reposa sa tasse, comme si ce geste allait lui permettre de mieux me faire comprendre la difficulté.

— En principe, les clés devraient être à mon bureau, bien sûr. Mais, dans le cas présent… Pour être franc, madame Galloway, je crains fort que vous ne soyez dotée de locataires plutôt indéracinables.

— Des squatters ?

— Oh ! non. Ils vivaient là avec l'accord de M. Willis… pour autant que je sache. Des pensionnaires, en quelque sorte.

— Alors, ce sont eux qui ont les clés ?

M. Trevannon eut un sourire crispé.

— Naturellement. Mais je leur ai expliqué la situation et ils savent que vous allez venir.

— Dans ce cas, je ne les ferai pas attendre.

— Vous voulez les rencontrer tout de suite ? Bonne idée. (Il reprit sa tasse puis changea d'avis et la reposa, toujours pleine, sur l'assiette.) Peut-être devrais-je… euh… vous dire deux mots à leur sujet. Ce ne sont pas des gens que vous ou moi accepterions comme locataires.

— Ils ne mordent pas, tout de même ?

— Non… bien sûr.

Il finit par avaler une gorgée de café et soupira :

— Bull Hill est à deux pas d'ici. La maison se situe au bout de la rue, au numéro treize.

On accédait à Bull Hill par une volée d'escaliers coincés derrière une auberge. La ruelle était bordée, d'un côté, par la partie arrière des toits des maisons de Fore Street et, de l'autre, par un haut mur de pierre. L'estuaire était visible, au-delà de la forêt de toits, mais Bull Hill elle-même paraissait protégée, abritée, coupée de l'agitation de la ville.

Après quelques mètres, le mur à ma gauche cédait la place aux façades des maisons accrochées à la pente, surplombant la ruelle ; et là, au numéro treize, entre deux demeures austères aux volets fermés, je découvris mon singulier héritage.

Une bâtisse étroite de trois étages dressée au milieu d'un jardin mal entretenu, clos par un muret bas, effrité par endroits. Les façades étaient roses, le toit en ardoise, la peinture des huisseries pelait par endroits. Le porche d'entrée se trouvait sur le côté de la maison et l'on y accédait par quelques marches usées. Au sommet des marches, à l'abri du soleil, le froid était saisissant et le vent mordant. Sur la porte, je remarquai une feuille de papier pliée en deux et maintenue par une punaise. Je sonnai et, n'entendant aucun bruit à l'intérieur, j'utilisai le heurtoir. Je n'obtins pas de réponse. Un peu honteuse, je pris la feuille de papier et la dépliai. Trois mots étaient griffonnés au stylo : « Roi de Prusse. » Je tentai alors de tourner la poignée de la porte. Celle-ci n'était pas verrouillée.

Je fus accueillie par un étrange mélange d'odeurs : humidité, cire, nourriture rance, chats et quelque chose d'autre, de sucré et entêtant, qui ressemblait à de l'encens. Des assiettes sales étaient empilées dans l'évier de la cuisine et de la nourriture pour chat avait été déposée dans une écuelle, sous l'égouttoir. La cuisine se trouvait à l'arrière de la maison et donnait sur un jardinet qui aurait été agréable s'il avait été ensoleillé. Deux draps pendaient tristement sur un fil. La grande pièce principale offrait une jolie vue sur la ville et l'estuaire. La chaleur d'un poêle à paraffine était encore sensible ; la vapeur avait laissé de grandes traces sur les carreaux. Le mobilier se composait d'un canapé de cuir usé, d'une table en bois sombre abîmée et de rayonnages de livres sous les fenêtres.

Je m'agenouillai près de l'une des étagères et passai rapidement en revue les ouvrages empilés dans tous les sens. Était-il possible que... Mais non. Je ne reconnaissais aucun des livres. Des romans policiers signés Hammett ou Chandler, des romans-westerns de Zane Grey, l'essentiel de l'œuvre de Scott Fitzgerald, des poèmes de Sylvia Plath, des pièces de théâtre de Wesker : pas du tout ce que j'attendais.

— Bonjour ! lança une voix derrière moi.

Je me détournai et découvris une jeune fille mince, au visage pâle, qui pouvait avoir entre vingt et vingt-cinq ans. Elle avait de longs cheveux blonds aux racines brunes et portait un caftan trop grand sur un chemisier de toile épaisse et un jean délavé moulant.

— Vous devez être madame Galloway.

Un vague accent de Cornouailles perçait sous sa voix traînante.

— C'est exact. Pardonnez-moi d'être entrée sans en être priée, mais la porte n'était pas verrouillée.

— Nous la laissons toujours ouverte. Je suis Zoë Telfer. Je vis ici.

— C'est ce qu'il me semblait.

Je lui tendis la main. Elle la serra maladroitement ; ce geste lui était peu familier.

— Nous ne savions pas quand vous arriveriez exactement. Navrée pour le désordre…

— Un drôle de message était épinglé sur la porte.

Zoë fit glisser de son épaule un sac tricoté et le posa sur un fauteuil. Puis elle appliqua ses mains sur le poêle encore chaud.

— Le « Roi de Prusse » est un pub. Lee m'informe qu'il s'y trouve. Vous l'avez sûrement manqué de peu.

— Dommage.

Elle rit puis me regarda en plissant les yeux, comme quelqu'un qui a besoin de lunettes.

— Je ne vous imaginais pas ainsi, dit-elle.

— Ah bon ?

— Il est vrai que Johnno ne m'avait jamais parlé de vous.

— Il ne m'avait jamais parlé de vous non plus, répondis-je, en espérant que cette réponse me permettrait d'en savoir plus.

— Il y avait peu de chances qu'il le fasse.

— Pourquoi ?

456

Zoë alla vers la fenêtre et alluma une cigarette. Je refusai celle qu'elle m'offrit.

— Que voulez-vous faire de cette maison ? demanda-t-elle.

— J'espérais que nous pourrions en discuter. Peut-être quand... Lee sera de retour.

Elle rit à nouveau. Tandis qu'elle tirait sur sa cigarette en regardant au-dehors, je remarquai pour la première fois qu'elle était vraiment très jolie : long cou, pommettes hautes, grands yeux lumineux. Sa simplicité et son air de petite fille perdue ajoutaient à son charme.

— À quel moment une rencontre serait-elle possible ? Rien ne presse. Je suis descendue à Fowey Hotel, j'y logerai encore ce soir.

Elle fronça les sourcils puis me regarda avec une soudaine gravité.

— Madame Galloway... Elle exhala une autre bouffée de tabac. Johnno tenait-il à vous ?

Déterminée à ne rien lui révéler, je répondis :

— Sans doute.

— Quand avez-vous fait sa connaissance ?

— Il y a quinze ans.

Elle hocha la tête et déclara de manière impromptue :

— Venez donc dîner ce soir. Vous rencontrerez Lee.

— Eh bien... d'accord. Merci.

Prise au dépourvu par cette proposition, je me rendis compte de l'étrangeté de la situation. Zoë Telfer n'était pas le genre de personne de qui j'aurais, en temps normal, accepté une invitation.

— Voulez-vous... visiter la maison ? proposa-t-elle.

— Vous êtes gentille mais, pour éviter d'être importune, je le ferai plus tard.

— D'accord. Vers dix-neuf heures ?

— Parfait. À tout à l'heure.

Je me détournai pour partir.

— Madame Galloway...

Je m'arrêtai et lui fis face. Elle tira longuement sur sa cigarette, puis l'écrasa, à demi consumée, dans un cendrier.

— Il me manque, vous savez... Aussi bizarre que cela paraisse, j'espérais que vous seriez quelqu'un avec qui je puisse parler de lui.

Ses grands yeux francs étaient fixés sur moi.

— Pour être honnête, je ne le connaissais pas très bien, dis-je.

— Personne ne semblait bien le connaître. Et maintenant... il est trop tard. Sa mort était tellement... inattendue.

— Une crise cardiaque, m'a dit M. Trevannon.

— Oui. Pauvre Johnno !

— Comment est-ce arrivé ?

— En général, il était matinal. Ce dimanche-là, il n'était pas levé à midi ; alors, je suis allée lui porter une tasse de thé dans sa chambre. Tout d'abord, j'ai cru qu'il dormait encore. Il est mort d'une façon très paisible. D'après le médecin, il n'a pas dû se rendre compte. Le cœur s'est arrêté, comme une horloge arrivée à bout de course, simplement.

— Je suis heureuse qu'il n'ait pas souffert.

— Moi aussi. Il nous avait hébergés et avait été très bon avec nous.

— Depuis combien de temps vivez-vous ici ?

— Un peu plus d'un an. Nous sommes arrivés juste avant Noël 66. Auparavant, il vivait seul.

— Vous ne le connaissiez donc pas depuis très longtemps.

— Non, pas très longtemps...

Ses yeux semblèrent se perdre sur quelque chose qui m'échappait, me dépassait, qui n'existait pas. Je ne suis pas sûre qu'elle m'ait vue partir.

Je me dirigeai vers l'étude de Trevannon. La rue était pleine de gens qui faisaient leurs courses et de camions de livraison. Je m'enfonçai sous le porche d'une boulangerie pour laisser passer deux femmes qui traînaient des poussettes de marché ; je me retrouvai près d'un homme qui tenait à la main les restes fumants d'un pâté en croûte posé sur un papier graisseux : M. Trevannon.

— Tiens, madame Galloway ! Vous êtes allée visiter la maison ?

— Oui. J'ai rencontré Mlle Telfer.

— Mais pas son ami ?

— Lee ? Non, il était sorti.

— Vous n'avez rien perdu. C'est un drôle d'individu, vous savez. De nationalité américaine. Le bruit court qu'il est insoumis. On se demande pourquoi M. Willis l'avait accepté sous son toit. Enfin, tout cela est bien compliqué...

— Que voulez-vous dire ?

— Regardez ce magasin, là-bas.

Il désignait une boutique d'accessoires de mode et d'articles de poterie ; la façade était surmontée d'un auvent métallique de couleur cuivre. Le soleil de midi, qui plongeait entre les maisons, s'y reflétait avec une force éblouissante.

— Mme Cobb est handicapée physique. Elle vit au-dessus de la boulangerie devant laquelle nous nous trouvons. Son mari prétend qu'à cause de cet

459

auvent elle ne peut plus s'asseoir près de la fenêtre comme elle le faisait autrefois pour regarder l'activité de la rue. Sauf par temps nuageux.

— Je le crois aisément !

— Moi aussi. Mais peut-on considérer que cet auvent constitue une nuisance publique ? C'est ce que M. Cobb veut que je prouve. Et cette démarche n'est pas simple, pas simple du tout... Pour Lee Cormack, le problème est à peu près le même. Certains le considèrent comme un fléau social. M. Willis ne partageait pas cet avis.

— En effet.

— Comme je vous l'ai dit, M. Willis était un individu bizarre. Il semblait n'avoir aucun ami. Il a vécu seul jusqu'au moment où il a hébergé ces deux jeunes gens. Ce n'est pas un cadeau qu'il vous a fait, d'ailleurs. Vous aurez du mal à les mettre à la porte.

M. Trevannon jeta un coup d'œil au dernier morceau de son pâté et referma le papier dessus.

— Je n'ai pas l'intention de mettre à la porte ses seuls amis ! me récriai-je.

— Si vous envisagez les choses sous cet angle, évidemment...

Il balaya la rue du regard, à la recherche d'une poubelle.

— En fait, ils n'étaient pas tout à fait les seuls amis de M. Willis, reprit M. Trevannon. Il fréquentait aussi Eric Dunrich. On les voyait souvent ensemble.

— Pourrais-je rencontrer ce M. Dunrich ?

— Sans doute. Il vit près de l'estuaire, à Polruan. Seaspray Cottage, dans West Street. À deux pas de l'embarcadère des ferries. N'importe qui vous indiquera sa maison. Mais il faut que je vous prévienne : c'est un excentrique, lui aussi. Ce qui prouve que ce que je disais est vrai, non ?

Ne sachant pas très bien ce que M. Trevannon avait prouvé, je traversai l'estuaire sur un ferry minuscule et poussif. L'air était toujours vif et le ciel dégagé ; les façades blanches des maisons de Fowey étaient illuminées par les rayons d'un soleil froid.

Je fus la seule personne à débarquer à Polruan, mais je croisai trois ménagères, chargées de sacs à provisions, qui descendaient à vive allure prendre le ferry. Sur la jetée, un courageux peintre amateur s'était installé à l'abri d'une construction basse ; dans sa main protégée d'une mitaine il tenait un pinceau avec lequel il tamponnait sa toile. Je lui demandai où se trouvait Seaspray Cottage.

— À deux pas d'ici. Mais je crains que vous n'y trouviez personne.

— Comment le savez-vous ?

— Parce que je suis l'unique occupant de la demeure que vous cherchez.

— Eric Dunrich ?

— Oui.

Enfoui sous son passe-montagne rouge, il me décocha un sourire qui révéla une rangée de dents en avant. J'examinai avec intérêt sa silhouette courtaude, dissimulée sous de nombreux pulls, perchée sur un tabouret pliant. Son tableau, posé sur un chevalet devant lui, témoignait d'une irrémédiable maladresse.

— Vous avez peut-être entendu parler de moi, monsieur Dunrich ? Je suis Leonora Galloway.

— Madame Galloway !

D'un mouvement gauche, il se mit debout, bousculant son chevalet au passage. Il ôta sa cagoule, et une masse de cheveux blancs hirsutes en émergea.

— Enchanté de faire votre connaissance.

Il saisit ma main droite mais, au lieu de la serrer, il la tint à plat et s'inclina au-dessus d'une façon guindée.

J'eus un rire nerveux.

— Vous connaissiez bien M. John Willis ?

— Très bien. (Il sourit.) Et vous êtes, me semble-t-il, son héritière. Me ferez-vous l'honneur de venir prendre le thé dans mon humble masure ? Nous pourrions parler de notre très regretté ami commun.

Je ne savais pas jusqu'à quel point je devais le prendre au sérieux, mais j'acceptai son invitation. Il laissa son tabouret, son chevalet et sa toile où ils étaient et emmena seulement ses tubes de peinture et ses pinceaux qu'il jeta en vrac dans un sac de marin. Nous nous dirigeâmes vers une petite rue qui montait entre des maisonnettes et où sa voix forte et claironnante paraissait amplifiée par l'écho.

— John ne m'avait jamais beaucoup parlé de vous, madame Galloway, mais il est évident qu'il vous tenait en haute estime. Je suis honoré que vous ayez cherché à me rencontrer.

Nous entrâmes dans un cottage minuscule, parfaitement propre et accueillant. Une sorte de royaume de plantes vertes et de livres rangés sur des étagères montant jusqu'au plafond. Mon hôte me laissa seule pour préparer du thé, mais sa voix s'éleva de la cuisine :

— D'ici, je n'ai pas de vue sur la mer. Alors, pour capturer son image sur la toile, je suis contraint de braver le froid de l'hiver.

— Peignez-vous beaucoup, monsieur Dunrich ?

— Sans cesse, madame Galloway, sans cesse.

— Pourtant, aucune de vos toiles n'est accrochée dans cette pièce.

Un passe s'ouvrit et la tête et les épaules de mon hôte y apparurent.

— C'est parce que mes œuvres sont toutes abominables. Si je travaille avec autant d'acharnement, c'est dans le but d'en réaliser une qui me plaise.

De la vapeur s'échappa de la bouilloire derrière lui. Son buste disparut.

— Vous êtes remarquablement consciencieux, dis-je.

— Être honnête envers soi-même, n'est-ce pas l'essentiel ? John me le rappelait assez souvent.

Il fit irruption sur le seuil, tenant un plateau sur lequel s'entrechoquaient une théière et des tasses.

— John avait un avantage énorme sur moi : le talent. Pourtant, lui non plus n'exposait pas ses tableaux.

Il posa son plateau sur une table basse et me fit signe de m'asseoir dans un fauteuil.

— Il peignait aussi ? demandai-je.

— Oh ! oui. Nous partagions cet intérêt mais les aptitudes étaient inégalement réparties. De nous deux, il était le seul à être doué.

— Vous le connaissiez depuis longtemps ?

Il appuya un doigt sur son front.

— Depuis le dimanche 18 novembre 1962. Un peu plus de cinq ans.

— Comment pouvez-vous être aussi précis ?

— La précision, madame Galloway, est une chose extrêmement importante. Lait ou citron ?

— Lait, s'il vous plaît.

Tandis qu'Eric Dunrich me servait, je déclarai :

— Je suis allée voir la maison.

— Charmante, n'est-ce pas ?

Il me tendit une tasse.

— Oui, en effet. Peut-être serez-vous en mesure de m'expliquer ceci : pourquoi m'a-t-il tout légué ?

Dunrich s'immobilisa, sa tasse à la main.

— Pour pouvoir expliquer une situation, il faut disposer d'un certain nombre d'éléments de compréhension. Hélas, j'en manque ! John était un ami bon et loyal envers moi. Des questions auraient été une atteinte à sa vie privée.

— Si j'étais vous, il me semble que je me sentirais offensé qu'il ait tout légué à une étrangère plutôt que d'en faire profiter ses amis.

— Oh ! mais il nous a laissé un bien précieux : son souvenir.

— Vous n'auriez pas aimé posséder un bien concret qui vous le rappelle ?

— Vous me mettez dans une position délicate, madame Galloway. Car, à vrai dire, John m'avait promis quelque chose. Il était assis là – sur la chaise que vous occupez maintenant – l'après-midi qui a précédé sa mort. C'était l'Épiphanie. Il a tout à coup déclaré que, lorsqu'il ne serait plus là...

— Il en a parlé la veille de sa mort ?

— Vous pensez qu'il s'agissait d'une singulière coïncidence ? Je vous détrompe tout de suite. John sentait les choses avant qu'elles n'arrivent. Et je vous assure que ce sont les termes qu'il a employés quelques heures avant de mourir.

— Si c'est en mon pouvoir, monsieur Dunrich, je me ferai un plaisir de...

Il leva la main.

— Trop tard, madame. Hélas ! Ce qu'il voulait me donner et que j'aurais été heureux de posséder a été… égaré.

— Que voulez-vous dire ?

— D'après Mlle Telfer, le tableau qu'il m'avait promis ne se trouve plus dans la maison. Apparemment, il a été vendu. J'ai pourtant du mal à croire que John m'ait promis une œuvre dont il s'était déjà séparé. Il n'était ni cruel ni versé dans ce genre de plaisanterie.

— Dans ce cas, il doit y avoir un malentendu. Je tenterai de faire la lumière sur cette histoire.

— Je vous en prie, je ne désire pas attirer d'ennuis à qui que ce soit. Si John considérait que ces deux jeunes gens étaient dignes de vivre sous son toit, je ne veux pas attirer l'attention sur eux…

— Savez-vous pourquoi il les hébergeait ?

— D'une part, parce qu'ils étaient à la rue et, d'autre part, dans un but, disons… artistique. Mlle Telfer lui a permis de terminer une série de tableaux. Je croyais que le fait de mener à bien ce travail lui apporterait un apaisement semblable à celui qu'il m'avait, à une époque, aidé à trouver. Mais le contraire s'est produit. Quand je l'ai vu pour la dernière fois, il était tourmenté. En serions-nous là si j'avais été plus présent, plus vigilant ?

Dunrich s'était assombri. Toute effervescence envolée, il reposa sa tasse d'un geste vaincu.

— Personne ne peut rien contre une crise cardiaque ! m'écriai-je.

— Non, bien sûr…

Il se ressaisit et me proposa de reprendre du thé.

Un peu plus tard, il me raccompagna à pied jusqu'au port. Je le remerciai pour son hospitalité et m'approchai du ferry.

— Venez me voir quand vous le désirez, madame. Je suis toujours dans les parages.

— J'ai oublié de vous demander, monsieur Dunrich. Que s'est-il passé, le 18 novembre 1962, qui vous permette de mémoriser cette date aussi précisément ?

— Je ne vous l'ai pas dit ? Ce jour-là, je devais me jeter du sommet de St Saviour's Point, une falaise des environs. Et, croyez-moi, la marche est haute… Il sourit et ajouta : John m'en a empêché.

Pour couper court à une manifestation de surprise de ma part, il s'empressa de conclure :

— Ne vous attardez pas, madame Galloway. Le ferry va partir.

La nuit était calme et glaciale. L'horloge de l'église sonna gravement sept heures au moment où je gravissais les marches de l'escalier menant à Bull Hill. La ruelle était déserte, silencieuse et plongée dans une obscurité totale.

Quand Zoë m'ouvrit, elle me parut nerveuse. Elle portait un chemisier et une jupe longue. Je pense que c'était sa façon de faire un effort d'élégance. Elle m'introduisit dans la pièce principale où le poêle diffusait une chaleur moite ; l'atmosphère était saturée par l'odeur des bâtons d'encens en train de brûler. La voix mélancolique de Bob Dylan montait d'un tourne-disque.

Un homme grand, mince et musclé, portant un jean et une chemise noire se leva du canapé. Une masse de cheveux noirs bouclés lui tombait sur les épaules et il arborait une barbe de plusieurs jours. Il ne sourit pas et ne me tendit pas la main.

— Bonsoir ! grommela-t-il simplement. J'imagine que vous êtes notre nouvelle propriétaire.

— C'est un peu cela. Mon nom est Leonora Galloway. Je ne m'attendais absolument pas à hériter de cette maison.

Je me sentis ridicule face à son regard absent. Quelle opinion devait-il avoir de moi : une Anglaise d'âge mûr avec un accent désuet et bourgeois !

— Vous aimez Dylan ? me demanda-t-il.

— Pas vraiment, répondis-je avec un sourire.

— Je m'en doutais. Ça vous dérange quand il dit que les temps changent ?

Zoë arriva derrière moi.

— Baisse le son, Lee, veux-tu ?

Il secoua ses épaules étroites et alla, en traînant les pieds, réduire le volume.

— Vous désirez boire quelque chose, madame Galloway ? proposa Zoë.

— Volontiers. Un sherry, si vous avez.

Lee ricana :

— Il n'y a pas de sherry, madame. Une bière, ça vous dirait ?

Je préférai ne rien prendre. Lee s'assit sur un tapis près du poêle, comme si la chaleur lui avait été nécessaire. Pendant qu'il buvait à grandes lampées une canette de bière et tirait sur une cigarette qu'il avait roulée lui-même, je m'installai sur le canapé et tentai de faire la conversation. Zoë, quant à elle, s'activait dans la cuisine.

— De quel État venez-vous, Lee ?

— Du New Jersey.

— Et qu'est-ce qui vous a amené dans les Cornouailles ?

— Le Viêtnam. Eh oui ! Vous n'avez pas en face de vous un patriote. Je me suis réfugié ici parce que nous nous battons là-bas. Choquée ?

— Non.

— Mais si, vous êtes choquée. Vous l'êtes forcément.

— Willis l'était-il ?

Il poussa un grognement.

— Aucune idée. Il n'était pas plus généreux en matière de confidences que dans tout autre domaine.

— Il vous a offert un toit, pourtant.

— Il a offert un toit à Zoë ! Ma présence était tolérée.

Zoë avait confectionné une espèce de quiche qu'elle servit avec un saladier de pommes de terre. Ces deux plats constituèrent le repas. Nous nous installâmes autour d'une table poussée dans un coin et mangeâmes à la lueur d'une grosse bougie rouge qui projetait sa flamme vacillante sur les traits angulaires de Lee et le faisait paraître plus maigre. Sur Zoë, l'effet était différent. Ses grands yeux chatoyants nous regardaient de loin. Autour de nous, la voix de Dylan continuait à gémir.

— Willis ne vous avait pas fait part de son intention de me léguer la maison ?

— Non, dit Zoë doucement. Il n'a jamais mentionné votre nom.

— Je ne comprends pas. Il a rédigé son testament il y a quatorze ans. Peut-être en avait-il oublié les termes.

— Cet homme, marmonna Lee d'une voix peu distincte, n'oubliait jamais rien, pas le moindre détail.

— Je suis allée voir M. Dunrich cet après-midi. Il m'a appris que Willis était peintre à ses heures perdues, repris-je.

— C'est vrai, approuva Zoë.

— Il m'a parlé d'un tableau bien précis qui lui avait été promis et qui n'a pas été retrouvé.

— Ce crétin raconte n'importe quoi ; c'est une manie chez lui ! s'écria Lee.

— Vous ne l'aimez pas ?

Lee se renfrogna et ce fut Zoë qui répondit.

— Eric était un ami de Johnno. Mais, il faut admettre que, parfois, il perd un peu la boule.

— Willis ne peignait pas, alors ?

— Si. Il peignait. Il avait transformé le dernier étage de la maison en une sorte de galerie. C'était son domaine.

— Pourrais-je voir les tableaux ?

Lee s'apprêta à formuler une objection, mais Zoë le prit de vitesse.

— Bien sûr. Tout ce que contient cette maison vous appartient. Je vous emmènerai là-haut après dîner, dit-elle.

— C'est vrai, ça ! Tout est à vous. Nous faisons partie de l'héritage, corps et biens, renchérit Lee avec un sourire de défi.

Un peu plus tard, Zoë me conduisit à l'étage et Lee resta en bas, assis près du poêle, à boire et à fumer. Il fredonnait à voix basse les chansons qui passaient sur le tourne-disque.

Un escalier étroit menait à deux chambres et une salle de bains au premier étage ; j'aperçus un matelas et des couvertures en désordre derrière un rideau de perles. Une seconde volée de marches débouchait sur une pièce unique, située au sommet de la maison : un plancher brut, des fenêtres pratiquées dans la pente du toit, un tapis élimé et un lit étroit, un fatras de chevalets, de chaises et de petits meubles de rangement. Je jetai un coup d'œil aux boîtes de thé, aux piles irrégulières de toiles, toutes tournées vers le mur.

Puis, près d'une fenêtre, je remarquai une forme singulière, dissimulée sous un drap, trop petite pour être un chevalet. Quelque chose, dans cet objet, m'était familier. Je traversai la pièce et tirai le linge. C'était le télescope de Meongate. Rien ne me prouvait qu'il s'agissait de celui-là, bien entendu, hormis la certitude qui m'étreignit quand j'examinai le cuivre poli, la surface marquée de petites griffures et le support de bois dont les pieds ouverts vers l'extérieur étaient tachés de peinture.

— Que se passe-t-il ? demanda Zoë derrière moi.

— Je reconnais ce télescope. Willis s'intéressait-il à l'astronomie ?

Elle s'approcha de la fenêtre noire, dénuée de rideaux ; la lumière crue d'une ampoule sans abat-jour tombait froidement entre nous.

— Johnno s'intéressait à beaucoup de choses. À énormément de choses... murmura-t-elle.

— Et les tableaux ?

— Ils sont là.

Elle désigna les toiles appuyées contre les murs.

J'examinai les œuvres une à une. Des paysages des environs : la mer, le fleuve, les falaises, des châteaux en ruine, des mines d'étain désaffectées.

470

Comme Dunrich l'avait dit, ils étaient de bonne facture. Mais le sujet était toujours banal.

— Eric est venu ici quelques jours après la mort de Johnno et a passé en revue toutes ces toiles, expliqua Zoë.

Je remis les tableaux en place contre le mur et me relevai.

— M. Dunrich semble penser que Willis vous a accueillis chez lui parce qu'il avait besoin de votre aide – de la vôtre, Zoë, pas de celle de Lee – pour finir une série de toiles. Est-ce vrai ?

— Lee et moi avions loué une caravane à Lankelly pour l'été. Nous n'aurions pas pu passer l'hiver dans ces conditions. Nous avons rencontré Johnno au « Roi de Prusse » à diverses reprises. Quand il nous a proposé de venir habiter chez lui, nous avons accepté. J'en avais envie de toute façon. Il ne nous a pas fait payer de loyer. Il m'a seulement demandé de… me teindre les cheveux. Et de lui permettre de me regarder.

— Pourquoi vous a-t-il fait changer la couleur de vos cheveux ?

— Il cherchait à créer une ressemblance avec quelqu'un dont il souhaitait fixer l'image sur la toile ; il était animé par un besoin très fort de parvenir à ce résultat.

— Vous lui serviez de modèle ?

— Oui.

— Pourtant, les seuls tableaux qui se trouvent ici représentent des paysages. Où sont les autres, Zoë ? Que sont-ils devenus ?

— Ne réponds pas, Zo !

C'était la voix de Lee, autoritaire et péremptoire.

Je me tournai et le vis monter lentement les escaliers, l'air furieux.

— Les questions, madame, c'est à moi qu'il faut les poser. Mais je vous préviens que vous n'obtiendrez aucune réponse. (Il nous rejoignit et poursuivit :) Il est indéniable que cette maison vous appartient, maintenant. Aussi, si vous voulez nous jeter dehors...

— Je n'ai jamais...

— Vous en avez le droit et le pouvoir. Toutefois, ce qui s'est passé avant votre arrivée ne vous regarde pas et je vous conseille de nous ficher la paix sur ce sujet. S'il manque des tableaux, c'est parce que le vieux les a vendus avant de mourir.

— Il avait promis à M. Dunrich...

— Vous avez entendu ce que j'ai dit. Je n'ai rien à ajouter.

Je fus, à mon tour, gagnée par la colère.

— Dans ce cas, je vais vous annoncer ma décision tout de suite. Je n'avais pas l'intention de vous demander de partir. Je n'étais pas certaine d'en avoir le droit. Désormais, je n'ai plus aucun scrupule. Vous aurez de mes nouvelles par l'intermédiaire de M. Trevannon. Il saura décider du délai raisonnable à vous accorder pour plier bagage. Bonne nuit à tous les deux.

Je les plantai là, et seul le silence me suivit dans l'escalier.

Au matin, ma colère avait disparu mais ma décision restait inchangée : j'allais mettre ces jeunes gens à la porte et vendre la maison. Si Willis me l'avait léguée parce qu'il considérait qu'il avait une dette vis-à-vis de mon père, il avait sans doute accepté l'idée que j'en disposerais à ma guise.

Cependant, certains doutes indéfinissables subsistaient encore. Willis n'avait pu acquérir le télescope qu'en assistant à la vente aux enchères des biens de Meongate. Pourquoi ne m'en avait-il pas parlé lorsqu'il était venu me voir à Wells ? Avait-il acheté d'autres objets, à ce moment-là ?

Ces questions ne me mèneraient à rien. Impossible d'interroger un mort. Je fis une promenade à pied à Readymoney Cove et, à mon retour, j'étais sûre de la conduite à tenir.

À l'hôtel, le réceptionniste m'annonça que quelqu'un m'attendait au salon. C'était Zoë. Elle était assise près de l'une des fenêtres panoramiques qui donnaient sur l'estuaire et paraissait fort mal à l'aise dans les profonds canapés de cuir, entourée de plantes vertes imposantes. La vulnérable fille des Cornouailles n'était pas à sa place dans ce cadre guindé.

— Bonjour, dis-je. Je ne m'attendais pas à votre visite.

Elle posa sur moi des yeux implorants, innocents.

— Je voulais vous demander pardon pour ce qui s'est passé hier soir...

Je m'assis près d'elle.

— Ce n'était pas votre faute.

— Ce l'était en partie.

— Vous désirez un café ?

— Non, merci.

— Vous êtes gentille d'être passée. Mais je ne pense pas que vous modifierez ma décision.

— Je suis venue vous dire la vérité à propos des tableaux manquants. (Elle baissa le ton.) Nous les avons vendus... le lendemain de la mort de Johnno. Lee les a proposés à un type qu'il connaît à Plymouth. Nous avions besoin d'argent et nous ne savions pas encore que Johnno vous avait légué la maison. Aussi, nous n'avions pas vraiment l'impression de commettre un vol.

— Je comprends. Pourquoi n'en avoir vendu que quelques-uns ?

— Les autres n'avaient aucune valeur. À la vérité, ceux que nous avons vendus n'étaient pas de Johnno, sauf le dernier. Il l'avait peint dans le style de quelqu'un d'autre.

— Que voulez-vous dire ? Il cherchait à faire un faux ?

— Pas exactement. Je ne pense pas que son intention était de le mettre au compte de l'œuvre d'un autre peintre. Il cherchait juste…

— Qui était cet artiste qu'il plagiait ?

— Quelqu'un dont je n'avais jamais entendu parler. Mais Baz – c'est l'ami de Lee – affirmait qu'il jouissait d'une bonne cote sur le marché. Selon lui, il s'agissait d'un dénommé Bartholomew.

Ainsi, Willis n'avait pas acheté que le télescope lors de la vente aux enchères de Meongate…

— Combien de tableaux y avait-il ? demandai-je.

— Trois en tout. Deux authentiques et celui que Johnno avait réalisé, celui pour lequel j'ai posé. Il ne ressemblait pas à ce que Johnno peignait d'habitude. Il était un peu… étrange. Johnno m'avait demandé de me teindre les cheveux et me faisait porter une robe démodée, de l'époque édouardienne, je crois.

— Était-ce vous qu'il peignait, Zoë ? Ou quelqu'un à qui vous ressembliez ?

— Je suis convaincue que vous savez qui il représentait. Quand j'ai déclaré que Johnno n'avait jamais mentionné votre nom, ce n'était pas la vérité – pas exactement. Je me souviens que, quand il a eu fini le tableau, il s'en est éloigné, l'a contemplé et a prononcé un mot. Sa voix n'était qu'un murmure, je ne pense pas qu'il se soit rendu compte que je l'entendais.

— Qu'a-t-il dit ?

— Il a prononcé votre prénom : Leonora. Mais il ne parlait pas de vous, n'est-ce pas ?

— Non, il ne parlait pas de moi.

J'allai à Plymouth en voiture l'après-midi. Zoë m'avait donné l'adresse du marchand de tableaux : Barbican Fine Arts, Southside Street. La galerie se trouvait sous des arcades, près du quai aux poissons. Au rez-de-chaussée, quelques œuvres inspirées par Dali et Bosch attiraient le profane vers une salle d'exposition située à l'étage. La pièce était caverneuse, tendue de filets de pêche et décorée de coquillages en forme de crâne. Sur des poutres peintes de couleurs criardes était accrochée une étonnante collection de tableaux anciens et récents : des Espagnols tourmentés du XVIIIe siècle côtoyaient des images modernes du surréalisme de Dali. Une musique imposante de Wagner jouait en fond sonore. Je devais avoir l'air ridicule dans ce décor qui me procurait une impression de malaise.

— Puis-je vous aider ?

La vendeuse – une femme maigre en minijupe, frissonnante dans cette galerie aux allures marines – reniflait tout en parlant.

— Je cherche M. Basil Gates.

— Vous êtes une de ses amies ?

— Je suis une… amie de Lee Cormack. M. Gates est là ?

— Je vais voir.

Elle m'abandonna à la contemplation d'un vaste tableau à la laideur raffinée. Celui-ci représentait un village d'Europe de l'Est, dont chaque porte ou fenêtre était ouverte sur un accouplement bestial. Une sorte de calendrier de l'avent des diverses perversions. Le peintre ne manquait pas d'adresse, ce qui ajoutait encore à l'horreur de ces scènes.

— J'en suis l'auteur. Il vous plaît ?

La voix arrivait derrière moi, mielleuse, empreinte d'une désagréable douceur.

Mon interlocuteur était longiligne, d'un blond de pays nordique. Habillé d'un jean et d'une chemise de toile épaisse, il portait un collier de perles. Ses petits yeux brillants me fixaient derrière des lunettes rondes à fine monture. Sa barbe pointue, soigneusement taillée, apportait une touche narcissique à son apparence bohème.

— Vous avez un joli coup de pinceau, dis-je.

Il sourit, découvrant ses dents jaunes et irrégulières.

— Vous ne l'aimez pas. J'en suis ravi. Il n'est pas censé plaire.

— Vous êtes M. Gates ?

— En personne.

— Vous êtes un ami de Lee Cormack, n'est-ce pas ?

— Je le connais. Pourquoi ?

— J'en viendrai directement au fait. Au début du mois, Lee vous a vendu trois œuvres de Philip Bartholomew, un artiste de la période victorienne.

— Possible.

— Il n'avait pas le droit de vous vendre ces toiles. Elles m'appartiennent.

— Comment l'aurais-je su ?

— Mon intention n'est pas de vous causer des ennuis. J'admets que ma négligence est en partie responsable de cette erreur. J'essaye seulement de récupérer ces tableaux. Les avez-vous toujours ?

— Je ne suis pas adepte du style de Bartholomew, vous vous en doutez. Par conséquent, je n'ai pas cherché à conserver ces toiles.

— Alors, qu'en avez-vous fait ?

— Je suis en relation avec d'autres marchands de tableaux. Certains sont spécialisés dans ce genre d'œuvres. Je m'en suis séparé de cette façon.

— Je souhaite vivement les récupérer. Me donnerez-vous le nom de votre acheteur ?

Une fois encore, il esquissa un sourire retors.

— Il ne faudra pas oublier mes frais…

— Combien voulez-vous ?

— Considérez que vous faites un don à la lutte pour l'intégrité artistique.

— Combien ?

— Je vous laisse juge.

J'ouvris mon portefeuille. Il tendit une main aux doigts longs, avides, et s'empara d'un billet de cinq livres.

— Je les ai emportés à Londres. L'un de mes collègues organise en ce moment une exposition pour présenter ce style d'œuvres.

— Son nom ?

— Toby Raiment. Sa galerie se trouve à Camden Passage, Islington. Ne lui dites pas que c'est moi qui vous envoie.

J'entrai dans la première cabine téléphonique et obtins, par le service des renseignements, le numéro de téléphone de Raiment. J'appelai aussitôt la galerie mais l'homme qui répondit n'était qu'un vendeur. Il me suggéra de tenter ma chance le lendemain matin.

Je donnai donc un second coup de fil le lendemain matin, depuis la chambre d'hôtel. M. Raiment avait l'une de ces voix pâteuses qui laissent à penser que son possesseur est en permanence en train de mâcher des caramels mous.

— Des tableaux de Bartholomew ? Oui. Ma rétrospective majeure concernant les artistes méconnus de la fin de l'époque victorienne en comptait trois. L'exposition se poursuit jusqu'à la fin de février.

— Vous avez dit que votre rétrospective en *comptait* trois, vous ne les avez plus ?

— J'en ai vendu un. Ils sont très prisés, vous savez.

— Pourrais-je voir les deux autres ?

— Bien sûr. Voulez-vous que je les mette de côté ?

— Oui, s'il vous plaît. Je passerai samedi matin.

Il nota mon nom et nous convînmes d'un rendez-vous.

Quand je remontai Bull Hill, un peu plus tard, ce matin-là, je me dis que j'accomplissais sans doute ce trajet pour la dernière fois. La ruelle était silencieuse, en dehors de mes propres pas et des aboiements lointains d'un chien. La porte du numéro treize étant ouverte, je frappai et entrai sans attendre de réponse.

— Il y a quelqu'un ?

La voix de Zoë me parvint d'une autre pièce.

— Je suis là.

Elle lisait, assise dans un fauteuil, les jambes repliées et un chat somnolant près d'elle. Un disque de Simon et Garfunkel jouait en sourdine. Lorsqu'elle leva les yeux, je vis que son œil droit était poché.

— Zoë ! Que s'est-il passé ?

— Lee a découvert que j'étais allée vous voir – et il a deviné pourquoi. Ou, plus exactement, je lui ai avoué le but de ma visite.

Je m'assis à côté d'elle.

— Ma pauvre enfant. Puis-je vous aider ?

— Ne vous inquiétez pas. Cela ne se reproduira pas, Lee est parti.

— Parti ?

— Pour Londres, je pense. Il a des amis à la London School of Economics. Il songeait à ce départ depuis longtemps, il en parlait déjà avant que Johnno ne meure. Et il s'est empressé de décamper pour éviter de devoir répondre à des questions embarrassantes à propos des tableaux. Compte tenu de son statut, un renvoi aux États-Unis aurait pour lui des conséquences très graves.

— Je suis désolée que nous en soyons arrivés là.

— Ne regrettez rien. C'est aussi bien ainsi.

— Si vous souhaitez rester ici, vous le pouvez. Je ne…

— Non. Je préfère partir. Maintenant que Johnno est mort, je n'ai plus envie de vivre dans cette maison. Ma sœur et son mari ont un restaurant à Truro. Ils m'ont souvent demandé de les aider. Le moment est venu d'accepter.

Elle sourit bravement, malgré son œil poché. Elle ressemblait à la fille que j'aurais pu avoir. Elle leva le livre qu'elle tenait à la main :

— Vous connaissez les poèmes de Stevie Smith ?

— Non, je ne crois pas.

— Je vais vous en lire un. Il s'intitule : « Je ne vous faisais pas des signes de la main, je me noyais. » Chaque fois que je le lis, il me rappelle Johnno :

> *« Personne n'a entendu celui qui vient de mourir,*
> *Alors qu'étendu sur la grève, il gémissait :*
> *J'étais plus loin du rivage que vous ne le pensiez,*
> *Et je ne vous faisais pas des signes de la main, je me*
> *noyais… »*

Le poème me poursuivait tandis que je descendais Bull Hill. Des images étrangement familières de gens qui se noyaient sans qu'on le sache, de ces images qui trottent dans la tête sans que l'on parvienne à les saisir, comme un nom que l'on a sur le bout de la langue et dont on ne se souvient plus.

> *« J'ai toujours été trop loin du rivage,*
> *Et je ne vous faisais pas des signes de la main, je me*
> *noyais. »*

Après qu'elle eut quitté Fowey, Zoë m'envoya des cartes postales à intervalles irréguliers pendant environ un an. La dernière disait simplement : « Je suis heureuse maintenant », et avait été postée de Dublin. Quand je pense à Zoë Telfer, ce n'est pas à la femme qui a fait son chemin dans la vie, mais plutôt à l'enfant au visage tuméfié qui me lisait un poème, un rayon de soleil jouant sur ses cheveux ; bientôt, la teinture blonde disparaîtrait en emportant une illusion qui serait balayée pour toujours.

Je rentrai à Wells le soir même. Tony fut soulagé d'apprendre que Zoë avait accepté de partir sans protester et proposé de s'occuper de la vente de la maison. Quant à mon voyage à Londres, sous prétexte de courses, le samedi suivant, il ne parut pas inspirer à Tony la moindre méfiance.

Tu ne connais probablement pas Camden Passage et je n'y suis moi-même allée qu'une fois dans ma vie. Cette rue grise ressemblait, sous le ciel bas et la pluie battante, à toutes celles du nord-est de Londres. Raiment's Gallery était encadrée par un magasin d'antiquités et un restaurant italien. À mon entrée, une cloche suspendue au-dessus de la porte tinta allégrement.

Au centre du magasin se trouvaient des cartes en couleurs, des illustrations de *Punch* et des gravures anciennes. Aux murs étaient accrochés des tableaux de la « rétrospective majeure » organisée par Raiment. On y voyait des portraits de famille de médiocre qualité, des couchers de soleil londoniens et des réceptions en plein air, ainsi que des têtes de cerfs et de blaireaux empaillés. Tandis que j'examinais ces trophées avec dégoût, un rideau se souleva pour laisser passer le propriétaire : un homme grand, bien en chair, avec une longue tignasse rousse et un blazer décoré d'armoiries. Ses chevalières, ses boutons de cuivre et ses boutons de manchette brillaient dans la pénombre. Je me présentai.

— Bien sûr ! La dame des Bartholomew. Suivez-moi.

Il me précéda dans les escaliers vers une pièce plus longue, au plafond bas, où de nombreuses gravures traînaient parmi des cadres vides et des toiles éparses. Il me désigna l'un des murs, d'un geste triomphal.

Là se trouvaient les deux tableaux que j'avais refusés avant la vente aux enchères des biens de Meongate ; les deux œuvres déplaisantes issues de l'imagination de Philip Bartholomew.

— Je suis désolée, dis-je, c'est le troisième tableau qui m'intéresse.

— Vous connaissez très bien le travail de ce peintre, apparemment.

M. Raiment paraissait contrarié.

— C'est exact, dis-je. Vous avez acheté ces trois œuvres à Basil Gates, marchand à Plymouth.

— Je ne vois pas...

— Le troisième tableau avait été peint sur le même thème, tout en présentant un caractère assez différent, n'est-ce pas ?

— En effet.

— Qui l'a acheté ?

Il ébaucha un sourire annonciateur de refus ; aussi, je m'empressai d'ajouter :

— M. Raiment, je suis consciente de vous avoir dérangé. Telle n'était pas mon intention. Aussi, s'il est en mon pouvoir de vous dédommager de vos frais...

— J'ai retiré ces deux tableaux de la vente pendant plusieurs jours. Vous m'avez peut-être fait perdre un client...

— J'en doute, pas vous ?

Tout à coup, sans que je sache pourquoi, l'humeur de mon interlocuteur se radoucit.

— Vous avez raison, dit-il. Le troisième Bartholomew était d'une qualité supérieure au reste de l'œuvre.

— Ne s'agissait-il pas d'un faux ?

Il désigna les murs.

— Ma galerie, madame, est le temple de l'authenticité ! Je n'ai rien à cacher. Pas même le nom et l'adresse d'un client.

Il se dirigea vers un classeur et ouvrit un tiroir.

— L'acheteur du Bartholomew s'est fait livrer le tableau. Des doubles de la facture et l'accusé de réception doivent être classés ici. Ah oui ! les voici !

Je m'approchai. Par-dessus son épaule, je repérai immédiatement un nom qui ne m'était pas inconnu : « Mlle G. M. Fotheringham, 121 Catesby House, Dolphin Square, Pimlico, Londres, SW1. »

Près de la Tamise, dominant des jardins bien entretenus, un immeuble ordinaire cachait, derrière l'une de ses fenêtres, la réponse aux questions de mon enfance. Je ralentis, hésitante… Nous ne savons pas à quel moment la vie va nous présenter ses plus grands défis ; ma démarche n'avait rien d'une visite de courtoisie. Ce que j'étais sur le point d'apprendre ne pourrait plus jamais être oublié.

Un portier me conduisit jusqu'à la porte 121 et s'éloigna. Lorsqu'il eut disparu, j'appuyai sur la sonnette ; j'attendis une réponse en me demandant si quelqu'un m'observait par le judas.

La porte s'ouvrit. La femme qui me fit face était un peu plus grande que moi et, à la façon dont elle se tenait encore très droite, on devinait qu'elle avait dû être sportive. Malgré son âge avancé, elle n'était pas habillée d'une manière démodée ; ses cheveux gris étaient élégamment coiffés, son visage respirait la sérénité.

— Mademoiselle Fotheringham ?

— Oui.

Elle n'avait rien de l'humilité ou de la vulnérabilité que l'on associe souvent aux personnes âgées. Grâce à sa personnalité, ou bien parce qu'elle avait mené une vie indépendante, elle avait acquis une dignité tranquille, à la fois déconcertante et intrigante.

— Je suis… euh, vous ne me connaissez pas, mais mon nom ne vous est pas étranger, dis-je.

— Inutile que vous vous présentiez. Je sais qui vous êtes…

Elle sourit et la fossette de sa joue adoucit son expression sévère.

— Si votre mère avait vécu, elle aurait ressemblé à ce que vous êtes maintenant. Bonjour, Leonora. Il y a si longtemps que j'attendais de vous revoir…

Nous ne nous embrassâmes pas, mais une boucle de près de cinquante ans se referma par notre poignée de main. C'est ainsi que je retrouvai enfin la jolie dame de mon enfance.

Nous nous assîmes dans le salon qui donnait sur l'Embankment et nous prîmes le thé. Je jetai un coup d'œil autour de moi sans vraiment remarquer l'appartement.

— Comment m'avez-vous retrouvée ?

Je retraçai le parcours que j'avais suivi et elle écouta attentivement, à la manière de l'institutrice qu'elle avait été.

— L'annonce, la vente des tableaux de Bartholomew m'a surprise, expliqua-t-elle ensuite. Votre mère m'en avait si souvent parlé que j'ai eu envie de voir ces œuvres. J'ai acheté l'une d'elles et, depuis, je pressentais que quelque chose se produirait.

— Vous espériez que cette acquisition me guiderait jusqu'à vous ?

— Rien d'aussi précis. Mais j'avais l'impression, en achetant ce tableau, que je franchissais la première étape d'un retour dans le passé. Je savais que cette acquisition me ramènerait au contact de gens et de lieux que je croyais avoir laissés derrière moi pour toujours.

— Alors, pourquoi l'avoir acheté ?

— Parce que je savais qu'il n'était pas authentique. Il dépeignait mon amie, votre mère ; or Bartholomew ne l'avait jamais rencontrée.

Avant de pousser plus loin mon interrogatoire, il me fallait satisfaire un désir plus pressant.

— Puis-je voir le tableau ? demandai-je aussi calmement que je le pus.

— Bien sûr.

Grace Fotheringham me précéda dans sa chambre, s'effaçant pour me laisser entrer.

Le tableau était accroché en pleine lumière. Le cadre doré et les tons sombres de la toile rappelaient les tableaux de Bartholomew que Meongate avait abrités. Le lieu – une chambre dans un château médiéval – semblait, à première vue, identique. Pourtant, il y avait quelque chose de différent, de troublant, dans l'apparente similitude de style. Je m'approchai.

Alors, je vis le troisième Bartholomew tel qu'il était réellement. Je ne me rappelle pas ce qui me frappa en premier, mais différentes associations naquirent, comme pour duper ceux qui n'auraient vu dans cette toile qu'un faux. Pour quelques rares élus, dont j'étais, le sens profond apparaissait sous les coups de pinceau.

Ce n'était pas une chambre dans un château ; les murs qui l'auraient suggéré étaient, en fait, tapissés, les rideaux en tissu fin et moderne. Les deux personnages dans l'ombre étaient si imprécis que seule leur position les identifiait comme l'homme et la femme des tableaux de Bartholomew. La femme était allongée, le buste redressé, dos à la lumière ; l'angle de son coude relevé indiquait qu'elle avait posé la tête contre sa main, pour regarder l'homme penché sur elle – ou pour se moquer de lui. Son compagnon sortait du lit ; son mouvement trahissait la hâte ou le désarroi de quelqu'un pris en faute. Son visage était tourné avec anxiété vers la lumière, comme si celle-ci annonçait le danger.

Une femme tenant devant elle un candélabre, dont les trois flammes vacillantes projetaient leur halo sur son visage et ses vêtements, se tenait sur le seuil de la chambre. La qualité artistique du tableau résidait entièrement dans le jeu de lumières portées sur ce personnage central. Les bougies mettaient en valeur les plis du déshabillé bleu, la blondeur des cheveux, les traits pâles du visage. Les yeux étonnés paraissaient profonds et sincères et un reflet lumineux mettait en évidence une fine alliance d'or passée à l'annulaire de la main gauche. La jeune femme était enceinte – et je devinai son identité.

— Ressemble-t-elle vraiment à ma mère ? demandai-je après un long silence.

— Oui, de façon troublante, répondit Grace qui se tenait juste derrière moi. Dès l'instant où j'ai vu cette toile, j'ai su qu'elle avait été peinte par quelqu'un qui avait bien connu Leonora et qui, peut-être, l'avait aimée. J'ai immédiatement pensé à votre père.

Pour moi, le sens de cette scène était clair. Willis avait achevé, à sa manière, la série des tableaux de Bartholomew. En ravivant, à travers la peinture, la honte que lui avait inspiré son attirance pour Olivia, il cherchait à rendre hommage à ma mère et à s'excuser d'avoir un instant douté d'elle. Cependant, pour Grace Fotheringham, qui croyait Franklin mort depuis longtemps, seul mon père pouvait être l'auteur de ce tableau.

— J'ignore quand cette œuvre a été peinte, dit Grace. Cependant, elle ne me paraît pas très ancienne.

— Elle a été peinte l'année dernière, murmurai-je.

— L'année dernière ? Alors, il est encore…

— En vie ? Non. Mon père est mort il y a des années. J'ai beaucoup de choses à vous dire.

Nous retournâmes au salon et je rapportai à Grace l'histoire que Willis m'avait racontée quinze ans plus tôt. Elle m'écouta sans intervenir. Son attention resta soutenue tout au long de mon récit ; elle confrontait certains éléments de mon récit avec ses propres souvenirs. Quand j'eus fini, la nuit tombait.

Dans le silence, Grace se leva et alluma des lampes à divers endroits de la pièce. Elle raviva le feu et tira les rideaux. Puis elle vint résolument jusqu'à moi, m'embrassa sur le front et sourit avec chaleur. Elle venait de refermer la porte sur l'hiver pour laisser place au printemps.

— Je remercie Dieu, Leonora ! Je remercie Dieu de vous avoir ramenée à moi, dit-elle enfin.

— Depuis que Willis – peut-être devrais-je l'appeler Franklin – est venu me voir, vous êtes la première personne que je rencontre qui puisse confirmer ou infirmer mes dires.

— Nous nous sommes effectivement rencontrés pour la première fois dans les conditions qu'il vous a décrites.

— Et pour la dernière fois ?

— Là aussi, il s'est montré très précis. Leonora était tellement persuadée que John s'était suicidé qu'elle avait fini par m'en convaincre. Par conséquent, après sa mort, le seul visiteur que j'attendais était Franklin. Je ne comprenais pas pourquoi il avait quitté Sea Thrift de façon aussi brutale. Toutefois, ne le voyant pas réapparaître, je réfléchis à ce qu'il avait dit – et j'en déduisis qu'il ne croyait pas à la mort de John. J'allai au cimetière, où je ne croisai personne. Je songeai alors que Franklin avait conclu qu'il se trompait. Si John avait été vivant, il n'aurait pas abandonné sa fille. Le suicide était la seule issue honorable pour un homme qui refusait de se montrer au grand jour et risquait d'être jugé pour désertion. Quand, quelques mois plus tard, j'appris par les journaux la mort de Franklin, j'étais loin de me douter que votre père avait trouvé, par ce biais, cette « issue honorable ».

— Pourtant, vous avez cru que mon père était en vie quand vous avez découvert le troisième Bartholomew.

— Je ne voyais pas d'autre explication. C'est d'ailleurs un peu pour cette raison que j'ai acheté ce tableau ; afin de cacher une preuve de son existence. Je suis ravie que mon initiative ait également servi à… nous réunir.

— Pourquoi avoir attendu que ce soit moi qui vous recherche ?

J'avais essayé d'ôter toute intonation accusatrice de ma voix ; pourtant, Grace fronça les sourcils – comme si elle avait perçu le reproche caché.

— Il faut que vous compreniez, Leonora ; je pensais que vous ne saviez rien de moi. Et ce serait toujours vrai si Willis n'avait pas…

— Détrompez-vous ! Je vous recherche depuis très longtemps. En fait, d'aussi loin que je me souvienne…

Elle me scruta avec incrédulité.

— Comment est-ce possible ?

Je lui rapportai mon plus lointain souvenir : celui d'une étrange séparation à la gare de Droxford.

Quand j'eus fini, elle déclara :

— Ainsi, vous vous rappelez ce départ. Nous étions persuadés que vous en aviez tout oublié.

— « Nous » ?

— Charter et moi. Vous aviez à peine trois ans…

Tout à coup, elle éclata en sanglots. Quand elle sortit un mouchoir blanc de la manche de son cardigan, je revis les images de cet instant d'autrefois où elle s'était mise à pleurer et je trouvai les gestes que j'aurais dû faire quand elle m'avait ouvert : je m'assis près d'elle et la pris dans mes bras. Elle essuya ses larmes.

— Pardonnez-moi, dit-elle. J'étais persuadée que vous ne garderiez aucune image de moi ; j'imaginais que vous seriez plus heureuse en ne sachant rien.

— C'était difficile. Meongate ne fut pas le paradis…

— Non, je m'en doutais.

— Alors, pourquoi les avoir laissé faire ? J'ai posé la question au notaire d'Olivia. Il dit qu'il aurait pu vous obliger à renoncer à ma garde mais qu'il n'a pas été nécessaire d'en arriver là.

— J'ai été contrainte de me séparer de vous – même si cette pression n'a pas été exercée par des moyens juridiques. Olivia a convaincu la directrice d'East Dene de me licencier. Je n'ai jamais su comment elle y était parvenue. À cette époque, quelqu'un de congédié n'avait guère de recours. Je me suis retrouvée à la rue du jour au lendemain. Le cottage de Sea Thrift appartenant à l'école, j'avais perdu mon toit en même temps que mon travail. Dans ces conditions...

— Vous n'aviez pas d'autre choix que de vous séparer de moi.

— En tout cas, c'est le prétexte que j'ai avancé pour vous abandonner. Mais on a toujours le choix... Pardonnez-moi de ne pas avoir su me montrer à la hauteur.

— Ne vous sentez pas coupable. Si Olivia avait décidé de me récupérer, vous n'auriez rien pu faire pour l'en empêcher. Ce que je ne comprends pas, c'est la raison pour laquelle elle souhaitait obtenir ma garde.

— Je l'ignore. Je ne l'ai rencontrée qu'une seule fois et elle ne m'a donné aucune explication. Elle semblait habituée à ce que l'on cède à ses caprices comme à ses vices. Leonora ne la tenait pas en haute estime. Et ma seule tentative pour la braver s'est soldée par un échec.

— Qu'avez-vous fait après avoir quitté Bonchurch ?

— Je me demande ce que je serais devenue sans l'aide de Charter. Le cher homme ! La seule personne de Meongate venue assister aux funérailles de Leonora. Il m'a rendu visite quand j'ai dû quitter Sea Thrift et m'a prêté l'argent nécessaire à l'ouverture d'une école privée dans le Yorkshire. Grâce à lui, je m'en suis sortie. Grâce à lui, j'ai eu ce dernier au revoir de vous à Droxford.

— On m'a dit qu'il s'était aussi établi dans le Yorkshire, à la fin de sa vie.

490

— Oui. Il s'était trop ouvertement opposé à Olivia pour rester à Meongate. L'aide qu'il m'a apportée n'a pas été tolérée. Il s'était installé dans un petit cottage près de Whitby, sa ville natale. J'allais souvent le voir. Il est mort en 1924, avant que je n'aie commencé à rembourser la somme qu'il m'avait prêtée. Mais cela lui était indifférent. Quel homme merveilleux ! Je pense souvent à lui.

« J'ai abandonné l'enseignement il y a dix ans et me suis retirée dans cet appartement. Je mène une vie paisible, assez plaisante. Jusqu'à ce que je lise l'annonce de M. Raiment il y a deux semaines, et que je me rende à sa galerie, je pensais avoir totalement coupé les ponts avec votre famille. Je ne m'attendais pas à trouver ce troisième Bartholomew !

Nous allâmes le regarder de nouveau. La lumière artificielle ajoutait à son mystère, rendant les zones d'ombre plus épaisses et mettant en valeur la silhouette de ma mère éclairée à la bougie. Je me souvins de ce que Zoë avait entendu de la bouche de Willis, quand il avait achevé cette toile, quelques mois plus tôt : « Leonora. » Mais pour quelle raison l'avait-il fait revivre ? Pour défier l'obscurité qui menaçait de l'emporter, lui ? Pour prendre la mesure de sa culpabilité ? Si Olivia était la femme allongée sur le lit – comme sur les deux autres tableaux –, qui était l'homme ? Bartholomew ? Mompesson ? Ou Willis lui-même ? Le visage à la beauté sereine et solennelle de ma mère n'apportait pas de réponse.

Quand je descendis du train ce soir-là, à Bath Spa, j'étais fatiguée mais folle de joie. Quelle que soit la tristesse que le tableau de Willis avait ravivée, il m'avait amené une joie immédiate : les retrouvailles avec la jolie dame de mon enfance. Grace devait venir à Wells prochainement et je me demandais ce que j'allais dire à Tony. Je ne m'attendais pas à le découvrir sur le quai de la gare, ce soir-là. Il m'embrassa gentiment et m'entraîna vers la voiture.

— Comment savais-tu par quel train je rentrerais ? demandai-je.

— Je l'ignorais. Je suis là depuis dix-huit heures.

— Tu n'aurais pas dû…

Il mit le contact.

— Oh ! si, ma présence était indispensable. Je sais que tu me crois aveugle et borné – et, il est vrai que, parfois, je manque de discernement – mais penses-tu que je ne me rende pas compte de ce qui se passe depuis une semaine ?

— Que veux-tu dire ?

— Un légataire mystérieux. Des locataires enracinés. Une visite éclair à Londres. Pourquoi ne me racontes-tu pas la vérité ? Et cesse de prétendre que tu n'as jamais rencontré ce M. Willis de ta vie !

L'intervention de Tony arrivait, comme toujours, à point nommé. C'était l'une de ses grandes qualités : des manières un peu démodées mais teintées d'une ironie qui lui permettait de maîtriser les plus violentes émotions. Il n'avait pas exigé d'explication quand j'avais affirmé que Willis m'était inconnu, ne manifestant aucune impatience quand j'étais rentrée de Fowey, manifestement perturbée. Aujourd'hui, il avait deviné que le moment était venu d'en parler.

Nous nous arrêtâmes pour souper dans une auberge de campagne, au sud de Bath et, finalement, nous y passâmes la nuit. Je racontai à Tony l'histoire de Willis et lui expliquai pourquoi, jusqu'à maintenant, j'avais gardé le secret. Je lui rapportai ce que j'avais découvert à Fowey, puis auprès de Grace Fotheringham. Plus tard, bien à l'abri au creux de ses bras, dans les heures étranges qui séparent minuit du petit matin, je lui avouai ce que j'aurais dû lui confier quand il m'avait demandée en mariage, vingt-trois ans plus tôt.

— Maintenant, tu vois, murmurai-je à la fin de ma confession, pourquoi tu aurais dû croire ce que te disaient les bonnes langues du village.

— Ridicule ! répondit-il en m'embrassant. J'ai toujours su que tu gardais des secrets. Ils te rendaient différente des autres femmes. Ils ne faisaient que renforcer mon amour pour toi.

— M'aurais-tu épousée si tu avais su que j'étais la fille d'un déserteur ?

— Quelle question !

— Et si tu avais appris que j'étais responsable de la mort de Payne ?

— Bien sûr ! À supposer que tu aies joué un rôle dans cette histoire…

— Je ne comprends pas…

— D'après toi, pourquoi Olivia ne m'a-t-elle pas informé de cet incident au moment où je lui ai annoncé mon intention de t'épouser ? Tu ne crois pas qu'elle s'est tue par affection pour toi !

— Je n'ai jamais compris pourquoi elle avait gardé le silence, mais je lui en ai toujours été reconnaissante.

— Tu avais tort.

— Pourquoi ? Elle ne t'avait rien raconté, n'est-ce pas ?

— Non. Pas à ce moment-là.

— Que veux-tu dire : « pas à ce moment-là » ?

— Je veux dire qu'elle m'a tout raconté plus tard.

Je me redressai et m'exclamai avec stupeur :

— Tu savais ?

Il sourit de façon désarmante.

— Oui, je savais.

— Depuis quand ?

— Au début de 1953, quand nous avons appris qu'Olivia était mourante, je suis allé la voir seul, tu te souviens ? Eh bien, c'est à cette époque qu'elle m'a tout raconté.

— Tu ne m'en avais jamais parlé.

— Comprendras-tu maintenant que ces révélations n'avaient pour moi aucune importance ? Je savais que tu finirais par te confier à moi et j'acceptais volontiers d'attendre que tu te sentes prête. En outre, j'imaginais que, si Olivia ne m'avait pas tout raconté plus tôt, c'était parce qu'elle avait une autre idée. Te demander de te justifier aurait été une façon d'entrer dans son jeu. Maintenant que tu m'as parlé, je vois à quel point j'ai eu raison.

Pendant quinze ans, je m'étais forgée de bonnes raisons pour ne pas dire à mon mari ce qu'il savait déjà. Il avait été seul avec son amour pour moi, face aux horreurs qu'Olivia avait dû débiter sur mon compte. Je l'avais cru obtus et peu observateur alors qu'il faisait preuve de patience et de bon sens. J'avais été une idiote.

— Que t'a-t-elle dit ? lui demandai-je enfin.

Le moment était venu, je le savais, d'entendre un récit qui m'inspirait tant de crainte, depuis des années.

— Quand je suis arrivé, Miss Buss, l'infirmière, m'a prévenu que sa patiente avait été agitée pendant toute la journée et qu'elle m'avait réclamé à plusieurs reprises. Je suis allé à sa chambre. Enveloppée de châles, entourée de potions, Olivia était allongée sur son lit qu'elle avait fait installer près de la fenêtre, afin de contempler le tableau peint par son mari. Ce décor me mit si mal à l'aise que j'en frissonnai.

« À la première vision que j'eus d'elle, tassée et immobile, je crus qu'elle était morte. Mais elle souleva les paupières et me scruta d'un regard intense, amer. Elle me demanda de lui servir un whisky et de m'asseoir. J'obéis. Même à l'article de la mort, elle conservait toute son autorité. Puis, entre deux gorgées de whisky, elle se mit à parler d'un ton pressant et sans discontinuer – du moins au début. Comme Miss Buss l'avait dit, elle était dans un état d'agitation extrême, dû à son besoin de parler. J'avais été convoqué à son chevet pour cette seule raison : écouter ce qu'elle avait à dire.

3

Cette dernière année a été la pire de mon existence. Claquemurée dans cette maison vide, avec pour seule compagnie une vieille sorcière d'infirmière, derrière des fenêtres qui craquent la nuit et crépitent sous la pluie, je suis allongée là, vieille, malade, mourante, décatie et je n'offre plus rien que vous puissiez convoiter ou admirer. Ou, du moins, c'est ce que vous pensez.

Comment va Leonora ? Comment va le preux chevalier qui l'a emmenée dans un beau conte de fées ?… Vous êtes assis à côté de moi et vous me souriez poliment, mais vous ne désirez qu'une chose : savoir quand je vais mourir. C'est cela, n'est-ce pas ? Quand cette vieille femme inutile va-t-elle se décider à quitter sa chienne de vie ?

Si j'en avais l'énergie, je vous rirais au nez. Il fut un temps où je vous aurais fait passer par le chas d'une aiguille, où vous auriez été à mes pieds. Souriez ! Souriez donc ! Je vois votre bouche se tordre de dégoût. Vous trouvez cette pensée repoussante. Pourtant, pas plus que tous les autres, vous n'auriez regimbé, à cette époque.

Les hommes sont tous des imbéciles – et la plupart des femmes ne valent guère mieux. Ma mère avait été une sotte de se laisser séduire par un professeur de danse italien ; le seul résultat a été ma naissance, bien contre son gré. Heureusement, j'ai su tirer les leçons qui s'imposaient. Je n'ai pas posé nue pour de prétendus artistes parce que cette activité était rémunératrice. Oh ! non, je poursuivais un autre but. J'étais plus intelligente que la plupart de ces gens, mais je n'avais pas intérêt à le leur dire. Ce qu'ils voulaient de moi, c'était louer mon corps. J'étais superbe. Je le suis encore, sur les tableaux de cet idiot de Philip. Il ne s'est rendu compte que trop tard que je le prenais au piège. Je l'ai laissé se servir de moi – visuellement. Il pouvait me demander de m'asseoir, de me pencher ou de m'allonger devant lui et je m'exécutais. Je posais pour lui dans n'importe quelle position – et certaines n'étaient pas destinées qu'à ses tableaux. Il se tenait debout devant l'estrade, prétendant évaluer les proportions, le nez à vingt centimètres de mes seins… Et mes yeux descendaient vers un lieu précis de son anatomie dont les réactions étaient explicites. Mais je ne l'autorisais pas à me toucher.

Choqué ? J'étais sûre que vous le seriez. Je vois que vous détournez les yeux mais je remarque aussi de la sueur perler sur votre lèvre supérieure. Allons, regardez ce tableau. J'étais superbe, n'est-ce pas ?

Il m'a épousée parce qu'il voulait me toucher. Et, après le mariage, je me suis arrangée pour qu'il n'y parvienne plus. Je l'ai trompé, avec d'autres artistes, et de façon plus superbe – et plus obscène –, avec sa propre sœur. Cela l'a anéanti, comme je l'avais prévu. C'est vers elle que je me tourne, sur ce tableau. Du moins, je pense qu'il avait cette image en tête. Il vaut mieux, pour tout le monde, qu'il n'ait pas achevé cette série de trois tableaux. À mon avis, il était ivre quand il est passé par-dessus le bord du ferry. Il aurait été surprenant qu'il ne le soit pas. Je l'attendais dans notre cabine. Peut-être était-il incapable de supporter l'idée de m'affronter. Je n'ai pas donné l'alarme avant le matin. Une dépouille qui aurait pu être la sienne a été retrouvée sur une côte normande, trois semaines plus tard. Je crois que sa sœur l'a identifié. J'ai affiché un chagrin de circonstance.

Je devenais la jeune veuve désirable d'un artiste connu ; je ne perdais rien au change. Et ma réputation fut bien vite plus grande que ne l'avait été celle de Philip. Au cours de l'une de ses réceptions, Lizzie Kilsyth me présenta à Edward. Il était en deuil, à cette époque, mais encore capable de reconnaître la beauté et d'avoir envie de la posséder. Il m'a évaluée comme il l'aurait fait d'un vase Wedgwood : un objet racé et coûteux, un investissement sûr. La passion lui était totalement étrangère ; du petit lait coulait dans ses veines. Cela m'importait peu. Il fit de moi Lady Powerstock et me laissa libre de chercher le plaisir où bon me semblait.

Ce qui m'attira vers mon propre beau-fils ? Sa jeunesse, son physique avantageux, lorsque le temps, pendant les premières années, traînait pour moi en longueur. Par-dessus tout, l'attrait de l'interdit. Il vit que je lui portais de l'intérêt : je ne le détrompai pas. Je suggérai discrètement, avec un mot ambigu glissé ici ou là, que la femme du tableau était bien moi et qu'elle pourrait, dans certaines circonstances, être à lui.

L'homme dont je parle était le père de Leonora. Difficile d'imaginer que des vieillards ont été, avant de mourir, des hommes jeunes, beaux, virils et vulnérables. Ai-je dit qu'il était mort ? Continuons de

prétendre qu'il l'est – pour quelques minutes
encore. Il était bien vivant alors et mes avances ne
le laissaient pas de glace. Il m'épiait depuis l'observatoire, et je me prêtais volontiers au jeu. Je prenais
soin de me déshabiller devant la fenêtre afin qu'il
me voie grâce à son télescope. J'ôtais mes vêtements
lentement, marquant des pauses, pensant aux tor-
tures que ce spectacle devait lui infliger.

Puis Mlle Leonora Powell entra sagement dans
sa vie – et il fut perdu pour moi. Pourtant, il avait
été tenté et nous le savions tous les deux. Par la
suite, quand je racontai à sa femme ce qui s'était
passé, elle refusa de me croire. À mon sens, elle était
incapable de l'imaginer. Néanmoins, je ne crois pas
que John ait jamais oublié. Quand il est parti pour
la guerre, je me suis mise à haïr Leonora pour sa
pureté, sa loyauté. J'ai essayé de mettre ces deux
qualités à l'épreuve – et j'ai été écœurée de constater
jusqu'à quel point elles étaient ancrées en elle.

Je n'ai jamais aimé personne dans ma vie, sauf
moi-même, sachez-le. Cela est vrai de beaucoup de
gens, mais rares sont ceux qui l'admettent. Ceux qui
ont cette honnêteté bénéficient de mon respect. Et
Ralph Mompesson entrait dans cette catégorie. De
plus, sa virilité n'avait aucune mesure avec celle
d'un John Hallows. Il ne cachait pas ses désirs, il en
était fier. Nous l'avions rencontré lors d'une col-
lecte de fonds pour une œuvre de charité, à l'époque
où Edward décida d'afficher son âme patriotique en
hébergeant des officiers convalescents. Je m'offris
d'ailleurs du bon temps avec un ou deux de ces
jeunes gens. Ils étaient, de leur côté, trop empêtrés
dans des problèmes de conscience pour vraiment
prendre du plaisir avec moi.

Détournez les yeux si vous le voulez, capitaine Galloway, vous ne dupez personne. Si vous étiez venu à Meongate à ce moment-là, vous m'auriez adorée, vous aussi ; je m'en serais assurée. Peut-être seriez-vous tombé amoureux de moi, comme cet imbécile de Cheriton. Il s'est suicidé ici d'une balle dans la tête. Croyez-vous que ce soit parce qu'il avait peur de retourner à la guerre ? Oh ! non, ce geste aurait été trop sensé. Il s'est donné la mort parce que je lui avais avoué que Ralph avait été mon amant ! Incroyable, non ? Il m'a laissé une lettre que, Dieu merci, personne n'a lue. La stupidité des représentants de votre sexe me surprend encore.

Ralph était différent, je dois le reconnaître. Un homme à femmes, pourrait-on dire. Le plan qu'il avait élaboré pour s'emparer de Meongate aurait marché – même si, pour finir, j'avais obtenu plus et lui moins qu'il ne le supposait. Son projet était à son image : élégant, effronté, raffiné… Nous aurions réussi. Nous savions que John n'était pas mort en France et que la grossesse de Leonora (enceinte de son propre mari) constituait un moyen de les détruire tous les deux, ainsi qu'Edward. Nous aurions été leurs héritiers, Mompesson et moi, les maîtres de Meongate. Si tel avait été le cas, je ne serais pas en train de vous raconter mes souvenirs d'une voix rauque en buvant du whisky bon marché dans une maison froide. Versez-moi encore un peu d'alcool. Et prenez-en un peu vous-même. On dirait que vous en avez besoin.

Quelqu'un a tué Ralph. Quelqu'un qui avait compris ce qui se passerait si le processus enclenché n'était pas stoppé. Quelqu'un qui fut plus rusé que Ralph et que moi. Mais l'intelligence du meurtrier avait ses limites, car cette victoire lui aura coûté cher.

La police ne voyait pas dans quel sens orienter ses recherches, mais je savais qui était le coupable. Il n'y avait qu'un homme assez désespéré pour être capable d'un tel geste : l'honorable John Hallows. Il me connaissait mieux que la plupart des gens de mon entourage. Il a agi avec intelligence, je l'admets. Mais avec stupidité aussi... En tuant Ralph, il s'est privé de la possibilité de réapparaître. Il s'est condamné à rester un fugitif pendant le reste de sa vie.

Quand votre bataillon est venu camper sur la propriété, au printemps 1944, j'ai immédiatement compris que Leonora vous plaisait. Je vous regardais de l'étage quand vous vous êtes rencontrés la première fois. Et toutes les autres fois... Pensiez-vous vraiment que j'ignorais ce qui se passait ? Toutes ces lettres envoyées en poste restante ? Je savais. Je voyais tout. Aussi, j'ai eu le temps de réfléchir à la conduite à tenir. Quand vous avez daigné m'annoncer votre intention de l'épouser, j'aurais pu vous raconter assez de choses au sujet de Leonora pour vous faire renoncer. J'ai préféré me taire. Je vous ai laissés vous marier, avoir des enfants. Maintenant, je vais vous expliquer quel genre de fille vous avez épousée. Je vais enfin vous offrir mon cadeau de mariage.

La mère de Leonora eut l'obligeance de quitter Meongate et de mourir juste après son accouchement. Jusqu'au bout, elle préserva son image de sainte versée dans le sacrifice. Mlle Fotheringham, l'une de ses amies, se proposait d'élever elle-même l'enfant. J'aurais pu la laisser faire mais je décidai d'intervenir. Au départ, elle refusa de s'exécuter ; aussi, je fus obligée de la discréditer. La directrice de son établissement m'a crue sans hésiter quand j'ai affirmé que j'avais en ma possession des lettres prouvant que Mlle Fotheringham et la mère de l'enfant avaient entretenu des relations contre nature. Pour éviter tout risque de scandale, Mlle Fotheringham a été congédiée et l'enfant m'a été confiée.

Vous simulez l'indifférence, mais je vois bien que vous désirez en apprendre plus. Vous voulez savoir pourquoi j'ai repris la petite fille... Eh bien, parce que la guerre était terminée et que mon assassin de beau-fils était libre de resurgir à nouveau. J'étais persuadée qu'il voudrait récupérer sa fille ; elle était tout ce qui lui restait pour se souvenir de sa femme. Et il était trop sentimental pour l'oublier. Quand il la rechercherait, il faudrait qu'il m'affronte. Et, alors, je me montrerais impitoyable.

Pourquoi n'est-il pas venu ? Je disposais de la seule chose qu'il puisse encore chérir : Leonora. Elle a souffert à la place de son père, je ne le nie pas. Pourtant, il ne s'est pas manifesté. Et maintenant, il est trop tard. Un suicide obscur ? Probablement. Et pourtant, pourtant... Parfois, je rêve qu'il est encore là-haut dans l'observatoire, à me regarder, à m'épier. Croyez-vous qu'il soit encore en vie quelque part ? Au fond, la réponse importe peu. Je suis gagnante sur tous les tableaux. Cette histoire ne lui a rien rapporté. Rien ! Vous entendez ?

À la mort d'Edward, le comptable m'a appris que mon mari avait investi de grosses sommes dans des actions américaines pendant la guerre – sur le conseil de Ralph, d'ailleurs. C'était un placement judicieux au moment où Ralph l'avait recommandé. Mais, depuis 1929, ces actions ne valaient plus rien. J'étais brusquement obligée de me marier pour de l'argent. Sidney Payne était un rustre indispensable. Après sa faillite, il a perdu son utilité car je n'avais pas besoin d'une brute désargentée. C'est sur ma suggestion qu'il s'est tourné vers Leonora pour chercher une consolation.

On vous a peut-être dit que mon troisième mari était mort à la suite d'une chute dans un escalier. C'est vrai, il est mort de cette façon. Il était ivre et contrarié au moment de son accident ; contrarié parce que je l'avais trouvé au lit avec Leonora. Questionnez donc votre femme à ce sujet. Elle vous dira que Payne l'avait agressée et qu'elle l'avait frappé avec un livre pour se défendre. Elle prétendra que, de peur que ce coup n'ait provoqué sa chute, elle a gardé le silence. Elle vous racontera qu'elle s'est tue car elle craignait d'être tenue pour responsable. Elle affirmera que je possède le livre taché de sang qui prouve qu'elle s'était débattue. J'ai ce livre, c'est vrai. Vous le verrez tout à l'heure. Pas maintenant... Plus tard. Seulement, vous risquez de découvrir que rien, sur ce livre, ne démontre qu'elle cherchait à se défendre ! Dites-moi, est-ce le whisky qui vous fait monter le rouge aux joues ?

Au fait, j'ai légué la maison à Walter Payne ! Il compte transformer Meongate en une sorte de *country club* : l'un de ces lieux de loisirs bêtes à souhait. Si vous songez à intenter un recours en justice, je vous conseille de réfléchir d'abord. Mayhew est en mesure de prouver que Leonora n'était pas une enfant légitime – et c'est ce qu'elle croit, de toute façon. Vous pouvez lui dire la vérité, si vous pensez qu'elle sera heureuse de la connaître. À vous de choisir.

Pourquoi fait-il si sombre ? Le soir n'est pas encore tombé, tout de même. Pas déjà... Appelez Buss. Non, ne l'appelez pas !

J'ai consulté une voyante, un jour. Elle m'a affirmé qu'il était encore en vie. Qu'en sait-elle, après tout ? S'il était vivant, il serait venu, non ?

La comète ressemblait à une flamme de dragon. Philip, mon premier mari, avait fait un voyage en Chine. Il paraît que, là-bas, les dragons dansent dans les rues.

J'étais dans l'observatoire avec John et il me parlait de la trajectoire de la comète et de ce qui provoquait son retour périodique. J'avais laissé une lumière allumée dans ma chambre. J'ai pointé le télescope dans cette direction et j'ai dit que je ne m'étais jamais rendu compte qu'il pouvait me voir depuis l'observatoire. Il ne faisait pas froid. La nuit était douce. Pourtant, il tremblait.

Ils m'ont souvent observée. Je détenais cette supériorité sur eux. Des hommes jeunes, forts, avec des doigts d'artiste. Pas comme Ralph. La première fois qu'il m'a prise, cela ressemblait à un viol. C'est pourquoi c'était si... délicieux.

Philip m'a laissé ce tableau pour me hanter. Mais j'ai fait la nique à son fantôme plus d'une fois.

Pourquoi n'est-il pas venu ? L'été dernier, une fois... j'ai presque cru... Il n'a rien gagné. Rien, vous entendez ?

J'ai appris que Franklin était mort à Passendale. Repartir à la guerre équivalait à un véritable suicide. L'imbécile !

John a été plus malin que Ralph, mais moins rusé que moi. Je ne comprends toujours pas comment Ralph a pu se laisser surprendre. Le livre de Miriam se trouve dans le tiroir. Il vous apportera la réponse au secret de votre femme.

4

— Une fois que tout fut fini, je demandai à Miss
Buss de téléphoner au médecin. L'infirmière avait
fermé les yeux d'Olivia, pourtant, à travers les paupières closes, il me semblait qu'elle continuait à me
regarder. Le livre était à l'endroit indiqué, dans le
tiroir de sa table de chevet. Je n'y trouvai aucune
tache de sang. Je n'en fus pas surpris.

Quand Tony eut terminé son récit, j'eus, pour la
première fois, l'impression de comprendre Olivia. À
supposer que cela ait eu une signification pour elle,
elle avait probablement aimé Ralph Mompesson.
Dans tous les domaines – du moins jusqu'à ce que
ses pouvoirs commencent à décliner –, elle avait
mené le jeu à sa guise. Mais le meurtre de Mompesson l'avait empêchée de poursuivre ce qu'ils avaient
mis au point ensemble ; de cet échec, elle rendait
mon père responsable. C'était pour prendre une
revanche sur John Hallows qu'elle m'avait fait venir
à Meongate. Je savais maintenant pourquoi ses
espoirs de faire sortir mon père de sa cachette
étaient condamnés dès le départ. J'avais été son
souffre-douleur à cause de son désir frustré de vengeance ; voilà ce qui avait gâché mon enfance.

— Elle était irrémédiablement mauvaise et malfaisante, reprit Tony. Même aux portes de la mort, elle s'acharnait à me faire croire que tu avais cédé aux avances de Payne, au lieu de se repentir et de faire la paix avec le monde qu'elle était sur le point de quitter.

— Je n'avais jamais vu la tache de sang, Tony. Olivia m'avait dit qu'il y en avait une et je l'avais crue. En y réfléchissant bien, je ne vois pas comment j'aurais eu assez de force pour frapper un homme au sang. Si tu m'avais interrogée comme Olivia te l'avait suggéré…

— Te soumettre à un interrogatoire revenait, d'une certaine manière, à t'incriminer. Et c'est cela qu'elle espérait. Mais elle avait manifesté trop de haine pour que j'accorde du crédit à une seule de ses paroles. Ne pas te rapporter cette conversation était le seul moyen de la mettre en échec.

— Qu'as-tu fait du livre ?

— Je l'ai caché chez nous, au grenier, dans la valise où je garde mon vieil uniforme. J'aurais pu le détruire mais ce geste aussi serait allé dans le sens recherché par Olivia. Je l'ai donc mis en lieu sûr, en attendant le jour où tu serais prête à te livrer complètement.

Comble d'ironie ! Le livre dont j'avais craint que Mayhew ne parle quand il avait annoncé qu'Olivia me léguait quelque chose, l'ouvrage que j'avais recherché à Winchester se trouvait sous mon propre toit depuis des années – et Tony connaissait mieux que moi son secret. J'aurais dû deviner qu'il n'avait joué aucun rôle dans la mort de Payne et qu'Olivia avait inventé cette histoire pour mieux me tenir à sa merci. J'aurais été plus lucide si cette femme n'avait eu une telle emprise sur moi. Elle avait voulu me détruire et elle avait failli réussir ! Heureusement, Tony avait été plus fin qu'elle. Son long silence et sa foi en moi avaient signé la défaite d'Olivia.

Tandis que je réfléchissais à ce qu'il venait de me révéler, je pris conscience de la finesse de mon mari.

— Tony Galloway, dis-je. Pendant toutes ces années, tu as deviné exactement ce qui se passait dans ma tête ; pourtant, tu n'as rien dit.

— J'attendais que tu me parles de ton plein gré.

— Tu savais qu'Olivia m'avait déshéritée. Ta réaction outragée à la lecture du testament n'était qu'une comédie. Tu imaginais bien que je n'attaquerais pas le testament...

— C'est exact, approuva-t-il avec un sourire.

— Qu'as-tu pensé quand tu as appris que j'héritais d'une maison à Fowey ?

— J'ai pensé que Willis était ton père. Cette hypothèse était plausible, compte tenu de l'insistance avec laquelle Olivia affirmait qu'il n'était pas mort à la guerre.

— Pourtant, tu n'as rien manifesté ?

— J'espérais qu'à ton retour de Fowey tu me raconterais tout. Et c'est ce que tu as fait, même si la vérité s'avère un peu différente de la version décrite par Olivia. Dans un sens, ce n'est pas plus mal.

Le lendemain matin, après le petit déjeuner, nous nous promenâmes dans le jardin de l'hôtel. Dans l'air clair et froid de ce nouveau jour, nous savourions notre nouvelle complicité.

— Quand j'ai pénétré dans la propriété de Meongate ce premier matin, en 1944, déclara Tony, j'ai senti que c'était le destin et non pas un caprice de la logistique militaire qui m'avait amené là.

Quand je t'ai vue dans le verger – toi, la fille dont on parlait à demi-mot dans le village –, j'ai eu cette même sensation : tu étais mon avenir. Par la suite, ne pas t'importuner avec ce que je savais me parut être l'attitude la plus sensée.

— Et maintenant, quelle est la politique à adopter, Tony ? Que dire à nos enfants ?

— Toi seule peux en décider, Leonora. Cela t'est personnel, et l'a toujours été.

Une fois encore, j'optai pour le silence. Je trouvai mille prétextes : vous, les enfants, n'aviez pas connu les personnes concernées, vous étiez trop jeunes pour porter de l'intérêt aux intrigues d'une génération disparue. Cependant, aucun n'était sincère. À la vérité, partager mon passé avec Tony nous avait rapprochés, lui et moi, et mettre d'autres personnes dans la confidence risquait, selon moi, de rompre le charme de notre nouvelle complicité.

Voilà pourquoi Grace Fotheringham vous fut présentée comme un ancien professeur que j'avais beaucoup aimé, et pourquoi je m'arrangeai pour qu'elle vienne quand vous n'étiez pas là.

Sa première visite eut lieu juste avant Pâques 1968, quelques semaines après nos retrouvailles. Je lui avais écrit pour lui raconter la façon sordide dont Olivia avait obtenu son renvoi d'East Dene College. Elle prit cela avec philosophie. Quant aux révélations de Tony concernant la méchanceté d'Olivia, elles ne la surprirent pas. Elle se montra même compatissante envers la femme qui lui avait tant nui.

Un jour que nous prenions le thé dans la véranda embaumée de jonquilles, Grace déclara :

— Olivia n'était qu'une pauvre ignorante...

— Grace ! m'exclamai-je. Comment pouvez-vous être aussi charitable ?

— Cette femme a tout manigancé par esprit de vengeance, or la vengeance est un tyran implacable. Je plains ceux qui deviennent ses valets. C'est cela qui l'a consumée.

Grace avait un avantage énorme sur Olivia : de toutes ses victimes, elle était la seule à lui avoir échappé sans égratignure et à parler d'elle avec une compassion qui prouvait sa supériorité morale. Une telle indulgence était-elle due à une sorte de déformation professionnelle ? Il y avait quelque chose de plus.

— Elle a attendu toute sa vie que votre père réapparaisse, alors que nous savons maintenant que son attente était vaine !

— Croyez-vous qu'elle avait raison, au moins sur le point suivant : mon père était-il bien le meurtrier de Ralph Mompesson ? Il avait affirmé le contraire à Franklin, mais il cherchait peut-être à le rassurer.

Grace me scruta intensément.

— C'est ce que vous voudriez, n'est-ce pas ? Votre mère en était elle-même persuadée et elle m'avait convaincue – à une époque.

— Votre opinion a-t-elle changé lorsque je vous ai rapporté l'histoire de Willis ?

— Non. (Elle détourna les yeux un instant.) Non, Leonora. Je sais depuis longtemps qui a tué Ralph Mompesson. Olivia a essayé de gâcher ma vie, son amant a tenté de détruire votre famille… Mais ils n'y sont pas parvenus parce qu'ils avaient en face d'eux un homme d'une intelligence supérieure, celui qui est venu à ma rescousse et qui, auparavant, avait aidé votre mère : Charter Gladwin.

— Charter ?

— Oui. Comme je vous l'ai dit, il m'avait avancé les fonds pour ouvrir Marston College et j'avais pris l'habitude de lui rendre visite un dimanche sur deux, dans son cottage. Sa maison se trouvait au milieu des champs, au sommet d'une falaise. L'hiver, elle était terriblement exposée aux intempéries et, en toute saison, on entendait le grondement de la mer, le cri des mouettes et le souffle du vent dans la cheminée. Pourtant, l'intérieur était accueillant et confortable, envahi par les souvenirs que Charter avait accumulés pendant sa longue vie. J'aimais lui rendre visite ; sa maison était un refuge, loin des soucis du monde. Je me souviens de l'odeur des bûches dans l'âtre et des senteurs des maquereaux grillés sur les braises.

Un dimanche, en buvant avec lui un verre de rhum, nous parlâmes de votre mère. Elle était notre sujet de conversation favori puisqu'elle avait été notre amie à tous les deux. Je posai alors à Charter une question assez semblable à celle que vous venez de me poser. Lui qui habitait Meongate au moment du meurtre, pensait-il, comme Leonora, que John avait tué Mompesson ? — Oh ! non, répondit-il. John n'est pas le meurtrier. — Comment pouvez-vous en être certain ? demandai-je. — C'est très simple, ma chère. C'est moi qui ai tué Ralph Mompesson. Il sourit et ajouta : j'ai tué Mompesson parce qu'il l'avait mérité.

Vous imaginez ma stupeur ! Un meurtre était bien la dernière chose à laquelle je l'aurais associé. Mais, quand il m'eut fait le récit de ce qui s'était passé, je changeai d'avis. À la façon dont il en était venu à cette décision, le meurtre paraissait être la seule solution possible.

5

J'ai rencontré Ralph Eugene Mompesson pour la première fois pendant l'été 1915, à Meongate. Je suis convaincu qu'il était son amant depuis des mois et qu'ils se voyaient à Londres. Mais ce détail importe peu. Si Edward n'avait pas assez de discernement pour se rendre compte que cette femme n'arrivait pas à la cheville de ma Miriam, c'était son problème. Chacun sa vie, après tout ! Ne pouvant pas moi-même me targuer d'une moralité irréprochable dans ma jeunesse, je ne jetterai pas la pierre aux autres parce que je deviens vieux.

Jusqu'en avril 1916, quand nous apprîmes la mort de John, Mompesson n'était, à mes yeux, qu'un homme qu'Olivia s'offrait pour se satisfaire dans un domaine où son mari ne serait jamais à la hauteur. Et je me contentais de l'ignorer. Tout changea quand je compris que Leonora l'intéressait. Je remarquai la façon dont il la dévisageait tandis qu'elle jouait du piano, à la veillée, et ce que je lus dans ses yeux ne me plut pas. Je le vis se promener dans la propriété, fumant ses horribles petits cigares et regardant la maison comme s'il avait été convaincu de la posséder un jour. Je sus alors que, tôt ou tard, il passerait à l'action.

Mon unique avantage sur lui était mon âge. Je m'arrangeai donc pour avoir l'air inoffensif. S'il avait été curieux de mon passé, il aurait découvert que son pays natal ne m'était pas inconnu. En 1863, j'avais forcé le blocus organisé par les partisans de l'Union dans les États du Sud. Les risques étaient considérables mais ils valaient la peine d'être pris, compte tenu de la valeur d'un cargo de coton à Liverpool. Cet exploit me valut de nombreux ennemis – et un ami véritable : Wesley Maitland. Wesley était alors propriétaire terrien en Géorgie ; il devint par la suite sénateur. J'écrivis à mon vieil ami à la retraite, et lui demandai de procéder à des recherches sur le passé de Mompesson. Je voulais savoir pourquoi il était venu en Angleterre et ce qu'il avait laissé derrière lui. Avant d'intervenir, il me fallait savoir sur quel terrain.

Du fait de la guerre, les communications avec les États-Unis étaient perturbées. Je savais qu'il risquait de s'écouler plusieurs semaines, voire des mois avant que j'obtienne une réponse. Dans cet intervalle, il était impératif que Mompesson ne se doute pas de mon enquête. Par conséquent, je soignai ma réputation de vieux gâteux et attendis mon heure avec patience.

Les vieillards ne dorment pas très bien la nuit, surtout quand un problème leur trotte dans la tête. La plupart du temps, j'étais éveillé bien avant l'aube ; et c'est ainsi qu'un dimanche je découvris que mon petit-fils n'était pas mort. J'entendis une porte se refermer dans le couloir. Le bruit venait de la chambre de Leonora. Les pas dans le couloir m'inquiétèrent ; ils étaient trop lourds pour être les siens. Je songeai aussitôt à Mompesson. Si j'avais

réfléchi un instant, j'aurais considéré cette hypothèse comme stupide – et indigne, de surcroît –,
mais j'agis de façon impulsive. J'ouvris juste à
temps pour voir une silhouette d'homme se diriger
vers les escaliers du fond. Il ne s'agissait pas de
Mompesson mais de mon petit-fils John, ressuscité.
Je voulus l'appeler, mais les mots restèrent bloqués
dans ma gorge. Une seconde plus tard, il avait disparu.

À mi-chemin entre l'incrédulité et l'état de choc,
j'allai chercher la clé de l'observatoire et montai
dans la tourelle. De là-haut, je dominais la maison
et le parc. Si John était dans les parages, je le verrais
partir. Le soleil se levait à peine mais il faisait assez
clair pour repérer une silhouette isolée. Il n'y avait
plus de doute possible : c'était John. Il se retourna
une fois, puis disparut entre les arbres.

Mon attention fut alors attirée par un nuage
s'élevant de l'une des chambres d'amis, au-dessous
de moi. Les rayons du soleil levant brillaient sur les
vitres ouvertes et, là, debout dans l'encadrement de
la fenêtre, se découpait la silhouette de Mompesson.
Vêtu d'une robe de chambre, un cigare entre les
lèvres, il esquissait un sourire machiavélique en
direction de l'endroit où John venait de disparaître.
L'Américain savait, lui aussi – et cette découverte
lui donnait un fabuleux moyen de pression sur Leonora. En succombant à la tentation de rendre visite
à sa femme, John avait fourni à son ennemi une
arme redoutable.

Dans un premier temps, je crus que Mompesson
allait dénoncer John comme déserteur. Je ne voyais
pas comment l'en empêcher, mais rien ne se passa.
C'était à croire que j'avais rêvé. Leonora continuait

à se comporter comme une veuve et Mompesson n'abattait pas ses cartes. J'en conclus qu'il voulait réunir plus de preuves avant de passer à l'action. Tant qu'il manquerait d'éléments concrets, nous ne risquions rien.

Au début de septembre, Franklin vint séjourner à Meongate. En tant qu'ami de John, il était, sans le savoir, autant un ennemi qu'un allié. Il se sentit très vite dépassé et, poussé tant par loyauté que par son affection grandissante pour Leonora, il voulut comprendre. Il frôla la vérité. J'aurais aimé manifester plus de franchise envers lui, mais je devais me taire. Pour être utile à Leonora et à John, je ne devais révéler mes démarches à personne.

En septembre 1916, je reçus enfin la réponse de Maitland. Sa lettre avait mis six semaines pour me parvenir et ce qu'elle m'apprenait était plus affreux que mes attentes les plus pessimistes.

« *J'espère que ces informations vous seront utiles. Car, pour me les procurer, j'ai dépensé presque autant d'argent que j'en avais perdu en vous vendant ce coton en 1863. Apparemment, Ralph Mompesson est le genre d'individu qui, en concluant une transaction, n'hésiterait pas à empocher l'argent avant de vous loger une balle entre les épaules et de revendre la marchandise ailleurs ! Ce qu'il vous a dit de lui est vrai mais ne recouvre que partiellement la vérité. Sa famille possédait effectivement des terres en Louisiane, avant la guerre de Sécession. Mais son père a commis des erreurs et a vendu tous ses biens pour une bouchée de pain à l'un de ces profiteurs nordistes venus s'installer dans le Sud, après la défaite. Le jeune Ralph n'était ni un héros ni un imbécile. Il a effectué un bref passage dans l'armée, pendant la guerre qui a opposé les Américains aux Espagnols,*

puis il est parti dans le Nord. Il a amassé un confortable
pécule lors de la panique de 1901 sur les actions de la
ligne de chemin de fer Northern Pacific. Après ce suc-
cès, il n'a reculé devant rien. Il a trempé dans toutes les
escroqueries liées aux chemins de fer – et elles ont été
légion ! Mais il est parvenu à tirer son épingle du jeu à
chaque fois. Il a été un compagnon d'armes de Roosevelt
à Cuba et, tant que Teddy a été président, il a bénéficié
de sa protection. Au changement de présidence, en 1908,
notre ami a commencé à avoir des ennuis. Les agents
fédéraux lui ont posé des questions gênantes sur la
conduite de ses affaires et sa situation est devenue pré-
caire. Puis, les événements se sont précipités.
Le suicide d'une riche héritière du Massachusetts, pen-
dant l'été 1913, a signé sa perte. Mompesson s'était
fiancé à cette jeune fille dans l'espoir de faire main basse
sur la fortune du banquier Reveson. Manque de chance :
sa promise s'est suicidée, laissant une lettre révélatrice
du caractère sordide de son fiancé. Rien qui permette de
condamner Mompesson sur le plan pénal, mais ce que la
jeune fille dénonçait était pire. Elle accusait son fiancé
d'être pervers, brutal, sadique et énumérait d'autres hor-
reurs du même genre. Afin d'éviter que le scandale
n'éclate au grand jour, le père de la jeune fille offrit à
Mompesson un billet pour l'Europe et le pria de ne plus
réapparaître. Depuis, ce dernier n'a plus fait parler de
lui sur notre territoire, cependant, d'après ce que vous
dites dans votre lettre, il a récidivé ailleurs. »

Mompesson était donc bien un vaurien, un individu malhonnête, et il s'adonnait à d'odieuses pratiques… Il fallait l'arrêter, j'en étais convaincu.
Mais comment ?

J'en étais là de mes ruminations quand Franklin
me rejoignit à table, sombre lui aussi. Il me rappela
que Mompesson devait arriver le soir même pour le

week-end, et ce qu'il m'apprit ensuite me fit dresser les cheveux sur la tête : « Mompesson a l'intention d'épouser Leonora, il me l'a annoncé lui-même. »

Je réussis à forcer un éclat de rire, mais je comprenais la véritable capacité de Mompesson à faire le mal. Pour protéger John, Leonora devrait devenir bigame. Mompesson dénoncerait cette entorse à la loi quand il jugerait cette démarche opportune et prétendrait être la victime. Dans l'intervalle, il aurait eu tout le loisir de réclamer son dû conjugal. Je me demandai si Olivia approuvait les plans de son amant mais son rôle dans cette affaire n'avait, au fond, guère d'importance. Seules comptaient les intentions de Mompesson.

Cet après-midi-là, je me promenai dans la propriété et passai en revue les possibilités qui s'offraient à moi. Il en existait, malheureusement, très peu… Je m'accrochai à l'espoir que Franklin se trompait – tout en sachant que je me leurrais.

Je vis Leonora venir dans ma direction. Elle avait les traits tirés et paraissait contrariée. Même pour mes yeux usés, il était évident qu'elle avait pleuré.

— Bonjour, Charter ! Vous ne souriez pas, aujourd'hui ? Ne me dites pas que, vous aussi, vous êtes déprimé ! dit-elle.

Je passai mon bras sous le sien et la conduisis jusqu'à la maison.

— Je n'aime pas vous voir malheureuse, répondis-je.

— Ce n'est rien.

— Si vous avez des ennuis…

— Non. Je n'ai pas d'ennuis, ne vous inquiétez pas.

— Mompesson n'aurait-il pas des vues sur vous ?

— Quelle idée !

— Tant mieux, si je me trompe. Mais pouvez-vous m'assurer que, s'il avait l'audace de vous demander en mariage, vous refuseriez sans hésiter ?

Elle s'immobilisa et me scruta intensément :

— Pourquoi me posez-vous une telle question ?

— Simple curiosité.

— Que penseriez-vous si j'acceptais ?

— Je penserais que vous avez de bonnes raisons de le faire.

Elle pressa ma main.

— Merci, Charter. Vos paroles me touchent. (Elle frissonna.) Il faut que je rentre, j'ai un peu froid.

Elle se libéra de mon bras et se dirigea vers la maison. Je la suivis des yeux. Je savais ce que je devais faire. Elle n'avait pas répondu directement, mais je tenais tout de même ma réponse.

Je passai l'heure qui précéda le dîner dans ma chambre. J'ouvris une malle où je conservais depuis des années un Derringer acheté à Savannah en 1863 – à une époque où une arme pouvait m'être utile. Je sortis le revolver, le nettoyai, le graissai, vérifiai son état, le chargeai et le remis à sa place. Puis je descendis à la salle à manger, souriant avec innocence à Mompesson par-dessus la table, tout en réfléchissant à mes chances de le prendre par surprise.

Il fut le dernier à monter se coucher et me laissa assoupi près du feu – du moins, c'est ce qu'il crut. Quelques minutes plus tard, je le suivais à l'étage. Je pris le revolver, le glissai dans ma poche, puis me dirigeai vers sa chambre. Je savais que ni Thorley ni Franklin n'étaient encore rentrés, si bien qu'une seule chambre était occupée : celle de Cheriton.

J'entrai sans frapper. Mompesson me tournait le dos, enlevant ses boutons de manchette. Sans bouger, il s'écria : « Vous êtes en avance, madame. Quelle impatience ! » Puis il tourna la tête et me vit.

— Que diable voulez-vous ? s'écria-t-il.

— Que vous laissiez ma famille tranquille. Que vous quittiez cette maison et que vous n'y remettiez plus jamais les pieds. Et j'exige que cela se passe cette nuit.

Il rit, comme je m'y attendais.

— Retournez ronfler près du feu, vieil homme, et profitez-en car le jour ne tardera pas où vous échouerez dans un hospice.

Il me présenta à nouveau son dos.

Une serviette de toilette se trouvait sur une commode. Je la pris, sortis le Derringer de ma poche et entortillai ma main et l'arme dans le linge. Puis, j'approchai de ma cible. Pour être efficace, l'arme devait être utilisée à bout portant et, de toute façon, compte tenu de ma vue basse... Je n'ignorais pas non plus que, si je laissais à Mompesson le moindre avantage, je le regretterais.

— Encore là ? s'écria-t-il, me remarquant du coin de l'œil.

— Le problème est que *vous* êtes encore là. Je sais ce que vous manigancez depuis que vous êtes entré dans cette maison et j'ai l'intention d'y mettre fin.

— Et vous croyez... commença-t-il.

C'est à ce moment-là que j'ai tiré, alors qu'il était encore en train de se tourner pour me regarder. Une balle a suffi. Il est mort sur le coup, une expression de surprise sur le visage. C'était un homme intelligent ; sa seule erreur a été de me prendre pour un imbécile. Il faut savoir distinguer un véritable benêt de quelqu'un qui fait l'âne pour avoir du son. Mompesson ne l'avait pas compris.

Quand je quittai la pièce, la maison semblait calme. Personne n'avait réagi, du moins, je le pensais. Mais en me faufilant dans le couloir, je vis Cheriton, pâle et tremblant, debout sur le seuil de sa chambre. Il me fixa comme si j'avais été une apparition. Remarqua-t-il la serviette tachée de sang et légèrement brûlée dans ma main ?... Je l'ignore.

— J'ai cru... j'ai cru avoir entendu... quelque chose, bégaya-t-il. Comme un... un coup de feu.

— Ah ? Vous avez rêvé, répondis-je.

— Probablement. Je rêve beaucoup... en ce moment.

— Retournez vous coucher, jeune homme. Suivez mon conseil.

Il repartit humblement, sans insister, et ferma la porte derrière lui. Je regagnai ma chambre, nettoyai le revolver, le cachai sous une lame de plancher et jetai la serviette dans la cheminée où un feu était allumé. Je venais de me glisser dans mon lit quand Fergus frappa à ma porte pour m'informer de ce qui s'était passé. Olivia avait découvert le cadavre de Mompesson – je me doutais qu'il en serait ainsi. Elle prétendit être allée dans la chambre de Mompesson parce qu'elle avait entendu un coup de feu, mais ce n'était qu'un mensonge pour expliquer sa présence. Quant à Sally, soucieuse de conserver son emploi, elle agit conformément aux ordres de sa maîtresse.

Je n'adressai pas la parole à Cheriton, le lendemain. J'espérais, à supposer qu'il se souvienne de notre rencontre, qu'il la mettrait au compte d'un rêve. Et c'est probablement ce qu'il fit. Il aurait pu rendre son imagination responsable de tant de choses, dans cette maison... J'accepte ma part de responsabilités dans son suicide. Aucun de nous ne peut tirer fierté de son attitude vis-à-vis de Cheriton, dans cette affaire.

Je fus tellement tenaillé par le remords que je songeai à me livrer à la police. Le policier chargé de l'enquête – un inspecteur du nom de Shapland – me soumit à un interrogatoire deux jours plus tard. La mort de Cheriton m'avait bouleversé. Je ne voulais pas que ce jeune officier soit accusé d'avoir tué Mompesson avant de se donner la mort – conclusion qu'Edward et Olivia s'étaient empressés de tirer. Je décidai donc de tout raconter à Shapland pour soulager ma conscience.

Je ne l'ai pas fait à cause de l'insolence et du toupet de ce type. Je ne sais pas quelles histoires il s'était mis en tête, mais il orienta la conversation vers la mort de Miriam et ses relations avec un dénommé Fletcher, accusé d'être un fauteur de troubles. Il eut l'impudence de me demander si Fletcher était le père de John.

Ma réaction immédiate fut d'envoyer promener ce crétin, mais il me posa une autre question qui bloqua mon élan : quel événement important s'était-il produit à Meongate vers la mi-juin ? Mon sang se figea. Il ne pouvait sous-entendre qu'une seule chose... que John n'était pas mort. L'inspecteur Shapland devenait dangereux. Toute confession était alors exclue car elle risquait de le rapprocher de la vérité. Je déclarai qu'il était l'heure de me coucher et le reconduisis à la porte.

Le fait que l'on ne parvienne pas à prouver la culpabilité de Cheriton me soulagea. Il ne restait plus qu'à tenir ma langue et à espérer que ces tragiques événements aboutiraient à un dénouement heureux. Hélas ! ce ne fut pas le cas. Leonora mourut, Franklin fut tué à la guerre et John conserva la clandestinité. Je me suis souvent demandé où se cachait mon petit-fils ; maintenant, je ne pense pas le savoir un jour. Je ne dispose d'aucun moyen pour l'assister. L'aide que vous m'avez permis de vous apporter m'a procuré un peu de bonheur.

Si je devais recommencer, je tuerais à nouveau Mompesson, sans hésitation. Vous étiez l'amie de Leonora, aussi comprendrez-vous que j'aie commis ce meurtre pour elle. Elle avait besoin que quelqu'un vienne à son secours ; j'étais présent. Quand vous aurez mon âge, vous verrez que risquer la pendaison n'est pas une perspective très effrayante. Je savais qu'il n'existait qu'une seule façon de neutraliser Mompesson. J'avais déjà croisé ce genre d'individu auparavant. Il me rappelait un noble russe que j'avais rencontré à Saint-Pétersbourg au cours de l'hiver 1861. Je l'avais tué, lui aussi. Ne vous ai-je jamais raconté cette histoire ?

6

Même si je n'étais pas aussi redevable envers Charter, j'aurais conservé son secret. Quand il mourut, l'année suivante, je trouvai le Derringer dans ses affaires et m'empressai de le jeter par-dessus la falaise, avant que cette arme ne suscite la curiosité. Ce que le vieil homme avait fait méritait l'admiration. Je songeais à tous les hommes jeunes et vigoureux qui, à Meongate, auraient pu venir en aide à Leonora et m'étonnais que seul Charter ait eu assez d'audace pour accomplir cet acte nécessaire. Souvenez-vous toujours – s'il vous arrive de penser que votre père n'a pas été à la hauteur – que votre arrière-grand-père a, quant à lui, fait plus que son devoir.

Ainsi, Charter avait remporté une victoire sur Olivia. Obsédée par son désir de punir l'homme qu'elle prenait, à tort, pour le meurtrier de son amant, elle avait gâché sa vie, et une partie de la mienne ! Difficile d'imaginer destin plus stupide pour quelqu'un qui se targuait d'un parfait hermétisme aux sentiments. Elle s'était laissée prendre au piège de la haine, elle qui était incapable d'amour. Et sa haine l'avait aveuglée plus sûrement que ne l'aurait fait l'amour.

Empêtrée dans ses machinations, elle n'avait jamais entrevu la vérité. L'homme à la voix tonitruante et aux moustaches blanches qui m'avait tenue dans ses bras à la gare de Droxford lui avait échappé pour couler des jours heureux dans un cottage surplombant la mer. Le vieillard dont personne ne faisait grand cas avait été le plus malin.

— Je suis navrée d'avoir détruit une illusion, dit Grace. Vous auriez vraiment voulu croire que votre père avait tué Ralph Mompesson, n'est-ce pas ?

— Je pense que oui. Il me semblait que cet acte rachetait... tout le reste.

— Vous lui en voulez de vous avoir abandonnée ?

— J'ai éprouvé du ressentiment quand Willis m'a appris qu'il n'était pas mort comme je le supposais. Aujourd'hui, je ne blâme personne. Il me suffit de connaître la vérité.

Afin de prouver que mon passé ne pouvait plus me faire de mal, je persuadai Tony de nous conduire, Grace et moi, à Meongate le lendemain ; j'étais poussée par le désir de défier mon passé, d'exorciser tout ce que cet endroit avait signifié pour moi. Et j'avais raison. C'était à cette époque de l'année que Tony et moi nous étions rencontrés ; quant à Grace, elle n'était pas retournée à Meongate depuis le mariage de mes parents. Aussi, pour nous trois, les souvenirs associés à ce lieu n'étaient pas uniquement négatifs.

Droxford avait peu changé. Nous nous arrêtâmes au White Horse, puis nous nous promenâmes en voiture aux alentours de la gare désaffectée avant de prendre la direction de Meongate.

La propriété dans laquelle j'avais vécu s'appelait désormais le Bere Country Club. Tandis qu'assis au bar – l'ancien petit salon – nous contemplions le terrain de golf devant la fenêtre, j'avais la sensation que Meongate avait disparu à jamais. La maison de mon enfance avait été engloutie. Rien, dans ce qui restait de la demeure, ne pouvait alimenter une obsession. On jouait au bridge dans la chambre de Mompesson, la bibliothèque où le premier tableau de Bartholomew avait été accroché faisait office de salle de réunion, et le verger où j'avais rencontré Tony par un matin de printemps avait été rasé pour construire le golf. J'étais heureuse de découvrir que cet endroit n'avait plus rien en commun avec celui où j'avais laissé tant de souvenirs.

Quand le serveur nous apporta nos sandwichs, Tony lui demanda si Walter Payne était toujours le propriétaire des lieux.

— Oui, monsieur, mais on ne le voit pas souvent. Il vit dans les Channel Islands... pour des raisons fiscales, j'imagine.

— Bien sûr, murmura Tony avec un regard dans ma direction.

— Il est toujours président du club, reprit le serveur. Vous êtes des parents, des amis ?

— Ma femme le connaissait... il y a bien longtemps, dit Tony. À l'époque où cette demeure appartenait encore à des particuliers.

— Vous devez avoir noté de nombreux changements, alors.

— En mieux, seulement en mieux...

— Dites-moi, souffla le serveur, en se penchant sur notre petite table avec des mines de conspirateur, vous savez qu'un meurtre a eu lieu ici ? On dit qu'un riche Américain a été assassiné dans une chambre.

— J'ai entendu parler de cette histoire, répondis-je sans émotion, mais cela s'est produit avant ma naissance.

— Il paraît que l'on n'a jamais découvert le meurtrier. Cette histoire est passionnante.

— En effet, répondis-je en jetant un coup d'œil vers Grace. Tout à fait passionnante.

Épilogue

Une plaine verte se déroule sous un dôme uniformément bleu : l'arrière-pays belge, par un après-midi ensoleillé d'octobre, dans la paix immobile qui suit d'interminables années de guerre. Un petit chemin, entre des champs de maïs à hauteur d'homme et des pâturages où ruminent des bêtes au poil luisant, s'éloigne de la route. C'est ici que l'histoire de Leonora trouve sa fin... et son commencement. C'est ici qu'elle a amené sa fille pour lui dévoiler le dernier secret de son père.

Le matin, Leonora et Penelope Galloway ont pris le train à Paris. À Lille, elles ont loué une voiture, traversé la frontière vers le nord, le long de routes semées d'oasis blanches plantées de tombes militaires. Elles ont d'abord rejoint Ieper (nom donné à l'ancienne ville d'Ypres ravagée par les obus), longé les murs de la ville jusqu'à Menin Gate ; puis traversé Zonnebeke, Passendale – qui n'est plus celui de la guerre, symbole de boue et de douleur.

Un dernier tournant, et elles sont arrivées. Un long mur borde la route. Au-delà, un immense triangle de pierres tombales apparaît sur un terrain en pente. Elles sont écrasées par ce décor si vaste, si impressionnant.

Penelope gare la voiture et coupe le contact. Le silence s'installe. Elles sortent dans la torpeur du paysage vide et sans vent. De l'autre côté, les champs cultivés des Flandres en paix s'étendent à l'infini. Une grange ondule dans le voile de chaleur, une vache les fixe avec sérénité. Derrière elles, les tombes du cimetière militaire de Tyne Cot s'étendent en ordre immaculé.

Les deux femmes s'immobilisent à l'entrée du cimetière, sous le porche ; l'allée centrale bordée de tombes monte vers la grande croix du sacrifice qui brille sur sa pyramide blanche. Sans un mot, Leonora se dirige vers le pilier de droite et ouvre la petite porte métallique. À l'intérieur sont alignés des registres reliés, identiques à ceux de Thiepval. Ayant trouvé le volume qui l'intéresse, elle commence à tourner les pages froissées.

Pour Penelope, il suffit de savoir que son grand-père repose là, sous l'identité d'un autre homme, et non à Thiepval où son nom est mentionné. Elle s'engage dans l'allée principale. L'herbe est humide sous ses pieds. Là, elle l'a lu, sont enterrés onze mille neuf cent huit hommes tués dans le *saillant d'Ypres* entre août 1917 et novembre 1918. Elle est aussi choquée par la quantité de pierres tombales à la blancheur éclatante et entourées d'arbustes et de roses, qu'elle avait été abasourdie par les interminables listes de noms de Thiepval.

Au sommet de l'allée, elle s'arrête sous la haute croix du Sacrifice et se tourne vers sa mère qui approche lentement. Surprise, un peu effrayée par le récit de Leonora, Penelope lui reprocherait presque de lui avoir caché pendant si longtemps leur tragique histoire. Elle aurait prêté plus d'attention à Grace Fotheringham si elle avait su qui elle était. Elle serait allée à Meongate et à Bonchurch. Elle serait venue ici plus tôt. Elle sait qu'il est inutile d'adresser des reproches à sa mère, pourtant, elle trouve injuste d'avoir dû attendre la vérité si longtemps.

Le souffle un peu court, un sourire aux lèvres, Leonora s'approche de sa fille.

— J'ai trouvé son nom, dit-elle. D'après le registre, il a été tué le 16 août 1917, pendant l'offensive sur Langemark.

— Est-il enterré ici ?

— Peut-être. De nombreux soldats n'ont pas été identifiés. Il est peut-être resté sur le champ de bataille, comme tant d'autres.

Le cimetière de Tyne Cot a la forme d'une pierre tombale géante. Devant la croix du Sacrifice, les stèles sont disposées en rectangles serrés ; au second plan, elles s'étalent en terrasse, sous le mur de pierre qui entoure le monument aux morts. Les noms des trente-quatre mille huit cent quatre-vingt-huit hommes non identifiés sont répertoriés. En parcourant la liste des soldats du *Northumbrian Regiment*, les deux femmes trouvent le nom qu'elles cherchent : « lieutenant T.B. Franklin. » Mais, au-delà des lettres gravées, Penelope voit un autre nom. Elle dit :

— Pourquoi ne pas m'avoir parlé de tout cela plus tôt ?

Leonora soutient le regard de sa fille avec une intensité songeuse.

— Je t'ai exposé toutes mes raisons, Penny. Les bonnes et les mauvaises. Les nobles et les égoïstes.

— D'une certaine manière, maman, aucune n'est vraiment satisfaisante.

— J'étais sûre que tu me répondrais cela.

— Pourquoi ?

— Parce que je l'ai moi-même souvent pensé. Quelque chose m'a toujours empêché de parler, une réticence qui dépassait la prudence ou le désir de préserver un secret entre ton père et moi. Je n'ai jamais compris cette impulsion, mais je lui ai obéi.

— Alors, pourquoi rompre le silence maintenant ?

— Parce que, maintenant, je sais que mon pressentiment n'était pas faux. Et ce n'est pas un hasard si je t'ai amenée ici pour te raconter la dernière partie de mon histoire.

Elles vont s'asseoir, les yeux rivés au-delà de l'étendue des tombes, vers la mer. Les confidences de Leonora leur ont déjà fait parcourir une distance bien plus grande que celle qui sépare Thiepval de Tyne Cot. Cependant, comme Penelope est sur le point de l'apprendre, il reste encore une étape à franchir.

Grace a vécu ses dernières années dans l'endroit où elle aurait le moins voulu échouer : un hospice de vieillards. Heureusement, elle ne se rendait pas vraiment compte de sa situation. J'aurais dû aller la voir plus souvent, mais elle se réfugiait de plus en plus dans son passé. Parfois, elle ne me reconnaissait pas, ou alors elle me prenait pour ma mère. Au fil du temps, je trouvai des excuses pour ne pas lui rendre visite et je compris enfin le sens de ce qu'elle m'avait dit une fois : « Rares sont ceux qui ont la chance de vieillir avec la sérénité de Charter Glad-win. »

Puis, contrairement au pénible déclin de Grace, Tony fut emporté en quelques jours, et sa mort éclipsa totalement ma vieille amie de mes pensées. Quand j'appris le décès de Grace, cet été, je me sen-tis terriblement coupable de l'avoir négligée pen-dant si longtemps.

Je ne pensais pas que Grace me mentionnerait dans son testament. Tout son avoir avait été absorbé par les frais d'hôpital ; toutefois, quand elle avait quitté Dolphin Square, quelques objets avaient été mis en garde-meubles. Parmi ceux-ci figurait le tableau de Willis, le troisième Bartho-lomew, origine de nos retrouvailles, plus de vingt ans plus tôt, et qu'elle me léguait.

J'oubliai ce legs jusqu'au jour où le camion de livraison arriva à la maison. Le chauffeur et un manutentionnaire le posèrent contre le mur, me ten-dirent un reçu et partirent. Je m'agenouillai à côté et défis doucement l'emballage.

Et je me retrouvai face au visage de ma mère, plus lumineux que jamais, à la lueur de la chandelle, for-mant un contraste éclatant avec les deux silhouettes dans l'ombre et les obscurs desseins de cette scène crépusculaire. Ce n'était pas simplement ma vénéra-tion pour elle qui permettait de comprendre pour-quoi elle avait été aimée. Sereine et digne, elle entrait dans cette composition peinte par Willis sur le thème de Bartholomew comme un être protégé de toute bassesse. L'intention de Willis avait peut-être été de refléter, à travers la beauté de ma mère, la folie de ceux qui avaient succombé aux traquenards d'Olivia.

Agenouillée dans le hall, je compris soudain ce que je devais faire de ce tableau. Le conserver dans la maison m'aurait déprimée et Willis lui-même avait promis cette œuvre à Eric Dunrich. Je décidai donc de la lui remettre.

Grâce à un échange régulier de cartes postales à Noël, je savais que Dunrich vivait encore dans son confortable cottage de Seaspray, à Polruan, entouré d'innombrables tableaux joyeusement mauvais. Je lui proposai une rencontre. Je reçus, par retour de courrier, une réponse crayonnée d'une écriture informe : « L'artiste condescendra à abandonner son pénible et improductif labeur en l'honneur de votre visite. Ravi et flatté. E. D. »

C'est ainsi qu'il y a trois semaines je pris la route à l'aube, mon cadeau posé sur le siège arrière de la voiture. C'était l'un de ces jours rares que seuls le printemps ou l'automne, dans leur inconstance, apportent. Les éléments conspiraient pour parer la campagne anglaise d'une beauté simple et merveilleuse. Je me sentais d'une tristesse indéfinissable que je rendis responsable du pressentiment qui m'étreignait. Tout au long de la route, je fus poursuivie par la sensation qu'il se passerait quelque chose d'étrange. Après avoir pris les routes secondaires qui, à partir de Liskeard, vont vers le sud et quand j'eus aperçu les reflets chatoyants de la mer, ces prémonitions se refermèrent sur moi.

Selon sa promesse, Dunrich n'était pas sur le port en train de peindre, malgré les conditions favorables. Quand j'arrivai à Seaspray Cottage, il était assis derrière une fenêtre. Dès qu'il me vit, il se leva d'un bond et m'adressa un signe de la main. Il m'accueillit avec un sourire dévoilant sa rangée de dents en avant.

— À beau jour, belle dame ! Quel plaisir de vous revoir, chère amie ! s'exclama-t-il.

Il me prit la main et s'inclina avec une raideur qui trahissait des rhumatismes dus aux longues heures passées à peindre en plein vent. Ses cheveux indisciplinés avaient blanchi et son visage était amaigri. Hormis cela, Eric Dunrich paraissait toujours malicieux et fringant.

— Je vous apporte un cadeau, monsieur Dunrich.

— Pour moi ?

Ses yeux s'illuminèrent d'une joie enfantine.

— Il va falloir que vous m'aidiez à le transporter. Ma voiture est juste en bas de la rue.

Dunrich lui-même apporta le troisième Bartholomew jusqu'à sa maison et défit le paquet dans sa minuscule salle à manger. S'il devina à l'avance de quoi il s'agissait, il simula la surprise à la perfection.

— Le dernier tableau de John ! Merveilleux bonheur ! s'écria-t-il en se penchant sur la toile. Je l'avais cru perdu pour toujours. Mais maintenant, *mirabile dictu*, le voilà réapparu.

Pendant le déjeuner, je lui expliquai comment j'étais entrée en possession de cette toile, sans toutefois parler de ce qu'elle symbolisait. Dunrich ne chercha pas à me questionner ; malgré sa vivacité d'esprit, mon hôte était peu curieux. Il semblait se satisfaire de la contemplation de ce tableau qui lui avait été autrefois promis. Je songeai que c'était sans doute sa simplicité et sa capacité à ne pas poser de questions gênantes qui avaient fait de lui l'ami de Willis.

Après le repas, il proposa une promenade à pied et nous prîmes un chemin qui menait au sommet d'une falaise dominant l'estuaire. Une maison de garde-côte abandonnée et le mur en ruine d'une vieille fortification s'accrochaient à une protubérance rocheuse. La mer balayait en vagues mousseuses les rochers en contrebas ; au large, l'eau était lisse et sereine comme cette journée d'automne. Un homme seul à l'arrière d'un bateau de pêche se dirigeant vers Polperro leva la main en réponse à mon signe. Le soleil jouait avec innocence sur le sillage laissé par l'embarcation. Des mouettes piquaient sur l'eau et remontaient vers le ciel. Tout était chaleur et contentement dans le souffle de la brise.

Dunrich s'assit sur un banc fait d'une planche calée entre deux contreforts du mur en ruine. Je pris place à côté de lui, laissant la chaleur du soleil pénétrer ma peau.

— Quelle vue superbe ! dis-je. Vous venez souvent ici ?

— Je suis content que ce panorama vous plaise, chère madame. Cependant, je m'aventure rarement ici. C'est pour moi un endroit chargé de souvenirs. (Il souriait.) C'est ici que j'ai rencontré John Willis. En me retrouvant face à son tableau, je me suis souvenu de ce qu'il avait fait pour moi. Je ne risquais d'ailleurs pas de l'oublier puisque John Willis me sauva la vie ici même, il y a vingt-quatre ans.

Dunrich soupira et se plongea dans la contemplation de la mer, comme s'il n'avait pas l'intention d'en dire plus. Mais, cette fois, je n'allais pas le laisser s'en tirer ainsi.

— Que s'est-il passé ? demandai-je doucement.

Je savais qu'il répondrait. Il m'avait amenée ici parce qu'il avait besoin de raconter son histoire – et moi de l'entendre. Au sommet de cette falaise, j'entendrais la vérité comme toi, ici, dans ce cimetière, tu comprendras à ton tour.

John ne parvint pas à m'apprendre à peindre aussi bien que lui, le don n'étant pas, je le crains, transmissible, mais il est un art qu'il m'enseigna avec succès : vivre avec mes propres imperfections. Si j'avais possédé cette aptitude plus tôt, ma vie aurait été plus facile mais, en même temps, je n'aurais pas rencontré des gens comme vous et lui. Aussi, je ne regrette rien.

J'étais parvenu à convaincre tout le monde – moi y compris – que j'avais une vocation pour la prêtrise. Lorsque j'ai découvert que je n'étais animé que par la fascination pour un rituel, j'aurais dû quitter le clergé sans perdre une seconde. Au lieu de cela, je me laissai prendre au piège de ma propre foi. Pourquoi renoncer à quelque chose qui pouvait si aisément être simulé ? Je préférai ignorer le problème plutôt que renoncer au plaisir presque sensuel que me procurait l'exercice du sacerdoce.

Je dirigeais une chorale dans une cathédrale quand j'ai été accusé d'avoir commis un acte indécent avec un jeune choriste. J'ai été arrêté et condamné. Que j'aie été accusé à tort importe peu, étant donné que j'avais indéniablement été tenté. Aussi, bien que je ne fusse pas coupable, je n'étais pas non plus totalement innocent. Deux années de prison peuvent sembler une peine sévère mais je ne prétends pas qu'elle était injustifiée.

Pas un instant, en revanche, je ne me doutai que, loin de se terminer à ma relaxe, mon châtiment prendrait alors une forme plus subtile. Je vins m'installer à Polruan parce que ce lieu était éloigné de ma région natale et parce que j'y avais passé des vacances heureuses pendant mon enfance. Ce village aurait été un refuge idéal si les ailes du scandale ne m'avaient pas rattrapé rapidement. Je devins un homme marqué, rejeté de tous. Même quand les voisins ne médisaient pas sur mon compte ou qu'ils ne mettaient pas leurs enfants en garde contre moi, j'imaginais qu'ils le faisaient.

Le dimanche 18 novembre 1962, je décidai de quitter d'une façon spectaculaire cette vallée de larmes. C'était un jour de pluie et de vent. Debout à l'extrême bord de cette falaise, la tempête s'engouffrant dans mes vêtements et des gouttelettes d'eau me frappant le visage, il me suffisait d'avancer d'un pas, un tout petit pas, pour que rochers et vagues m'engloutissent. La baraque du garde-côte était vide. Le jour déclinait. Aucun promeneur ne s'aventurait dehors par un temps pareil. Personne ne me verrait – ou si l'on me voyait, on ne me prêterait pas attention. Ce jour-là, je succombai à la tentation. J'amorçai un mouvement vers l'avant.

John était assis à l'endroit où vous vous trouvez maintenant. Je ne l'avais pas remarqué dans la pluie et l'obscurité grandissante. Il m'avait regardé en silence, tandis que je me tenais au bord de la falaise et que je réunissais mon courage pour sauter. Il s'interrogeait sur mes intentions en espérant jusqu'au dernier moment qu'elles ne seraient pas ce qu'elles semblaient être...

À l'instant précis où je m'apprêtais à sauter, il me saisit par la taille. Nous tombâmes, évitant l'à-pic pour atterrir sur un décrochement où de grosses pierres et des fougères stoppèrent notre chute. Même là, je faillis l'entraîner avec moi. Mais il avait une force colossale. Il me tira jusqu'à cette plate-forme, où nous restâmes à demi affalés par terre, pantelants et trempés de pluie. Mes vêtements étaient déchirés, mes mains ensanglantées à cause des rochers acérés auxquels je m'étais accroché, mon visage ruisselant. Je me mis à pleurer. John sortit une flasque de whisky de sa poche et me força à boire. Puis il me laissa reprendre mon souffle et mes esprits.

Je l'examinai : un homme plus vieux que moi mais en apparence tout aussi désespéré. Je notai, cependant, qu'au fond de ses yeux brillait une lueur que certains prendraient pour un signe de folie, d'autres pour de la passion. Son énergie me fit honte.

— Vous êtes Eric Dunrich, n'est-ce pas ?

— Oui.

— Des ragots circulent à votre sujet. Vous connaissez leur nature, j'imagine. Est-ce cela qui vous a amené ici ?

— Oui, la mort est la seule solution.

— La mort n'est jamais une solution. Elle est toujours une défaite. Pourquoi choisir la défaite ?

— J'ai choisi depuis longtemps. Vous n'avez pas entendu ce que l'on dit de moi ?

— Il aurait été difficile de ne pas entendre. Mais pensez-vous qu'il existe une seule personne dans cette ville qui n'abrite pas un secret ? Ce qui vous effraie, ce n'est pas la vérité, c'est le jugement des autres. Il est sans importance, croyez-moi. Je vous offre mon amitié. Acceptez-la et prenez un nouveau départ.

Je ne dis rien. J'étais étonné par l'écho en moi de ce qu'il disait. Quelle était la valeur de ma détermination si elle pouvait être aussi aisément entamée par le discours d'un étranger ? C'était risible.

Après un moment, il se remit à parler, avec encore plus d'ardeur.

— Si vous voulez aller jusqu'au bout, je n'interviendrai pas une seconde fois. Mais, si vous décidez d'y renoncer, vous nous rendrez service à tous les deux.

Ma gêne face à ma propre faiblesse et mon ressentiment dû à mon échec me rendirent agressif.

— En quoi cela vous importe-t-il ? ripostai-je.

— Voyez-vous, j'ai déjà été confronté à une situation semblable une fois dans ma vie. J'ai offert un jour, à un ami, une façon d'échapper à une mort certaine – et il a refusé. En vous sauvant la vie maintenant, je nous donnais à tous deux une seconde chance…

Je le scrutai avec incrédulité et demandai :

— C'est une manie chez vous de secourir les gens en détresse ?

— Loin de là, répondit-il. L'homme auquel je me réfère avait beaucoup souffert à cause de moi. Je lui ai proposé la seule chose qui m'appartînt : ma vie en échange de la sienne. Je souhaitais mourir à sa place. Il a refusé. Je n'ai jamais cessé de me demander ce qui se serait passé s'il avait accepté, s'il ne m'avait pas tourné le dos pour aller à la mort. Ma proposition est restée ce qu'elle avait toujours été : un rêve, une illusion, un mensonge que je racontai aux autres et à moi-même. Je vous en prie, pour vous et pour moi, ne m'opposez pas un nouveau refus.

Comme vous le voyez, madame Galloway, il parvint à me convaincre. Chacun de nous écouta la confession de l'autre. Le pécheur en mal d'absolution et le prêtre défroqué : drôle de paire, non ?

Ne pas juger pour ne pas être jugé... Que celui qui n'a jamais péché me jette la première pierre... Ces belles phrases ne sauraient suffire. Alors, quoi ? Il serait mort pour son ami, mais son ami était trop bon pour le lui permettre. Je sais qu'il vous a raconté l'histoire d'un autre homme, une tragédie un peu différente de la sienne. Pourtant, je vous supplie de ne pas lui en vouloir. Il commit des erreurs non pas par couardise, mais par amour. Il espérait vous donner un père dont vous puissiez être fière. Ce n'était pas un souhait ridicule. Tout ce qu'il vous a dit était vrai, sauf sur un détail. Ce qu'il a tiré de cet exil a été stérile, sauf sur ce point particulier.

Il a peint le troisième Bartholomew afin de regarder en face ce qu'il y avait de plus laid en lui et de plus noble dans la femme qu'il avait aimée. Le résultat a dépassé le but recherché. Voilà pourquoi je désirais si fortement posséder ce tableau et voilà pourquoi, maintenant que vous me l'avez donné, j'ai rompu mon pacte de silence avec un ami mort depuis longtemps.

En rentrant de Polruan, ce soir-là, je m'arrêtai au bord de la route, sur les collines de Dartmoor pour contempler le soleil couchant : une bande rouge déclinant à l'horizon, au-delà des Cornouailles. La brise se levait sur la lande, faisant ployer les ajoncs et les fougères et emportant la chaleur du jour. Je n'étais pas pressée de rentrer. J'étais encore absorbée par les paroles d'adieu d'Eric Dunrich quand j'avais quitté Seaspray Cottage, une heure plus tôt.

Nous avions suspendu le troisième Bartholomew à la place d'honneur, au-dessus de la cheminée, dans le petit salon encombré. Après un dernier coup d'œil mélancolique, je m'étais détournée pour rejoindre Dunrich. Il souriait, les traits illuminés par une jubilation intérieure.

— Vous avez remarqué son expression, vous aussi, madame Galloway ? dit-il. Vous avez vu sur son visage qu'elle lui a pardonné. J'en suis heureux. Pas seulement parce qu'il était mon ami, mais parce qu'il était le meilleur homme que j'aie jamais connu.

Rassemblement de tombes sagement alignées, selon les besoins des morts et la volonté des vivants, Tyne Cot est calme et silencieux, écrasé par les heures les plus chaudes de la journée. Dans cette immensité rien ne bouge, sauf les deux silhouettes descendant vers le porche du cimetière et la route de Passendale.

Leonora Galloway a terminé son histoire. Elle se sent désormais en paix avec le passé et en règle avec le présent. Elle se tient droite, fière. En contraste, sa fille, le dos un peu voûté, semble accablée par ses trop nombreuses découvertes. La jeune femme s'installe sur le siège du conducteur, se penche pour ouvrir à sa mère et met le contact.

Avant de monter dans la voiture à son tour, Leonora embrasse une dernière fois du regard le cimetière. Sur le mémorial, elle le sait, le soleil illumine encore le nom des morts, tout comme il éclaire, plus loin, au sud, à Thiepval, un autre nom gravé sur un pilier imposant. Deux inscriptions pour un même mensonge – mais peut-on encore parler de mensonge quand celui-ci est pardonné ? C'est ici que prennent fin ses recherches commencées tant d'années plus tôt, à la gare de Droxford. Tout à coup, une scène de ce jour lointain se cristallise dans sa mémoire.

Un sentier dans un sous-bois, un chemin ombragé qui va vers Meongate, l'été. Charter la porte sur ses épaules. Elle joue avec la paille de son chapeau. L'herbe zébrée de soleil est aussi verte que les pelouses tondues de Tyne Cot, l'ombre formée par la coupole des arbres aussi profonde que celle du mémorial de Thiepval. Charter la fait rire. Elle ne sait pas comment mais, pendant un bref instant, il la rend heureuse, il lui fait oublier la tristesse de la séparation. À la sortie du bois, près d'une clôture qui délimite les terres de Meongate, il la pose à terre puis l'assoit sur une barrière à côté de lui pour reprendre son souffle et s'éponger le front. Il dit quelque chose d'amusant, elle ne se rappelle pas quoi, elle se souvient seulement de leurs rires – le rire de Charter et le sien mêlés.

Leonora monte dans la voiture et claque la portière. Elle a un train à prendre, une maison à retrouver, un présent à rejoindre – et une très ancienne promesse à tenir.

— Que ressens-tu, maman ? demande Penelope en démarrant. Lui en veux-tu de t'avoir menti ?

L'attention de Leonora est ailleurs. Quand elle répond, ce n'est pas à sa fille, mais à une question de son arrière-grand-père :

— Je le serai, dit-elle.

— Tu seras quoi ? demande Penelope.
— Heureuse.

Alors, si tu cherches dans les foules, tu crois
Reconnaître un visage que tu aimais.
C'est une apparition. Personne n'a le visage que tu
                                                    [aimais.
La mort l'a fait sien à jamais.

Table

Du même auteur :

Les Voies du bonheur, Belfond, 1992.

Les Ombres du passé, Belfond, 1993.

Le Cercle de la trahison, Belfond, 1995.

Heather Mallender a disparu, Sonatine éditions, 2012.

Le Secret d'Edwin Strafford, Sonatine éditions, 2013.

Le Retour, Sonatine éditions, 2014.

Le Livre de Poche s'engage pour l'environnement en réduisant l'empreinte carbone de ses livres. Celle de cet exemplaire est de : **700g éq. CO$_2$** Rendez-vous sur www.livredepoche-durable.fr

PAPIER À BASE DE FIBRES CERTIFIÉES

Composition réalisée par NORD COMPO

Achevé d'imprimer en juillet 2015 en Espagne par
BLACK PRINT CPI IBERICA, S.L.
Sant Andreu de la Barca
Dépôt légal 1re publication : janvier 2011
Édition 09 – juillet 2015
LIBRAIRIE GÉNÉRALE FRANÇAISE – 31, rue de Fleurus – 75278 Paris Cedex 06

31/5836/7